FANGYAN

东干学研究文库丛书

·2024年教育部中外语言交流合作中心“讲好中国故事”阶段

·教育部国别与区域研究北方民族大学乌兹别克斯坦研究中

дунган гӯжир щүанйи

东干古今儿选译

［吉尔］赫·尤苏洛夫（Х.Юсуров） 著　　马辉芬 宋 歌 译

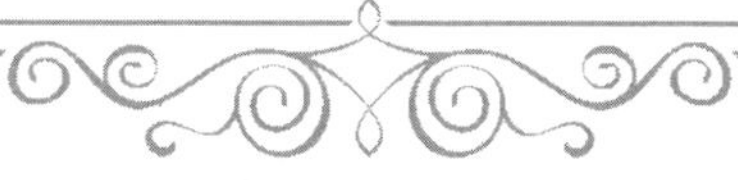

Donggan Gujiner Xuanyi

世界图书出版公司
广州·上海·西安·北京

图书在版编目（CIP）数据

东干古今儿选译：东干文、汉语 /（吉尔）赫 · 尤苏洛夫著；马辉芬，宋歌译. —广州：世界图书出版广东有限公司，2024.6. —ISBN 978-7-5232-1338-4

Ⅰ. I364.73

中国国家版本馆CIP数据核字第2024SB5608号

书　　名	东干古今儿选译 DONGGAN GUJINER XUANYI
著　　者	[吉尔] 赫 · 尤苏洛夫（Х.Юсуров）
译　　者	马辉芬　宋　歌
责任编辑	魏志华　李　婷
装帧设计	书窗设计
责任技编	刘上锦
出版发行	世界图书出版有限公司　世界图书出版广东有限公司
地　　址	广州市海珠区新港西路大江冲25号
邮　　编	510300
电　　话	020-84184026　84453623
网　　址	http://www.gdst.com.cn
邮　　箱	wpc_gdst@163.com
经　　销	各地新华书店
印　　刷	广州市迪桦彩印有限公司
开　　本	787 mm × 1 092 mm　1/16
印　　张	16.5
字　　数	318千字
版　　次	2024年6月第1版　　2024年6月第1次印刷
国际书号	ISBN 978-7-5232-1338-4
定　　价	58.00元

咨询、投稿：020-34201910　weilai21@126.com

前　言

东干语既是晚清西北方言的“活化石”，也是今天西北方言的“多面镜”。中亚东干族文化与中国尤其是西北地区文化存在着共源关系，而经过百年的异境发展，却又呈现出各自不同的面貌。

语言是文化的载体，最直接、最显性的变化发展都是由语言所呈现出来的。《东干古今儿选译》一书既很好地保存了晚清西北方言的基本面貌和重要特点，也反映出受到俄语、吉尔吉斯语、哈萨克语、乌兹别克语等语言影响的痕迹。它虽为书面文学，但呈现出了接近口语化的特点，这也是东干文学最显著的特点，为汉语文学语言的口语化研究提供了很好的语料。

本书共选译了22个故事，每个故事都意味深长，具有启发意义。例如,《一心的三个弟兄》讲述的是“三人合一心，黄土变成金”的故事，提倡家庭和睦团结;《穷吴成坐哩皇上哩》讲述的是“看不出来的木匠盖楼房呢”的故事，提倡不以貌取人;《傻拉瓜儿哥》讲述的是“人人都把好心想，狼心狗肺不久长”的故事，提倡做人要保持善良;《梅鹿穿林》讲的是“一家不够，大家相凑”的故事，提倡团结互助等，这些故事读后发人深省。

文化作为国家和民族的灵魂，既是软实力，又是沟通桥梁。《东干古今儿选译》的出版，促进了我们对中亚东干族乃至中亚国家更加深入的了解，有助于双方建立文化互信，促进民心相通，进而推动“一带一路”向更高层次、更高水平发展。

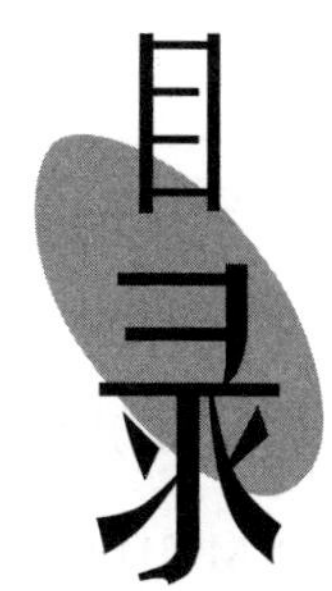

东干古今儿选译

（中文版）

дунган гўжир щүанйи

（东干文版）

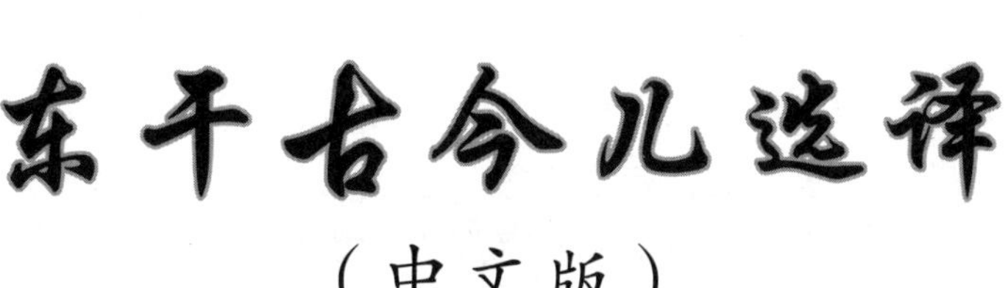

（中文版）

苏一成的高官得做

那会儿有一个受苦的人唻，他姓苏，名字叫个苏丹。员外——他的掌柜的，给他安下的吆子号，叫的是苏丹干。他是一字不识的人，把账算不知道，给人家受苦去，都是个难性哩。苏丹把有知识人的光阴知道。他谋想下，把儿子叫个苏一成，送到书房呢，叫读书去呢。苏丹给人们的头下话，把挣下的钱都给花上，儿子才进哩书房哩。因此供养儿子念书，他挣下的钱给他们爷父两个上，不够买吃喝，老子叫儿子往饱呢吃呢，他自己挨哩饿，成下孤独家家哩，病下没过两三天，无常哩。

苏一成成下无娘老子的娃娃哩，没人把他供养的读书哩。苏一成把念书没舍得撇，他无吃的，短喝的，有处儿念，无处儿站的念书的呢。

一年比一年书难念哩，肚子吃不饱，没有精神走书房呢去。苏一成看的事情不得成哩，他把书念回来，囫囵衣裳脱哩省减下，把老子的烂补丁袍子穿上，要的吃去哩。苏一成但走到街上也没人问，倒栽来，人把他拨过来，搡过去都说是把路挡挂哩。开襟做布的，骑骡子撵马的，人们给要的吃的学生给上一个钱，把他叫的是糟不下吃喝的野孤娃子。街上要的把肚子吃不饱，苏一成在街家乡户要的吃开哩。家户儿家肯都舍散干馍馍，时呢故呢[①]在一家子去，吃上些儿剩饭。也有不舍散的家户儿呢，还有的高门楼儿家，是啥不舍散都是小事，又一下娃们把生狗放开，守的叫咬哩他哩。

节节儿苏一成大哩，他连做活带念哩书哩。

一回，苏一成把他的伯伯连爸爸[②]思量起来哩。伯伯叫个苏大财，在山呢给马员外看顾松柏树林的呢。苏一成记得，他碎的时候儿伯伯的来哩一回。苏大财把一年挣下的剩工钱花上，给他买哩一身衣裳叫穿上哩。伯伯可想看他来哩，可是马掌柜不放开。

爸爸的叫个苏黄，在一个大城堡上当的个官。他开的油坊，还有做的大买卖。苏一成也记得这个爸爸，他很来哩几回，可是是啥也没拿来过，也没给他买过。一回，苏黄来吵，看的侄儿子的脚上没有穿的，他买给哩一双马鞋撇下，

①时呢故呢：偶尔。

②爸爸：叔叔。

走哩再没来过。

苏一成把他的爸爸带伯伯思量哩，他想放哩假的时候儿看一下去呢。赶放假，苏一成攒下哩些儿钱，他一切都搅费上，到哩苏黄爸爸的城上哩。他端端地找的爸爸的家呢去哩。婶婶见哩侄儿子没招识，打发的丫鬟出去说是："掌柜的没在，你这嗒儿叵站哩。走的远远的。"苏一成说是："我不走，我等我的爸爸呢。"他就把苏黄爸爸一气儿等哩个后晌黑，等的肚子饿的细细儿的哩。看吵，爸爸的坐的八抬轿回来哩。苏一成看的轿来哩，他去跑到轿的头呢喊的："爸爸，爸爸！"

抬轿的也没听苏一成喊的啥，打他的身上踏上过去哩。抬轿的把苏一成踏疼哩，喊的："唉吆我的腰呀，唉吆我的腰呀。"紧头爬起来吵，他爸爸可价进去哩。苏一成坐在门上喊的，左一个爸爸，右一个爸爸。看吵，丫鬟出来说是，老爷回来缓下哩，有啥事情明天叫到衙门呢去呢。苏一成一听，心里不安然，越性喊的症候大哩，苏黄听见就像是谁把他喊的是爸爸，出去看呢吵，把侄儿子没认得，看哩黄寡拉瘦哩一个小学生。爸爸的连侄儿子正说话的呢，婶婶出来把苏一成的样式一看，给男人说的叫把侄儿子端掉呢。

"把这个草花子搁到家呢，"婆娘说的，"把你的官名都糟心哩。"

苏黄听的婆娘说的不错，把这么的侄儿子要下他做啥呢，爸爸就说是："我认不得你，还怕你把门认错哩，我不是你的爸爸，滚的远远的。"

苏一成对住爸爸张张的看下哩，婆娘把男人背过，赶紧把门关住哩。苏一成看的不往进放，想要一点儿馍馍呢，喊哩几声，里头谁也没给声气。在门上站的很哩半会儿，后晌黑哩，他爬到桥洞呢睡下哩。

第二天一早起，苏一成打桥洞呢出来照住山呢走脱哩。一路要的吃上，到哩伯伯的门上哩。苏大财背的柴火回来，一见苏一成就认得哩，他的侄儿子到来哩。老汉把柴火撇到地下，一下把侄儿子抱住，哭的伤心落泪的。大妈跑出来一看吵，侄儿子来哩，高兴的把手拉上，让到房呢哩。苏大财一天两回价背的卖开柴火哩。大妈生方百计[①]的做哩吃喝，服侍哩侄儿子哩。

苏一成这嗒儿把病缓好，伯伯的收个哩一点钱给他拿上，可原念书去哩。将就的念哩二年书，他的功成哩，收拾的上京赴考去呢。连单另的学生一同呢。苏一成背的个书箱箱儿，往京城呢走的考去哩。紧头他步行走的去，人家们可

①生方百计：想方设法。

价把姓名上到名单上哩，都晾的呢。

考场一开，考试官们先叫的是衣裳鲜光的，说话有精神的学生们。把这么的学生们叫的去，只是写一个碎文章，就追成官哩。把一切的都考完，收口儿才考哩苏一成哩。考试官把苏一成打头上看哩个脚底呢，牙呲的一笑，就像是狼给羊羔子呲牙的呢，鼻子呢哼哩一下才问脱哩。给苏一成给哩些子顶难的问题，还叫写一个大文章呢。苏一成思量的，他挨饿受冻哩，把书念下哩，受哩多少难性到哩京城呢哩。这嗒儿还给的是难回的问题，因此他把钱没给考试官花给。苏一成没惧乎考试官，说是："知识拿钱买不了，买下哩知识不得好。"考试官一听，鼻子呢打了个绌子说是："知识拿钱买不了？对哩罢，给回答些文章!"

苏一成给一切的问题上把回答给给，他可写哩一个大文章。考试官把回答听哩，把文章念哩，再也没有给上哩问题哩，也没有说的是啥话哩。考试官带他的膀膀[①]商量哩，没得法儿哩，把苏一成中哩头名状元哩。皇上把苏一成的知识爱哩，把苏一成差派哩大官，写给哩个公文执笔，给哩两个兵送上走哩。

苏一成到哩生养哩他的本地方上，装扮哩个草花子。他把面目拿药水洗黄，怀窝里揣哩一块儿煮下哩倭瓜，先找哩苏黄爸爸哩。爸爸看哩侄儿子成下草花子哩，脸面害黄的就像是得了病哩。这一回，他把苏一成疼肠[②]哩，叫站到家呢哩。苏一成睡下给屋子上把倭瓜抹上，给婶婶说是他的肚子疼的揀[③]下哩。婶婶看见屋子上黄囔囔的，没等得住男人回来，把苏一成骂的端掉哩。苏黄爸爸回来，把婆娘的话听哩说是把侄儿子逬[④]掉哩好，叫赶紧把苏一成揀下的屋子烧掉呢。

打爸爸家端出来，苏一成走哩他的伯伯跟前哩。大妈一见苏一成，赶紧让到家呢，仅有的吃哩喝哩，安顿哩叫睡的缓下哩。苏大财背的柴火回来吵，老婆子给他说是侄儿子得的病缓来哩。老汉一听走哩城上哩。把柴火卖成钱，伯伯买哩两个鸡娃子回来哩。紧头伯伯打街上来，苏一成把煮下哩倭瓜给自己的裤子上、屋子上都抹黄睡下，不起来喊大妈的呢。大妈看见苏一成揀嗒下哩，赶紧打折掉，没给老汉言传，叫侄儿子可原睡下哩。伯伯慢慢儿来，把睡哩侄儿子看哩，心酸哩淌眼泪的呢。苏一成眼睛睁哩个缝缝儿，把伯伯的伤心落泪

①膀膀：左膀右臂，帮手。

②疼肠：心疼。

③揀：此处指拉肚子。

④逬：赶出去。

看见，他没神住一咕噜翻起来，把伯伯抱住，也心呢难过的哭脱哩。大妈在炉子跟呢拾掇的，给苏一成煮鸡娃子的呢，看见那爷父两个落泪的呢，她也伤哩心淌开眼泪。

第二天赶早，苏一成起来，自己把水提哩来洗哩脸，没用大妈让，他个己(自己)坐到炕上哩。伯伯连大妈把侄儿子看的张下哩。他们思量的苏一成病害的面目黄成那个样式哩，这咋一下好哩。这嗒儿苏一成给伯伯带大妈说哩实话哩："明天我进城来哩。"苏一成说的："打随的官人们都接应我呢。老伯，你也来！"

"哎呦，我的娃呀！"伯伯说的："我没有是吵，咋么价接应你呢？"

"我不要你的是吵"，苏一成说的，"你光拿一葫芦泉水，那就是你的好礼行。"

话说罢，苏一成临走还给伯伯叮咛的说是，叫他要应一下呢。

苏黄爸爸听见他们的城堡呢来大官哩，可是他没知道是苏一成。苏黄宰了几个料羊，做的海菜花席，打下哩些子好香，就把接应都设虑下哩。他给来的官捋当下哩一盘子金银货的礼行。苏黄的邻近上、单另的碎官们、员外开经坐铺的、再还住高楼大厦哩、大门楼家们，也都设虑下接应来的大官呢。

苏一成这回去换哩一身官衣，领哩十千多兵马，走哩他的官号，闪耀的动的来的呢。

苏黄爸爸领的官人们，头呢端的礼行迎上去哩。官人们的后头就能跟几十千全烂衣裳的民人们。他们里头还有头没帽子，脚没鞋哩，精肚子(光肚子)缠肋巴的贫穷人哩。手呢都拿的长篇大流的，写下哩状子，望想的给来的这个官递去呢。

苏一成进哩城堡把兵马扎到教场呢，他带本地的大官再还单另的碎官人们遇哩面哩。苏一成坐哩桌子跟前，官人们给他拿来的礼行摆哩一大滩。桌子上搁哩苏黄拿来的一盘子金银货。苏一成把这些礼行看都没看，他光把民人递下的状子都收到一搭呢，桌子上摞哩那么厚的一沓子。人们都扎黑哩，等哩听来的大官说啥话哩。苏一成不说话，就像是他等谁的呢。

这嗒儿爸爸哩把侄儿子认得哩，可是没敢言传。把旗号一看吵，侄儿子做哩督察官哩。苏黄的心呢可价慌乱开哩，他把苏一成那候儿打架呢端掉的事情思量起来哩。

督察官带官人们也不喧荒，他光两个眼睛往山坡坡子上盯的看的呢。老远呢看得山坡坡上一个人，胛拐子上挈的一个啥东西来呢。苏一成看见那个人到来哩，喊哩一声："腾路！"人们一看吵，才来哩个老汉，胛子上挈哩一个水葫芦。十千兵马一下都下哩马，站哩两傍。苏一成一下高兴的笑上迎的老汉去，把水葫芦放手接上，他们二位一同到哩桌子跟前哩。一切的官们，大众哩民人们，都看哩呲下哩，他们思想的这得到来哩一个啥大人嘛。看吵，苏一成让的叫伯伯坐下，他把葫芦举起来给众人们说是："这个葫芦呢装的光够我喝的好香东西。"这一话说罢，他的嘴对到葫芦哩口口儿上，喝哩一气子，把水葫芦搁到桌子上哩。

苏大财把苏黄认得哩，弟兄两个一个把一个望哩一下，可是没敢说话。苏一成把伯伯连爸爸的样式拿眼睛杀的看个哩一下，说的叫爸爸往前跨几步呢！苏黄往前跨哩几步，到得桌子跟前哩。苏一成装的认不得自己的爸爸，问脱哩。苏黄看哩侄儿子质问他的呢，他听的话的意思不好，赶紧说的他是苏一成爸爸。苏一成回答的说的，世界上他没有爸爸，光有一个伯伯呢，叫个苏大财。苏一成给爸爸的把罪降下哩，说是为啥苏黄给他安排哩爸爸哩。喊哩一声，来哩四个兵，把苏黄撂倒，打哩四十个马棒，打场子呢端出去哩。官人看哩害了怕，往后退开哩，民人对住苏黄看的都哈喇的笑的呢。看吵，打人伙伙子呢出来哩几个穿烂补丁衣裳的人，给苏一成头低哩长长儿道哩个谢。

这嗒儿苏一成说哩，但是谁有冤，叫把状子递到衙门呢，他办官事呢。把话说哩，他带苏大财坐到轿上走哩伯伯家哩。

苏黄挨了四十棒，跑回去，给婆娘连说带哭的，说是来的那个督察官才是他的侄儿子。

婆娘汉子后哩悔哩，为啥他们那候儿把苏一成没当人。

第二天，苏一成坐到问官事的位份上，把苏黄打官位上取哩，他把苏大财放成官哩。苏一成没有一月的里头，他问哩很多的官事。

苏一成在他的伯伯的住的那嗒儿，修盖哩一个楼房住下哩。就是他住到山呢哩也罢，人们不嫌远掉的路都找的去呢。

苏一成给他哩楼房门上写哩几行儿诗文：

"穷在当街，无人问，
富在深山，有远亲，
我还是那个苏一成，
换哩衣裳，没换人。"

两个弟兄的回答

早前的光阴上，一个大城堡呢住过一个马村师傅唻。他有两个女子唻，大的叫个金花儿，小的叫个银花儿。这两个女子把大大的太孝顺的很，把老物[①]人们也抬举的很，还把小的稀罕的疼爱。师傅把女子们抓打不上算，叫的把书叫念下哩。紧头把书念成，两个女子成下有知识哩俊美姑娘哩。人人都想打发媒人说去哩，可是金花儿带银花儿要的是连她们一样的有知识的，有见识的，知道仁礼待道的小伙儿呢。

明情说呢，这么的人们世上缺少。媒人们说马村呢，她要的女婿天上没有，地下缺少的人。很多的富汉们的儿子们也都没敢打发媒人，因此是他们的知识连仁礼待道没有马村哩女子们的深沉。

就这个马村住的地方上，有两个小伙儿唻。他们是穷人的儿子，大的名字叫个孙成，小的是孙能。孙成读下书的，孙能是甚么没念下，可是学下的手艺高，经见下哩，多把啥东西一看，他就能懂明白，把回答给给呢。

这个两个弟兄把马村的女子的望想听见哩。兄弟给哥哥的说的："还怕咱们两个能把金花儿带银花儿娶上。"他们两个商议哩，给马村家把媒人打发的

①老物：老年人。

去哩。马村知道是他哩女子们，给这两个弟兄们喜欢，就把条件给上给哩话哩。媒人把马村给下的条件给孙成带孙能说给，弟兄两个答应下哩。

定下哩那一阵儿，媒人把孙成带孙能领上去哩。

马村先把孙成问的看哩。他把孙成领到老爸跟前就问哩：

“为啥鹅在水里头毛毛儿不湿掉，再么是为啥叫唤开哩声大的很?”

“鹅的毛毛儿在水里头不湿，是鹅毛上有一层儿油呢，声大是鹅的脖子长，嗓乎眼子大。”孙成回答的。

马村喜欢，可把孙成领上到哩院子呢哩。

“为啥这个果子的半个子红的哩，半个子绿的呢?”马村问的。

孙成把果子看哩一下回答哩：

“果子哩半个子红的是在阳面儿呢，热头晒的唻，绿的那阴面儿在阴洼呢晒不上的事情。”

孙成的回答马村答应哩。

马村把孙成领到他的大女子坐的房呢哩可问的哩：

“为啥我的女子又白，细法[①]，你们又黑，还又皴些儿?”

孙成把姑娘挂哩一眼，金花儿的俊美把孙成看哩爱的，紧想看，把女子带看哩回答的：

“你的女子脸皮儿白的细法，是一年四季在上房呢坐哩唻。我的面目皴的黑，是在阳坡哩晒的唻。”

马村也喜欢，就给媒人说哩孙成回答的都对的呢，他愿意叫结婚。

把孙成考制[②]完，马村把孙能可问脱哩。

“为啥鹅的声大，它自己碎?”

“鹅的声大是它的种子就是那么个。”孙能回答哩。马村开接上问的：“你哥哥说的是鹅的声大因此它的脖子长。”

孙能不愿意说的这么的回答，又一下也没对的：“癞呱子全没有脖子，声还比鹅的大，因此是它就是那么个种子。”

马村思量哩一下儿，没言传，把孙能领到院子呢哩。马村把果子叫孙能看哩，给的是问题。孙能把果子摘哩一个，咬哩一嘴，尝哩一下儿回答的：

“这个果子的种子就是这么个，半个子红的，半个子绿的。”

---

① 细法：精细，细腻。

② 考制：考验，试探。

马村说的："你哥回答的是晒下哩红的呢，日头晒不上的半个子是绿的呢。"

"这么个回答又一下没对的。"孙能说哩，"红苕在地里头长的哩，热头晒不上，它可为啥比晒下哩那半个子果子红，因此是它的种子就是那么个红种子。"

马村把孙能看哩一下也没言传，可领上进哩银花儿坐哩房呢哩。

"为啥我的女子又白又细法，"马村问的，"你们咋不是那么个？"

孙能把银花儿拿眼旮旯儿杀的看哩一下儿，把她爱的，对住银花儿看的带笑的给马村回答呢。

"你的女子白的细法，她是女种子，因此是这个上女人的脸赶男人的也白，也细法。"孙能回答哩，对住女子还总看的呢。

马村给孙能说的，你哥说的是脸皮儿白是阴的唻，不见热头的事情。

孙能给这么价的回答上不愿意，说的这么价的回答也没对的："骚甲甲[①]是多候儿在阴处儿呢，咋没有白的，它还比过地黑。因此是它的种子是黑的，它就是那么个黑种子。"

把孙能的回答马村听哩，他喜欢再么是愿意叫银花儿带孙能结婚呢。

马村给两个女子把红白喜事一天过掉哩。过哩事的之后，女婿们给外父的说哩他们不走，他们就是马村的儿子们，他们五个人过哩文明光阴哩。

---

① 骚甲甲：一种虫子。

愁眉不展的员外

一个大乡庄呢有一个员外唻，种的粮食多，有没数的牲灵呢，再么是给他苦的好少的长工伙计，可是他是一个搜搜鬼[①]。

但给伙计们煮开饭哩，他自己把米、面量的给的呢，油一下但给的少哩，饭不够吃哩，员外把煮饭的人连说带骂。员外把自己的婆娘也折割[②]的无常哩几个。

收口儿，员外娶哩个年轻婆娘。他把这一个婆娘比早前的婆娘们可喜爱一点儿。员外就是喜爱婆娘也罢，可是带婆娘神下呢不喧荒。他一年四季谋想银钱的事情呢。坐下喝的吃开哩，员外也不言传，又一下就还猛个子跳起来，背搭手儿在地下，过来过去的走去哩。走的呢他的嘴呢咕哝的说的呢，是谁也听不来。就那个时候儿婆娘把男人但问几声，他一声都不出。又一下人说话的呢就忘掉哩，问婆娘呢他说哩啥哩。他的婆娘看哩员外是多候儿忧愁的呢，就像是谁把他折割的呢，没了么[③]就像他遇哩啥事哩。婆娘没见过员外笑一下儿，带他高高兴兴的说上几句话。

员外的婆娘想拉沫[④]的，说的笑的热闹呢，因此这个上他把男人也问过："为啥你一年三百六十天，愁眉不展哩，你净思谋啥的呢，你的啥不够嘛，短边啥嘛?"

员外给婆娘不言传，把婆娘看个一下，可走思谋去哩。又一下不言传还都是小事，不对哩倒骂给一顿呢。

婆娘在家呢困的心慌的，去不去儿[⑤]就把邻居的娃们领过来叫在她的跟前耍呢。她连娃娃们喧荒呢，有一下员外猛不贪防[⑥]就回来哩。娃们看见他，吱哇烂喊的就都跑掉哩。员外但看见娃们在家呢，就把婆娘骂个一顿呢：

①搜搜鬼：抠搜、小气。

②折割：折磨。

③没了么：或者。

④拉沫：聊天。

⑤去不去儿：经常。

⑥猛不贪防：猛然。

“你是娃娃头儿，把娃们都招哩来，把房子揀脏哩。”

“我打折呢。”婆娘慢慢儿回答一下儿。

就这么价，婆娘没法儿哩带员外一天推一天过么哩心不宽的光阴哩。

那一天开春子，热头把地面照上红的好看的，一切的高甜树上花都开的窜的，雀雀儿们叫唤的捂耳听的，一切的活物儿都高兴的呢，可是员外的婆娘在房呢心慌的做活的呢，颇烦的呢。

人心慌的她坐的呢吵，猛个子院子呢的长工伙计一下唱脱哩。伙计唱的那个好听，他的音声就像百灵儿叫唤的呢，长工的曲子唱的把员外的婆娘颇烦，就像是一股儿清风刮掉哩，她觉么的一下轻巧的能飞，能变，在那个花院子呢叫唤一阵子呢。

员外的女人没认出，打窗子上把唱曲子的伙计看哩。笑咪嘻嘻儿的少年长工曲子唱上，把马圈呢的马粪往出扛的呢。员外的婆娘看哩长工的胳膊上肉腱子都起哩疙瘩哩。他的有劲的手把铁锨带的卡乌的。铁锨明的放光呢。就像是照亮的镜子，伙计唱曲子的音声就像是把一切的院子拿春天的俊美铺盖哩。院子呢的东西，就像跟上长工也唱的呢，院子呢一下红火的宽大下哩。

这嗒儿把活做完，长工把他的明铁锨挈上，曲子唱的打单另处儿走哩。伙计不见哩也罢，他的铃声曲子可能听见，就像是远处儿的百灵儿叫唤的呢。

员外的女人把长工的曲子听的思量开哩，她给自己给的问题：“为啥长工伙计高兴？他高兴的又没赢钱，就像员外嘛，有很多的财帛呢。长工啥都没有，他光挣的把肚子吃不饱的一点儿工钱，可是他比员外高兴。这也是怪事情。”

长工唱曲子的时候儿，员外在打麦子的场上呢麦草上坐的，眉头子丧的看伙计们的呢。伙计们，因为糟心掌柜的一面儿，把曲子唱开哩。伙计们唱的越高兴，掌柜的越颇烦，他觉么的心呢急的把马骑上跑回来哩。

进哩房呢给婆娘啥话没说，看他的样式去，得到思谋啥的呢。坐也坐不住，站也站不住，在地下过来过去走的呢。他的婆娘看的气怅的，心呢思量的：“这咋是这么个人！”就那个时候儿，长工把曲子唱上可扫马圈的呢，他欢乐的就像是世界上没有比他有运气的人。

“为啥你是多候儿愁的呢？”他的婆娘问的呢。“为啥咱们家呢自己困的心慌的？你看，咱们的长工他是受苦的人，他没有是啥，成一天价你叫做活的呢，还高兴的唱的呢。你是员外，你还净愁呢。你把我也带捋的不欢乐，就像是野草契住[①]的花儿。”话说罢，婆娘一下放手把窗子搡开连说带指的叫男人看长工呢。“你看，那个人多欢乐，多高兴，也不枉说是他在世上来哩。你为啥可不是那么个人?”

掌柜的对住长工望哩一下儿，拧过来把婆娘看给哩一下，面目丧的思谋哩半回，可牙呲的就像狼，笑哩一下说的：

“好的很！我看的长工实打实儿高兴。我给长工做一个事情呢，他就不高兴的唱哩。”

“你做一个啥呢?”婆娘接上问哩。

“我给你之后说。”男人回答哩。

后晌活做完，长工伙计走哩他的房呢睡的缓去哩。掌柜的没叫婆娘知道把箱子呢的元宝拿出来哩一个，埋到院子的一堆粪里头哩。第二天，长工起来可到哩院子呢活做的，把高兴曲子可唱脱哩。

把长工的曲子婆娘听见给男人说的：“你听见哩没有？可唱的呢，还连收场一样。”

员外把婆娘看的牙呲上笑哩一下，婆娘没由自己也笑哩一下。

“你笑开哩才好看的很，”男人说的，“你笑的咋哩?”

“我笑的你说是今儿个长工不唱，那时嘛咋唱的呢。”

“你叵忙哩。”员外回的哩，“停一下，他就不唱哩。”

员外叫长工把埋元宝的那一堆马粪扛掉呢。长工把粪扛的呢，掌柜的在房呢给窗子留神看的呢。

伙计连做活带唱，他的放光的铁锨跟上曲子的音声，抡的欢的往粪里头哩钻的呢。抡欢的明铁锨一下扎到粪里头响了一下。伙计把铁锨往起一拿吵，明明儿的一个啥东西。长工细详看呢吵，明明儿的一个元宝。他没管是谁看，把元宝戳到怀窝呢可唱的做活的呢。活做的呢，曲子唱的呢，可是长工的声节节[②]小下哩。唱的，唱的成下半音子声哩，停了一时儿他不唱哩。长工思量的：这也不道谁的元宝，咋到哩粪里头哩。把元宝往哪呢藏呢拿它买啥呢。思量哩一阵子长工可唱脱哩。唱的，唱的猛猛的不唱哩，活可没停做的呢。

把活做完，他思量的就得把元宝埋到马槽呢。拿铁锨把马槽里头挖哩一个坑坑儿，把元宝埋到里头，他回去哩。掌柜的偷的看下，伙计走的，他去把元

①契住：缠住。

②节节：越来越。

宝挖上拿回来哩。

“你听见咱们的长工唱哩吗？”员外问婆娘。

“没有，”婆娘回答哩，“做哩一个啥嘛，长工唱哩一下儿再没唱。”

“我给你说的，你先听一下。”

第二天，长工一早儿起来先去把马槽呢看哩，他埋下的元宝没有哩。他先愁下哩，后头思量哩：“这下把我做哩个睡梦，没了么是员外埋下治验我的元宝。我没有元宝赶有元宝的强，因此元宝把我作的一晚夕没睡下好觉。”

长工思量的他也不要元宝，可把活做的唱脱哩。

员外的女人听的长工可唱的做活的呢，她就问哩男人哩。

“你可做哩个啥？长工唱的呢连书场一样。”

“你看”，男人说的，“我给长工粪堆里头搁了一个元宝，他打这粪呢看见拿上哩。把元宝拿上长工思量脱哩，不知道把元宝做啥的。他净给元宝思量的找的使唤的路数哩，把唱曲子的全忘掉哩。长工把元宝也没思谋上一个做啥的路，把元宝埋下哩。第二天我把元宝偷的可原拿回来哩。长工在元宝上没有指望哩，他也不思量哩，把唱曲子记起来哩这候儿可唱脱哩。”“你想是不知道嘛。”员外给婆娘说的，“我的元宝有几箱子呢，我也给每一个元宝找一个搁的地方呢，也思量把元宝使唤的挣钱的路数上呢。但思量不好，挣不下钱的事情，还把资本元宝使役掉呢，我的地多，我也给每一亩地思量的把啥好粮食种上呢。我要等好收成呢，要把伙计们照看呢。我还思量做买卖的事情呢，都要我的心操到呢。我一年四季思量的挣钱事情。因此这个上我净愁的呢，没有笑的心境，没有唱的功夫，也带的不得说的发笑。”

婆娘把员外话听哩，她说是男人也说的对的呢。对的也罢，家呢空，人的心不宽展，这可是啥有钱汉的光阴。员外把婆娘的话听哩说的话不错。

叫我思量去，人在世上因为好高兴光阴呢才要挣钱呢，婆娘说的，人有钱也罢。不高兴，心不宽，可要下个银钱的做啥呢。有财帛叫人忧愁的功夫，不带没钱，叫人心宽。

员外给婆娘也没找上回答，因此这个上他没敢言传。因为叫婆娘的心宽高兴，员外没法儿的带婆娘说的笑开哩。又一下也唱呢。明情说的，婆娘也知道呢，员外没得法儿哩把自己硬挣的硬鼓的说的笑开哩。

就这么价，员外给婆娘宽心过哩一年来天气，他觉么的到自己上也好，他也什么不思谋的忧愁哩。这候儿员外觉么的他，就像是冬天窝哩蜇的雏鹰，到开春儿可活来哩。员外思量的：我的财帛也够我使唤呢，我又没儿女还挣下那么些银钱的做啥呢，不是给旁人挣的呢嘛。他把庄子、地什、头口都卖哩，把伙计们都算掉，光给店呢留哩个唱曲子的伙计叫打这院子，给他备个走马呢。

一年比一年，员外老的来哩。他节节不管里外的啥事哩，有婆娘的干的呢。员外闲吃的做的得哩病，他无常哩。他的少年婆娘嫁哩长工哩。一切的财帛到哩长工男人的手呢哩。把里外的事情他执掌上哩。他们过哩心宽高兴的光阴哩，就像是他们变成五更词儿花园呢唱曲子的呢。

一心的三个弟兄

得到几时遇下的事情，人们没等记下，之后都当着古今儿的说开哩。

说的是一个老汉有三个儿子唻。爷父们务落的卖菜蔬攒下哩些子钱。老汉看的他的岁数太大性很哩。他给三个儿子一下把媳妇儿们娶给哩。这个的之后老汉不做活哩，神下呢也不出门哩。

三个儿子就是都有哩婆娘哩也罢，可是他们家没分，还在一搭呢过哩平安无事的光阴哩。

那一阵儿，老汉出来把天气看哩一下，就像是立得秋哩。他到儿子们做活的那嗒儿去说的："要赶紧拾掇菜窖呢。"大儿子听见跷蹊下哩："天气还热的呢么，就可价立秋呢嘛？"老汉背搭手儿站到埂子上，拿的堂堂儿的说哩个口溜儿："赶早立哩秋，后晌凉飕飕。"

老汉没说错，就那一天的后晌刮哩一阵子西风，一下天气凉下哩。赶早怎么觉么的冷飕飕的。没过上一气呢，树叶子们黄上来哩，渠呢的水染哩白气哩，老汉越性不出门哩。

看吵，可刮哩一场西风，下哩些儿零雨。赶早去地下落哩一层子白霜，黄树叶子往下落开哩。老汉在房呢往外头看哩一阵子，他觉么的心呢不好受哩。他就赶紧把儿子们带他们的媳妇儿都叫的来，把家舍的事情依托哩。收口儿，老汉给儿子们咋服[①]的说是，他无常哩之后，叫他们一切听他的第三个儿媳妇儿翠花的调折事情呢。

儿子们都喜欢，他们应承的遵护老子吩咐下的话呢。老汉把家舍的事情依托罢，说是他的无常就像是到哩，他回老家去呢。果不然，没过上三天，老汉无常哩。儿子们把老子高抬深埋的送哩。

一回，弟兄们问哩儿翠花哩："你叫我们做啥呢，干啥营生呢？"

给这么的问题上翠花说哩个口溜：

一人谋事不到。

大家商议没错。

---

①咋服：嘱咐。

弟兄们把口溜儿听哩都说是翠花回答的好，他们一下喜欢的就像是有哩力量哩。他们思想的："老子没依托错，翠花到来贤良。她但有见识，咱们有好事。"

那一阵儿春天的早起，翠花出哩门看哩青草上来，地面成哩一片绿哩。春风风儿把花儿的爨味刮的来呛鼻子的香。哑么儿动静的早起，光听见的五更词儿的一个铃声实在好听。翠花洒落的在自然青秀的中间站的呢哕，她一下看的跷蹊下哩。街门头呢的一个碎土亮亮儿太奇怪。周围长的绿草草儿，亮亮的高头黄昏子土上没有是啥草苗。早起的太阳照的亮亮儿上的土，俊的就像是黄金子。翠花思量的，她的有才识呢老子肯说来。奇怪土亮亮儿里头去不去儿就把这亮东西挖出来呢。

翠花把弟兄们叫的来，她拿指头指的说是："这个土亮亮儿太奇怪，你们三个弟兄们把它挖的抬进来。弟兄们出些儿力量不怕啥，我带你们商量一下。"

"大家商议把事情干不错。"大哥哥说的，"把黄土挖的抬进来，院呢也有处儿把房盖。"

"咱们的院子呢净是沙子带石头。"第二个说的，"把土亮亮儿抬进来是好黄土。"

"黄土拓成土块盖的个好房。"第三个弟兄说的，"和成稀泥满下的好光墙。"

把话说哩，三个弟兄，就像是一个人，心合一的，把土亮亮儿挖的往进抬脱哩。翠花的两个嫂嫂给一家子人们抓锅撂灶的做吃喝。裁缝、量布、洗衣裳都是她们的活。她们都忙乱的半个多月。街门上的土亮亮儿没有哩，院子呢抬下哩一大堆黄土。看哕，进来哩一个白胡儿老汉说的：

"掌柜的，叫我在这个土堆跟前睡一晚夕！"

弟兄们都跷蹊的，为啥白胡儿老汉要在土堆跟前睡呢？他们把这个事情给翠花说哩。翠花把白胡儿老汉看给哩一下，思想的这个白胡儿还怕看出来黄土里头出来有打着亮的东西呢。她就给老汉回答的："我们有人在土堆跟前睡呢，不要你老伯子操心。"白胡儿把翠花带望上出去走掉哩。老汉这呢一出门，大哥哥跟上出去吵，街道呢没有一个是谁。他进来给两个兄弟说哩，他们弟兄们都思量的呲下哩。

翠花看的弟兄们思量下哩说是："你们把土抬乏哩，睡的缓去！"

弟兄们都睡下哩，翠花一个儿坐到窗子根呢往院子呢的土堆上看的呢。黑影影子下来哩，乡庄呢的狗们都乱咬的呢。停哩一时时儿狗们不咬哩，听不见是啥的声气哩。到哩三更呢哩，下夜的梆子，"当当"敲上过去哩。翠花还坐的往外头看的呢，她觉么的是啥的把男人喊起来叫坐到她的跟前哩。

翠花往土堆子上一看吵，把她吓哩一跳，给男人说的："你快看，那都是啥东西，害怕啦啦的。"男人也害哩怕哩，他们两个儿，一个给一个长胆子看的呢。土堆的当院呢跑的几个怪物们。翠花连男人越看，越瘆扎的害怕，他们等的几时叫也不行呢。翠花把老人们说下的话思量起来："人但得开财帛哩，先要见诞悬瘆扎事情呢。"

男人给婆娘长胆子的说是："我不害怕是啥，几时鸡一叫，这个怪物们就没有呢。"

土堆的周围呢，怪物们不见哩，鸡们也叫开哩。狗们可都乱咬开哩。翠花看的怪物们没有哩，可出来的黄母鸡，领的些子黄鸡娃儿，在土堆的团圆呢跑的呢。翠花机密哩，把自己的脚上的一只子鞋提到手呢，叫男人跟上她出去哩。紧头翠花到土堆跟前，黄母鸡把鸡娃儿们领上跑的土堆那傍个哩。翠花蹲下等的呢，黄鸡头呢走的呢，后头跟的鸡娃子们转上过来哩。到跟前，翠花的手展开哩。男人在后头喊的："快打！"翠花攒哩个劲打母鸡的头上一鞋底子，就把黄鸡打倒哩。黄母鸡趴下哩，一起的黄鸡娃儿们唻，钻到大鸡的底下哩。

男人到跟前把黄母鸡没得搬动弹。翠花把手指到母鸡的膀子底下拉出来哩一个重很很的鸡娃儿，一看吵才是金子。

弟兄们听见翠花带男人说话的声气，他们也都起来哩。到土堆跟前都看的呲下哩。弟兄们都对住翠花望下哩，等的看给他们说啥呢。翠花说是叫弟兄们把黄母鸡拿进房呢去呢。弟兄三个把黄鸡没挪动弹。看吵，翠花的两个嫂嫂也来哩。他们弟兄们连先后们六个人细细儿把母鸡拿不到房子呢哩。把大金母鸡抬掉，它的底下三十二个金鸡娃儿。

翠花说哩，这候儿叫白胡儿老汉在土堆跟前睡来。将话说罢，白胡儿进来哩。老汉把土堆一看，啥话没说，拧过身子走脱哩。大哥哥看见喊的叫老汉站下哩。

“老伯子，今儿黑哩，你在土堆跟前睡来，”翠花说的，“我们都喜欢。”

白胡儿把翠花扫哩一眼说是：“这候儿没睡头哩，因此你们把土堆累重的质量得上哩。土堆成下泛常人们使用的叠盖子土哩。拿这个土你们盖房子去。”

翠花问哩：“你咋知得道我们得哩质量东西哩？”

白胡儿老汉回答哩：“我打三个弟兄们的干事上知道哩，头一来，你们把老子吩咐下的话遵护哩。第二来，弟兄三个没看翠花是小媳妇子，没逆候她的调折事情。第三来，他们三个实心实意的，一个没逆候都做哩活哩。”

这三宗事情立逼的叫黄土变成金子哩。你们记下，但是三个人还一心，黄土变成金。

翠花问的：“我们是六个人么，可咋会成下三个人哩？”

“你把一个事情没算子上”，老汉说的：“三个弟兄，三个婆娘，算数儿去你们是六个人。但是婆娘还是一心，她们是一个人。因此这个上，我把你们六个人叫的是三个人。”

人人们都要记下呢：

三人合一心，

黄土变成金。

翠花明白哩这个白胡儿是奇怪人，谋想的让到房呢喧荒呢，一打么眼，老汉不见哩，话剩下哩。

就打那候儿把这个话传说的之后儿，成哩民人们的口溜哩。

亮光秃子

那候儿的光阴上，一个大乡庄呢有十个秃子唻。把九个秃子人们都叫的怪物，把剩下的一个么，叫的是亮光秃子。

亮光一心想成下个有钱汉呢，可是高低谋想不下挣钱的路数。他黑明思想的做啥营生，带谁打交能把钱挣下。思量来思量去，亮光把他们的乡庄的一个姓兰的员外思量起来哩，亮光听的这个兰员外有钱过余哩，银钱把他拿把的黑明呢睡不着，兰成下张张白白的人哩，说韶子不是韶子，说瓜子不是瓜子。因此这个上，人们把兰都不叫员外，叫的是兰瓜子。民人把兰叫瓜子也没叫错。

亮打听的，人都说的兰瓜子爱的是好跷蹊奇妙儿，他肯找的买宝贝，可是次次叫胡宣冒料的人把兰当瓜子的诌谎哩。把员外的秉性打听的知明白，亮装扮哩个大买卖人，在兰跟前去哩。

他挂哩些儿员外的白米，买哩几个料羊。亮把米给九个秃子卖给哩，把羊给买主的算给哩。就这么价，亮在兰跟前去哩几回，他们一家把一家认识哩。兰瓜子把亮光纳服[①]成好大买卖人哩，把货卖给不要现钱。亮把货买哩不短一个钱，他给员外送的家呢去呢。他们两个儿一家不疑惑一家哩，一个在一个的家呢来开哩。

那一天，亮给婆娘说哩，他到这呢哩，可是谋想下的事情还没有遇呢。若要叫事情成窜[②]，还要婆娘给帮凑呢。婆娘就说哩，亮叫她做啥都能成，要咋么个帮凑都能给上。

第二天，亮给兰说是，他有好几样子宝贝呢想给好人们卖给呢。

“我像是不是好人吗？”兰说的，“你就给我卖去。”

“因此你是好人”亮说的，“我才给你把我的实底呢话说哩。”

“明儿个我看你的东西去呢，”员外说的，“你回去给我个便宜。”

秃子回来给婆娘说的：“明儿个兰瓜子来呢，赶晌午短的时候，叫把锅烧红，把锅底下的火退掉，设虑停当呢。员外来坐下，给烧红的锅呢倒一葫芦水。水这呢一滚，把茶沏上给兰瓜子倒上来。”

---

①纳服：当成。

②成窜：成功。

亮就这么价带婆娘拉的说好哩，明儿个叫接应兰员外呢。

第二天的正端午时，兰瓜子骑得黑走马到哩秃子的门上哩。亮急赶把员外让到炕上，给婆娘说的："把茶端上来！"兰瓜子说是他不喝茶，就那个空儿呢，亮的婆娘给烧红的便宜锅呢倒哩一点儿水。"呲浪"响了一下，气冒的那么高，把茶沏上可价端到员外的面前哩。

兰瓜子把茶一看，把锅一看，对住秃子望的嚷下哩。"看吵，"说的："这个锅底下没火么，水咋么价滚哩？"

"这是我的宝贝锅，"秃子说的，"炉子呢不架火，水自己滚呢。"

"你把这个卖不卖吵？"兰瓜子问呢，"但卖哩，卖给我去。"

"旁人给我给多少钱也罢，不卖；我给你，员外卖给呢！"

"你要多少钱呢？"兰瓜子问的，"叫我把这个宝贝买回去。"

秃子面带笑去，心喜欢的说的：

"你是自己的人，我不能问你要多的钱，给上五个金钱那就紧够哩。"

兰瓜子高兴的就给哩五个金钱，把锅装到口袋呢，驮的马上拿回去哩。亮光给婆娘说的就要这么价把员外的银钱哄呢。

兰瓜子把锅拿回去给老婆子还能行的说的："老婆子，这一下到你上好的很哩。你给炉子呢不架火，锅呢的水滚呢。"他说哩锅的有多少好呢，叫老婆子给锅呢倒给一葫芦水呢，把水倒上听的锅也没响，看的也不冒气，他对住老婆子望下哩，老婆子对住老汉望下哩。老婆子把锅拿手一揣吵，锅冰的连石头一样，她就说是叫秃子把员外哄哩。锅呢的气没上来，兰瓜子的气上来哩，在老婆子跟前把秃子骂脱哩。兰瓜子在房呢骂的说啥，叫亮光在他的窗子外头都听下跑回去哩。

亮光回去给婆娘说的，明儿个兰瓜子带他老伴来呢，婆娘一下忧愁下哩。秃子说是叵忧愁，他的头一低思谋下哩，给婆娘说的叫脱哩："明儿个，但看兰瓜子到得门上哩，我把熊子棒拿上胡乱的带你骂嚷，打锤。兰瓜子见咱们打锤的呢，他就把哄的他的事情忘掉，劝的拉咱们呢。咱们叵听他的劝说，我拿棒的大头儿胡乱的把你粉头上打一下，你胡乱的跌倒装的死掉。兰瓜子但骂我，为啥把你打死哩，我说没有他的相干。腾一时儿，我拿棒的梢个儿把你拨的一搡，你抻个懒腰，一个丈子跳起来。"

婆娘害怕把她叫男人打的着哩火，再叵打死哩，给亮光说是打开哩要好好儿防的些儿呢。就这么价，他们两个儿说的虑当下哩。

自不然，第二天的赶早，兰瓜子领的两个长工伙计来哩。到哩门上就嚷的骂脱哩。秃子带婆娘赶紧胡乱的骂开仗哩。秃子的声嚷的还比兰瓜子的声气大。兰瓜子在门上嘴张的听下哩。他听的亮光带婆娘嚷的症候太大的很哩，瓜子进哩院子哩。兰瓜子看的秃子一时二看的像打婆娘呢，他一下跑的拉仗去哩。亮光看的兰瓜子往他的跟前来的呢，他把婆娘的头上打哩一熊子棒。婆娘一下跌倒，眼睛一翻，腿也不动弹哩。

"我告你去呢，"兰瓜子说的，"你为啥把女人打死哩？"

"没有你员外的相干，"秃子说的，"这是我们的家务事情。我把婆娘打死哩，有我自己挡呢。"

兰瓜子把亮光一下骂脱哩。秃子褊胳膊，抹袖子的，手呢拿的棒蹲下听的呢。

亮光看的兰瓜子把他骂的狠哩说的："员外，你叵有害怕哩，我把婆娘打死哩。我把她还能救活。"

话还没说罢呢，秃子一个猛丈子跳起来哩。到婆娘跟前，把手呢的棒掉哩个个儿，拿棒的小头儿把婆娘这么一拨，那么一拨，喊哩一声："起来！"婆娘抻哩个懒腰，一咕噜翻起来哩。兰瓜子看的张下哩，他觉么的就像是亮光有法呢，或者是秃子的棒是宝贝。

"你有法呢吗？"兰瓜子问的，"倒来是你的棒子宝贝？"

"哼，我哪呢的法呢，"秃子回答的，"我的棒子宝贝。"

"这是啥宝贝棒？"兰瓜子问的，"把这么的棒叫啥呢？"

"把这么的宝贝棒，"秃子说的，"叫打死拨活的拦羊棒呢。"

兰瓜子一思想，这个好东西要买上呢，员外的家呢就要的这么的棒呢。

"你把这个拦羊棒卖给我去，"兰瓜子说的，"这么的宝贝该是要到员外的手呢呢。"

"卖哩卖给你，"秃子说的，"只要是叵交到旁人的手呢哩。我问你员外不要多的钱，给上十个金钱。"兰瓜子把棒买上，给秃子道哩个谢，拿上走哩。现走的呢，他现把棒看的呢，到哩家呢哩。

这呢一进门，员外给老婆子可价夸奖脱哩，说是他买哩个好实用的东西。老婆子还当是啥好东西呢哩，到跟前一看吵，才是一个旧旧儿的熊子棒。

"老汉，你还怕可着哩秃子的惑哩，"老婆子说的，"你买前呢适当的看哩没有啥？"

"我在那嗒儿看哩，"气狠狠的兰瓜子给老婆子说的，"你但不信哩，咱们这嗒儿再试当一下。我把你打死还能救活，你一点儿疼痛不受。”

“你在我上叵试当哩，”老婆子带说的，拧过身子走脱哩。

兰瓜子看的老婆子不想叫在她上试当“拦羊棒”，老汉把棒提在手呢撵的去，打老婆子的头上抡哩一棒。老汉的棒打的老婆子的眼睛呢火星子乱扬呢，她的心呢一下不好受呢，她不知道是啥哩，跌倒躺下哩。

兰瓜子撊胳膊抹袖子的，手呢拿的“拦羊棒”坐下缓的呢，他说的呢：“老婆子你叵忙哩，叫我缓一下，把你再往活呢拨！”

看吵，兰瓜子起来哩，把手呢的棒倒哩个个儿，颠倒子拿上，把老婆子这么一拨，那么一拨，喊哩一声：“这候儿起来！”老婆子不动弹。他可喊哩两声，老婆子还不起来，实实儿的在地下躺的呢。兰瓜子看的气上来哩，喊的把老婆子骂脱哩，说是为啥老婆子不起来装的死掉哩。

兰瓜子可拿“拦羊棒”把老婆子拨的都翻哩个过儿。收口儿，老汉把老婆子的头上一看吵，头发里头都是血，拿手把脚一揣吵，脚可价都冰掉哩。打这个上兰瓜子才明白哩，他把老婆子实打实打死哩。兰瓜子后哩悔哩，把老婆子抱住哭的呢，哭的说出来的话是骂秃子的呢。兰瓜子说是秃子带他耍笑也罢么是，就这么价耍笑呢嘛，把钱哄的去事小，把人还叫打死哩。

兰瓜子思量的秃子不是他的相好，才是仇人。但把秃子不处置掉，他的一辈子的后悔。

亮光听见兰瓜子拿他卖给的熊子棒把自己的老婆子打死哩，秃子害哩怕哩。他把他的红光明亮的头低下思量哩几回，咋么价再把兰瓜子哄一下呢。收口儿，秃子思量的跳哩个丈子，他把婆娘喊的来哩。亮光给婆娘说的紧赶蒸些儿包子。把包子们一个一个都叫挂到樱桃儿树树儿的枝枝儿上呢。但兰瓜子来哩，叫婆娘把他让的坐下，把樱桃儿树树儿上的包子揪的袋子呢给员外端给呢。

兰瓜子头呢骑的走马，他的后头跟哩四个伙计来哩。亮光看见员外来哩，他赶紧藏下哩。婆娘给员外让哩叫坐下哩，兰瓜子一下骂脱哩。他就把樱桃儿树树儿上的包子往下揪哩给袋子呢搁呢哩。兰瓜子没看秃子的婆娘做啥呢在街道四处儿找开秃子哩。把秃子找的大房呢，叫伙计们拉出来，牲口八道的杵到马上驮上走哩。秃子的婆娘，心酸落泪的在门上擦眼泪的呢。

兰瓜子叫伙计们把秃子装到牛皮袋呢，挂到河沿子上的一个古树上回来哩。员外把他打死的老婆子高抬深埋的送哩。他设虑的后晌去，把秃子给皮袋攮给一顿锥子，撇到水里头叫河呢的气喉[①]们吃去。

把亮光挂到古树上不大的功夫，秃子在皮袋里头听的马蹄子响的呢。他打皮袋呢窟窿儿呢一看吵，来哩个骑马的人，跷蹊的站下望的看树上的皮袋子呢。秃子一下就把骑马的认得哩。骑马的是一个大买卖人，他的一个眼睛瞎的呢，脊背呢还有些儿背锅儿呢。他就连喊哩两声："往前来，往前来。" 骑马的到哩跟前，秃子说脱的："我是瞎子唻，在这个盛下林子草的麋鹿皮袋里头钻哩不大的功夫，我的眼睛可价好哩。"

买卖人听见钻到皮袋呢眼睛能好，他给秃子说的："你的眼睛好哩么还钻到里头做啥呢？我把你放出来，叫我钻一时时儿不好吗？" "你紧头把皮袋子口口子解开，" 秃子说的，"我的背锅儿那也就没有哩，我成下端正人哩。"

买卖人听见把背锅儿也能治好，越喜欢哩。赶紧把皮袋的口口子解开哩。买卖人钻到皮袋子呢哩。亮光把买卖人的马骑上，马上驮的好值钱的货，他没敢贪慢跑脱哩。

秃子这呢把马打的叫跑脱，兰瓜子领的人们来的呢。到哩古树跟前，拿锥子把皮袋攮脱哩，口呢骂的秃子。买卖人明白哩，在皮袋里头连哭带喊哩说是他不是秃子，是街上的买卖人。兰瓜子听见说是："你图害货在皮袋呢还想哄我呢吗？" 狠狠的攮哩一锥子，把皮袋撂到河呢说的："这候儿你害货在水里头哄大头鱼去。"

亮光把买卖人的货在一个大城堡呢卖哩。卖下的银钱，他买哩几十样子宝石，折回到家呢哩。

婆娘一见男人进来哩，吓的晕过去跌倒哩。秃子赶紧把水洒上把婆娘救过来哩。婆娘明白哩说是："你死掉哩么咋可回来哩？"

亮光给婆娘说哩他的多少能行连悬空话[②]，把宝石拿上可走哩兰瓜子跟前去哩。

秃子一进门，可把员外吓的眩的晕过去。叫秃子把员外吓的张张的吓哩，越性瓜掉哩，思量不来啥事哩。

亮光把拿来的宝石搁到兰瓜子的面前说脱哩。兰瓜子把秃子打头上看哩脚底。他就思量的把秃子拿锥子没攮死，水里头没淹死就不说哩，他还倒拿来哩些子宝石。

---

①气喉：生活在河里的生物。

②悬空话：不是实话。

兰瓜子把从前的事情都忘掉哩，他就问哩秃子哩：

“你咋么价把这些宝石找出来哩，给我也说一下。”

“你把我攮哩一顿锥子撂到河呢，”秃子说的，“水里头呢气喉们闻见人血都来哩。它们把皮袋拉到河呢的一个窑洞呢哩。气喉们把皮袋咬哩呲烂，我往出一出，把它们吓的都跑掉哩。我一看吵，窑洞呢没数儿的宝石。我捡碎些儿的，拿哩几样儿，回来叫你员外看一下。”

“你咋没有多拿些子吵，”兰瓜子说的，“才拿来哩这几样子。”

亮光一下卖派[1]的说脱哩：

“那个窑洞的宝石，但拿出来，能卖一个大柜头的钱。”

“你才干不了事情的人，”员外说的，“但是我嘛一切的宝石能拿来。”

“你但想去哩也能成，”秃子说的，“我把你装到皮袋呢，些微拿锥子攮一两下撇到河呢，你能把宝石找着。”

兰瓜子的心蹊跷来哩，他要去呢，可叫秃子说哩一遍，咋么价把宝石都能找着。

亮光把兰瓜子装到皮袋呢，把口口子扎的绑的紧紧的挂到古树上哩。兰瓜子到哩皮袋呢可不想去哩，说是拿锥子攮开哩疼的很。秃子也没听兰瓜子的话，攮给哩一顿锥子，撇到河呢说的：“一切的宝石都是你的！”

亮光折回来把兰瓜子的地方住上，穿的员外的衣裳，在巷子呢过来过去骑走马的呢。再的员外看见亮光心呢害怕的，嘴呢骂的说是：

十个秃子九个怪，

丢下一个还是害。

①卖派：骗人。

谁的命运

上百年有一个人唻，名字叫个彭无敌儿。他是无娘老子的人，有吃处儿没站处儿，有站处儿没吃处儿。这么的光阴，彭无敌儿过厌烦，他给人家受哩苦哩。这嗒儿彭无敌儿做活，连些子人们讲哩相好哩。他们一个凑护一个“水帮鱼，鱼帮水的”。彭无敌儿娶哩个婆娘，他有哩家舍哩。婆娘会做油糕，彭无敌儿不给人家受苦哩，他们婆娘汉子炸的卖开油糕哩。两员口儿过哩哄肚子的光阴哩。那一阵儿，婆娘生养哩一个儿子叫个彭从喜儿。打有哩娃娃，婆娘给男人做不成油糕哩。彭无敌儿租哩一块儿地，种的卖开菜蔬哩。他们过开不受紧的光阴哩。

彭从喜儿交上三岁哩，婆娘可生养哩一个女子，把名字喊哩个彭金莲儿。女子交上一岁哩，彭无敌儿那候儿不务落菜蔬哩，他带相好们大伙种哩庄稼哩。紧头彭金莲儿到十五岁上，彭无敌儿自己有哩大庄稼哩。他成下“草上贩马的，房上扣瓦的”吃啥不香，穿啥不光的人哩。

彭从喜儿还比他老子占的福分大。他一天价吃饱穿光，光知道是在大街道呢撵走马浪呢。人人看见都说是彭从喜儿有运气，他在享福着哩呢。彭从喜儿听见，泛常把这个话在嘴上吊的说的呢：“我是有运气的。”

彭无敌儿把婆娘带女子做下的吃喝渐渐看不上哩。他打开婆娘哩，骂开女子哩，收口儿雇哩个厨子给他们做吃喝的呢。

一回厨子做哩一席好吃喝，端到桌面儿上哩，彭无敌儿细详细意的看哩一遍，给娃们说的：“你们都快吃，这一桌子吃喝，都是打我的运气上来的。”婆娘听哩没言传，心呢思想的那候儿他的男人咋没这么个运气。这嗒儿彭从喜儿把嘴接上说的：“这都是我的运气。”老子的一下气上来哩，把儿子骂给哩一顿。彭从喜儿看的事情不对，就给老子赶紧认哩个错。

婆娘看的气不愤，就给男人说的：“彭从喜儿说哩的话么，你把娃骂给哩一火塘。他的运气哩，他的运气哩么那可怕啥呢，这是个啥事情嘛？”

“运气是一个大事情，”彭无敌儿说的，“我但没运气，你们还能吃香穿光吗？你们再叵着忙哩，你们在我的命运里头呢。”

婆娘听哩再没敢犟，心呢思想的忍耐一下叫抬杠的事情撂哩去。

看吵，彭金莲儿呲哩个嘴，可把抬杠的事情头起来哩。

“叫我看去，”女子对住大大的说的，“你也没运气。”她把头可拧过来给哥哥的说的，“你也没运气。你们都没有命运。”

彭金莲儿把话还没说完呢，彭无敌儿把女子的话打断问的：“叫你说么谁的命运？”

“但叫我说去，都是我的命运，”女子回答的。“书里上写的是男人们的命运是独一的，他的命运给他自己。女人们的命运不是给她独一的，她的命运是满家户的，她叫一切家中的人们在享福着哩呢。”

彭无敌儿把女子听哩，他的气打领豁呢往出冒呢。婆娘看的男人害哩气哩，面目上容颜都转哩色哩，赶紧把彭金莲儿拉上走哩。

老子一下骂脱哩，他断的叫女子走呢。彭无敌儿说是：“没有你哩，我还过比这个富裕的光阴呢。”“把你出嫁给要的吃的，我就看你的命运呢……”

婆娘正埋怨男人，劝说女子的呢，门上来哩个草花子要饭呢。

“掌柜的，”草花子说的，“给我舍散些饭！”

彭无敌儿一看来哩个草花子，一个丈子跳起进哩房呢，把女子打手上拉的出来，给草花子说的：“我给你不舍散米，不舍散面，但给你舍散我的女子呢。”

草花子听见这么的话，赶紧放破膝盖儿跪下到地下说是：“掌柜的我没有吃喝、穿戴，咋么价把你的女子养活呢？”

彭金莲儿一看吵草花子是一个年轻人，还长的端正，面容也白。她一思想嫁哩，嫁这个要的吃的，把老子的话遵护哩。彭金莲儿说是，她喜欢嫁草花子，不害怕人穷，因此是“打墙的板，翻上下呢”。彭金莲儿把身上的衣裳都没换，她穿的一个半新子红绸衫子，就跟上要的吃的走脱哩。

妈妈看的心呢过不去，眼泪淹心的，跑进房呢拿出来哩一个元宝，端的去硬塞到女子的怀窝呢哩。彭金莲儿给草花子说是，她不走大路，把她领上拾哩小路，打树林呢进去哩。

女子走哩，彭无敌儿头低下思量去哩，他的心呢又害气，可又疼顾女子。他后哩悔哩，心呢说是这也是气头上，一门子心把这个事情干下哩，叫人们听见笑话。婆娘连哭带把男人抱怨的骂。她叫儿子骑上马，把女子断上驮回来呢。男人听见哩，可是也没说是啥话。彭从喜儿带伙计取哩两匹马断去哩，也没有把彭金莲儿找的回来。儿子给娘老子说的，他妹妹连草花子得到打哪呢走哩，就像是上哩天哩嘛钻哩地哩，没有影像哩。

彭无敌儿说婆娘带儿子的："你们放心，彭金莲儿说是她有命运的人。因此这个上我叫她闯自己的命运去哩。有哩命哩能遇面，可是在哪嗒儿遇呢，咋么价能遇面，那个事情是谁不知道。"

彭金莲儿跟上要的吃的走的呢，她不知道往哪呢去的呢。看吵，草花子问的："我问你几句话，叵害气哩，给我说一下。你，姑娘的名字叫个啥，交上多大的岁数哩？"

彭金莲儿一下羞实发哩，难开哭的说是："我的名字叫个彭金莲儿，我今年交上十七哩。"

"你叵害气哩，"彭金莲儿问的，"你的姓名叫个啥，家呢有啥人呢，你有多大的岁数哩？"

"我姓彭，名字叫个彭玉宝，今年我平二十哩，我没有是谁的人，住的房子是窑洞。"

"哎吆，但是那个，你连我老子都是一姓么，"彭金莲儿跷蹊的说是，"你还怕连我们沾亲带故的呢。"

他们两个儿说的拉上走的呢，一家把一家问知道哩。看吵，到哩窑洞跟前，彭玉宝让的叫姑娘坐下，他出去给一切的隔壁邻舍的要的吃的们说哩，他娶媳妇儿呢，瞧的叫去呢。

有麻利婆娘们做一顿饭哩个功夫，老少的男女们草花子，一切的娃娃，大小都去来哩。他们都拿的旧东西、烂衣裳，再么是各式古样的吃喝，给彭玉宝恭喜来哩。彭金莲儿在窑洞呢连几个婆娘们、女子们坐的，听见外头弹唱坐落的呢。娃们都喊叫的哇吵吵的，红火的就像是过喜事的呢。

把彭金莲儿打扮成新媳妇儿叫坐下哩。把彭玉宝打扮成新女婿，两个草花子送进窑洞哩。

彭玉宝带彭金莲儿同哩床，觉么的肋巴窝呢一个啥东西把他垫的。把手呲下去一揣吵，硬邦邦的一个东西，拉出来就打窗子窟窿呢撇出去哩。

第二天赶早，彭金莲儿把毡揭起一看吵，跷蹊下哩，她压下的元宝没有哩。问呢吵彭玉宝，说是昨儿黑哩他把毡底下的一个石头打窗子呢撇到河畔呢哩。彭金莲儿说是那是元宝，紧赶叫女婿拾去哩。彭玉宝看去哩没有元宝，一河畔的石头，空手回来哩。彭金莲儿把女婿领上看去哩，石头的孔孔儿呢都是元宝。他们把元宝拾的拿撩襟[①]往回转脱哩。一时三刻把窑洞叫元宝填满哩。彭金莲儿思量的叫女婿拿这个元宝们干一个啥事情呢。

那一阵儿，彭金莲儿紧头起来吵，彭玉宝不见哩，他的女婿带一切的草花子，搭哩伙什（伙伴）出去可要去哩。看吵，后晌彭玉宝口袋儿呢背的一点儿要下的吃喝回来哩。彭金莲儿看的又失笑，又可着气，她把民人的口歌儿思想起来说的："人要的吃过三年，把皇上的龙位给给他都不坐。"这才是实打实的话。彭金莲儿把女婿说的劝哩，叫他买木石、砖头、瓦块修盖的房呢。

彭玉宝买不来修盖的房的材料忧愁下哩。因此这个上，彭金莲儿把他领上买的材料，雇的匠人们，监工的人们，把一切的草花子们劝说的来，都帮忙的修盖脱哩。没投一个月，把楼房修盖起来不上算，还盖下哩几十大草房带棚道们。把地方修盖起，彭金莲儿给每一个帮哩忙的要的吃的，给哩一个元宝。草花子们都高兴的把彭玉宝称呼的叫的是草花子王，把彭金莲儿称呼的是草花子娘。

看吵，第二年的粮食都成的好。彭金莲儿叫男人买的收粮食呢。粮食围[②]的没有人要，都拿来给彭玉宝渐渐的卖给哩。叫粮食把一切的大草房们、棚道们都倒满哩。彭玉宝忧愁下哩，他把婆娘埋怨的，为啥买哩粮食，吃去吃不完，卖去卖不掉。彭金莲儿说是："粮食没有多余的，她有处儿使用呢。"

就打粮食成哩那一年过来，他们的那个地方上，天旱哩整整的三年，三年没雨水，一下起年荒哩，都价望去税的涨脱哩，把大众的人们饿下哩。人们正在为难的这口儿上，彭金莲儿扬哩名，把舍散饭的锅们搭起哩。来哩一半百男女的草花子就开吃的哩。挨饿的人一个劝一个，早上都吃舍饭来哩。吃舍饭的人们越来越多哩。来的，来的他们那个地方上的一切挨饿的人们都来开哩。

一回舍散饭的吃的时候儿，彭玉宝连婆娘的在楼房上坐的喝香茶的呢，彭

①撩襟：衣服的下摆。

②围：很多。

金莲儿看的吃舍饭的人们后尾儿上，站哩个老汉，就像是她的老子。她细详一看吵，老汉的跟前还是一个老婆儿，咋像她的老娘。彭金莲儿看的，看的一个丈子跳起来，扒到窗子上，把自己的亲娘老子认得哩。她的眼睛盯的看的是老汉带老婆子，手背过去把彭玉宝拉过来叫看哩，男人说是但怕就是的。

彭金莲儿看的老子的手呢拿的个葫芦瓢子，娘母子提的个罐罐儿，她就心呢难受的喊哩一声："今天把舍饭打个颠倒儿，打后尾儿上散的给！"

吃舍饭的人们豁楞哩一下，头呢站的人们往后尾儿上跑开哩。把那气儿站下领舍饭的班子搅乱哩，把彭金莲儿的娘老子搅到人伙伙子呢看不见哩。她看的事情不对，可喊哩一声："可原各站到各的位份上！"人们可都照住地头的原样儿站下，把饭要的给脱哩。

人们现吃，都现坐的呢。彭金莲儿带男人两个看的，老汉吃完把老婆子领上走呢，彭玉宝喊的："唉咦，你们两个儿先站一下！"

老汉带老婆子一下站定，对住楼房上，嘴张下呆呆的望下哩。看吵，他们的跟前来哩一个草花子说的："掌柜的叫你们上楼房去呢！"老汉连老婆子一个把一个望给哩一下，跟上草花子走哩。一切做吃喝的草花子们都搧胳膊抹袖子的人打这过脱的呢，一下看的呲下哩。

彭金莲儿忙忙的把她当女子的时候儿穿下的红衫子穿上，给高头把新衫子套上哩。她带男人一平去儿坐的等下哩。老汉带老婆子这呢一进房门，他们给掌柜的放破席跪下的呢。

彭金莲儿喊的说是："你们坐下，头抬起，听我的话！你老汉贵姓？在哪县的说管上呢？有儿女没有？这嗒儿来哩几回？"

老汉嘴张上，把话听哩说是："我姓彭，名字叫个无敌儿，归清水县呢说管。这是我的老婆儿。我只有一个儿叫个彭从喜儿。这嗒儿来哩三四回，一回来吵，饭给我们两个儿没得够。"

"你只有一个儿子，没有女子吗？"彭金莲儿问的叫实打实给她说呢。

"我也没有女子，"老汉回答的，"儿子打我跟前也走哩一二年哩。"

"你们两个儿把我认得认不得？"女子问娘老子的呢。

老汉带老婆子头抬起，把脖子抻的那么长，看哩一下说的："掌柜的，我把你没见过，也认不得。"

彭金莲儿一下站起说的："你们两个儿实打实把我认不得吗，还道老是装的把我不知道？"

老婆子看哩像她的女子不敢言传，把老汉慢慢儿捣哩一胳肘子。老汉把眼睛拿手肘给哩两下可细详看哩，说是他认不得，心呢思想的这还怕是他的女子。

看吵，彭金莲儿一下把她的衫子脱掉，底下的旧红衫子出来哩。老婆子认得哩不敢言传，一下落哩泪哩。老汉把彭金莲儿当女子的时候儿穿下的红绸衫子看见，他的心呢就像是跌哩个石头。他又害羞，可又叵信，脸上气红发黄的，一下起来往女子跟前走脱哩。

彭金莲儿手奓起，说是叫老汉坐下呢，可问哩老汉认得她认不得。彭无敌儿的眼泪豆豆儿往下滚的带脱哩。他羞的不敢看彭金莲儿，头低下说是："掌柜的，我把你先没认得，我错哩。你是我的女子，名字叫个金莲儿。"这嗒儿他们三个。一家把一家抱住，头对头哭哩一阵子。

"阿大，这候儿你说，"女子问的，"谁的命运？"

"你的命运，"老子的脸上一红二白的回答哩，"你把书实打实读的深沉。我没念过书，是啥不懂。你哥的脑袋大，把书没读下，打哩光哩，这个年景上把他饿死哩。我这候儿才知道哩，养儿也得吉呢，养女儿也得吉呢，女子有命运比儿子强的多。"

金莲儿把老子的认错的话听哩说是："打我说下的话上来哩，打墙的板子上下翻呢，我把你的话遵护哩，没害怕跟上草花子走哩。这不就那个草花子嘛。"把彭玉宝胛子上劈哩一把，给娘老子说哩：

"老人们没说错，争气不养家，养家不争气。"

穷吴成坐哩皇上哩

早前的光阴上，陈亮乡庄呢，住过一个姓白的人，叫个白海。他是个富汉唻，赶人们说："麦米成仓的，骡马成群的。"人人把他都叫的是白员外。

白员外只有一个女子唻，名字叫个香莲儿。她肯连丫鬟在里院的楼房上缓。楼房的四个贴角儿上泛常挂的四个灯笼。香莲儿黑明把楼底下的是啥都能看见。人人都听过，说是香莲儿是一个美貌无比的姑娘。可是是谁把她没见过，不知道她的实打实的俊美。

就那个白员外住的乡庄呢有一个寡妇老婆子唻。她落么[①]有一个儿子唻，名字叫个吴成。儿子跑东跑西的，给人家做的天天子活。他挣下的工钱将够养活娘母子。就是这么个光阴也罢，吴成听见香莲儿的俊美，他想实打实儿见一下呢。吴成把他想见员外的女子的意思给娘母子一说吵，老娘给儿子回答的说是："黑夜黄夜[②]有多少都没得把白员外的女子见，把你一个'要了满'[③]还能把白姑娘见吗?"

吴成把妈妈的话听哩，一下给老娘笑的说是："看不起的木匠盖楼房呢。"

第二天，吴成赶早一早儿就起来，把烂补丁衣裳穿上，给娘母子没说啥话，他走哩白员外家哩。进哩外院，吴成就把员外见哩。他把员外贤惠地问候哩又问候，低头下话的要哩活哩。

白员外一看吵，吴成好贤惠，体面小伙儿，看的他的长相去，做活有力量，脚手还健麻。员外把吴成看上哩，就雇下叫给他的家呢打折院子、备走马、担水连铡柴。

就那一天，吴成把走马备上，拉到房门跟前，把员外搀到马上哩。白海在街上但压开就骂哩。远远的人们就把他知道哩，只是白员外压走马得呢。员外这呢一下马，吴成一下应的去把员外打马上搀下来哩。他把走马拉上在街门头呢，过来过去的遛马的呢，看吵，下开雪哩。员外看的雪来哩，叫吴成把走马拴下去呢，明儿赶早来，把房上的雪扛掉呢。

---

①落么：总共。

②黑夜黄夜：形容之前很长一段时间。

③要了满：音译词，穷小子。

吴成高兴的连颠带跑上回去哩。欢欢的往进一跑，他把往出走的老娘，悬的碰倒哩。吴成赶紧把娘母子拿膀抱手逮住哩，妈妈的没得跌倒。吴成给娘母子说是不叫着气，因此是他在白员外家把活做上哩。

老娘也高兴哩，儿子苦一天，挣二十个钱也够他们两个儿哩，可是他咂咐哩不叫吴成打主意看员外的女子。

吴成可价把主意打下，叫老娘给他把袍子撂的补便宜呢，明儿赶早穿上做活去呢。儿子睡下哩，娘母子现补袍子，现思量吴成的命运的呢。她的心呢说是得到儿子成下一辈子的穷人呢嘛，还到来有运气打这个穷难上出去呢。

吴成没用老娘喊他，赶早一早儿可价起来把袍子蒙上，光给底精的锅锅儿留哩一点干的，紧头老娘喊他喝茶，吴成可价到哩员外的家呢哩。

吴成把木锨连扫帚拿在手呢，给掌柜的说哩他扛雪去呢。员外听的高兴哩，思想的吴成是亲近伙计，就给哩口唤叫上房去呢。

吴成上去，就先把楼房跟前房上的雪扛脱哩。扛雪的呢，他的眼睛在楼房的窗子上瞭扫的呢。香莲儿在楼房的窗子里头绕嗒给哩一下，吴成可价扫见哩。（他带点烟棒棒儿的把袍子的底襟点着），头低下扛雪的呢。白姑娘开在窗子根呢取啥呢，往外头一望吵，小伙儿的衣裳襟子着的冒烟烟的呢。香莲儿没思想再啥别的事情，当是袍子的底襟着哩，小伙儿不知道的呢。她一门子心，还怕把人烧下，把房山子窗子开开，头呲出来，喊的说是："小伙儿，你的衣裳襟子着的呢！"吴成不管他的衣裳襟子，他头抬的，两个眼睛对住香莲儿看的呢。

白姑娘一下把吴成给她呲下的奸巧知道哩，紧忙的把窗扇子关住走过哩。躲过吴成，员外的女子跷蹊的思量下哩。她思量的，小伙计的这个看她的主意，谁教给的嘛，还倒来是自己谋想下的。白姑娘思量的，思量的没忍住，二回把窗子开开，半截身子爬出来把小伙计问哩。吴成仁义的给姑娘说是，是谁都没给他出主意，这是自己的计策。两个儿带拉话的，一个把一个看上哩。吴成把白姑娘见哩，头一面，他一下喜爱哩，就像是（蜜蜂见哩花儿哩）。香莲儿把伙计看真实，她把吴成也看上哩，美貌小伙儿，就像是（花儿见哩蜜蜂哩）。

吴成跑到窗子根呢给白姑娘说是，他打发媒人呢。香莲儿说是，她情愿，叫吴成明儿个的后晌到窗子跟前来呢。

一晚夕吴成没得睡着，他翻身不定的，老娘不知道啥事情。第二天，吴成做活的呢，他觉么的天气到来时长的很，就像是啥把太阳拴住哩。等到太阳压了西山，吴成没叫是谁知道，一个丈子跳到房上，到哩楼房的窗子跟前哩。看吵，窗扇子开哩，打窗子呢呲出来一个白手，撂下来哩一个元宝，白姑娘说的叫吴成把媒人快些儿打发的来呢。

把元宝拿上，吴成就往家呢跑。吴成七爬八爬的跑到家呢，把老娘吓哩一跳，还当是她的儿子遇哩啥事哩。他高兴的给老娘母子说是有好事呢，要紧忙的请媒人说白员外的女子呢。吴成的话把娘母子惹失笑哩，说是儿子给她闯乱子呢。吴成看的娘母子高低不信服他，把元宝掏出来给给说是："这是么，白姑娘给我给的元宝，叫请媒人呢！"老娘看见元宝跷蹊下哩，没得法儿请哩媒人哩。老娘请哩几个有脸面的老人们，可是都不敢给吴成管媒去，说是员外把她们端掉呢。收口儿，一个老汉给答应下哩。白员外把吴成打发来的老汉让到房呢，把茶倒上喧哩荒哩。员外听见他的小伙计打发来的媒人，一下脸都红哩，说是老汉没管媒来，糟心他来哩。白海把伙计喊进来，叫把媒人拿绳子捆绑哩，撇到窖呢呢。老汉也没担心害怕，面带笑气说是，员外该是明白人唻，今儿个咋糊涂下哩，人人都知道，仁礼待道上有啥事情呢"一家养女儿，百家问，草花子问上来捣一棍"。

把这个民人的口溜听哩，白海没言传，他到里间子去，带婆娘商量哩。正商量的时候儿丫鬟进来说是："把我白姐打发的来哩，叫给你们通信说是，把她给小伙计情愿。"听见女子的情愿，把娘老子一下气的颤开哩。就是这么价着气也罢，可是给媒人把住处站处话也给给哩。给断绝话提不得成，娘老子打哩主意说是拿大财礼能扛住。

白员外给媒人说是，娘老子喜欢，可是吴成是他们的伙计，把要下的彩礼送不起。媒人就问哩要的都是啥东西。白海说是："论起来也不多，才是三四样儿东西'金豆儿一兜，银豆儿一兜，三个儿野人的红头发，一颗夜明珠，再不要是啥'。"

老汉把要下的彩礼一听明白哩，心呢思量的员外拿大彩礼扛的呢。他就说是："好的很，彩礼要的四样儿东西么，说媳妇子的人但怕是有呢！"

听见媒人的大话，把白海又气，可又跷蹊。老汉把员外的喜欢，要下的彩礼给吴成的娘母子说给哩。老娘听见这么的彩礼，吓头发都端扎下哩。他就把儿子连抱怨带骂，说是吴成糟心老娘的呢。

吴成丢的凉凉儿的，还笑的呢，看他的那个样式去，就像是他要送彩礼的能够呢。吴成把娘母子的胛拐儿上拍哩一把，说是有多大的事情他挡呢，不叫忧愁颇烦。

吴成装哩个是啥不知道，就连素常一样，给员外做活去哩。掌柜的把小伙计装哩个没看见。到后晌黑哩，吴成把香莲儿想见一下呢，可是他站不到楼房跟前。白姑娘猜度下小伙计来呢，她打发的丫鬟把吴成在后园呢找着哩。吴成叫丫鬟把员外问他要下的彩礼给白姑娘说给哩。丫鬟折回去给白姐一说，香莲儿思量的这么的彩礼除过是皇上，再是谁都送不起。她把书打开念哩，拉过来圆算盘打的算哩一晚夕。算来不错，白姐叫丫鬟研墨，她提起笔写的："我要你把彩礼送，要得你出一回门，远走高飞把东西寻。路上人但把你问，给好回答，就说找神仙破睡梦。两兜金银在古庙呢寻，三个儿红头发在树上插，鸡蛋大的夜明珠在鱼口呢寻。你走的路多，地方远，过哩东海你遇神仙。我给你送十个元宝，三个够你路上搅，丢下七个养活老娘，过亲事去也不少。我盼望一路你得平安，拿金得宝转回还。"

后晌，吴成活做罢，在给他指定下的位儿上去吵，丫鬟来哩，吴成接哩香莲儿的十个元宝，写下的一札儿子。丫鬟把东西给吴成叫来给说是"好去的"，拧过身子跑上走哩。

吴成回去一说吵，老娘又高兴又害怕。她劝说的不叫儿子上路去，但怕原回不来。吴成说是，他喜爱香莲儿不是假事情，祸事也罢，得出一回门去。

吴成心呢发急的带娘母子也没拉多的话，背胛子背上提哩神哩。他一站连一站，把两站当住一站的走的呢。过哩一月可是一月，走来走去的，吴成走哩半年，到哩一个海子跟前哩。看吵，海子跟前一个大古庙。吴成就给去哩。打庙呢出来了个和尚，问哩他哪呢来的人，走哪呢去呢？吴成说是，他打陈亮地方上来，走神仙跟前破睡梦，算卦去呢。

但是那个哩，和尚说是，我在你上带一个问题叫神仙算一下。"为啥这么花的庙，里头不来烧纸磕头的人？"

"我言定给你问哩来呢，"吴成说是。

"那就好的很，"和尚说是，"我就在这嗒儿等你呢。"

出哩庙，吴成可走脱哩。他走到戈壁上，险得渴死。亏嗒好，他攒了个劲，出哩戈壁，到哩一个大乡庄呢哩。吴成走到一家子的大街门上，他的腿拉不动，他坐下哩。打街门呢出来哩一个人是李员外，把吴成打头儿看哩个脚底儿才问哩：

"你是做啥的人，"员外说的，"走哪呢去呢？"

"我是上路的，"吴成回答的，"走神仙跟前算卦去呢。"

员外听见，这是走神仙跟前去的，赶紧让到房呢把吃喝端上来待承哩。

第二天赶早，员外把吴成领到高甜院子呢哩。到哩一个树跟前，员外拿指头指的给吴成说的是：

“你叫神仙算一卦，为啥我的这个榆树不开花结枣儿，就像是它的根底下架火的呢，叶叶儿都烧干哩。”

吴成慢辞慢应的，说是他言定把回答记的来呢。员外说是这回过来开哩，一定叫原到他的家呢呢。

打这嗒儿起身走脱，吴成想打折呢，打小路上走的去进哩树林哩。树林呢迷了路，把他悬的叫老虎、豹子吃上。可倒好，吴成健麻一下上哩树，把自己的命救下哩。这呢出哩树林一看吵，他到哩江跟前哩。水把吴成的路挡住哩，他忧愁的坐到江沿上思量下哩。他正打主意的呢吵，打江里头呲出来哩一个鱼的头，大体呢有一个桶大。见哩这么大的鱼头，把吴成吓哩一跳，可是他没跑，张张儿的看下哩。看吵，鱼头说出人话哩：“小伙儿，你走哪呢去呢？”问哩，等回答的呢。

吴成看的鱼头给他说话的呢，到哩跟前给哩回答哩。还就是那个话，找神仙去呢，他水上过不去。

但是那个哩，鱼头说的：“你把我的一个问题也叫神仙把回答给给，为啥千年的草鱼叵摆子哩，身上的痂子都干的来的呢？”

鱼头说哩，嘴一张，就像是窑洞的门，可是里头亮亮的儿。吴成思量的但鱼头把它咽到肚子呢，他的香莲儿的事情拉倒哩。他的牙咬住，眼睛一闭打鱼嘴呢钻上进呢。鱼把吴成含到嘴呢在水里头半个月，才到哩江那半个哩。吴成觉么的他睡哩一觉，过哩江哩。鱼头说是就在那嗒儿等吴成呢。

往前走哩三十里路，他到哩沙窝呢哩。沙子把他按的，身子直仰呢，腿不往前行。害怕太阳高哩，把他晒死。吴成把吃哩奶的劲站上走的呢。

吴成的肚子饿哩，他的背也干哩。没有力量哩，他坐下哩。往四周八下呢一看，几处儿有死人的骨头呢。吴成的身上就像是浇哩一缸子冷水，他出哩一身冷汗，心呢说是，这嗒儿就拉倒哩。

看吵，得到打哪呢来哩一个老老儿的长白头发老汉，就像他打天上掉下来，站到吴成的面前哩。吴成赶紧起来把老汉问候哩让的叫坐下哩。

“你，小伙儿走哪呢去呢？”白胡儿老汉问的呢，“咋到哩这个没人烟的地方上哩。”

“我找神仙去呢，”吴成说的，“叫算卦破一下睡梦呢。”

“哎呦，我的娃呀，”白胡儿老汉说的，“你把路走岔哩，神仙你找不着，我劝你折回去。你再往前去还有火滩呢，是谁都过不去。”

“若是，火也罢，”吴成说的，“只得要往前走呢。”

“你小伙儿心劲大的很，”白胡儿老汉说的，“你先给我把你的问题说一下，我把你领到神仙跟前呢。”

这嗒儿吴成才说脱哩：

“头一来，为啥海子跟前的花庙呢人都不烧纸磕头去。”

老汉说是：“那个庙的西北拐子的墙跟前，有两兜金银呢，把神们烧住哩，神没有神气哩。但把那个金银给给过路的穷人，神们一下就有哩神气哩，庙发新势呢。”

第二来，吴成问的：“为啥李员外的榆树不开花结枣，就像火烤烟熏哩。”

“那个榆树上上去过野人，把三根儿头发掉到树上哩，”老汉说的，“红头发把树烧的干的呢。但是把那个头发给给过路的穷人，榆树一下就开花结枣儿呢。”

第三来，吴成开问的：“为啥千年的鱼不摆子，就像是它的壳阆呢有火呢。”

“那个鱼不摆子哩，它的嗓乎呢朽下宝贝哩——夜明珠。要紧处把生下的鱼子烧的都化掉哩。但是把那个夜明珠叫上路的穷人拿的去，千年的鱼就摆开子哩，它还往大呢发长呢。”

吴成听哩，头低下思量哩一下，再也没有问的话哩，他的事情圆满哩，给白胡儿老汉道哩个谢，说是他再没有问题哩。老汉说是那就好的很，打怀窝呢掏出来哩两个蜜枣儿，他自己吃哩一个，把一个给给吴成叫吃上哩。吴成一嗒没咽下，白胡儿老汉不见哩。吴成一下觉么的身上瘆扎扎的，赶紧跳起来走脱哩。越走，他越有劲，一时三刻可价到哩江沿上哩。

吴成这呢一到，那个大鱼头打水里头呲出来哩，可价问的呢：“给我的问题上给哩咋么个回答？”

“你先把我渡过水，”吴成说的，“我再给你说。”

过哩江，吴成就把老汉说下的话，他给鱼头给哩回答哩。鱼头一下高兴哩，说是：“你就是上路的，我喜欢给给你，你拿的去！”鱼的嘴一下张开哩。吴成跑上进去就把夜明珠看见哩，他双抱手把夜明珠逮住一下拽下来哩。把鱼拽疼哩，吼哩一下，震的江呢的水起哩一房多高的浪，鱼头不见哩。

吴成把夜明珠揣到怀呢，高兴的走脱哩。没觉起走到李员外街门上哩。进哩院子，员外可价迎上来哩。问哩个坏好，员外把吴成让到房呢，把茶倒上喧荒的呢。员外的头一句话就问哩给他的问题上神仙给哩回答哩没有。吴成就把听下白胡儿老汉的话给员外说给哩。员外笑的说是："要的是榆树开花结枣，你就是过路的人，我愿意，你上树看去。"吴成上哩树，细详细意的，看的把三个儿野人红头发都找着哩。吴成给员外道哩个谢，往前走哩几步，看吵，员外喊的呢："客人站住，你看我的榆树！"吴成拧过头一看吵，榆树的叶叶儿们浓扇的，树上开哩花儿哩。员外可给吴成道哩个谢，说的："你的应警上我的榆树活哩。"

打李员外的家呢出来，吴成觉么的就像是他走哩不大的功夫到哩海子跟前哩。老远呢他就看见和尚在古庙的前头坐的等的呢。到跟前一个把一个问候哩，眼望近近的呢，和尚忍不住就问哩：

"神仙给我的问题上给哩回答哩没有吵？"吴成接上说的："给哩，给哩。"和尚高兴的赶紧把茶倒上，让的叫吴成喝呢。和尚嘴张下听吴成给他说神仙给下的回答的呢。听罢，和尚说是："我在世上不要金银，我要的是庙呢来人烧纸，磕头异常红。你就是过路的人，你把两兜金银挖的去。"吴成这嗒儿忧愁下哩，这两兜金银咋得拿动呢？

和尚给吴成帮的把一兜金、一兜银挖出来一看吵，一兜金豆儿才能揽一盆。吴成一思量，他找的东西都全泛哩，给和尚道哩个谢往回走脱哩。和尚对住走路的吴成念个的，盼望一路叫得平安。

往回走的呢，吴成节节家离近哩，一站连一站，小站上大过站。他走路快的，就像是一股风，没知道乏困，到哩生养他的乡庄跟前哩。吴成添哩脚步只往前走的呢，他看的就像是乡庄亲热的迎上来的呢。

到哩门上吵，老娘提的水往家呢走的呢，看见儿子回来哩，一下两个水缸子打手呢掉下去，水也倒掉哩。

这呢一进房，吴成给娘母子的面前把四样子东西掏出来摆下哩。老娘高兴咂哩，给儿子说是：

"这是我做睡梦的呢嘛，还倒来是实打实的事情吵？"

第二天，就把媒人可请的来哩。媒人看见吴成把员外要下的彩礼实打实拿来哩，一下高兴的说是："我没枉在白海的头呢说大话。我给员外说去呢，叫他今天就接彩礼。"

员外听见叫收彩礼呢，他对住媒人呆呆儿的看下哩，还当是媒人说胡话的呢。看吵，白海都没敢瞧客，把彩礼接下哩。他没得法儿的把过婚配喜事的日子定下哩。

送哩彩礼的那一天后晌，员外把楼房跟前闲的都叫回去哩。吴成到哩楼房跟前吵，他跷蹊下哩，一个人都没有的。看吵，丫鬟笑上来哩。她给吴成说是，白姐问的呢，但是过婚事的银钱不够哩，明天的后晌叫取来呢。吴成说是他的钱有呢。

员外出嫁女子呢，把乡庄呢人们一起满瞧哩。有钱汉们都不舒心的，白员外咋把那么俊美的女子给给他的小伙计哩？白海搭哩三个彩棚，因此接应官人们带有钱汉们。因为名下的人么，搭哩七个碎边儿的花棚。吴成的门上也搭哩几个花棚带彩棚。过事的那一天，吴成连陪郎在头呢走的呢，后头跟的二十个押白马的。陪房连天响，车带人们，披红挂绿的，就给哩几个巷口子唱。一路人挡身拦的，他们都问新女婿么要哩喜钱哩。因此这个上，紧头到家呢可价后晌哩。就像吴成这么的娶媳妇儿，那个陈亮地方上还没遇过呢。

员外害怕女子受穷，他给女子给哩几亩地，一对牛带犁套。吴成一天价犁地呢，一下就想看媳妇子呢，他尽管呢要回来呢。跑回来把香莲儿一看，他可要在地呢犁地去呢。就这么价把地犁不完。吴成把媳妇子叫到地呢去哩，他现犁地的呢，现把香莲儿看的呢。走过去，他看的媳妇子神到那一傍个哩，把牛搭上赶紧就往媳妇子的跟前跑，到跟前把媳妇子看一下，他可犁上过哩。

就这么价，几天把地还没犁下。香莲儿看的不得成哩，男人带她一次次儿离不开。她照住镜子把自己画哩两片儿影像。给这一半个的头上扎哩个棍，挂哩个影像，给地头的那一半个，扎哩个棍，挂哩个影像，叫她的男人把地犁上过来，把媳妇子的影像一看，把牛打上走过去把影像一看。看吵，来哩一股子老毛黄风。风把香莲儿的影像刮上打东傍个走掉哩，落到金銮宝殿上哩，皇上见哩影像给哩紧吩咐，叫把影像上画下的女人找的来呢。

一下发出去哩五百兵马，往西方呢走脱哩。现走，现问，现找，把百姓们糟心到哩陈亮的地方上哩。进哩乡庄就寻到哩白员外的门上哩。员外一见兵马到来哩，他还当是给皇上把夜明珠没进给，犯哩罪哩，当窝儿就吓死哩。看吵，兵马们可到哩吴成家哩。官人们进去把香莲儿照住影像一看吵，就是那个美貌女人。这嗒儿把皇上的紧吩咐给老娘一念，就要把儿子的媳妇儿拿上走哩。老娘带儿子哭脱哩。

香莲儿看的她不去，不得成，就把老娘劝的说是还有好事呢。她把吴成叫到里间呢，拉哩一次儿通心话。香莲儿说是:“我走哩，你叵忧愁。你要拿各样的飞禽毛毛子缝一个花皮袄，砍上两个青木棒棒子，打的唱，把莲花络要学会呢。把花皮袄穿上，把曲子唱上，一路要的吃上，一百天子哩，你要到金銮宝殿跟前呢。我看见，把你叫才人请进金銮宝殿呢。你见哩我哩装个认不得，我说啥，你要做啥呢。但是这么价你能赶上，咱们二人还是一搭一的夫妻。”

吴成慢承慢应的，说是他能干出来。话说罢，他们一个把一个喜爱的抱住疼肠哩。香莲儿坐到八抬轿上军兵们抬上走哩。轿的头呢，这是马跑的给皇上报信去哩。乡庄呢的老少、大小，一切的人们，出来都送哩美貌无比的白香莲儿哩。

香莲儿走哩，老娘不住的哭的呢。吴成不知道乏困，拿弓箭，弹弓子实的打哩街央儿的雀儿哩。他一晚夕价打棒棒子唱哩莲花络哩。

兵马把香莲儿抬上还正在路上走的呢，皇上得哩这只马的信哩。白香莲儿到哩京城呢哩，皇上把军兵们发出去，摆的舞音队接应哩。皇上高兴的坐都坐不住哩。把紧吩咐给下去，叫把香莲儿打扮成娘娘的穿着呢。

把香莲儿让的客房呢，一下来哩一百多年轻俊美女人。她们把香莲儿围住看的说的呢:“这可有多么美貌吵？她也是连咱们一样的一个俊美女子女人么！皇上把咱们拿来的时候儿，咱们也都年轻俊美唻。这候儿咱们迭不住这个女人哩！”十几个女人把香莲儿打扮脱哩。打扮出来她越性俊美下哩。皇上坐到龙位上哩，他的一行呢的老虎，一行呢的狮子，后头站哩带铁盔，穿铁甲衣裳的两个掔矛子的人。文武大臣们分场呢，左右面对面站哩两傍。他们的头呢站的打鼓鼓子、吹喇叭、唢呐子的人们。

两个女人在香莲儿的两下的把她领上，后头跟哩四十个年轻，俊美女人们，走脱哩。香莲儿这呢进哩大殿的门，鼓鼓子、喇叭、唢呐子、密密子一起都打的，吹的耍脱哩。香莲儿打站班的中间走上去，她到哩龙位跟前哩。皇上起来让的叫香莲儿坐到他跟前哩。

香莲儿带皇上一并去儿坐下哩，文武大臣们猛猛的退哩后，到哩墙跟前都坐到弯椅子上哩。大殿厅的中间空下哩，跟上香莲儿来的那十个女人这嗒儿一下都唱的，跳的耍脱哩。看吵，她们的中间出来的一个女人，穿的薄薄儿的衣衫，薄的就像是蚊子的膀膀儿，连跳带摇摆的耍哩一阵子。女人们都走哩，可来哩二十个武将们。他们一个带一个比哩一阵子舞狮出去哩。这个的之后，一切的文武大臣可散哩两傍，给皇上低哩头，恭哩喜都走哩。收口儿，老虎带狮子起来跟上带铁盔穿铁甲衣裳的人们走哩。正红火高兴的时候儿，香莲儿面容上没显出来一点儿笑模丝丝儿。看吵，来哩两个女人把白姑娘领上，后头皇上跟上打后门呢出去，送进家庭房，那两个人女人不见哩。

皇上看的香莲儿愁眉不展的，他就问哩：

"为啥你发忧愁呢？"

香莲儿回答的："我有伤心事呢，咋叫我高兴呢。你的兵马猛猛的到门上把我的老子吓死哩。"

皇上听哩话，给不上回答，他没主意呢。

"看吵，"皇上说是："吓死你的老子我把错应，我赔你家有黄金，你要喜欢带我把床行。"

香莲儿回答的："我给你下话，你叵害气，我给死了的老子戴孝，把一百天的俗要祭。"

皇上一听吵，姑娘叫等一百天呢，他思量的这也是小事情，女人在他的手呢，等哩，等上一百天。因此这个上，皇上是啥话没说，跳起来出去哩。她差派的来哩一个女人，美貌跟不上香莲儿也罢，可也俊美。

香莲儿伤心的落泪的呢，进来的女子看的也伤哩心哭脱哩。香莲儿没忍住问的："你在这嗒儿享福的呢，哭的还要啥呢？"

那个女人回答的："金旮旯，银旮旯，不带自己的穷旮旯。"

她把这个口溜儿听见一下明白哩，这也是连她一样的女人，叫皇上硬鼓的拿来哩。香莲儿一问吵，名字叫个玲香儿，她是王公子学生的媳妇儿。把玲香儿拿上走的时候儿，王公子骂哩寡人，把他也拿到京城呢来，押到狱呢哩。玲香儿带皇上同床的时候儿，遇哩一面，就打那候儿她再没见皇上，这可价一年得哩。

香莲儿把自己的去往给玲香儿学说给哩。她们一个把一个知道好，结拜哩两姨姊妹哩。玲香儿大一岁，香莲儿把她称呼成姐姐哩。玲香儿给妹妹送开心哩，香莲儿把皇上、宰相、一切的文武大臣的事情她都知道哩。皇上天天把香莲儿叫到跟前，他给说给解心慌的失笑话呢，可是白姑娘总不高兴。皇上把香莲儿越看，越爱，不知道做啥的，一百天的数到他上就像是一百年。害怕香莲儿忧愁、颇烦，皇上把姑娘领上浪花园，叫看他的库房，把各样的宝贝夸奖的呢，表说的都叫知道哩。只是这么浪也罢，白姑娘总不高兴，话都不说。

那一天，香莲儿给皇上说的，她想把狱底呢犯人们见一下呢。皇上就把她领上，后头武官、武将们都跟上进哩狱监哩，香莲儿见哩犯人们里头有戴脚镣手镯的，脖子呢戴枷的，上黄瓜弯的，木笼呢圈的，再还有戴各式古样的刑程们的犯人们。

打狱呢出来，香莲儿问皇上给犯人们要哩赦条哩。皇上打狱呢放赦哩三千多人。赦条里头也有玲香儿的男人呢。

香莲儿想把她的男人带的时候儿往明白呢算一下呢，给皇上说是她丢下守几天的俗哩。皇上一下高兴的把先生请的来，细详细意的算的说是，丢下五天哩，香莲儿思想的她的男人来得哩。一下高兴的面目上带哩笑气哩。皇上一下高兴的做啥呢都不知道哩。

他一回把白姑娘跟上，在金銮宝殿呢转的呢，一阵阵儿可价到哩楼上哩。姑娘往底下一望给大声笑哩。皇上跷蹊的就问哩：

“你笑的看见啥哩?”

“你看,”白姑娘说的,“那个草花子失笑不失笑?”

皇上一看，实打实的一个草花子，穿的雀儿毛的皮袄子，棒棒子拿上唱的莲花络。他就问哩白姑娘哩:“你但看的那个草花子失笑的，叫他进来。”

香莲儿高兴的带笑的说是:“你但想叫我高兴的笑，把那个草花子叫进来!”

皇上就赶紧把香莲儿领上下去，紧忙的派了两个才人，出去把草花子叫进来哩。

“叫草花子光给咱们二人唱的耍,”香莲儿说的,“把门么关住，外头叫武将们站班。”

“那就好的很,”皇上说的,“我叫把门关哩，人们也放下哩。”

皇上坐到龙位上，把白姑娘叫带她一并去儿坐下哩。看吵，草花子进来给皇上磕哩头作哩揖，他的眼睛把香莲儿吵的稍微看哩一下儿唱脱哩。香莲儿把头搁到皇上的胛子上看的笑的呢，给草花子挤哩个眼睛。皇上高兴的浑身都麻掉哩，就像是他吃哩麻药哩。

草花子越耍越有劲。香莲儿看的，看的一下大声笑脱哩。皇上不知道啥事情，他也笑脱哩。他问哩姑娘哩:“你咋高兴的这么价笑的呢？你永在我的跟前没笑过么。”香莲儿回答的:“我笑的是你但怕草花子皮袄子穿上，唱一下儿，还怕还失笑。”皇上高兴的一下起来说是:“那就好的很，只要是你高兴。”他说草花子呢给他把皮袄子叫脱给呢。草花子说是，他可穿啥呢。皇上把龙袍带帽子一起都脱哩抹给哩。看吵，香莲儿说的，她一个儿看去不失笑。皇上把草花子打发的去，叫带香莲儿坐一时时儿呢。吴成带他的媳妇子坐到一搭呢哩，皇上是啥不知道，装扮的草花子在底下跳的胡乱的唱的呢。

将唱哩两三句，香莲儿可价笑脱哩，拿胳肘子把男人捣给哩一下还带笑的说是："哎呀，我害怕呢，把草花子绑了，推出午门杀掉去！"看吵，吴成装扮的皇上，大声一喊杀，进来哩两个武将，把装扮草花子的皇上一下绑掉哩，他喊的说是："我是皇上，把我一下撂开……"武将们把他绑住带拉的说是："你坐啥的皇上，皇上没在龙位上坐的呢吗？"皇上喊这个也不听，喊那个也不听，把他拉到午门外头一刀杀掉哩。看吵，给装扮皇上的吴成报上来哩说是："把草花子杀到午门外头哩，来哩些子野狗们等的吃掉呢。"

香莲儿把吴成领上往后门跟前走的呢，玲香儿跑上来说是快跟上他跑。他们三个儿一下跑的去到哩泛常皇上坐的那个房呢哩。这嗒儿把皇上单另的衣裳穿上，给哩吩咐说是，白姑娘把先生守够哩，给老子把俗也祭完哩。

文武大臣们，武将们，一切的大官们，丞相们来，都给"皇上"拿的来的礼行贺哩喜哩，"皇上"给他们一切都给哩打赏好哩，银钱不算还有的高官得做哩。

吴成当哩皇上哩，香莲儿把宰相的心呢去哩，你后夜的看来，给男人说哩。他们二人一商议，把宰相押掉哩，把王公子找的来叫给他当哩宰相哩。玲香儿带男人也到哩一搭呢哩。

皇上的朝呢，龙位上倒换哩皇上哩，谁都没知道，皇上叫穷吴成坐上哩。

打吴成给老娘说下的口溜儿回答上事情遇哩：

看不出来的木匠，

盖楼房呢。

笤帚精

前呢古代的时候儿有一个老汉唻。他连他的老婆子两个儿平安无事过光阴的唻。

得到儿时，老婆儿把一个老笤帚没舍得往炉子呢架，她搁到立柜背后忘掉，再没使用。年代多的很哩，那个笤帚打人的手带下的汗气子上成哩精哩。成哩扫帚精，黑哩出来就变成人哩，食饭吃喝呢。老汉肯问老婆子为啥剩下的吃喝，第二天吃去就没味道哩。老婆子把老汉抱怨的说是，他为啥不爱吃剩饭。

笤帚精黑哩出来食饭也罢，可是它把老汉连老婆子没有伤损过。因此这个上他们两口儿没觉着家呢有哩精奇的，他们还放心住的呢。笤帚一天比一天能性哩，黑哩出来把老婆子的脏衣裳穿上，它借助衣裳的汗气子说开话，笤帚精穿衣裳的打扮开哩。老婆儿的家呢没有擦的胭脂粉，没有戴的花儿，笤帚精谋想下在货郎子跟前买呢。

一回，街道呢过来哩一个货郎子，手呢拿的铃铛子“叮铃，当啷”响上，到哩老婆儿的门上哩。笤帚精听见货郎子的铃铛子，变成俊美姑娘出去喊的：“货郎儿哥，货郎儿哥，把担子担到这嗒儿来!”

货郎子拧过头看吵，一个细挑儿俊美姑娘喊他的呢。笤帚精姑娘买哩一对菊花儿，一盒盒儿粉带哩一张儿胭脂。把花儿戴到她的黑头发上，姑娘带笑的说是，她回去取钱去呢。姑娘进去功夫大的很哩，不见出来，货郎子的心呢急开哩。他把铃铛子在门上摇的就喊。货郎子看的姑娘不出来哩，他把街门打的喊脱哩。货郎子喊的那个声气，铃铛子摇的那个响声，把房呢歇上睡觉的老婆儿惊动出来哩。老婆儿把货郎子埋怨哩。

“我又不买你的货，又没该你的钱的，你做啥呢?”老婆儿问哩货郎子哩。

“得到你的女子嘛，得到是你的孙女嘛，出来买哩两个花儿，胭脂带粉，”货郎子说的，“进去取钱去哩，再没出来。我喊的要钱呢。”

老婆儿听见这么的话，一下失哩急哩。她思量的货郎子知道她的家呢没儿女，照他的说的呢。

“你再叵胡说哩，”老婆儿说的，“跑的我的门上要钱来哩。你哪呢来的，哪呢去。”

货郎子听的老婆儿的话不好，一下连说带嚷呢问老婆儿要下个钱呢。

“打你的家呢出来的姑娘，买哩我的货哩，”货郎子说的，“你要给我把货钱赔给哩。”

老婆儿带货郎子嚷嚷的呢，隔壁邻舍的人们连听带看的都笑的呢。老婆儿把看她的人们把话给哩一下，觉么的事情不对，齁齁的把门绊的“嘭的”一下进去哩。

货郎子，就像是在没住人的门上，他白喊的骂哩一阵子，是谁没搭声气。货郎子往前走哩几十步，他给人和煦的说是，老婆儿的女子咋么价把他的货买哩，没给钱，进去哩。货郎子把这么的话一说，人们都一下气笑脱哩。他们带笑的给货郎子说是，老婆儿没有儿女，哪呢来的姑娘买货呢。

货郎子不明白，这是一个啥事情，他就去唱的把铃铛子摇上走哩。

老婆儿总当是，货郎子糟心她是没儿女的人的呢。她把遇下的这个事情给老汉没说，搁到心呢哩。

货郎子在单另的街道呢转哩卖的半个月的货哩，可走到老婆儿的门上哩。货郎子铃铛子一响唦，打老婆儿门呢就那个俊美姑娘可出来哩。货郎子见哩姑娘看的张下哩。看唦，姑娘喊的叫到门上去呢。货郎子把姑娘打头上看哩个脚底呢，没说是啥话。姑娘挑见哩一个盖头，稍微笑给哩一下儿说是：“货郎儿哥，我给你取钱去。”

货郎子没顾得说话，姑娘可价进去哩。货郎子在门上可等下哩。工夫大哩，他等不出来，把门打的喊开哩。老婆儿听的门外喊的呢，出去一看唦，还是那个货郎子。

“你的女子可买哩我的货哩，”货郎子说的，“进去取钱去哩，不见出来哩。你把早头呢买哩货的钱带今儿个的盖头钱给给。”

老婆儿跷蹊下哩，她把货郎子看给哩一下，头低下思想哩没言传，给货郎子把钱给给哩。

“你在我们的街道呢叵来哩，”老婆儿说哩气狠狠的拧过身子进去哩。

老婆儿思量的，把这个奇怪事情要给老汉说一下呢。这不是货郎子糟心她的呢，但怕出哩怪事哩。

老汉把话听哩，思量哩半会，给老婆儿说是：“这个不是好事情，咱们的家呢有哩精奇哩。”

老婆儿说是：“咱们的家呢啥能成精，咱哪嗒儿找去呢？”

“要在街道四处儿看呢，”老汉说的，“因此这个上，把东西一切都要拿出去呢。”

他们两个儿就把东西都拽出来，看的没有就像是成哩精哩东西。坐的缓哩一下儿，老汉对住立柜看哩说是：“但怕立柜背后有啥东西成哩精哩。”老汉连老婆儿把立柜挣死扒活的稍微挪哩一下，把背后能看见哩。一见旮旯子呢里的老笤帚上苫的花盖头，高头插的两个花儿，把他们吓的呲下哩。看吵，老汉跑的去把火勾拿来打哩一下，老笤帚跌倒动弹的呢。一顿火勾打的把笤帚拉出来，“吱喽吱喽”就像是老猪叫唤哩两下。

老婆儿跑的去把月牙斧头拿来，递到老汉的手呢，把老笤帚一顿剁成节节儿哩。剁哩头一斧头，笤帚精喊哩一声，就像是碎娃娃的声气。

老汉说的：“除过把精奇拿火烧，再单另的是啥东西处置不了。”

当院架哩一大堆子火，把剁下的老笤帚节节子往火上撇的烧脱哩。火着脱把笤帚精烧的一下叫唤脱哩。看吵，火里头一个细声哭的呢，就像是姑娘的声气告饶的呢。伤心的那个哭，难性的那个告饶，把老汉连老婆儿听的只想落泪。

火还没着完呢，笤帚精的孽障声气可价听不见哩。火着下去哩，把笤帚精烧成灰哩。

老汉把一切的灰揽上，撒到后院呢哩。第二年的开春儿撒哩笤帚精的灰那嗒儿，出来哩些子高粱。

老汉带老婆儿活哩一趟，没见过搁下的老旧东西能成精。

打笤帚精上他们才知道哩，但是人脏哩，把里外不打折干净哩，家呢出精奇呢。

老婆儿说的：“这一下咱们才知道哩‘若要知道，经过一遭’。”

人参精

上往年有一个人唻，名字叫个从勇。他光落寞守的一个碎女儿，名字叫个从金儿。

从勇给白胖子员外受一天苦，才挣的一碗碗儿高粱，或者是玉米。从金儿把她老子拿回来的这一点儿粗粮食，拿手磨子磨成面，做成馍馍，他们两个儿吃不饱，吃个半肚子。

就是这么吃不饱的光阴也罢，可是从勇带女儿没有觉着，他们咋么价一天推一天光阴的呢。他们两个儿光知道是一家喜爱一家，一个疼上一个呢。老子但后晌一回唻，女儿一下去，打手拉上，说说笑笑的坐下，两个儿连吃带喝的。

员外把伙计的光阴看的不舒心下哩，他就问哩从勇哩：

"从勇，你咋连我一样的不忧愁，"白胖子说的，"你也天天明儿过光阴的呢？"

"哎呀，白掌柜的，"从勇给哩回答哩，"我要你叵忧愁，心呢要舒坦，喝水吃高粱面。"

员外思量的，他的高粱面多的连啥一样，可不吃的，不叫心呢舒坦的做啥呢。

白胖子叫他的丫鬟拿酥油和高粱面，烙哩一个锅盔，他吃哩半个子，喝哩一大碗凉水坐到凉棚底下得哩病哩。

因为看病，员外把一切的大夫请的瞧的来哩，可是没有一个大夫把白胖子的病看好的。收口儿，把一个大大夫打省城地方上连瞧带请的拿八抬轿抬的来哩。省城的大夫号哩脉，说哩：

"若要看你白掌柜的病，要得人参精。"

员外把话听哩说是，这是无用的话，那么的药料打哪呢找的来呢。白胖子气上来把大夫骂的端掉哩。

大夫走哩。员外把从勇叫的来，骂下的不上算，还打给哩一顿。白胖子骂的说是，为啥从勇给他使哩坏心，叫吃的高粱面的馍馍哩。

从勇给哩回答说是，他没有错。白掌柜的自己错哩，因此员外没叫拿水和高粱面，拿酥油和的烙哩锅盔哩。

白胖子看的事情不对，就是把从勇打死也罢，他的病不能好。员外思量哩半会说是，叫从勇给他找人参精去呢。但是两三个月里头找的来，他给从勇把自己的女子娶嫁给，还把他的财帛搭陪一半子呢。但是把人参精找不得来，员外的病不能好，或者是无常掉，官家叫从勇给白掌柜的抵命去呢。

从勇回来他的碎女儿跑的依上去哩。老子的把她打手上领的走的呢，可是不想舒畅，就像是愁眉不展的，女子笑么嘻嘻儿的嚷的叫老子喝茶呢，可是她老子把高粱面的馍馍望给哩一下儿，把女儿的头上捋哩一把说的：

"你吃，你喝，我的娃呀，大的肚子饱的呢。"

"你在哪嗒儿吃哩，"女儿问的，"除过家呢，谁能给你给一块儿馍馍?"

大大的把桌子上可看给哩下，没给女子给回答，把头低下思量去哩。

女儿不舒心的可问哩：

"阿大，你咋哩，愁眉不展呢?"

老子的不言传，光两个眼睛呢眼泪花儿转呢。

女子把大大的这个孽障看见，也淌开眼泪哩。

大大可给白胖子做活去哩。从金儿跟前来哩一个碎丫头儿。她们两个儿要哩一阵子姑娘儿，从金儿问哩那个丫头的名字叫个啥。丫头儿说是，她的名字叫个王楚儿。

要完哩，王楚儿临走呢给从金儿说哩：

"你给你的老子说，叵叫他愁哩，我能把他的难性事情解掉。""你咋么能给我的老子把难性事情解掉?"从金儿问哩。

"我把你老子的性命搭救下不上算，还叫富贵一辈子呢。"王楚儿给哩回答哩。

"你连我一样的碎丫头儿，可有啥本事呢?"从金儿不舒心的问哩。

"叫你老子带员外把找人参精执笔写哩，在县官跟前把押画上，把印拓上，拿回来。"

王楚儿说哩，打哩个转身走哩。

后晌从勇回来，从金儿高兴的跑到老子跟前，就把王楚儿来哩的事情说给哩。

从勇把话听哩，猛个子他的脸上的愁气一下没有哩。他高兴的把女儿搭起来抱上进哩房呢哩。

"从金儿，咱们的运气来哩。"老子说哩。

“拿啥运气，”女儿问的，“我咋看不见？”

“连你要哩的那个王楚儿丫头儿就是咱们的运气。”老子说的。

从勇带女儿高兴的一晚夕，两个儿没觉起就亮哩。从勇都没顾得喝茶，跑到员外跟前写执笔去哩。就那个时候儿，王楚儿可连从金儿要来哩。从勇给女儿说下的呢不叫她害怕，但是王楚儿来要哩，走开哩叫给王楚儿衫衫儿上把穿便宜的红线的针，勾搭儿挂上呢。

从勇紧头回来吵一看，打房呢一根子红线拉上出去呢。他正看的呢吵，女儿也跟上线出来的呢。他们两个儿跟上线去吵，到哩一个树树儿跟前一看吵，一个草的叶叶儿上挂的针线。

从勇知道的呢人参精给他睡梦的呢说下的。不叫往出拔，不叫往出挖。要么是喊三声王楚儿呢。

从勇喊哩：“王楚儿，王楚儿，王楚儿！”人参精一下打地里头憋出来哩，紧头拿回来可价黑哩。

半夜呢人参精变成丫头儿带从勇拉哩磨，把主意教给哩。

第二天，从勇把人参精拿上在员外家去哩。白胖子把洗哩人参精的水，折呢喝上就可价好些儿哩。

员外把人参精锁到柜呢，就给从勇把自己的女子给给，搭陪哩一半子财帛。

员外好哩，想拿人参精挣钱呢，可是人参精没有哩。他把从勇叫的来可叫给他找人参精去呢。从勇没答应，因此执笔上没有说是，叫他二回找人参精的话。

打员外的国呢，人参精出去再没叫是谁见面。说的是，很多的有钱汉花的金钱带银钱，打发哩上千的人，叫找人参精呢，可是到如今还没找着。

地主精

自然清秀好看的，淌白水河呢川呢，得到几时住过一个地主，名字叫个杜修。户家们给杜修再单另没安上名字，把他叫哩个地主精。把这个吆子号给杜修没安错。民人口溜儿上说的：“但是民人说啥，就有啥呢。”

户家们看的杜修把伙计们压迫的太歹毒的很，他就像是成哩精的人一样，想把活物儿一下活吃上呢。民人打早把地主的式样看出来哩，但是天气阴下，地下黑开哩，响炸雷，杜修害怕的就藏到深窖呢哩。从这个上躲的人出哩一件猜度的，地主是成哩精的。

因为治验杜修，倒来他是人嘛还是精，打户家们里头出来哩一个穷人，吆子号叫个哈士芒。户家们听上他的话设虑哩一席饭，把杜修连瞧带请的来哩。把地主让到上炕子，户家们都连抬举带称呼的，让哩又让哩，叫杜修吃呢，喝呢。哈士芒把设虑便宜的囫囵酒，倒到酒杯子呢，双手儿端上给地主哩。给单另的陪客们倒的是烧酒。地主知道他的事情呢，不敢喝酒，尽管呢推辞的说是他的身体不刚强，喝不成酒。哈士芒的傻气大，地主不敢忘，哈士芒连让带鼓的，叫杜修把一杯子酒喝上哩。

这呢把酒喝上，地主可价醉哩，变成青狼哩，对住户家们牙呲的，狠的想咬呢。哈士芒喊哩一声“打青狼”。出来哩一伙人，拿的叉把、铁锨、斧头都乱打脱哩。打的青狼挡不住哩，撑廾要跑脱哩。因此叵叫人看见，青狼一下变成一个碎活物儿哩。

这候儿，户家们带地主精难争战哩，可是他们的胆子正的呢，心呢都没有松劲。哈士芒给户家们说的他觉么的，就像是给他们打远处儿来帮凑的呢。

哈士芒没说错。把户家们带地主精争战的事情叫四海的老龙王知道哩。他打发哩一条龙，叫给户家们帮忙来呢。打西傍个上来哩一块儿黑云，风吹上走脱哩。地主精可价机密哩，他寻的找开藏的窝儿哩。这倒是论干净活物，不爱脏东西带脏人。地主精跑的去钻到一个月婆子的一堆衣裳里头哩。

户家们把地主精找不着哩。哈士芒括么的精奇钻到邻居月婆子的房呢哩。他叫户家们把房子圈的围掉哩。哈士芒把一切的犄哩旮儿旯儿呢都找的看过来哩，光把脏衣裳里头没看，他把地主精没找着。

户家们把房子围掉的时候儿，月婆子害哩怕哩。她还当是地主杜修打发的人们来讨问骇下的账呢，当是给杜修把账没给还，害怕叫户家们呲房子来哩。

就那个时候儿，上来的黑云可价到哩乡庄高头哩蓝天上站下哩。地主精可成下一个黑蛛蛛设虑下哩，但是雷抓来，他往烟洞呢想跑呢。看吵，猛个子雷吼脱哩，下开大白雨哩，可是一个户家都没跑掉，他们听哈士芒说啥呢。哈士芒喊的叫户家们好好儿给龙帮忙呢，留神看的叵叫地主精跑掉哩。

雷响的，响的，“咯扎”响哩一下，震的地面都动弹呢。白雨越性下的大哩，就像是打缸子呢往下倒呢，电闪哩一下，雷打房呢进去哩，成下就像是一个黑毛娃儿哩。

地主精看的他的事情不好，也成哩黑毛娃儿一样的东西，谋的往月婆子的怀窝儿呢钻呢。可是，他没顾得钻，叫雷断上，在月婆子的周围跑脱哩。

地主精指望哩脏月婆子的帮凑哩，可是指望空哩，因此月婆子洗哩换干净的呢。从这个上，雷也能在女人跟前去，带进去争战。女人看的，就像是两个碎黑蛋蛋儿在她的大院呢跑的呢，她高低看不明白，到来两个啥东西，转的她的头都晕呢。女人思量的把这两个跑的黑影影子打的断掉。她的手一扎，拿胳膊上的银镯子打去哩，痛的黑影子跑上过哩，打到第二个上哩。“咯扎”响哩一下，震的房子动弹呢，一个大红蛋，就像是压西山的太阳，打窗子呢彪上出去哩。到街道呢躺下哩，成哩几巷口子长的，一房高的一条龙。

躺龙的街道呢，人们都守满哩。乱喊叫的说是龙孽障的，为护闪人带地主家呢争战去哩，遭哩难哩，户家们给龙披哩，龙的头上牵拉一匹子红绸子，没腾上三个时辰呢，单另的乡庄上带城堡的人们也都来哩，一切随嗒的人都打河呢担的来的水，给龙的身上泼的洒脱哩。就是那么价洒水也罢，龙的热气炙的人不得到跟前去。

因此遵护抬爱龙，一时三刻的耍开把戏儿，唱开戏哩。这嗒儿就像是过啥社会的呢，人们越来越多，乡庄呢守下哩有几十千人，他们都看的活物龙来哩。

几趟的路上来哩将军，想拿地主精的金银呢，给仓房门上搧封皮呢，哈士芒喊哩一声：“粮食带金银是民人们的！”户家们一下，把地主精的粮食带金银呲哩乱翻，拿完哩。官人们看给哩一下，他们把众人们做不了啥，这会走哩，民人们一个都没走剩下哩。他们想看龙呢，这么大的活物咋么价能起来登空。

收口儿，龙把在此受哩遭哩七天的难，头抬起哩。第七天的正端午时，太阳正红的时候儿，一时时儿天气阴下哩。人都括么来哩，说的是龙走呢。看吵，电闪哩一下，电的光亮照的人都睁不开眼。把龙看不见哩。就那个空子呢，高头的炸雷一响，底下躺的龙可价不见哩。龙可成下雷，就像是黑影子进哩房，把地主精断脱哩。可原回到女人的大院呢，两个黑影子跑的转脱哩。女人想给帮凑一下呢，可害怕倒再打到龙上，就没敢动弹，她看的后头跑的黑影子，把头呢的黑影子断上哩，就像是两个生铁蛋，一个带一个碰上哩。炸雷一响，电闪哩一下，出来哩一个瘆扎扎的声气，两个黑影子没有哩。

停哩一时儿，打天上的黑云里头闪出来哩一火蛋，跌下来绊倒地下，地主精成下灰哩。风把精奇的灰刮上达四海呢。

傻拉瓜儿哥

得到是哪一个年代上遇下的事情。一个老汉有三个大女子呢。两个大女子长相不好看，可是大姐走路风流，二姐说话巧妙灵谈。她们两个儿爱嬉闹的打扮自己，怕的是打折院子做家中的活。

三姐白净俊美，可是说开话哩舌头秃些儿[①]。她爱打折，做里外的活，怕打扮自己。两个姐姐把三姐不叫名字，实际喊的是秃舌儿。老汉把她的老疙瘩女子也不叫名字，泛常喊的是老姐儿。

一回，大姐带二姐想喝些儿甜茶呢，她们给老子的说哩叫称糖去呢，可是老汉没称去。她们可使用的秃舌儿给大大的说给叫称些糖去呢。老汉把糖的价钱一问吵，太贵的很。两个大女子看的老子空手进来哩，她们就给秃舌儿找哩个错，骂脱哩。老汉把两个女子劝哩，他说是明儿个多拿些儿钱，称糖去呢。大姐把话接上说是，但要在街上称糖呢嘛，隔壁子傻拉瓜儿邻居有卖的蜂蜜呢。老汉看的茶倒下哩，他没窝住，在傻拉瓜儿家称蜂蜜去哩。到门上一看吵，傻拉瓜儿还没回来呢。老汉折回来将坐下喝哩一两口苦茶，两个大女子可把老汉骂脱哩。老汉一个丈子跳起，没找下单另的一个啥铁东西，把他的枕头底下的金斧头儿银把把儿拿上哩。跳过墙，他把傻拉瓜儿的房门敲脱哩。

傻拉瓜儿的哈巴子狗娃儿听见跑的来张张望望咬脱哩。老汉拿斧头儿甩的吓唬狗娃儿去哩。斧头儿打手呢甩出去哩，哈巴子狗娃儿把斧头儿挈到门道呢哩。就那个节口儿呢，傻拉瓜儿回来开门的呢。老汉害怕傻拉瓜儿把他看见，没顾得拾斧头儿去跑脱哩。他的后头哈巴子狗娃儿张张望望咬的跟上，他翻过墙回来哩。把金斧头儿银把把儿失去哩，老汉站不住的坐不倒，脚弹拍手的，三个女子把老子看的张张的呲下哩。

哈巴子狗娃儿咬的时候儿，傻拉瓜儿可开门呢，打门缝呢把老汉扫见哩，可是他没出声喊叫。傻拉瓜儿这呢一进街门，就把明灿灿的金斧头儿看见，拿回去锁到柜呢哩。傻拉瓜儿猜么来哩，这个东西是隔壁子老汉的。他听见过，人都说是他的孽钻客[②]邻居有金斧头儿呢，可是总没见过。傻拉瓜儿高兴的思

---

①舌头秃些儿：形容不善言谈。

②孽钻客：小气鬼。

想哩:“这一下我才把金斧头儿实打实见哩。”他装哩个是啥不知道，等的看老汉要他的东西来不来。

老汉羞的不出门，黑明思量他的金斧头儿的呢。女子们看的老子忧愁的很，她们都想问的商量一下呢。大姐问去哩，大大的没给声气，头都没抬。二姐可说话去哩，老子的头抬起光把她看哩一下，也没言传。三姐跑的老子跟前，舌头吐上问的说脱哩。他把女子的头上捋哩一把说的:“我没有脸面见傻拉瓜儿去，你们姊妹三个里头出来一个去。把傻拉瓜儿称呼哥哥，给他低头下话，把咱们的金斧头儿要的回来。”

三个姊妹一搭呢商量哩，大女子说是，她能把金斧头儿要的回来。大姐先嬉闹的打扮上，才慢慢儿去哩。到街门上她喊的呢:“傻拉瓜儿哥，傻拉瓜儿哥！我们的金斧头儿银把把儿，跌到你们的后花园呢哩，你们的哈巴子狗娃儿咬的‘张张’也不给，‘汪汪’也不给，傻拉瓜儿哥把我们的金斧头儿银把把儿给我们取给。”

就这么价大姐尝试儿要去的，喊哩几遍。傻拉瓜儿听见门外喊的呢，他给窗子看的是老汉的大女子，也没出去，也没给答应。

大姐回来，二姐打扮上可喊去哩。她也尝试儿要去的喊的:“傻拉瓜儿哥！把我们的金斧头儿银把把儿给我们。你们的哈巴子狗娃儿‘张张’也不给，‘汪汪’也不给。”傻拉瓜儿一看吵，老汉的第二个女子，他神到房呢也没给答声气。二姐把傻拉瓜儿哥也没喊得出来。三姐把脸都没顾得洗，跑的去可在门上喊脱哩。她也就像是两个姐姐喊哩，可是舌头吐的呢，把话说不真。傻拉瓜儿听见门外喊的呢，高低把话听不明白。他扒到窗子上一看吵，老汉的老疙瘩女儿，老姐儿白模样儿呼的那个脏，就像是碎丫头儿。傻拉瓜儿把秃舌儿越看越失笑，越看越爱看。连看带听的，傻拉瓜儿没神住，答哩声跑上出去哩。

傻拉瓜儿啥话没说，先把秃舌儿打头看哩个脚底说的:“回去给你老子说，但是你们姊妹三个里头，哪一个给我当媳妇儿，我把金斧头儿银把把儿原回给你们呢。”

老姐儿回来一说吵，老汉可忧愁下哩，三个女子头都低的思量下哩。看吵，老汉问他的三个女子呢，哪一个有心给傻拉瓜儿当媳妇儿去呢?

“我能嫁一个挑葱卖蒜的，”大姐说的，“不嫁他傻拉瓜儿瓜夫。”

“我能嫁一个背柴拾粪的，”二姐说的，“不嫁他傻拉瓜儿瓜夫卖蜂蜜的。”

老汉把两个大女子的话听哩，没言传，他对住老姐儿看的等下哩，听老疙瘩说啥呢。老姐儿看的老子等她的话的呢，说的：“我不嫁挑葱卖蒜的，也不嫁背柴拾粪的，但嫁的是傻拉瓜儿卖蜂蜜的。”老汉听见老姐儿喜欢嫁傻拉瓜儿，一下高兴哩，可是两个姐姐不愿意。她们两个儿把秃舌儿劝喧的说是：“把你秃舌儿能行的，但要嫁下个傻拉瓜儿呢。我们把眼睛洗亮，看你的失笑儿呢。”

老姐儿给姐姐们回答的说是：“你们想看我的失笑儿呢，再叵又看眼红哩。”

第二天，老汉把王妈妈请的来，叫给傻拉瓜儿通信去哩。傻拉瓜儿听见秃舌儿愿意嫁他，一下高兴哩，起手[①]就把王妈妈请的叫当哩媒人哩。王妈妈没有出力量把亲事圆成好哩。傻拉瓜儿把老汉的金斧头儿银把把儿带一切的彩礼送给哩。老汉见哩金斧头儿带好彩礼高兴的说是，傻拉瓜儿是贤良人，老疙瘩女子有勇气。两个大女子看的，傻拉瓜儿给秃舌儿送的好彩礼，她们不愿意哩，都说的老姐儿不是穿好衣裳的人。

没过上半个月，老汉给老姐儿过喜事呢。守亲的把老姐儿巧妙打扮上，拿红单子苫住哩。娶亲的带问呢：“新媳妇儿便宜[②]哩没有？”守亲的回答的：“便宜哩！”

叫大姐来，给老姐儿揭单子呢，她不揭，说是秃舌儿嫁傻拉瓜儿呢没有她的相干。把二姐叫的来，叫揭单子呢，也不揭，说是卷毛子秃舌儿嫁瓜夫呢没有她的事情。除过这两个姐姐，老姐儿再也没有亲人哩。因此这个上，王妈妈把红单子揭起来哩。一切的客人们看的都给张下哩，他们把秃舌儿都认不得哩。有的人们说的，还怕不是秃舌儿，得道哪呢来的仙女，可是老姐儿真俊美的成下就像仙女哩：黑的那个头发，白的那个模样，两道儿黑柳叶儿眉毛，粉团团儿的脸蛋儿，就像是桃花儿，毛扎扎的一对儿巴旦眼睛，端棱个儿的鼻子，红丢丢儿的碎嘴，就像红玛瑙，一嘴的落么牙儿，包的些点儿红的舌头尖儿，舞段的身子儿，一双儿巧妙脚的刚刚儿露出哩裙子。来的客人们把新媳妇儿看哩，都说是：“傻拉瓜儿有运气，娶哩个好俊美媳妇儿。”

傻拉瓜儿把秃舌儿娶回去，他的家舍呢一下整齐哩。傻拉瓜儿把秃舌儿叫的唠唠儿[③]，不叫做重活。做惯的秃舌儿有时没干的坐不住，她把里外都打折的干净，房呢的摆设都擦的次次朗儿明。秃舌儿是上炕的裁缝，下炕的厨子，傻

①起手：马上，立即。

②便宜：准备好。

③唠唠儿：这里指表示疼爱的一种叫法。

拉瓜儿的空房子成下客来人去的红火家舍哩。

老汉的家呢剩下的两个大女子，她们墙头上，暗地看开傻拉瓜儿家哩。她们看来看去的没忍住，拿的礼行过来把妹妹的认哩。把门户拉活，两个姐姐泛常来开哩。大姐把秃舌儿的光阴看眼红哩。她后哩悔哩，心呢思量的，该来那候儿嫁傻拉瓜儿，她的运气叫秃舌儿夺的去哩。

那一阵儿，傻拉瓜儿来哩客哩，大姐给秃舌儿帮的待客去哩。她回来思量的心呢起哩黑意思哩。大姐也带是谁没有商量，在一个女货郎子跟前学哩些儿邪法，把秃舌儿处置掉，她想嫁傻拉瓜儿呢。

一回，大姐把秃舌儿叫上，在河沿上浪去哩。秃舌儿高兴的就给傻拉瓜儿说哩。男人给哩口唤说是，叫早些儿回来呢。他有事情呢，回来的迟，家呢没人。把话说罢。傻拉瓜儿骑上马走哩。大姐把秃舌儿领上到哩河沿上浪哩一时儿，她们坐到水跟前缓下哩。大姐的心呢一下烦哩，她说是："咱们水上找影影子来！"

秃舌儿往前跟的看水呢，大姐一下把妹妹搡到河呢，念哩些儿邪法，秃舌儿落哩底哩。大姐思量的她的事情成哩，高兴的往傻拉瓜儿家走的呢。大女子没回来，老子还当是立站的妹妹家哩。就那个时候儿，秃舌儿变成花雀雀儿落到一个树上叫唤开哩。

后晌哩，傻拉瓜儿骑的马往回走的呢，到那个淹死秃舌儿的河呢饮马呢。马喝水的呢，傻拉瓜儿听的一个雀雀的声气说的："上水呢，马喝水，打马嘴。"他头抬起来一看吵，树上一个花雀雀儿叫唤的呢。傻拉瓜儿把马叫拧哩个过儿，马喝水的呢。雀雀儿可叫唤的："下水呢，马喝水，打马腿。"

傻拉瓜儿把雀雀儿看的跷蹊下哩，他就给雀雀儿说是："雀雀儿，雀雀儿，你乖放[1]哩，飞到我的帽檐儿上来。"雀雀儿一抻膀膀儿，花的，俊的，飞的来落到帽檐儿上哩。傻拉瓜儿看的雀雀儿给他亲热的很可说是："雀雀儿，雀雀儿，你乖放哩，飞到我的小腿儿呢！"雀雀儿一下飞下来，钻到袖子里头哩。雀雀儿打袖子呢出来，可飞到傻拉瓜儿的怀窝呢哩，就像是碎鸡娃儿，冷哩钻到老鸡的膀子底下哩，雀雀儿飞哩放心叫哩。傻拉瓜儿觉么的他的怀窝呢热和的，就像是他揣哩个人娃儿。

到家呢，傻拉瓜儿把雀雀儿叫蹲到葡萄架上，进哩房呢看呢啥黑洞洞的，

①乖放：听话。

就像没有人。他就喊哩两声："唠唠儿，唠唠儿！你在哪呢呢？"

大姐穿的妹妹的衣裳，装扮的秃舌儿在房呢答哩声哩："我在床上呢。"傻拉瓜儿思量的，天天但他一回来，唠唠儿就迎的出来哩，今儿个咋没出来。

"唠唠儿，你咋没点灯，"傻拉瓜儿问的，"黑洞洞的在房呢做啥的呢？"

"灯点的早哩，蚊虫都飞进来哩，"给哩回答哩，"咱们睡呢么，要下亮的做啥呢。"

傻拉瓜儿把声气没听来，他乏哩，上哩床，再多没说话，头到枕头上可价睡着哩。大姐听见傻拉瓜儿睡着哩，就赶紧念哩一阵子法器[①]，叫傻拉瓜儿信服她是秃舌儿。到亮哕，傻拉瓜儿看的，带他同床睡哩觉的不像他的唠唠儿。细详一看哕，脸也黑，脚也大，长相不好看。可是念下的法器把傻拉瓜儿拿住哩，因此这个上，甚啥呢他还不明白。

"你的模样儿咋黑下哩，"傻拉瓜儿问的，"你干哩啥哩？"

"在河沿上日头晒黑哩。"大姐回答的。

"可为啥你的脚也大下哩。"傻拉瓜儿问的。

"河沿上浪的工夫大哩，"大姐回答的，"走过来，走过去把脚泡肿哩。"

大姐假装妹妹，把锅灶的头尾不知道，她给傻拉瓜儿把吃喝一下做不上来。傻拉瓜儿亢哩，喝哩一葫芦瓢子凉水，把眼下的法器给参哩，他才明白哩，这不是他的唠唠儿。

"你姐姐呐？"傻拉瓜儿问的。

"昨儿后晌回去哩。"大姐回答哩。

"但是那个哩，你的妹妹，唠唠儿走哩哪呢哩？"傻拉瓜儿问的，"你给我说一下？"

大姐没言传，把吃的赶紧端到桌子上，她可念哩些子法器，叫傻拉瓜儿吃的呢。因此这个上就是傻拉瓜儿知道哩这是大姐也罢，他再没细泛的问。就第二天赶早，傻拉瓜儿知道哩，带他同床睡哩觉的不是媳妇儿才是大姐。他把大姐知道好哩，可是没言传，就当自己的媳妇儿过光阴的呢，把唠唠儿渐渐忘掉开哩。大姐知道是傻拉瓜儿拿来的雀雀儿是秃舌儿变下的，圈到笼笼儿呢她不给吃的，不给喝的，叫往死呢饿的呢。雀雀儿也不叫唤，害怕大姐把它打死，等傻拉瓜儿来哩叫唤呢。

①法器：召唤。

一回赶早，傻拉瓜儿在家呢给雀雀儿把食，水给给叫吃哩喝哩。看吵，大姐把头发掺开梳头的呢。雀雀儿看的傻拉瓜儿在它跟前呢，没害怕叫唤脱哩。

“谁拿我的木梳梳儿，”雀雀儿骂的，“梳狗头，谁拿我的篦子刮，刮狗头……”

大姐害怕傻拉瓜儿明白，可念哩些子法器。傻拉瓜儿的耳朵呢，就像是风吼呢，他没搭理雀雀儿叫唤的说的啥。

傻拉瓜儿把马拉上这呢一出街门，大姐就像是鹞子扑的去。一把把笼笼呢的雀雀儿逮住，捏死，念哩些儿法器塞到着红的炉子呢哩。花雀雀儿这呢一见火，成下碎红豆豆哩。

就那个时候儿，傻拉瓜儿家来哩个捡火的货郎子老婆儿说的：“我的家呢没火哩，叫我在你的炉子呢捡两三个打儿火子儿！”

“捡去！”大姐给哩口唤哩。

老婆儿捡火呢，一看吵，火里头一个红豆豆儿，她就也捡上哩。老婆儿拿手一戳，红豆豆儿不烧手，她思量的这还怕是宝贝，赶紧拿回去搁到箱子呢哩。

就打那一天，老婆儿的家呢净出开怪事情哩。

老婆儿早起把房子顾不得打折，她就转货郎子去哩，紧头回来房子打折干净哩，把吃喝做便宜放到桌子上哩。这个事情，把老婆儿跷蹊下哩，她不知道谁做的呢。就这么价几回。那一阵儿，老婆出去藏下哩。停哩一时儿，扒到门缝子呢看呢吵，她看的一下呲下哩。得到打哪呢来哩一个俊美媳妇儿在房呢做活的呢。老婆儿把门一下搡开进去，那个媳妇儿变成红豆豆儿哩。老婆儿一下明白哩，这是一个年轻媳妇儿叫法器拿住哩。老婆儿就紧赶把她的法器念脱哩。念哩一阵子吵，红豆豆儿一下跳哩一个丈子，成下俊美媳妇儿哩。老婆儿把媳妇儿问脱哩。问来问去她知道哩，这才是秃舌儿，傻拉瓜儿的唠唠儿。

没过上半个月，隔壁邻舍的人们都知道哩，货郎子老婆儿家有一个俊美媳妇儿呢。把这个话传来传去的叫傻拉瓜儿听见哩。他胡乱的在货郎子家买些儿货去哩，把那个媳妇儿看见，一下就知道哩。见哩唠唠儿，他的身上就像浇哩一缸子凉水，可是啥话没敢说，傻拉瓜儿回来思想的，他想把唠唠儿原娶回来哩。傻拉瓜儿给大姐没言传，给货郎子老婆儿把媒人打发的去哩。

老婆儿知道这是秃舌儿，没敢推辞，给傻拉瓜儿的媒人把话给给哩。秃舌儿说是叫傻拉瓜儿把红毡打老婆儿的门上铺到傻拉瓜儿家，她打毡上走上回去呢。

就这么价，傻拉瓜儿把秃舌儿往回娶哩第二遍。念法器的货郎子老婆儿害怕秃舌儿再着火，她把大姐的法器收掉哩。

大姐一看给秃舌儿使用不了本事哩，她喝哩人烟[①]闹死哩。二姐听见大姐的这么的落脚，在家呢叫怒气把她胀死哩。

秃舌儿越性年轻的俊美哩，傻拉瓜儿越性把她喜爱哩。他们成哩脚手离不开的，同心合一的两原口儿哩。

民人们的口溜儿上说的：

人人都把好心想，

狼心狗肺不久长。

①人烟：毒药、大烟。

穷李旺与龙王女

那候儿一个大乡庄呢有两个人唻，他们的名字都叫的是李旺。

一个李旺种的大庄稼，开的油坊带磨坊。他是员外庄稼上雇的几世长工伙计。

他把长工伙计给的唖的很，一天到黑骑的马，察看伙计的。

第二个李旺是那个员外的家呢的长工伙计。

他穿的一身烂补丁衣裳，脚上一双麻鞋，在一个土房房呢铺的麦草住的呢。李旺长工赶早一早儿起来，不停的做一天活，几时地下黑的看不见啥哩，才走他的烂房房儿呢睡觉去呢。就是起早贪晚的做的是顶重的脏活，员外还说是李旺长工做不动活，叫的是李懒，把吃喝也给不够。李懒一年四季挨饿的呢，但是李懒长工一要吃喝，员外就骂脱哩，说是懒干手还吃的多的很，又一下就气上来可给一顿铜丝马鞭子，押到空窖呢呢。

李懒长工就是把活做的多好也罢，掌柜的把他叫的李懒。这个吆子号出哩名儿哩，人都把李懒的真名字忘掉哩。

一回，后晌黑哩，李懒把活做完，要的往回走的呢，他的肚子饿哩。李懒没得法儿，饿肚子睡到土房房儿底下的麦草上哩。睡下肚子饿的睡不着，李懒思谋的，思谋的颇烦下哩，把这么的光阴过啥呢，过到几时去呢。他思谋的把员外的活撇下，出去新的找单另的活去呢。

李懒思谋的哪呢找运气去呢？他听下的人都说是，神仙知道人的运气呢。李懒谋想哩他在深山呢找神仙去呢。

第二天，李懒叫员外给他把账算给呢，掌柜的给李懒苦下的时工上没给钱，给哩些子小米子。

李懒把小米子炒哩拿上上哩路哩。走哩几天到哩深山呢把神仙找不着。神仙知道的李懒是好老实人，吃哩亏，指望的来叫神仙给一个帮凑呢。因此这个上，“八朵神仙”里头的一个顶能成的活哩千岁的神仙，出来现哩身，迎的李懒来哩。

李懒走乏坐下哩，头低下，面前站的一个神仙造觉呢，头一抬吵，他的面前站的一个白胡儿老汉，他的胡子白的就像是棉花。

李懒看见老汉吃哩一惊，一个丈子跳起来，赶紧问候哩，请让的叫坐下哩。老汉长出哩一口气，头抬起把李懒的面目上看的问哩：

“问小伙儿，叵上去，你在这个深山呢做啥来哩？”

“给老爷爷我小人回，叵颇烦听我的俗话，”李懒拿亲热的话说的呢，“是谁呢我瞒哄不了老爷。我在这嗒儿寻的找神仙来哩。”

“劝小伙儿转回，人把神仙一辈子都找不着。但是人能把神仙找着，都找去哩。”老汉把话说哩，头低下思量啥的呢。

“好我的老爷爷呢，我指望的到这嗒儿来找神仙呢，”李懒拉哩哭声儿说的呢，“把神仙找不着，叫我死呢嘛？活呢？”

“小伙儿，听我的有当务的言，”老汉说的，“把我的这个竹棍儿拿上去，能把神仙找着。”

李懒把老汉的竹棍儿双手儿接上，答道哩个谢，往后退哩几步，拧过身走脱哩。走哩半截儿，李懒拧回头看呢吵，白胡儿老汉没有哩。他就跷蹊的，思量上在山呢走的呢。

李懒出哩山口，到哩就像一眼看不透的水潭跟前哩。往前走去没路哩。李懒乏哩，就扑嗒一下坐倒，思量脱哩。他思量的呢，拿竹棍儿在一个红石头上闲么无干的敲的打的呢，李懒拿竹棍儿石头上打的那个响声，入到东海呢老龙王的耳朵呢哩。

龙王叫一个龙，装扮成人，打水里头显出来，到东海沿上看来哩，谁打龙王的门的呢。

李懒听的水上响给哩一下，头一抬吵，东海沿上站的个怪怪的人。李懒将么儿翻起来，跑呢，那个人喊哩一声：

“哎呦，小伙儿，叵害怕我哩。我问你，你要啥呢？”

李懒听见问的他要啥呢，才没跑，听哩话哩。话听罢，李懒给哩回答哩：

“我不要是啥东西，光要些儿运气呢。”

龙跳哩个丈子，一个鱼儿跌鳔，打水里头下哩。下去就赶紧给龙王报上去说是：“东海的龙王门上，来哩一个愁眉不展的，还颇烦的人，问龙王要些儿运气呢。”

龙王一听，就像是打哩个滚儿，成下人王的主一样的，坐下说的：

“给我把那个人叫进来！”

龙可装扮成俊美人，打海呢出来到哩李懒跟前吆下哩，头低哩，一下就像是请人来哩：

“走，我们的龙王请你，叫到他的东海的地底下去呢。”李懒也没害怕，下水里头去，因此他豁的出来找运气的人，李懒的眼睛一闭，打水里头出来的那个人，一下成哩龙哩，头就像是桶一样大，把他吸到口呢，含上下哩水哩。李懒紧头明白，他可价到龙王的花玉石台上哩。

来哩一个美貌无比的姑娘，把李懒领上到哩拿珍珠镶下的玉石门跟前哩。门慢慢儿开哩，李懒括么的一个门扇就有几百千斤重。他随住姑娘进去，到哩龙王问官事的大厅子里头，剩下一个儿哩。上炕子坐的龙王，他的两下呢站的共总十八个保护王的怪物。

李懒见哩龙王，赶紧放破膝盖儿跪下哩，头低下眼睛闭的不敢看龙王。李懒听的，就像是炸雷的声气吼哩一下，问他的呢：

“你是谁，你要啥呢？”

龙王的声气把李懒吓的嘴呢后打开绊子哩。

他拿哩个狠劲才说哩。

“我是穷李旺，我想给自己找些儿运气呢。”

“好的很，”龙王说的，“你在人王的主的国呢没有遇上运气，今天你到哩我们国呢找运气来哩。我看你是苦汉们里头的一个好苦架子，因此这个上，你在这嗒儿把运气能得上。”

“我喜欢给东海水下的龙王支差，出力量。”

李懒给龙王把活做上哩。因为治验李懒，龙王叫给他各式古样的活。给他吃喝给的多，他的活做的好，没觉起一年天气过哩。

一回，李懒正把活做红的时候儿，早前叫哩他的龙来说是：

“走，你给我们把活做完哩，我们的龙王叫你的呢！你听我的话，但是龙王给你端开啥哩，你叵要，光把龙王的右傍个花瓶上的一个刺梅花儿要上。”

李懒把龙的话听的张下哩。他思量的为啥不要金子带宝石呢，可要下个花儿的做啥去呢。李懒可一思量，那个龙到他上有好心有意的龙，要听他的话呢。

李懒这呢一进厅子呢，他就把龙王的右傍个花瓶呢的刺梅花儿看见哩。就像那么的花儿他还没见过，得到咋那么俊的好看。他把花儿喜爱的眼皮儿不闪看的，放破膝儿跪到地下哩。

龙王手一张给李懒指的说是，一年的时工活上，他要啥东西呢？这个大厅子呢搁的金银，各式古样的宝石，一切都叫看过来哩。龙王给李懒指这个，他不要，指那个，他也不要。收口儿龙王问的说是那么要啥呢？

“我是啥东西都不要，我光要的运气，”李懒说的，“但是龙王不嫌弃我哩，我要花瓶上插的那个刺梅花儿呢。”

龙王听哩李懒的话，眉攒丧下，思量哩半会，叫把娘娘叫的来呢。他们二位一商量，龙王说是也能成。就把花儿打花瓶呢取出来给给李懒哩。把花儿接到手呢，想给龙王道哩个谢，猛个子炸雷一响，就像是起哩台风，把李懒打东海底下吹出来，到哩海沿上哩。手呢拿的花儿，他很站哩个工夫，思谋的做啥呢不知道。收口儿，李懒把手呢的花儿看的闻哩一下，往回走脱哩。走的呢，后悔的呢，为啥他没拿宝石值钱东西，可把花儿要上哩。虽然就是刺梅花儿俊也罢，到穷人上没有理会，因此看哩花儿肚子不得饱。李懒思量的颇烦下哩。因此是回去还要给员外受苦去呢。

走哩几里路，李懒一看吵，手呢的花儿蔫蔫子哩，花瓣瓣子弯弯儿的，就像是滚水捋哩。李懒看的花儿也不俊哩，他就把自己埋怨哩，说是人穷哩连见识都没有哩，气上来把刺梅花儿撇到路上哩。往前走哩几步，拧回头看呢吵，花儿可原回成下新鲜刺梅花儿哩。就这么价，李懒把花儿在路上撇哩几遍，二折回把花儿可拾哩几遍。收口儿，李懒思谋的，这个花儿还怕也是一个宝贝，又当务的拿回去。

神仙掐的一算吵，李懒手呢拿的花儿，拄的他给下的竹棍，往回走的呢。神仙装扮哩个和尚迎李懒去哩。李懒见哩和尚高兴的，他有哩伙伴哩。和尚说是，他的腿困的，他要哩竹棍儿想拄上呢。李懒喜欢的把竹棍儿给给哩。他们两个儿说的，拉上走的呢，李懒没觉来乏，到得乡庄呢哩，可是他没知道，猛个子和尚不见哩。

李懒紧哩思量哩他的乡庄呢，他愁眉不展的到哩自己的烂土房房儿跟前哩。李懒一看吵，他的房房儿越性烂的塌得哩。他拧过来看的员外的楼房越性修盖的好看哩。太阳照的楼房上扣下的新琉璃瓦，照人的眼睛呢。李懒颇烦的进的房房儿，把蔫掉的刺梅花儿插到墙缝呢，他坐的思量的睡着哩。

第二天，李懒肚子饿的不知道做啥呢，他可想给员外做活呢，在街门上站的等员外儿时骑上走马出来哩。李懒白整整儿站哩一天。他的肚子饿的挡不住哩，喊哩一声掌柜的。

李员外听见一看吵，李懒来哩，赶紧把生狗放开手的叫咬呢。狗到跟前把李懒闻哩一下，头低下叫唤走哩。李懒颇烦的思量上，走的呢，埋怨自己的穷命的呢。他思谋的在哪嗒儿就得吃一点儿啥，将就到明天再看。

肚子饿的，心呢难过的。李懒一开门，闻的一股子饭的窜味道。看见桌子上的酒碗花席，他跷蹊的张下哩。李懒还当是他做睡梦的呢，到桌子跟前就吃脱哩。吃饱哩，李懒才知道是真打实的酒席。看的吵，他的房房儿也打折的净的，炕上铺的些子新鲜金麦草。他就起手睡下哩。睡梦的呢，他梦见的龙王家领的他的那个美貌无比的姑娘，惊醒来一看吵，可价打亮哩。

李懒把房门儿关哩，走哩旁的乡庄呢找活去哩。后晌回来，可是一桌子席。他把席细详细意的看够，不慌不忙的吃哩，就给睡下哩。李懒思量的谁给他天天做席的呢，他谋想下把花的看一下呢。

第二天，李懒没在远处儿去，他藏到房门跟前的深草里头哩。停哩一时儿，他打门缝子呢看的呢，墙上的刺梅花下来，成哩姑娘哩。手一张得到打哪呢来哩两个丫鬟。姑娘自说的，一时三刻的，两个丫鬟做下哩一桌子席。

李懒看的呲到门外前哩，猛个子就像是谁说的："还哼啥呢，快些儿！"他一下把门搡开，进去，两个丫鬟不见哩，光剩下姑娘哩。李懒把姑娘逮住不撂开，他害怕原转成刺梅花儿呢。

"撂开，我是你的人。"姑娘说的。

"那就好的很。"李懒听哩话，把姑娘撂开哩。

他们二位坐下现吃海菜席的，现拉沫[1]的呢。李懒现开口问哩姑娘：

"耐烦听我的几句话，不用上气，回答一下，"李懒哀告的说的，"姑娘是谁的女子，闺名儿叫个啥？"

"我是东海的龙王的第三个女子，"姑娘回答的，"我的小名儿叫个桂花。"

"但姑娘不嫌弃我穷的，"李懒给你桂花说的，"咱们二人结婚。"

姑娘把话听罢，羞失发哩，可是就得要给回答。

"龙王愿意把我许给哩你，"桂花说哩，"我喜欢，咱们二人成房。"

从打那一天，李懒带桂花成下良缘两口儿哩。桂花才把男人的人名字知道叫个李旺。

桂花看的李懒愁眉不展的，她就问哩。李懒说是他一个人过不起光阴呢，这候儿两口子人哩，光阴咋得过起呢。桂花劝哩不叫李懒忧愁，说是能遇下好光阴。

①拉沫：聊天。

他们二人同哩床，香甜到也近三更个哩，李懒睡着哩。桂花转回哩老子家，给龙王学哩李懒的穷难的光阴哩，她要哩好富贵光阴哩。

紧头桂花折回来，到哩东方发白的时候儿哩。李懒睡哩一大觉，惊醒来，觉么的他的身底下缩作[①]的。眼睛睁开看呢，他在缩屋子上呢，房子里头也成下单另的呢。好奇妙儿，海呢的奇怪东西一切都摆的珍奇的好看。李懒听的外头牛、羊都叫唤的呢，就像是乱揀揀的，一个丈子跳起往外前看呢吵，他才在七层子楼房上呢。他的烂干地方成下就像是员外的大院子哩。

李懒看的呲到窗子跟前哩，桂花到跟前打胛拐子上慢慢儿拍哩一把，把男人惊给哩一下。

“我不叫忧愁光阴呢，”桂花说的，“这不是吗，好光阴来哩。”

“这都是咱们的嘛？”李懒问的，“到我上这个多的很。”

李懒吃哩，喝哩，下哩楼房，给他可价把走马喂便宜，拉到跟前哩。骑上到街道呢，人们把李懒都认不得哩，一个都问一个的呢：“这是哪呢来的员外吵？”一家给一家也没给上回答。

过哩几天，有的人们知道哩，说的这是员外的伙计，李懒富贵哩，他娶哩个媳妇儿还俊美的很。

隔壁邻舍的女人们都偷的想看李懒的俊美媳妇儿来哩，费心劲的拿上礼行胡乱的在李懒家浪门儿来哩。

他们把桂花见哩说是，世界上这么俊美的女人没有的或者是缺少。多的女人们看的说是，桂花的俊样连人的俊不一样，她的眼睛也不像人的。有的老婆子们猜度的说是，李懒的媳妇儿是狐狸精。

女人们传说李懒的媳妇儿俊美，到哩李旺员外的耳朵呢哩。员外听的说是李懒的女人怪俊，俊的美貌无比。

李旺想把桂花见一下呢，生方儿百计的驮哩一马驮子礼行来哩。扯谎打砣的说是，日子多哩没见，带他是一个心里的人呢。他想哩一家子哩，拿哩个薄礼行看来哩。

李懒看见早前的掌柜的来哩，带桂花商量哩，把员外当客的接应哩去，说是：“有礼不打上门的客。”

桂花知道是员外看她来哩，把外还往俊美呢打扮哩。员外见哩，把桂花一

①缩作：不舒服的。

下喜爱的，他打开颤哩。李懒看的事情不对，打发的人把员外送回去哩。回去李旺给桂花害哩相思儿病，他病倒哩。

员外请哩很多的大夫号哩脉，说的他害的相思儿病呢，水灵灵桂花来看，是啥药料吃上都不得好。

员外请的人去，把李懒瞧的来哩。他叫李懒把他的乜散，财帛光阴带三个俊美婆娘都去看哩。

把李懒那海菜席待成哩，员外才说是，他把一切的光阴搭陪上，带李懒换婆娘呢。李懒没言传，心呢马上跑回来哩。

桂花看的李懒不喜欢，这嗒儿她给把一切的实话说哩：

“龙王的干办把女子娶嫁个人，叫给那个人三百六十天里头，把好光阴指给，原叫可回去呢……我到你跟前现世满得哩。因此这个上，你要带员外写婚单带执笔，搭陪光阴换婆娘呢。”

李懒听哩婆娘的话，一下失哩急哩，跳哩个丈子去，把桂花抱住哭脱哩。桂花把男人劝说哩，把心宽哩说是，她做下月还没四十天呢，员外一下不能到她的跟前来。这才是带员外换婆娘的时候儿。养下的儿子大哩念出来成状元呢，是谁都撵不过。

李懒把一切的事情他这明白哩，收口儿说是没得法儿，要写婚单去呢。

一两天里头员外给李懒能打发九十九个人问来，李懒答应哩没有。听见说是李懒喜欢，员外睡倒的病人，一咕噜翻起说的叫快快的把李懒请的来呢。

第二天，员外能走转哩，他带李懒在将军衙门呢，统出四个证件，把换婆娘的婚单再么是搭陪乜散带财帛的执笔写掉哩。

李旺都没等住第二天，就那一天的后晌，叫李懒带儿子到哩他的家呢哩，他过去，到哩李懒的家呢哩。李旺看的月亮出来照的满院的亮，他早早儿睡惯的瞌睡也来哩，叫桂花铺床，暖被儿呢。

“员外叵上气。”桂花说的，“将来我是你的，忙的做啥呢。好的人，员外不敢说重话，迟一下不咋呢。”

紧头桂花看的把一切的事情叫做完，可价半夜呢哩。

桂花到哩员外跟前坐下哩。李旺高兴的把桂花的手逮住往床上拉脱哩。

“今夜晚夕我带员外同不了床，因此月做起还没过四十天呢，”桂花说的，“员外忍耐一半天。”

晚哩，乌云的夜晚夕的天上明星宿满的呢，打西傍个上来哩一块儿黑云来，风吹上到来哩，炸雷一响，震的楼房都动弹的呢，电闪的地下都亮哩半会。桂花不见哩，就像是楼房带一切的院子叫台风一下刮掉哩。李旺神到土房房儿呢，叫雷震晕哩，在麦草上趴的啥都不知道。

李懒光喜爱哩员外的第三个婆娘，他们二位同哩床，也没听见响炸雷、起台风，没知道桂花转回的家，员外神到土房房儿呢哩。

第二天李旺的相思儿病也给好哩，觉么的肚子饿的呢，想吃一点儿呢，啥都没有的。员外肚子饿的把那候儿，李懒在他跟前挨下饿的思量起来哩。把自己埋怨的说是他行哩亏哩。没得法儿跑到李懒跟前去，哀告的要些儿吃喝呢。李懒看给哩一下，李旺可也孽障，把大婆子退给还给哩些子钱打发上走哩。

在员外跟前没生养的三婆子，嫁哩李懒养哩个女儿。因此极像龙王的女子，李懒把自己的女儿安给哩桂花名字。

李懒带一切的长工们算哩账，把地带头口们打散给哩。给自己剩下的财帛把儿子、女子都供养的念成哩。儿子成哩状元哩，给东海沿上垒哩半天高的红石塔，因此记想自己的桂花娘母子。

黑头虫

那候儿的光阴上，有一个人唻，名字叫个福地。他过的给箱子呢没有把啥盖上的，给锅呢没有把啥下上的，给身上没有把啥穿上的，口呢没有把啥吃上的光阴。福地思量的人们把他过的光阴看不见哩，可为啥主不知道呢。福地看的是谁都不把他心疼一下，主也把他不慈悯一下，他自己出去寻的找运气去哩。

运气在哪嗒儿呢，咋么价把运气能找着，福地思量哩几晚夕。福地听过，老人们说的世界上宝贝多，可是都在深山呢，叫进去歹妖怪把人独挡的，找不着的拿不上。除过儿进去歹妖怪、狼虫、虎、豹，把人要能吃掉。

福地把这些担悬，悬空思量哩。他说是无心过无吃喝，没穿戴的光阴，不怕叫老虎、豹子吃掉，不怕叫精奇、妖怪缠住吃掉。福地把烂旧东西卖成钱，卖哩些儿口粮上哩路哩。

进哩山口，福地脑转哩，不知道东南西北哩。他这候儿就是想折回走也罢，打山呢出不来哩。福地得到翻哩多少高山，过哩多少深水，他受哩好少的担悬，到哩一个山下呢哩。一路福地遇见哩精奇，数不清的狼、熊、虎、豹，可是他没被咋的。这嗒儿，福地坐下思想的，他走哩这些路哩，没遇啥事，单怕能把宝贝找着。

福地把力量缓上，可往前试看的走脱哩。在时下呢穿的走的呢吵，老远呢看的一个那看[1]把路挡住哩。紧头到跟前吵，后响黑哩。福地挣吧的上哩那看高头一看吵，平平儿的一个石头滩。他乏哩就躺下没觉觉丢哩盹哩。福地耳缝呢听的就像是响雷的呢。惊醒来看的天气晴晴儿的，是哪嗒儿没有啥响动。福地坐下听的呢吵，一下猛个子嗬愣愣的响脱哩，可就像是响雷的呢。可是没在天上，在地里头响的呢，看吵，他的眼面前打地里头冒出来哩一条棍。黑的呢看去，棍的一头儿红的呢，一头子黑的呢。福地跷蹊下哩，不敢往跟前去，一直到东方发白。亮哩他到跟前一看吵，冒出来的那个棍才是明光明光的棒。福地把棒往起一拿吵，咯扎的一个响声，就像是炸雷响哩一下，把他震的晕过去哩。福地是啥不知道在地下躺的呢，来哩两个怪物。一个怪物说是："把这个

①那看：悬崖。

叫长虫精的声气震死哩。”单另的那一个说是:“但是震死哩，把这个拦羊棒搁到他的手心呢，叫他活来去。”

怪物们走哩，福地活来哩，眼睛睁开一看吵，棒呢红头儿在他的手心呢呢。福地把棒细详细意的看哩，还怕是宝贝拿上要治验呢，在啥上试当一下呢。

紧头打山上下来，可价后晌黑哩，福地乏哩坐下缓的呢。头一低吵，看的脚底下咬哩仗的蚂蚁虫子死下哩一大堆。福地把死蚂蚁拿他的棒往开呢一拨吵，死掉的蚂蚁都活哩乱跑脱哩。丢下一个长膀膀儿的大蚂蚁哩对住福地说出人话哩。这是蚂蚁王子，给福地道哩个谢说是:“我们是死掉的蚂蚁，你叫可都活哩。我们把你的恩情忘不掉。你但是到哩难处儿哩，我把一切的蚂蚁领上给你好心人还恩情去呢。”

福地把蚂蚁王子的话听哩说是:“只要是你们把我的恩情叵忘掉哩，那就好的很。”

蚂蚁王子走哩，福地思量的就是蚂蚁碎活物儿也罢，它们知道人的恩情呢，给人也有凑儿[①]使用呢。这嗒儿福地明白哩，他得下棒子宝贝。把这么的宝贝老人们说是叫的拦羊棒或者是阴阳棒。棒呢阴头儿挨一下的把活物儿能打死，棒的阳头儿这一棒子把打死的活物儿能拨活。因此这个上，把这个宝贝叫的是打死拨活的阴阳棒。

福地高兴的往回走脱哩。他一时时儿出哩山口，到哩平路上见哩个死掉的七寸子长虫。福地可在长虫上试当他的宝贝呢。他把长虫拿棒呢阳傍个一拨吵，七寸子长虫子活哩。看吵，给福地拿人话说的:“你是有好心肠的人，我把你的恩情忘不掉。你但是遇哩难事情，我搭救你去呢。”

“好的很，”福地说的，“我信服你的话呢。”

福地看的长虫进哩草哩，他起来可走哩很一节子路哩，到哩绿草上坐下哩。坐下缓的呢，他看见一个蜜蜂儿死到草上哩。福地的心呢过不去，把死掉的蜜蜂儿也救活哩。蜜蜂儿飞起来在他的头上绕哩几个弯子，落下哩说是:“你是我的有大恩情的人。我把你的恩情忘不掉，我给你补恩情去呢。”

这是蜜蜂儿王子，话说罢，飞上走哩。停哩不大的工夫，王子领的来哩几十千蜜蜂儿们，把福地跟上，一起儿送到树林跟前哩。

福地进哩树林看的，荒哩的树叶子往下掉开哩，往前走哩一节儿路，他碰

①有凑儿：可能有某种用处。

见一个树根呢趴扑子睡的一个人。到跟前去吵，才是个死人，脊背上得到叫啥掏哩个窟窿。福地思量的，他把人不往活呢救，把啥往活呢救呢。把脊背上的窟窿拿泥泥慢的瞅住，他把死人拿阴阳棒拨活哩。死人活哩，起来一把打福儿地的领豁呢撕住[①]说的："你把我的马，马上驮的值钱货给给。你但是不给，我把你告到官上呢。"

福地听见这么的话失哩一惊。他给活哩的死人说是："我没见你的马连货。你是死掉的人，我把你救活哩。"

活哩的人听的说的他是死人唻，越性带福地闹的症候大哩。福地千说万说，那个人硬鼓住，要下个马连货呢。看吵，把福地拉上要见官去呢。

走到路上，福地把老人们说下的话思量起来，他一下明白哩，心呢说是："世上有一号儿人呢叫个黑头虫。给黑头虫干不得好，叵给行恩情，但是你给黑头虫干下些子好恩情，叫有哩脸面得哩势，那个时候儿他把你不使用哩，就忘掉哩。你是他的恩人，他就当开仇人哩。"

福地还把黑头虫没有思量完呢，他们可价到哩县官衙门跟前哩。黑头虫把福地告给县官哩。他说是，福地把他的马连货掉抢哩。县官把两个儿问哩个"九九八十一"没明白。他一看这是个糊涂官司，打发到京城呢叫问去哩。

皇上把这个官司依托给他的宰相叫问呢。宰相先把黑头虫问哩。黑头虫心呢转子多，嘴快舌头尖，他把福地说成贼寇哩，阴阳棒也成下他的哩。

福地的热心，还没嘴沫子，把自己的有理说不来，他倒说的把个人弯到宰相的问题里头哩。一切的文武大臣看的穿烂补丁衣裳的福地，还能有阴阳棒吗，他们也没纳服福地的话。

宰相把福地问成叼抢哩买卖人的贼寇，押到狱呢哩。狱呢冷的福地坐不住，早起他往外头一看吵，白霜落哩一层。

黑头虫把阴阳棒给给皇上哩，皇上把他转成哩进宝状元哩。

把阴阳棒搁到库房呢，给门上锁哩几把锁子，放下的几百差人们叫看下哩。

黑头虫拿悬空话把文武大臣们说的叫信服哩他，凭的那一回的扶帮，皇上把黑头虫升到丞相上哩。他谋想的娶皇上的女子呢。

福地在狱呢啥也不知道，黑头虫给他都谋想的啥事情。可倒好，福地识一点儿字呢，他给皇上将就的写哩个状子。福地的状子上说的，但把阴阳棒给他

---

①领豁呢撕住：揪住领子。

给一下儿，他叫皇上、一切的文武大臣，能知道他的实打实的事情。

皇上带宰相、黑头虫一商议，黑头虫说是，但福地把阴阳棒找着，他把啥都能做，阴阳棒给贼寇给不得，先把他要治验一下呢。因此治验，给福地把一兜红谷子、带一兜白谷子和到一搭呢，拿到狱呢去哩。官人给福地说哩："皇上叫你一晚夕里头，把这两兜红谷子带白谷子分开呢。但到东方发白气的时候儿，把红的连白的分不开，给你定下的截头的罪。"

福地对住谷子看下哩，没主意的不知道做啥的事情。他思量的这都是黑头虫出下的主意。福地正思量的忧愁的呢，打门缝子呢挤挤吧吧的进来哩一个长膀膀儿的大蚂蚁。

"好我的恩人呢，"蚂蚁说的，"你叵忧愁哩，我们给你帮忙呢。"

"你们给我咋么价帮忙呢，"福地说的，"皇上叫把这一兜红谷子带白谷子干粮分开呢。但分不开，明儿个要我的头呢。"

"你叵忧愁，你睡觉去，"蚂蚁说的，"我们给你做活呢。"

福地高兴哩，睡下思量哩他的命运哩，到半夜呢，他思量乏哩睡着哩。把门的衙役打门的窟窿儿上看哩福地没捡谷子的，睡哩觉哩。他的心呢说是这就明儿赶早福地挨刀呢。衙役看不见地下的蚂蚁虫子，分成两半子，嗛的分谷子的呢。一半子蚂蚁挈的红谷子，单另的一半子挈的白谷子。

赶早一早儿，官人把门开开一看见，两堆谷子，红的是红的，白的是白的，他们跷蹊下哩。紧忙的就给皇上把信报给哩。

一切的文武大官也都跷蹊下哩，皇上自己也跷蹊的说是福地把给下的活做上哩要放出来呢。文武大官听的皇上的话也都喜欢，叫把福地放掉呢。看吵，黑头虫说是："完整把福地往出放不得，他是非凡人。他能一晚夕里头把两兜红谷子带白谷子拣开的人，就是顶老道的贼寇。但把这么的贼寇放出来还有单另的人们活的路呢吗？把这么的非凡人要杀掉呢，叵叫他在咱们的国呢闯事情。"

皇上一听黑头虫说的是好话，可叫把福地押下，停一两天定罪呢。皇上倒还把黑头虫夸奖哩，说是他的有见识的丞相。

福地听见把他不放，倒还给定罪呢，一下伤心的落哩泪哩。越思量，越伤心，他哭的叫眼泪豆豆儿把自己的衣裳的前襟都得带湿哩。福地哭的说是，真没公道哩，皇上也没公道吗，莫必是主也没有公道哩吗，或者是他把不公道看不见吗？

看吵，福地听的门跟前“嗞嗞嗞”一个啥东西响动的呢。他还没听明白呢，往他的跟前一个啥速溜溜的来的呢。福地光看见哩两个碎碎儿的红点点儿绕搭的呢。长虫给福地一说话吵，他才知道哩，那是七寸子的两个眼睛儿。

“好我的恩人呀，”七寸子说的，“你咋这么价伤心的哭的呢？”

“我哭的世上没有公道，”福地说的，“因此这个上我不得活哩。”

“这都是黑头虫害你的呢，”七寸子说的，“你叵又颇烦哩。你那候儿把我搭救哩，这候儿我搭救你来哩。你能打狱呢出去，还得好事情呢。”

“皇上给我定罪呢么，”福地问的，“你咋么价把我搭救呢？”

“我把你能搭救下，可是你要听我的话呢，”长虫说的，“明儿个整天晌午，皇上的女子在官园子呢浪的散心去呢。我算子下哩，她言定到香桂花跟前去呢，把一个大桂花拿手逮住往下折呢。我就缠到那个花儿杆杆儿上藏下呢。皇上的女子一折那个桂花的时候儿，我把她的小拇哥儿稍微叮一下呢。打我叮下的伤上她得病呢，是哪个大夫都看不好。我给我叮下的伤上能把药给给。但是一切的大夫们把皇上的女子看不好哩，他们都不敢来哩，那个时候儿你就说是，你能把皇上的女子看好。咋么价看呢我还给你说呢。”

福地把七寸子的话听哩，心宽哩。长虫钻上走哩。

第二天，日头出来把草上的露水照干哩，树上的绿叶叶儿都绿绽绽儿的，照的地下好凉影样，人人都想在树底下缓呢。一晚夕官园子呢开开的各式古样的杂拌花儿们香的冲鼻子的窜。上百只杂样儿的雀雀儿们都叫唤的好听窝的。就这么自然清秀的时候儿。皇姑娘散心来哩。她穿就像蚊子膀膀儿薄的银纱缎的衣衫，娇御娘领的呢，两傍呢走的陪伴女子们，后头跟的几十队丫鬟们进哩园子哩。

打园子呢过的时候儿，皇姑娘把一个大桂花看见站下哩。她说的：“这一朵桂花咋这么好看吵！”把这个话听见，几个陪伴女子们一下跑到花儿跟前去哩。皇姑娘不叫动花儿：“看吵，她自己到跟前一折桂花吵，花儿杆杆儿上藏下的七寸子长虫把她的小拇哥儿叮上哩。”

“哎吆，我的手呀。”皇姑娘喊哩。

“皇姑娘，”娇御娘问的，“你的手咋哩？”

看吵，陪伴女子们一下来，把皇上的女子都围住问的：“咋哩，咋哩？”

“花儿上的毛刺把我的小拇哥儿扎上我喊哩一声。”皇姑娘说哩。

疼哩不大的工夫，皇上的女子觉么的她不爽快，折回来就病倒哩。朝呢的诊大夫把皇姑娘的脉号哩，给她给哩一服顶好的药吃上没算啥，病还倒栽来重哩。皇上的一家子人们都乱慌哩，不知道做啥呢，大夫没主意哩，娇御娘连一切的陪伴女子们连害怕带忧愁。后晌七寸子跑的给福地说是，他把皇上的女子叮下哩。

过哩两三天，一切的民人们都听见哩，说是皇上的女子得哩病哩。

诊大夫连朝呢的大夫商量哩又商量，咋么价把皇姑娘能看好。他们大家配哩一服伤药叫皇上的女子喝上也没算啥。看吵，皇上失哩急哩，叫给一切的城堡呢把金法令挂上呢。法令上写的说是："但是哪个大夫把她的女子能看好，皇上就把他招驸马呢。"

早起把法令挂出去，按晌午断。金銮宝殿跟前来哩个三千多少年大夫们，两千多装扮下的大夫闯运气来哩。朝呢的诊大夫出去说哩："但是哪一个大夫给皇上的女子号哩脉，抓哩药，可是把病人没看好，就要把那个大夫的手上打的四十板子呢。"

但是打的，谋想得好运气的少年大夫们，假装大夫的人们都把皇姑娘的病没看得好，一家都挨哩四十板子。他们里头多的人们手都肿掉哩，成下半眼瞎的，还有得哩病的，无常掉的呢。

皇姑娘的病越性重哩。就那个时候儿，福地给看门的说哩，他能把皇上女看好。

把福地话报上去，皇上跷蹊下，他思量的来哩，几千大夫把皇姑娘的病都没看好，挨哩打哩，一个福地，凡人还能做了个啥。皇上带正宫娘一商量再没有主意哩，也把福地放出来叫看女子的病呢。

皇上的差人们把福地洗的打折净，穿新，叫吃饱，领的来哩。把一切官人们传的来叫看的，福地给皇姑娘号脉呢。福地说是，他不用见兀人[①]看下的黄花闺女的面容，号见病人的脉呢。

福地坐到柴楼上，拉哩一根子红丝线。线的一头儿绑到皇姑娘的左手上，那一头儿他拿到右手呢号脉呢。一切皇上朝呢的人看的都把气闭哩。他们看的，听福地咋么价琢磨的呢，再么是说啥呢。看吵，福地把脉号完，起来说是他能把皇姑娘的病看好。福地叫朝呢的大夫给些儿药草呢，他配药去呢。

皇上叫把福地让到诊大夫的家呢去哩。福地思量的得到咋么价七寸子叫把

①兀人：别人。

皇姑娘的病能好呢。黑哩，福地原走哩狱呢哩，长虫来哩。给叶叶儿上七寸子吐哩一碎疙瘩儿黑血。血高头可吐哩些儿毒，它盘哩个盘盘儿说是："把这个药交代给诊大夫，他给高头滴给使点儿水化哩，给皇姑娘的肿呢的小拇哥儿上抹一点儿。下剩下的化到一勺勺儿水里头，叫病人喝上睡下。"

第二天，一早起皇上可价打发的官人叫福地来哩。福地这呢一到去，让的叫坐下就喝茶、吃席待承哩。福地把要交代给诊大夫把使用药的方子都说给哩。诊大夫就没敢贪慢，给皇姑娘的指头上抹哩，叫喝哩安顿的睡下哩。皇上的女子觉么的她一下清省的睡着哩。

叫过夜哩，皇姑娘清省的很，赶早起来就转开哩，她吃开哩也喝开哩。皇上带正宫娘娘高兴的把福地问哩，他的女子害哩啥病哩。福地回答的说是："人人的身体上都有真神呢，真神在人的身上窜的走的呢。但是真神到人的那岔儿体[①]，那嗒儿叫啥撞哩，或者是叮哩，人就得病呢，皇姑娘得哩病的一时时得到啥东西撞到她的真神上哩。"

因此是治验福地，娘娘把皇姑娘问哩。女子说是，她的指头得到叫啥扎哩，或者是叮哩。把女子的话听哩，皇上张下哩，思量的福地才是一个能成人么，他出哩法令把福地的罪一切的赦掉，交代诊大夫给朝呢的人们看病呢。

按住早前挂出去的法令上，皇上要把福地招驸马呢。带正宫娘娘一商量，皇上把女子给福地给呢。

黑头虫把这个事情听见给皇上说是："福地早前无吃没喝的一个人，叫他还能给皇上招驸马吗。给他给一个碎赏号也能过得去。"皇上听哩没答应说是，他说出去的一句话，言定要成事呢，黑头虫看的事情不对，可说是把皇姑娘给福地出嫁给也能成，可是还得把他治验一下呢。要得坐一模儿一样的一百八抬轿呢，打扮一模儿一样的九十九姑娘呢带皇姑娘是整一百。每一个八抬轿呢坐一个姑娘。一百八抬轿往过抬上过开哩，叫福地见去。他见上哪个八抬轿，那个轿上的姑娘就是他的。

皇上把黑头虫的话可听哩，就那么价设虑下哩。福地可忧愁下哩，他忧愁的咋么价能知道，哪一个八抬轿上坐的是皇上的女子。福地颇烦的坐到官园子呢思量下哩。他思量的呢，他的眼睛们看的热头[②]把开花儿的高甜树[③]们照上，

①那岔儿体：吉尔吉斯借词，指（身体）不太好。

②热头：太阳。

③高甜树：果树。

蜜蜂儿们都高兴的采花儿的呢。看吵，一个蜜蜂儿飞上来在福地的头上飞的绕嗒脱哩。福地头抬起一看吵，蜜蜂儿飞下来落到他的胛子上问的：“福地，你颇烦的咋哩?”

福地把他的难肠事情说哩，蜜蜂儿飞上走哩。停哩不大的工夫飞的来哩一个大蜜蜂儿，可落到福地的胛子上说的：“救哩命的福地！我得哩信，说是你遇哩难肠事情哩。我给你报恩情来哩。”

第二天，热头冒花花儿的时候儿，蜜蜂儿飞上来进哩金銮宝殿落到树上哩。它看的搁的一百一模儿一样的八抬轿，一下出来哩一百姑娘，都打扮的一样，这嗒儿蜜蜂儿使哩计，飞到空呢看脱哩。他看的哪一个姑娘是皇上的女子，姑娘们都一个一个上八抬轿的呢。到九十九个八抬轿哩，一个姑娘正宫娘娘领的呢，娇御娘搀上走的呢，后头十房陪伴女们送上来，上哩八抬轿哩。蜜蜂一下明白哩，这就是皇上的女子们上哩八抬轿哩。

给一百八抬轿上都叫姑娘坐上，把福地披红挂绿的打扮上，叫二十房少年们送上去，坐到轿上呢搭下的彩棚头呢哩。官人给福地说哩，但把抬轿打他的面前抬上过开哩，叫他猜么呢，哪一个八抬轿是皇姑娘的。但是福地猜着，上那台八抬轿，皇上把他招驸马呢。

福地说是，他能猜着，叫把八抬轿们抬上过呢。看吵，蜜蜂儿飞上来落到福地的胛子上说是：“福地，你把心放宽，皇姑娘在第九十九个八抬轿上呢。”

福地说是：“多谢你哩，我就上那个八抬轿去呢。”

“你看的，”蜜蜂儿说的，“我在那个皇姑娘的轿高头飞呢。你但看见我，放心上那个八抬轿。”

都设虑停当，金銮宝殿的正门一下开哩，八抬轿一个跟的一个往出抬上走哩。一时时儿到哩场呢打福地跟前过的呢，他算数儿的呢。到哩九十九个八抬轿上，福地一看吵，蜜蜂儿飞的呢。他一下跑到跟前去，就往上扒的上呢，皇姑娘把她的白嫩嫩的手带半截子胳臂呲出来打福地的袖子上逮住就往进拉哩扽脱哩。

“救哩命的恩人，”皇姑娘说的，“你才是一个好汉子里头的一个好汉子。”

“皇姑娘，你本来是一朵凤凰，”福地说的，“我不枉受哩些子悬空事。”

皇上、文武大官一切的官人们都跷蹊的对住皇姑娘的八抬轿张张儿的看下哩。黑头虫打人们的伙伙儿的慢慢儿退上出去跑掉哩。皇上给的吩咐叫一切的八抬轿折回到金銮宝殿去呢。

皇上的女子嫁哩福地哩。皇姑娘把男人的历史都问的知明白，她给正宫娘娘说给哩。正宫娘娘紧赶叫皇上给哩吩咐，把黑头虫打官上裁掉押到狱呢呢。打库房呢把阴阳棒拿出来，把一切的文武大臣、大官叫的来，把兵马船车叫福地表说哩话哩。这嗒儿就给黑头虫定哩死罪哩。

叫黑头虫跪到绞场的当中呢，刽子手拿的菜刀在头呢要脱哩。黑头虫把它的脖子放下去，不往长呢抻，耍菜刀的刽子手喊的："脖子抻长。"把菜刀在空呢绕给一下。看吵，福地拿的阴阳棒打后头去，在黑头虫的头上打给哩一下。人们一起都看的跷蹊下哩。黑头虫成下一个死人哩，脊背上拿泥泥糊下的一个窟窿。

这嗒儿人们看的才都信服哩福地说下的话哩。

福地说是："我还叫黑头虫活呢。"他把阴阳棒倒哩个颠倒儿，拿阳傍个这一下呢把死人拨活哩。黑头虫起来把福地领豁撕住讹的说是，福地把他的家舍偷哩，把他悬的打死哩。

看吵，皇上喊哩一声："把黑头虫绑住，推出午门杀掉去。"

把黑头虫杀掉，文武大臣还害怕再活来。他们把死人烧成灰灰子，装到生铁罐罐子呢，把口口子焊住撇到江呢哩。宰相说是："这候儿你黑头虫再出不了世哩！"民人的口溜儿上没说错。

能救虫蚁毒长虫，

不救一个死人黑头虫。

张强寻妻子

从前，有一个在河沿上住的姓李的老汉咪。他只有一个女子呢，实在长的俊美，名字叫个兰香儿。

有一天，兰香儿把脏衣裳拿上在河沿上洗去哩。兰香儿搧胳膊抹袖子的洗衣裳的呢。她的衣裳的棒槌打的“咚咚”，叫河那傍个给员外薅草的一个小伙儿，叫个张强听见哩。小伙儿抬起头一看哕，一个姑娘在河岸底下呢洗衣裳的呢。他就没忍住，得到咋么价过哩河，到哩姑娘跟前哩。兰香儿头抬起一看，心呢说是这哪呢来的咋这么刚强的小伙儿。张强把姑娘问候哩。兰香儿把小伙儿让的叫坐下哩。一家问一家，他们一个把一个的名字、岁数都知道哩。两个儿喧来喧去到后晌哩。他们谋想哩，打哩主意咋么价到一搭呢呢。

张强回来就叫老娘请哩媒人，打发到李家说兰香儿去哩。李老汉听哩媒人的话思想的，张强是员外家的一个伙计，把女子给不得。他推辞的给张强没有心把女子往出给，说是兰香儿还小的呢。

就那个李老汉住的地方上，有一家子姓王的员外咪。他有一个二架梁[①]儿子呢，叫个王朗。王员外打听的兰香儿姑娘的长相俊美，请的媒人给他的儿子说去哩。兰香儿的老子没管女子的情愿吗不情愿，他图哩员外的财帛，做了主儿，就把喜欢话给给媒人哩。王家早早的把是啥都设虑便宜的呢，赶紧把彩礼送哩，就要紧忙的过事呢。

兰香儿思谋的这是一个亏事情。她给张强说的叫过事的那一天，在山口那嗒儿扑抢喜轿呢。张强给姑娘把话许下说是，他言定扑抢娶亲来的喜轿呢。

员外把李老汉催的，送哩彩礼的第二天，可价叫过事呢。兰香儿心呢有伤心的话，口不得开，她就只得遵护老子，没得法儿哩要上娶亲来的喜轿呢。王家把亲娶上，喇叭、唢呐子们都吹上，锣带鼓一切敲的打上，人们连车马们一切扯哩一长哨走脱哩。

走到路上，人们看见喜轿来的呢，自说是里头坐的恭喜的姑娘，都赶紧把路腾给哩。他们没知道花轿呢才坐的是伤心落泪的李家的女子。

①二架梁：不务正业。

张强打听着娶亲的花轿来的呢，他上哩山口跟前的一个矮头山等下哩。天气晴的万里无云，穿丝绸缎衣裳的人们高兴的说是新女婿的运气大，遇哩这一个好红天气。张强看的花轿到得哩。把矛子拿稳虑当下，往轿子上扑的叼媳妇儿去呢。

花轿这呢进哩山口，猛猛的一下起哩黄风哩，人们都各顾哩各哩。黑云把蓝天一时三刻罩严哩。炸雷一响，电闪哩一下，打黑云上下来哩一个千年修成哩的女妖怪。女妖怪的嘴张开那么大，红的就像是大血盆，扑的花轿上，炸雷可一响，女妖怪不见哩，新媳妇儿也没有哩。停哩一时儿，天气猛晴开哩。人们乱都跑的不见哩，山口呢光剩下翻掉的车带空轿子哩。

张强把这个事情看的又蹺蹊，又奇怪，他思想上回来给老娘学说给哩。老娘说是兰香儿这候儿远哩，把她叫女妖怪拿上走哩。张强要找兰香儿去呢，老娘不叫他去，说是女妖怪拿的去的姑娘是谁都拿不的来。

张强思想起来兰香儿都做不到，他的心不定出哩门找兰香儿去哩。张强不知道饥饱，没觉着热冷，翻山过水的，走哩很多的路哩，他往哪呢去呢，没有一个止处站住。没银饷的找兰香儿，把张强找的瘦成一个骨头架架儿哩。他坐到路傍呢思量的，思量的，伤心落泪的哭脱哩。越哭，心呢越难受，他猛个子听的就像是来哩个谁。头抬起一看吵，他的面前站的一个白胡儿老汉。张强失哩一惊，一个丈子跳起把老汉问候哩，让的叫坐到他的跟前哩。

“小伙儿，你哭的咋哩，”老汉问的，“你有啥伤心事呢吗?”

“我找我的喜爱的兰香儿去呢，”张强回答的，“到这嗒儿来往哪呢去呢，我没有主意哩。”

白胡儿老汉把张强问够说是:“只要是你有本事找兰香儿去，跟上我走。”

张强听见白胡儿的话，一下有哩精神跳起来说是:“只要是老伯有能够把我领上去，你走到哪嗒儿，我跟到哪嗒儿。”

“好的很，”老汉说的，“但是那个，往前走。”

老汉领的张强走的呢吵，可碰见哩一个小伙儿。白胡儿一问吵，小伙儿说的他是打前山呢来的，名字叫个王朗。老汉问哩王朗走哪呢去呢，他回答的说是找他的新媳妇儿去呢，娶亲的那一天叫黄风刮上走哩。白胡儿说是叫王朗跟上他去呢，能把新媳妇儿找着。王朗把老汉看个哩一下，把头点哩两下，他愿意跟上去呢。

他们三个儿走到一搭呢哩。张强思量的他是找喜爱的兰香儿的人，王朗是娶兰香儿的新女婿，老汉倒来还是给哪一个帮忙呢。

张强的心呢说是，不怕瞎辛苦走路，不怯乎是啥妖怪，要到兰香儿跟前去呢。

王朗思量的，得到老汉把他们往哪呢领的呢。越走，路越难哩，不耐烦的拧挣的跟上白胡儿走的呢。他的心呢说是，找兰香儿去的这个辛苦，他咋得受下来呢。

老汉把两个小伙儿的心呢有啥，一掐的算知哩，领到一个大庄子上去哩。张强不想这嗒儿站下歇缓，急的要往前走呢，王朗要站下喝茶，吃饭呢，缓一晚夕呢。

老汉把王朗看个哩一下，拧过身子到一个房子跟前，把门打的敲哩几下。看吵，出来哩一个笑么嘻嘻儿的老婆儿，把他们三个儿让进去哩。老婆儿赶紧给她的女儿说的，叫给客人们紧忙的做饭呢。老婆儿的女子出来进去，走的做饭的呢，王朗看见一下喜爱哩。他思量的但要找兰香儿去呢嘛，这也是一个好俊美姑娘，不娶上吗？

张强觉么的做饭的工夫大的很哩，他心呢急的坐不住，在地下过来过去的走转的呢。王朗在炕上斜斜子躺的呢，他对住女子净看的呢。老汉把张强叫到炕上叫坐下哩。老汉带老婆儿拉沫喧荒的呢。

“我只有这一个女儿呢，”老婆儿说的，“今年交上十八哩。”

“你的这个女子还没给人吗？”老汉问的，“你望想给谁给呢？”

“我请你把这两个小伙子问一下，”老婆儿说的，“他们哪一个情愿给我招亲呢？”

老汉就先把张强问哩，他要老婆儿的女子不要。张强把头摇的不答应。老汉开问王朗呢，他喜欢不喜欢连老婆儿的女子结婚。王朗一下笑的连点头带说的，他太愿意带老婆儿的女子成一房男女两口子。

王朗神到老婆儿家哩。老汉带张强出哩门给老婆儿道哩个谢走脱哩。走哩一节儿路。张强拧过头往后一看吵，他们站下的那个庄子不见哩，那嗒儿成下一个古坟园哩。张强跷蹊的净站下看呢，老汉喊的叫走呢。他思量的把王朗咋也看不见哩，都是坟谷堆，他没敢问老汉，跟上往前走的呢。

“咱们还要很走些子路呢，”老汉说的，“我的家房在那个山跟前呢。”

张强一看吵，那个山走太远的很，得到儿时能走到那嗒儿去。

张强说的：“路上身叵歇缓哩。”

老汉一听思量的，张强有真心找兰香儿去呢，就说是：“我老哩要慢慢儿走呢。”张强急的往老汉的头呢，头呢走开哩。他觉么的比老汉走的快，临晚呢还没得走到头呢。看的那么远的山，他们两个儿一时三刻到哩山跟前哩。张强一看吵，一个石头盖下的房子。房门上吊的一个锈锈儿的大锁子。老汉把锁子开开，他们进哩房哩。张强看的一切都是石头做下的东西。老汉说是，他乏哩，睡到石头床上，叫张强给他拿石头锅烧茶呢。

“拿啥烧茶呢，”张强问的，“没有架的柴火。”

“把石头盆拿上，”老汉说的，“在山上拾松子儿疙瘩儿去。”

张强在这个山上拾上几个松子儿疙瘩儿，在那个山上拾些松子儿疙瘩儿，他就细细儿把石头盆拾不满哩。松子儿疙瘩儿不着，净冒烟呢，把石头锅呢的一点儿水高低烧不滚。张强急哩，一下把自己的马鞋脱下来架上，水滚哩。他给老汉把茶沏上哩。老汉在石头床上定定儿躺的，看哩张强咋么价费哩辛苦，给他把水烧滚，沏哩茶哩。

看吵，老汉一咕噜翻起，坐下说的：“心劲帮忙也能成。”他把张强叫到跟前，把自己的衣裳脱下来叫穿上哩。打石头墙缝呢抽出来哩一杆矛子给到手呢，把石头箱子揭开，取出来哩一双鞋给给叫穿上说是：“你现在东山呢去，过火焰山，把挡路的猛虎戳死，把它的血喝哩，把虎皮子穿上，再到海岛呢去，把鱼王消灭掉。那个时候儿你的路就开哩，再往前走，能走到兰香儿跟前去。”

张强给老汉道哩个谢，出哩门走脱哩。将往前走哩十几步，他往后一看吵，老汉的石头房子不见哩。房子的位分上，就像是打地里头闪出来哩一个石山嘴子。

张强思量的白胡儿老汉还怕是神仙，给他帮哩忙哩。他一下有哩精神往前不停的走脱哩。

他走到东山呢一看吵，这嗒儿有火焰山呢，火焰都冒的半天高。张强没害怕火焰，他踏上过去到哩老虎的洞口跟前哩。猛猛的出来哩个猛虎扑上来哩，叫张强一矛子戳死哩。他把老虎的血喝了，把皮子欻下来穿上走脱哩。张强越往前走，越有哩精神。他还没走到大海跟前呢，一下猛起哩黄风刮脱哩，黑云把晴晴儿的蓝天罩严哩。看吵，炸雷一响，电一闪，打海呢闪出来哩一个女妖怪，口张的红浪浪的吃张强来哩。

张强看见女妖怪往后退哩两步，二回往前跨哩两步，他拿锋边的矛子一下打女妖怪的脖子底下戳进去哩。女妖怪吼哩一声，她的声气震的江呢起哩一树顶子高的水浪，山上的几房子大的石头往下滚脱哩。呵愣搗腾的，天摇地动的，吼哩一声子，天气晴开哩。

张强张张儿看下哩，他思量的女妖怪把兰香儿藏到哪嗒儿哩。这呢寻的找没有，那呢寻的找也没有，他坐到海岛呢思量下哩。看吵，海岛呢闪哩一条地斜。张强扒上一看吵，里头一个房子。他就赶紧下去哩。看的房子近近儿的就像是不远，越走越远吊，张强走来走去的到哩海底子呢哩，把门打开进去一看吵，女妖怪把兰香儿在一个玉石柱子上绑的呢。张强扑到跟前，把兰香儿解开，手拉手儿出来哩。两个儿走的呢把那候儿的话提起，拉的喧上，平安无事的回来，成下男女一房子的良缘口儿哩。

梁山伯与祝英台

先前的世界有一个姓祝的员外唻。他有一个女子，名字叫个祝英台。英台交上十七八的岁数上，光也不是把一切的针线连茶饭学通哩，她写的好俊美字，还念文章很好听。除过这个英姑娘学啥就像啥，装扮谁，那就像谁，人人知道英台是一个有见识的能成姑娘。

英台想在巷城呢一个出哩名儿的师傅跟前，把书往十层呢念的投试去呢。把这个事情，女子但一提说，老子的不叫她念书去。从这个上，女子使哩一计，她装扮成算卦的先生出来说是：

"掌柜的，算一卦!"好的很，员外还当是真实的先生的呢说是："算哩算上一卦!"

打开哩卦一算说是："掌柜的家中有出门的人叵挡，但是挡下就遇不好的事情呢。"

老汉一听说是："好的很，我不挡，叫我的家中平安无事。"

"先生"走哩很一个工夫哩，员外把女子叫的来说是："仁礼待道上没有姑娘出门念书去哩路数。你想念去呢，我喜欢，因此叫家中得平安。"

英姑娘一下高兴哩，她女装男扮，设虑上走呢。老子的想叮咛三宗条件呢，女子可价知道哩。她把老子的话挡住说是："我很明白，愿父亲心放宽，方保[①]无事转回还。"

英台，就像是一条美丽小伙儿，叫银香儿丫鬟送上照住皇城的路上走脱哩。员外看的女子走的不见哩，转过身子把眼泪擦哩才进去哩。

就那一天打单另的地方上出来哩一个姓梁的穷学生，叫个梁山伯。他也连祝英台一样，走皇城的师傅跟前去呢。山伯小伙子走的快些儿，把英姑娘到胡强镇的草桥亭上遇见哩。

英台正坐的歇缓的呢吵，看的来哩一个小伙儿，到跟前一看吵，本是一个好俊美学生。她赶紧让的叫坐下哩。二人喧哩同心一和的真心话哩。他们面对面喧的，喧荒上一家把一家的行法[②]知道哩，他们一个把一个喜爱哩，这嗒儿

①方保：保证。

②行法：底细。

结拜哩弟兄哩。山伯比英台大的三岁，英台把他叫成哥哥哩。

弟兄两个一个不离乎一个，一个把一个照顾上走脱哩。山伯把英台拉上上坡，扶上过桥，他们高高兴兴的到哩皇城呢把书念上哩。英台泛常把梁山伯称呼的叫的是梁兄。山伯把英台稀罕的叫的是贤弟。他们成哩脚手离不开的弟兄哩，二位一个问一个吃喝、热冷、刚强、坏好。二人一个不离一个，他们成哩同窗读书的学生哩。

单另的学生们顾哩念自己的书哩，没闲遇他们二位弟兄，可是他们的细致师娘把英台看出来是女子。师娘给他们的师傅说哩。先些呢，她的丈夫没信，后场呢，才纳服哩妻人的话哩，英台倒来是真打实的女子，可是没大度姑娘，叫她念哩书哩。

那一天，弟兄两个面对面念文章的唻，哥哥把兄弟耳朵上扎下的耳朵眼儿看见哩。山伯累重一下起哩疑心，就跷蹊的问哩英台哩："贤弟，为啥你有耳朵眼儿呢？"

英台听见这个问题，她的脸一下红到耳岔洼呢哩。面容红的，就像是她害哩气哩。英台头低下思量哩，她要拿巧话回答呢，把山伯哄一下呢，若不然她的事情烂呢：

"把我生养下看的我的命运薄，把我当住女子的扎哩耳朵眼儿哩。梁兄，再叵又胡思量的问我哩。"

山伯听哩回答，他顾哩念文章呢说是："贤弟叵害气，我再不能胡猜度的说哩。"

英台瞒哄哩山伯哩，哥哥给他认哩错哩，可是她的心呢过不去。她的心呢思量的山伯就是一个好实心实意的小伙儿，就得连他成一辈子离不开的成双对。因此给自己散心，英台把山伯叫到院子呢打哩一阵子欢乐球球。

就那一天后晌。英台接哩家呢的一封书信，叫她转回去呢。英台只得折回，可是带山伯时时离不开，倒再来叫她左右为难，心不定。英台想连山伯结婚之事呢，可是说不出来。英台思量的，他们成房结婚的，世上也没有一个人当媒，这真是"樱桃好吃，树难栽。心呢有话，口难开"。

老子的书信力逼的英台无奈何的得回去。英台告假回去呢，害羞，脸上发红的，给师娘学说哩她的心中的事宜哩。师娘把英台的话一听吵，笑的说是，她打早呢知道英台是姑娘："你想带山伯结婚之事呢，我还能给你办置成。"

英台紧赶放心儿归家，给师娘道哩谢，哀告的叫把她的结婚成双的亲事圆成一下呢。因此叫事情实守，英台把扇子上的玉石珠儿解下来，双双手儿递在给师娘说是：

“玉石珠儿准当上我的情愿，请师娘交到给梁山伯！”

师娘满诚满意的，说的叫英台回去等下呢。

英台紧忙的收拾哩，临走呢才给山伯说哩，她接哩书信，心呢不定，言定回家去呢，只得撇书房离别梁兄。

山伯听见，他的脚手离不开的贤弟折回走呢，心呢一下不好受呢，面带愁容，没主意呆呆儿的思谋下哩。山伯看的英台把包袱拿上走呢，他一下扑的来一把叼上说是：“咱们二人心连的肝子，念哩三年书。今天我用心的要送你上路呢，一站连一站。”祝英台思量的，梁山伯送她也很好，带喧荒的能把山伯提说醒，英台不是小伙儿，她是姑娘。但山伯一明白她是女子，她的望想就在路上实守能遇。

梁山伯送的祝英台出哩皇城，说说笑笑的走的呢，英台看见大树林呢出来的人背的一背子柴火：

“梁兄，”英台喊哩一声，“你看那个人，给妻子背的柴火往回走的呢。就得你给我往回，就这么价背柴火。”

“我再没有干的，”山伯回答的，“可是叫我给你背柴火做啥呢。”

英台听哩回答，她把山伯没提说醒，又上气，可又失笑，往前走的呢思量的再把啥做一个比方呢。看吵，他们到哩一个大水坑跟前哩。水坑呢两个鸭子。英台给山伯拿指头指的说是：“梁兄，把一对儿鸭子看一下，一个是公鸭，一个是母鸭。你看，它们是一双，好不好。咱们两个但一个是女了，就能成 双。”山伯把鸭子看哩一下，说的英台还比他能成，把公的带母的能分晓开。“但猛一见，”山伯说的，“你可不是女子，不得成的事情。”

这个回答把英台惹的失眉带笑儿的，山伯还没觉来往前走的呢。英台一看吵，绿草的中间一窝子花儿开的俊的，高头落的采花儿的蜜蜂儿，她给山伯指的说是：

你看，自然太奇怪，
蜜蜂儿见花儿喜喜爱，
花儿遇蜜蜂儿搂抱怀。
好像梁兄是蜜蜂儿，
我就像是花儿。

把这个话说哩，英台折哩一个花儿问山伯的呢："梁兄，你几时折一朵花儿呢？"

山伯把英台手呢的花儿看哩一下说是："我喜爱花儿，可不爱折花儿，因此花儿在地呢开的好看。"把回答给哩，催的叫英台往前走呢。

英台思量的她把自己给山伯比论一个话，山伯还没有明白，英台就气肠的走的呢，听的天鹅叫唤的呢，头抬起一看吵，睡的一对儿鹅，她思量的这一对儿鹅是好比方，能把山伯提醒。

"梁兄，快看，这一对儿天鹅实在是好看。它们成双配对的，一同上路的呢，就像是咱们二人，你送我的呢。公鹅时时回头看母鹅的呢，母鹅在后头跟上把它喊哥哥的呢。"

就那个时候儿，山伯在头呢走的呢，时时把头拧过来把英台看的呢，英台在后头句句把他喊的梁兄。就是这么明打明的比方，山伯还没有明白。他给英台回答的："贤弟比我强的多，光不是把公鸭、母鸭能分晓开，还知道公鹅带母鹅叫唤的说是啥话。"

山伯的回答把英台气的都笑出来哩，心呢思量的山伯把她实实儿纳服哩个小伙子。梁兄糊涂的就像是懵呆性鹅。

走的走的，他们到哩独木桥儿跟前哩。英台的胆子小不敢过。山伯把她扶上过去哩。这嗒儿英台给山伯道哩个谢说的："梁兄把我心爱疼肠的照顾我过哩独木桥，好像是牛郎和织女。"

山伯把这个比方听哩，他害哩气说是："咱们二人都是大丈夫，咱们男子汉里头只有牛郎，没有织女，可哪呢来的织女呢。我像是织女吗？贤弟你净胡说，烂言语不好听。"

英台就思量的这咋这么实守的个人，这么价的明亮比方把他提不醒，没得说儿，往前走的呢，遇见哩路傍呢一眼泉。英台叫哩一声梁兄，喊的叫看泉呢，站到泉沿上，水上把他们的影影子照上哩。

"梁兄，"英台说的，"清水泉呢照见一男一女两个影影子。"

山伯听见一男一女的话，心呢不好受的，他就恼怒的说是："贤弟你为啥把我比成女人哩！咱们是两个男学生嘛，可做啥的泉呢一个影影子是女人的，再叵要胡乱比方我哩。"

英台看的山伯不愿意的面容都红掉哩，她可拦脱说是："我带你要哩个笑，我的错，梁兄叵上气哩。"

山伯把英台看哩一下笑哩，说是他没有害气。他们走到一道河跟前哩。英台见哩水忧愁下哩。忧心脱脚过去她的小脚儿，她就没得说儿理，给山伯哀告的说哩："梁兄，你把我拉的上过坡，扶上过哩桥，这嗒儿把我背过这个河！"

山伯笑哩一下说的："来贤弟，我把你背上过。"

背上走的，到哩河的中间呢，英台看见水里头他们两个儿的影影子哩，叫哩一声梁兄说的："你看，水里头公河马儿背的母河马儿走的呢。"

山伯看的没河马儿，他就说英台呢："兄弟没话哩，生顾死儿的[1]说话呢。那是咱们的影影子，可做啥的公河马儿母河马儿。"带说话的英台把中指咬烂给山伯的胛子上写哩两行儿字：

梁山伯，我给你说，

你把贤妹背过河。

过哩河，山伯的头上大汗往下淌呢。英台赶紧把扇子扬开给山伯扇的说是："梁兄乏哩，紧头把兄弟背过河。"

山伯回答的："就像你一样的兄弟，有十个我不犯难，往过背呢。"

英台正思量的心呢说是，山伯实打实儿把她喜爱的很。她把河沿上一个小娃儿担水呢桶桶儿看见，长出哩一口气。英姑娘思量的山伯懵的，就像是木头，高低提不醒，他不明白英台是喜爱他的女子。英台说的：

"抬古木桶，提也提不醒。"

山伯听见这个话给英台说是："你放下路不走，不思想咱们二人咋舍得离开呢，净是这个哩，那个哩说不完的话。"

英台一看山伯吼哩，她就开认错："小弟说话，不留心，梁兄叵要怒气生。"

山伯听见英台认哩错哩，他没言传在头呢头呢走脱哩。走哩一时儿，山伯拧过头一看，兄弟落哩后哩，他就可折回来，把英台打手拉上走到草桥亭呢缓下哩。坐的呢英台看见哩树上两个花喜雀：

"喜雀对住你带我叫唤的呢，"英台说的，"我括么咱们二人的中间有亲事呢。"

"想起喜雀叫唤有亲事，"山伯说的，"我猜么你回家，说姑娘娶媳妇儿去呢。"

山伯的回答把英台惹笑哩，她可把梁兄往明白呢提说哩一下："我能带人配对，可是娶媳妇儿成不了房。我问梁兄，你定下姑娘哩没有？"

山伯听见这个话，猛把头抬起对住英台问的："贤弟你咋把我这么价操心

①生顾死儿的：找借口。

呢？你知道的明哩明白的我没有娶过媳妇儿，你可问下我的啥事情？”

英台的面容上一红，失迷带笑的回答哩：“我问你是，梁兄但没媳妇儿哩，我给你当媒人说媳妇儿呢。”

“你把谁给我说给呢，”山伯问哩，“你可知道谁家有好俊美姑娘呢吗？”

“我给你把我的妹妹，名字叫个九妹说给你，”英台回答的，“她连我长的一模儿一样。因此我们是双生儿。九妹女子家比我儿娃子长的俊美的多。我可不知道，你喜爱她不喜爱？”

山伯听见结婚之事的话，面容上带哩笑气，心呢喜欢的回答哩：“但九妹连你一样的面容，我还有不喜爱的呢吗？请你，兄弟把这个媒管一下，我给你道不完的谢。”

英台把山伯往实守呢叮咛哩说的：“结婚成房是大事情，因此这个上你言定要快些儿来呢。”

“我一百天之内能到去，”山伯说的，“我给你写书信呢。”

这嗒儿，他们一个把一个抱住疼爱的呢，英台的身上就像是浇哩一缸子花椒水，她一下木的站开哩。二位都背过身子擦哩眼泪哩。一家给一家说哩个好去的，拧过身子两个打梁下的走开哩。他们的心呢难过哩，一个把一个，拧过头，没敢看，头低上走哩。

祝英台回去思量的，她把自己给梁山伯许给哩，还不知道老子的把她许给旁人哩。英台把她的事情不敢给老子的说，她搁到心呢打哩转子子，高低没有一个主意。

就祝英台住的地方上，有一个马太守大官唻。他只有一个儿子呢，名字叫个马文才。马文才光也不是他的长相不好，他是老子惯道下的二架梁。他说哩儿家子的女子，亲事没得成。马太守可听的英台是一个好美貌姑娘，把县官请的是媒人说去哩。

英台的老子图哩马太守的官事带财帛哩，不管人的坏好，他没投问女子的情愿，就把欢喜话给哩。马太守给儿子定媳妇儿呢，把皇上给他赏下的凤凰金簪子送哩礼行哩。

一回，英台正在闺房呢写文章的呢，县官来带祝员外喧荒的呢。打这嗒儿女子才听见，说是老子把她许给马文才哩。

把这个话听到耳缝呢，英台一下愁眉不展的，也不喝哩，也不吃哩，她黑明思量哩自己的命运哩。老子把女子的不愿意知道，可是没敢问，英台自己说出来哩。她把老子埋怨的说是："父亲，你把我当娃娃的呢。"

"好我的英台呢，" 老子说的，"你不连马家的儿子结婚，带谁成房去呢。我给我，没图财帛，给你望想哩好光阴哩。你但不听我的话，你就不是孝顺老子的女子。"

"我不图富贵，不要官事，" 英台回答的，"我拥的是平凡事，要的是连我一同念下书的喜爱人。"

员外一下失哩急，脸上的容颜都不对哩，他头低下胡思量开哩。他心呢说是，英台在皇城呢念书的时候儿，单怕干下无脸面的啥事哩，把女子审问的叫给他实打实儿说呢。

"事实我不想瞒哄你，" 英台说的，"我在皇城把书读，学生的中间遇哩梁山伯。我们一个喜爱哩一个，我自己亲口把我许给哩他，扇子的玉石珠儿是定哩情的话。"

老汉一听这么样的话，气的他黑血心呢翻哩几下。给英台说是："人出世来到如今，哪有个女子给自己把亲定。马家有官、有势、有财，三媒六人说你唻。带这么的人不结婚，要的是山伯没有是啥的人。"

女子带老子的正嚷的讲的呢吵，媒人可来哩，英台躲上走哩。她父亲把过亲事的日子定下哩。

英台听见这么不碰缝[①]的话，她落哩泪，哭哩自己的命运哩。

梁山伯折回到书房呢来，脱哩衣裳他把英台给衣裳上写下的字看见念哩。打这个上，山伯才知道哩祝英台是女子。他的心就像是滚开水捋哩。他觉么的书房宽大哩，半院空下哩，到哪嗒儿都冷清清的，他站不住的坐不倒，不知道做啥的事情，山伯把书本儿拿上翻的看哩一下，懒得念，由不得的他心慌忙乱。他跑的去双手儿把窗纱儿推开往外头看的呢，看来望去也改变不掉他的心慌。山伯一晚夕没睡得着，翻身过来，翻身过去，他思量哩走英台跟前去呢。

没等住太阳出来呢，梁山伯在师傅跟前告假去哩，说是他回去看老娘去呢。师娘给师傅说哩："山伯告假不看老娘去，他走英台跟前呢。" 山伯听见这个话羞失发哩，一昏二慌的不知道给师傅说啥哩。这嗒儿师娘说是："梁山伯叵害羞，祝英台比你强，把扇子珠儿给自己定哩亲。" 把扇子的玉石珠儿给山伯现给的说哩："这就是祝英台带你结婚成房的换手……你要紧忙的去呢。" 山伯把玉石

①不碰缝：不可靠、不讲理。

珠儿接上，给师傅带师娘道哩个谢，出来设虑的走呢。现设虑的，山伯把英台的面容带行法思量起来，他恨不得一步跨到祝家庄呢。撇的撇哩，撂的撂哩，上路的包袱收起走脱哩。

走到路上把英台说下的比方思量起来，她说的都是自己的错。不怪英台把他比的就像是木桶。

心呢发急的，山伯把两步路当住一步的，跨上走的呢。没头三两天，他可价到哩祝员外的门上哩。山伯没贪慢，写哩一个名单打发进去哩。梁山伯写的他言定要带英台遇一面呢。员外脸上掉不过去，没得法儿的，他把山伯让到房呢哩。

给客把香茶倒上，老汉进哩闺房呢，拦挡的不叫女子见山伯的面。英台闹的不答应说是："我连山伯结拜哩弟兄的呢，同窗在书房呢念哩三年书的人。山伯打这么远掉的路上来哩，我是他的'兄弟'可咋么价能冷淡的不遇一面呢？就是你，父亲有理也罢，不能打上门的客。"

老子听的女子的话在理，他给英台给哩见面的口唤，咂服的说是："你带山伯能喧荒，可是不准带他说结婚之事呢的话。你要把亲带他退掉呢，因此你是马家的人。"

英台把老子的话挡哩说是："我给山伯咋么价把亲退掉呢？但退亲，我害我的同心合一的人呢。我不想害梁山伯，我为他唻。"

"你但带梁山伯结婚，"老子说的，"你没为他，你害他呢。你是贤良女子，可不知道嘛，马太守光要不是有钱，他还是大官，能把梁山伯绳捆锁抗的，拿的去下狱监。把你还是叫马太守家一拿的去。你看，哪个好吗哪个坏？"

英台听见这么价的恶索话，她的胆子小哩，她抱住头哭脱哩。哭罢，英台把愁眉面目改变成欢喜面容，到客厅呢，带山伯遇哩面哩。祝英台把梁山伯叫的梁兄问候哩。山伯把英台也问候哩，可是叫啥呢不知道。山伯看的英台擦颜点粉的，穿哩一身姑娘的衣衫，越性俊美哩。山伯的心呢就像是绽开哩，他对住英台呆呆儿的望下哩。

"这嗒儿还倒是我把你叫兄弟呢吗，"山伯问的，"叫称呼贤妹呢？"

"同窗读书的时候儿，"英台回答的，"我是你的兄弟相称，如今是贤妹相称。"

因此是叵叫奸人听见他们的同心合一的话，英台把山伯让到楼房上喧荒去哩。这嗒儿英台可问哩山伯哩："梁兄，你还当是带过的在我跟前来哩吗，你当务的来哩？"

山伯回答的:“我当务来哩。因此是当前你给我把你的九妹许下哩。我到哩你家呢求吉亲事来哩，贤妹叵颇烦，把我的结婚之事圆成哩。”

英台的面容转哩色哩，她的脸红带笑气，心不安然的回答的:“有好心肠的梁兄，你奔往我的九妹来哩，我就是那个九妹。”

梁山伯不知道是员外把英台许给哩马太守的儿子哩，他听的英台应承的自己是九妹，面带笑气心欢的对祝英台望下哩。山伯喜欢上加喜欢望的呢，可是他看的英台不贺他的喜，倒把头低下伤心的落泪的呢。英台蔫头儿耷拉的，她就像是把正开的桂花拿滚开水捋哩。梁山伯一下跷蹊下哩，他的笑么嘻嘻儿的面容，转色转哩容颜，面目打鼻梁洼呢黄上下来哩。

“好一个我喜爱的祝英台，但你是给我许给的九妹就是你自己，”山伯说的，“今天单是你，贤妹该来是高兴又喜欢。咱们二人要的是欢乐心又宽，可为啥你愁眉不展的，伤心落泪的啥事情？我倒来是不明白，解不开你心中的意，咱们二人的中间遇哩啥跷蹊哩吗？”

把话还没说完呢，山伯把香茶盅子往前送搡给哩下，一个丈子跳起对祝英台望的等回答的呢。

英台伤心连伤心不一样，她的眼泪上加眼泪，眼泪豆豆儿，就像是珍珠，往下不住的掉的呢。羞口，说话，实实太作难，可是不开口说，也是不得成哩。她暗算哩能说明，叵叫我憋在心。

“好一个我心爱的梁山伯，贤妹有好心给你说明，你听哩心呢叵吃劲。我，祝英台瞒哄不了你，咱们二人中间出哩伤心的事，好比是来的冷子或白雨打的呢，好像采花的蜜蜂儿登空儿去，打的我，就像是搂抱蜜蜂儿的花儿落哩地。”

英台还有话呢说不出来哩，她的咽喉子扁哩。放哩悲声哭上走哩。山伯的面容成下地皮哩，他张张儿的对住门看下哩。

英台哭的往出跑的接口儿上，丫鬟端的香茶进来哩。她把这个二位伤心难过看见，她的身上松掉哩，茶盘子打手呢跌下去打烂，盅子把香茶捣给哩一火塘，梁山伯紧赶跑的丫鬟跟前问哩:“银香儿，你给我说，为啥英姑娘，你姐姐放声大哭跑上走哩？”

丫鬟哭声拉上，把茶盘子拿起提到手呢说呢:“可恨祝员外做主张，叫小姐许配马太守的儿子叫个马文才。”把话说哩，丫鬟打哩个转身，跑上走哩。

山伯听见这样的伤心话，他一下觉么的晴天，大热头的天气响哩炸雷的，又好像一缸子冷水浇到他的头上哩，他冷的就像是怀呢搂抱的一块子冰，山伯的浑身打颤，腿又软瘫，手发空，又两眼儿发黑，他站不住哩，软塌塌的坐到椅凳子上哋下哩。

银香儿隔门纱的一看，山伯的式样不好，紧忙的去把英姑娘叫给哩。英台拧挣的来，把老子埋怨的给山伯说是："梁山伯，你给我亘上气，我父亲干下的错事，把我许给马家哩。我祝英台把有的没的，给你一路拿哩比方，把你没提说明白，我是喜爱你的姑娘。梁兄，你错哩'你一步错哩，百步撵不上'。"

山伯听哩英姑娘话，把自己的错应承哩，他的心呢一下难受开哩。他一个丈子跳起走呢，英台不忍见的，挡住说的热心情分的话让到叫坐下呢，山伯不言传，只是要走呢。不坐。英台慌乱的不知道做啥呢，她忙忙的倒哩一杯子酒，双手儿圆碗的给山伯往手呢递的给去哩。山伯带接酒的，长出哩一口气说是："我梁山伯但为的来，没望想你祝英台的一杯子酒，可是谁知道二人的喜爱，异常的欢喜，反转成忧愁又伤心哩。咱们二人一个把一个喜爱的，像窜哩一场空。"

英台看的山伯实实可怜，她劝说的不叫心呢吃劲，单怕是背讳人。英台说是，她喜爱哩山伯，一门子心把自己许给哩，谁料想他们二位的结婚之事，这么价当是反瘫下哩。就是亲事这么遇下哩也罢，她连山伯一心笃意的人。她离不开山伯，山伯离不开她，他们是一个心。

山伯听见这么价的连心话，给英台商议的叫随他偷跑呢。

"祝英台，你随我走，倒不如跳出家园，好比是出哩狱牢，倒不如弯高山，过浅水，单另地界去安身。"

你有胆量同我走，咱们二人游转天边儿，走海角儿功成到一房。

"好一个胆大的梁兄，"英台说的，"天下有的是好多的土地，咱们远走高飞路，望想也是枉然，我愿意，这一世不得成双，那一世配对去呢。"

山伯听的英台不想随他偷跑的走，他一下心呢可吃哩劲，猛着心血一潮返，吐哩一口血，得哩急气攻心的病哩。

英台看见山伯吐哩血，她的心呢难受的，就像是刀子扎心，疼的她猛跳哩个丈子，可是哭呢说的劝山伯的话。

山伯告别哩走呢，把玉石珠儿掏出来带给英台给的说的："当年扇子珠儿给咱们结哩亲，如今它也是无用，你带我两份礼行，我把你的元宝儿交与给你，省得下我看见伤心。"

英台可把山伯就劝说，叫把玉石珠儿拿上呢。她知道山伯是真君子，把玉石珠儿原送给哩。扇子珠儿终当是这一世的，他们一个把一个喜爱哩的有当无的证见。

英台说是，但山伯回去遇一差二错，叫把二人的坟挖到胡强镇的路口儿上呢。恐怕往后许把他们二人喜爱之事忘净，立上两个石碑子，刻上绿配红的二人的名姓。绿的是祝英台，红的是梁山伯。

收口儿，英台叫哩一声梁兄说是："你回去忍耐又忍耐的把病缓。你放心，我不能连旁人成房，我就是死活，不能给你变心。我活死也是你的妻，连你这一世来没得把夫妻配，言定我带你合坟呢成对呢。"

英台哭上把山伯送出门，紧赶上哩楼房，双手儿推开哩窗纱儿，两眼儿盯的看哩她喜爱的梁山伯哩。英台看的山伯走的身子姿势摇呢，他的腿不往前进。英台思量的，他为人来，没许得好人，山伯得哩实在难好的相思儿病，实实太也可怜。

得上相思儿病呢，梁山伯伤心落泪的，心还疼来，气又喘，他睡倒哩。喝哩几服药，心病上倒栽来加哩病症哩。病越重，心呢又越乱，山伯给英台写哩儿封书信，英台接哩书子，手颤心跳的念哩说是，梁山伯病症越性重哩，不吃不喝，夜夜睡不着，翻身不定。山伯问英台乞讨的要哩这病的药哩。英台连丫鬟，跑乱哩个"九九八十一"，把药也没找下。他们听的胡悬冒料先生们的话，说是，若要叫梁山伯的病好，要的是海东海西的灵芝草。英台把这么的药料名字写上，给书信里头把自己的头发铰哩一股儿，装上送的去哩。英台思想的灵芝草找不下的东西，可是山伯把她的头发看见就连见哩她一样，病症就好些儿呢。

太阳压西山的时候儿，山伯把回信接上念呢吵，写下的字都洇水掉哩。他看来哩，这是英台写的时候儿哭的把眼泪带上哩。山伯没得明白英台给他写的是啥药。把头发攥到手呢，他就像是见哩祝英台哩。他一下猛猛的坐起，把头发看的心呢觉么的不好受开哩。山伯断开去哩，他的嘴缝儿动弹哩一下，说的紧赶叫给英台报丧去呢。梁山伯觉么的就像是谁把他的心坠的揪哩一下，疼到脑子上，头里头好像打哩一炮，震的他不知道啥哩。梁家随嗒的人都一下伤心的落哩泪哭脱哩。山伯的娘老子哭的说是："只说是黑头高抬深埋白头呢，谁知道白的头当是往出送黑头呢。"

黑夜晚夕，打过三更呢哩，英台还一点儿没咋呢，她猛个子听的门外有人声喊的呢。银香儿出去一问吵，说是梁山伯无常哩，报丧来哩，把扇子珠儿递在哩丫鬟的手呢哩。英台得哩丧信把扇子珠儿拿在手呢说是："当年扇子珠儿是同心话，不知如今他把丧报下。结拜弟兄的时节，我们有多高兴欢乐，如今我们成哩离别千年万代的伤心人哩。”

英台没等住东方亮，她把白衣裳穿上戴哩孝哩。英台穿孝衫，也送丧去呢。老子拦挡她，叫脱丧衣，换红衫要过喜事呢。员外说的，英台是马家的人，不可往旁人的丧去，眼睁子下马太守的花轿娶亲来呢。女子给老子回答的，但不叫送山伯去，她不上娶亲来的喜轿。员外没得法儿哩，给英台给哩送丧的口唤，可是要紧叫快快的折回来，喜喜欢欢的要上轿呢。

丫鬟把英台送上走哩，她们二人哭哩一路，伤心的眼泪擦不干。进哩梁家的门，英台一下放哩大声吼的哭开哩。哭的到跟前一看吵，山伯的一个眼睛闭的呢，一个眼睛睁开的呢。英台带哭的说是：“看你一个眼闭来，一个眼开，莫必是无人给你披麻把孝戴，莫必是你舍不下小妹祝英台？”

英台急哩跑的去趴到山伯的腔子上连叫哩两声“梁兄，梁兄”，把山伯他没叫应，英台的泪呢就像是箭穿哩心。送丧来的也都哭的呢，有人哭的把英台埋怨的说是她把人害哩，大众骂的当官的财东马太守。

丫鬟看的她小姐哭累瘫哩，就赶紧说劝的叫折回走呢：“小姐太叵又伤心哩，你的身体不刚强。快来的快去，省得下员外打发的人叫来。”临走呢英台叫哩一声：“梁兄，你心放宽，小妹没你，笃真不能剩到世上。”还正哭的说的呢，员外害怕女子不回来，赶下一差二错，打发的人叫来哩。丫鬟把她小姐搀上，她们的后头跟的家人走脱哩。走的呢，英台哭的说的呢：“当时，我有心跟上你去呢，家人来哩，员外把我叫的呢。你头呢去，叵叫我，我自己能到。我带你定下的话是一个坟呢埋，我折回，你跟前来的快。”

英台哭上往回走的呢，梁家的门上送丧的呢，人都哭的泪汪汪。就那个时节，马家的门上娶亲的呢，红火的闹嚷嚷，祝家的门上谋是出嫁门的女子没回来乱慌慌。女子不见回来，把老子连羞带急的心血都翻哩。英台没奈何的折回来吵，娶她来的花轿可价在门上等的呢。看吵，人们喊叫的忙乱开哩，说是叫英台上轿呢。

祝员外劝说的叫英台把丧衣脱哩，换成红喜事的衣裳上轿呢。女子在老子上哀告的说是叫她歇缓一下儿，她的心还哭的呢，没平定的，哪呢的心劲上轿呢。

英台看的老子太作难的很哩，说是：“我有话对你要说呢，父亲耐烦要听呢。我身穿孝衣上轿呢，胡强镇上要叫一定站呢，我下花轿祭梁山伯的坟呢。”

祝员外把女子这几宗条件满承满意哩。员外思量的只要是把祝英台给马家打发脱，到路上遇下啥事没有他的相干。员外给抬轿的人们咂服的又叮咛哩，他说是，梁山伯的坟跟前站一下是言定的。马文才新女婿可是不喜欢，他说是胡强镇上打过站。

花轿出哩祝家的村，人见哩花轿只当是喜事情，不知道是轿呢坐的伤心的人。灯笼，火把打上花轿往前行的呢，英台把银香儿问的呢，但是走到胡强镇上她说是把花轿要站下呢。马文才不叫喜轿停，看吵起哩黑风，刮跌哩火把，刮灭哩灯，马文才看的不得成，紧赶下哩马就把轿等。一时三刻暴雨下开哩，下的地下又暗又滑。滑的人们把轿抬不成。花轿落哩地，英台下轿往坟跟前去的呢。英台说是："我不见梁兄，能见他的坟。我带梁兄没同生来，可是连他进坟一同死唻。我拿定不能带马文才成房去，我祝英台定下的心事，心早往死哩的人跟前行。"

马文才没服住大风暴雨，他跌倒趴下哩，天气一下黑暗哩，人都看的吡下哩。祝英台可价到哩坟跟前哩。她正叨咯的说的呢吵，炸雷一响，电闪的地下一亮，梁山伯的坟谷堆"哗的"一下别开哩，祝英台叫哩一声："梁兄，我来哩。"她一下跳上下去说的："你再不用掰开坟门哩，咱们二人这个安稳处儿成双来。"别哩口子的坟谷堆合严哩，天气一下猛晴哩，虹也出来哩。清风风儿刮的绿草草儿中间的花儿动弹的，爨味道出来冲鼻子的香，各样儿的雀雀儿们欢乐的叫唤的呢。马文才趴上起来一看吵，坟跟前的祝英台不见哩。他眼睛眼望的打坟谷堆里头一个跟的一个飞出来哩两个蝴蝶儿。两个蝴蝶儿在这嗒儿自然清秀的，实在好看，那个胡强镇上飞的呢。一个断一个耍的，又欢乐又高兴。飞的飞的后头的蝴蝶儿把头呢的蝴蝶儿端上弯缠到一搭呢，成哩一双，落到·个花儿上，膀膀儿扇的配哩对哩。

马文才看见心呢说是："这也是一个跷蹊事情，这本是梁山伯和祝英台把床行。"马文才把蝴蝶儿看的还恨的怒气生。怒气一下盛不下哩，把他的肚子胀的别开哩。

马太守等的儿子不见来，领的军兵找哩马文才。到哩胡强镇上，看见儿子，把他吓的打马上跌下来绊死哩。

军兵们看的事情不顺序，把马太守拖到马上折回来哩。

把梁山伯那候儿埋前呢，祝英台思量哩，恐怕往后人把他们的姓名忘净，叫立哩两个石碑子万代扬名。

这就是梁山伯与祝英台，一个喜爱哩一个的收口儿，落哩印儿的故事儿。

为啥老鸹成下黑的哩

人人都知道如今的老鸹[1]是黑的。老鸹咋么价成下黑的哩，从前有一个打围的唻，知道它的传记子呢。把这个传记儿，打围的给人们说哩，一个给一个传说的成下古今儿哩。

如今的黑老鸹，从前它不胜凤凰，可比孔雀强些儿。它的身上长的各式古样的毛毛儿，尾巴没有孔雀的长也罢，可是毛毛儿的颜色扎的很唻。

一切的飞禽见老鸹都问候呢，把它也当事的很唻。它们一搭呢打这儿的来，可是把老鸹心呢有啥意的不知道。

飞禽们带老鸹一同飞上浪的没觉起，把春天过哩，把夏天过哩，到哩秋半子哩。刮哩一场西风天气凉下哩。飞禽们身不闲，飞的浪哩，它们忙乱的窝冬呢。喜雀给树上把窝窝子垫上，在里头卧开哩。老鸹把喜雀看见笑话的说是，还没见啥呢，可价捂暖下哩。

看吵，可刮哩一场西风，天气一下冷开哩，把雪下下哩，成下冬天哩。飞禽们窝到窝窝子呢，神不出来哩。老鸹没处儿窝去，它尽管呢飞的身上冷开哩。天气冷的把老鸹冻忙哩，它飞的去往喜雀的窝窝子呢窝去哩。两个喜雀把窝窝子占住，把老鸹一顿叨的没叫到跟前去。它飞的去蹲到干树枝子上思量下哩。正思量的呢吵，

① 老鸹：乌鸦。

老鸹看见打围的，把火把子撇下哩。老鸹看的人走的远哩，飞的去拿嘴把火把子挈上，点的烧喜雀的窝窝子去呢。飞哩一节子路哩，火把子上的烟烟子，把它的眼睛烟的睁不开哩。老鸹可落下来，把火把子拿爪爪子抓上，飞起来往喜雀的窝呢撇来哩。

飞禽们见哩空中呢的火，乱都叫唤开哩。喜雀惊醒来看的，一个火星子空中呢，照给哩下不见哩。那个时候儿火把子把老鸹的尾巴烧的跌下去哩，身上的毛毛儿着开哩。火把老鸹烧的没得飞到喜雀的窝窝子跟前，火把子掉哩，它自己也绊下来哩。

一个喜雀飞出来探望火去哩，火没有哩，它看的白雪上一个啥黑东西动弹的呢。落到地下看呢吵，喜雀一下把老鸹没认得。喜雀飞起把单另的飞禽们都喊的来叫看呢。它们也都看不明白，这得到是一个啥东西。

在雪上老鸹把劲缓上，挣吧的飞起来哩。它飞的呢打空中呢跌下来哩些子烧焦的毛毛子。喜雀跟上飞哩半截儿，看的白雪上一个啥碎东西，落下看呢吵，猜是火烧下的半截儿老鸹的尾巴。喜雀把这半截儿尾巴挈上去，叫一切的飞禽们看哩，它们知道哩那个飞掉的黑东西是老鸹。

老鸹飞上去，落到一个树的干丫杈上，把自己的身上一看后哩悔哩。它思量的说是早该来给喜雀叵使坏吵，也不能成这么的式样。就打这么价，花老鸹成下黑老鸹哩。

梅鹿穿林

从前有一个故事儿唻。故事儿上说的一个深山呢，狼里头出哩个可恶大青狼。它把一切的狼们鼓上，它穿哩山树林，找的吃野牲们呢。狼们把野牲吃的走投无路的，找不下安身的地方哩，都无躲藏哩。

把野牲们叫狼们逼的无奈何哩，梅鹿看的青狼干事太可恶哩。它思想哩，但把青狼的头不拦一下，一切的野牲们都不得出世。有心叫饿死的公兔带狼们打一仗。死到仗上，叵又饿死哩。

梅鹿在树林呢把猴找着商量哩，它叫猴把一切的野牲们劝起来坐会，商议事情呢。猴跑出去说的，一个劝一个，把成千带万的野牲们传到深山弯呢商量哩。梅鹿说是但带青狼们不争战，一切的野牲们世界上不得活哩。

野牲们听哩梅鹿的话哩，都喜欢带狼们打仗。光兔子胆子小的一面儿上说是，它带单另的野牲们不合群打仗去。野牲们都把兔子的胆子小的知道，也没要它。兔子老早呢跑的阴暗子去躲藏下哩。

一切的野牲们都愿意叫梅鹿挂帅，领它们带青狼们开仗呢。梅鹿挂哩帅把狐子放哩先行官哩，把猴给狐子派哩帮办哩。梅鹿给它们传哩将令，两个儿领兵打仗呢。

把军务之事设虑停当，梅鹿给狼王带哩一封书信。狼王接哩信都一下高兴哩说是，野牲们好像是扑灯笼儿，自寻的送命，自己来叫吃它们呢。

狼王发哩一令，一切的狼们下哩山，吼的山摇地动的。但是小的野牲们都害怕开哩。梅鹿长哩胆子给哩紧吩咐，叫一切的野牲们随它一伙行的，猛扑的去叫带狼们争战呢。

梅鹿早早的叫跑路子把打仗的地方看好站下哩。一傍个的山，一傍个的大河，是啥都过不去。狐子带猴把野牲们领到山坡坡子高头埋伏下哩。底下放下哩不多的碎野牲们。

狼王思量的，它们老道，没有把狼们咬过的它们就去哩。狼们到哩打仗的地方上没管闲是啥，思量的来一个野牲，吃一个野牲，来两个吃两个，来的多吃的多。狼们正思量的呢，一看见山坡坡子底下的不多的小儿野牲们，狼王喊哩一声山摇地动的，叫往前扑呢。

狐子一看狼们扑上来的呢，喊哩一声打山坡坡子上，一下出来哩无边无沿的，没数儿的野牲们。它们里头各式古样的野牲们都有，有的野牲们，狼还没见过的呢，还倒是比它们老道的呢。狼们还没有看明白呢，打山坡坡子上下来的野牲们，慢说是咬的它呢吗，碰也把狼们都碰死哩。狼们看见野牲们躲的，就像是蝗虫们，吓的跑脱哩。很多的狼们没得跑脱，都叫野牲们连咬带踏的处置掉哩。

狼王看的它们别离要跑脱哩。后头野牲们把它断上来的呢。狼王跑的，跑的没处儿跑哩，看见深草往里头钻去哩。进哩深草可又吓哩一跳，它看见草里头的兔子哩。狼将么儿退后跑呢，兔子害哩怕说是，它带野牲们没合群带狼们打仗。狼听见这么的话，一下胆子长哩，移过头来，就把兔子吃掉哩。这个狼把兔子的软窝一知道，它给一切的狼们劝说给哩。狼们一起把藏下的兔子们，搜腾的吃脱哩。

打这嗒儿兔子们才知道哩，它们把错事干下哩。该来是那候儿带一切的野牲们和到一搭呢，带狼们争战吵，也不能把它们叫狼们吃掉。但它们合一心，光要不是把狼能打败，把老虎、豹子也能吓唬住。打这个上，野牲们知下哩，在一搭呢合群都走开哩。

到如今野牲们：野羱羝、黄羊、羚羊们都在一搭呢，成群搭伙的走开哩。就是碰见一个狼也罢，它们一个给一个长胆子能把狼吓唬住。

民人的口溜儿没说错：

一家不够，大家相凑。

要上树的鳖盖，江呢浪去的虎

早前一个故事儿上说是，江沿上老鳖盖活哩三百多年。它的脊背又宽又大，光的就像是照脸镜子。鳖盖在江呢浮开水哩，它的身上连一个水渣渣儿都不沾。鳖盖水上浮的好，它在江里头都浪过来哩，把水里头的事情知下的，经见下的多。

在江呢鳖盖浪厌烦哩，它想在树上浪一下去呢。到一个大树跟前，它往上扒呢，高低扒不上去。鳖盖急的在树底打圆儿转的呢，它跟前来哩个虎。

鳖盖看见一个虎来哩，一下高兴哩，它思量的这个虎能把它领到树上。

“好吗，你来哩吗，你轻省吗?”虎把鳖盖问候哩。

“好，你好吗?”鳖盖给虎回答的。

“你在这嗒儿做啥呢?”虎问的。

“啊咦，你问啥呢?”鳖盖说的，“我想在树上浪去呢，可是没上得去。”

鳖盖就把虎领到江沿上浪去哩，拿虫虫子、草草子待承哩。虎走前呢道哩个谢，把鳖盖瞧下，叫在它的家呢浪去呢。

赶早鳖盖收拾上在虎跟前浪去哩。只走不到，走来走去的鳖盖到哩树林呢哩。各样的草把鳖盖挡挂的走不动哩，它乏的趴下缓的呢。

虎等的鳖盖不见来哩，它迎的鳖盖去哩。走到路上把鳖盖接应上，一搭呢走脱哩。鳖盖给虎把它走下路的为难学说哩。虎给鳖盖说的，它就知道树林里头的路到鳖盖上为难。虎把鳖盖细细儿领不到哩。鳖盖一看吵，虎的房子在一个大树上呢，它一下愁下哩。它思量的咋得上去呢？虎看的鳖盖愁下哩，虎打开主意哩，咋么价叫鳖盖上树去呢。看吵，虎一下跳哩个丈子，叫唤哩一声，把鳖盖吓哩一跳。收口儿，虎说是，它把上树的路数思谋下哩，鳖盖听见放心哩，虎把上树的方子思谋下哩，高兴的转末末儿的呢。

鳖盖就问呢，虎思谋哩个啥方子。

“我咋上去呢?”鳖盖问哩虎哩。

“好上，”虎回答的，“你把我的尾巴咬住，我把你坠上叼上去呢。”鳖盖把虎的尾巴咬住，后头甩拉的，虎往树上慢慢儿上脱哩。将么儿到哩房门上哩，公虎迎上出来哩。

"好吗?"公虎把鳖盖问候哩。

鳖盖将么儿给回答的说"好"，嘴一张，把虎的尾巴撂开，它打树上绊下来哩。

"哎呦，我的脖子呀，哎呦，我的脖子呀。"鳖盖声唤的喊脱哩。

"你可问候下鳖盖做啥呢?"母虎把公虎埋怨哩一顿，赶紧打树上下来哩。

"把你的哪嗒儿绊哩?"虎问的，"我的心爱的鳖盖。"

鳖盖两个爪子抱的脖子说的:"把我的脖子窝哩，我的脖子疼的很。"

虎赶紧就把鳖盖的脖子搓摸哩。鳖盖缓来哩一下儿，虎可叫把它的尾巴咬住上树呢。

往树上上的呢，鳖盖的脖子疼的细细儿的哩，将么儿到哩房门上哩，公虎可出来哩。

"哎呦，好我的鳖盖客呀，"公虎问的，"把你呢哪嗒儿绊哩?"

鳖盖咬的虎尾巴，脖子疼的，将么儿说"我的……"嘴一张，把虎的尾巴撂开，可打树上跌下来哩。这一回，把鳖盖的一个后爪子窝哩。

"哎呦，疼死我哩，哎呦，疼死我哩!"一声连一声的鳖盖喊的呢。

母虎可把公虎抱怨哩一顿，赶紧下来哩。虎把鳖盖问哩，看哩搓摸哩可搞道的叫鳖盖上树去呢。鳖盖细细儿不答应哩。虎就给鳖盖搞波[①]的说是这一回，公虎但问开哩，不叫鳖盖言传。

鳖盖可把虎的尾巴咬住，往上上脱哩。上的，上的到哩房门上哩，公虎可接应上说是:"哎呦我的心爱的鳖盖客呀，我的错，把你可绊哩。"鳖盖嘴将一张说"甭不咋哩"[②]，把虎的尾巴撂开，可跌下来哩。虎可下来看哩。第三回把鳖盖绊的重。鳖盖声唤的说是它再不上去哩。虎把鳖盖搞道咂哩，叫上树去呢。鳖盖总没答应，给虎道哩个谢，可把虎瞧下哩。虎道哩个谢，给鳖盖应承的说是它言定去呢。

"虎你言定来，"鳖盖说的，"我在家呢等你呢。"

"好的很，你不等，我也去呢，"虎回答哩。虎把鳖盖送哩半截儿，指给哩一个捷路叫回去哩。疼哩两天，虎就在鳖盖跟前浪去哩。它打一个树上，跳到一个树上走脱哩。把树林走完，它到哩干滩上，连跳带跑的到哩江沿上哩。鳖盖看见迎上来哩。

---

①搞波：安慰地说。

②甭不咋哩：没关系。

“你好的呢吗?”鳖盖把虎问候哩。

“我好，你好吗?”虎回答哩也问候哩。虎带鳖盖拉哩一阵子，虎要在江呢浪去呢。鳖盖叫虎上哩它的脊背，它把虎拖上在江呢浪去哩。

鳖盖把虎拖上，打江呢下去，浮上走哩。走到当中呢，虎看的一切都是水，就像是世界上没有干的地方，它思量哩。虎思量的没有啥的，这个水里头有啥浪头呢?鳖盖浮的，浮的，到哩深水里头哩，虎在鳖盖的脊背上动的，它把鳖盖打树上头一回绊下来的事情想起来哩。越思量，越失笑，失笑的它在鳖盖的脊背上打颤呢。

“哎咦，连手!你叵笑哩，”鳖盖给虎说的，“你打我的脊背上跌下去哩。”鳖盖浮的，浮的，虎可把鳖盖的二回打树上绊下来的思量起来哩。虎思量的笑的，笑的在鳖盖的脊背上转的呢。鳖盖看的虎跌下去得哩可说的:

“你再叵笑哩，你跌下去淹死呢。”虎听哩，没敢笑。

水浪把鳖盖打的在水里头摆的呢。虎在鳖盖的脊背上动的呢，它可思量起来第三回把鳖盖打树上跌下来的事情哩。越思量，越失笑，它思量的笑的在鳖盖的脊背上跳开哩。鳖盖给虎将么儿说是:“你叵跳哩。”虎可价打它的脊背上滑下去哩。虎不会浮水的一面儿，水把它淹死哩。

到如今鳖盖自己为上树挨哩绊子的，把虎咋么价淹死的事情给谁都没说过。

人花儿

那候儿有一个人唻，名字叫个勇。他一天在树林呢打上一背子柴火，卖哩过光阴的呢。

勇在树林去，把吃喝解下打柴呢。紧头他的肚子饿哩，吃些儿馍馍呢，一看吵，他解下的搁下的馍馍没有哩。打柴的看的树跟前有拓下的，就像碎娃娃的脚片子呢，他跷蹊下哩。就这么价儿回哩，可是勇高低看不见谁吃他的馍馍的呢。打柴的把夹窝[①]下下也没有跌住。勇思谋的得到啥东西吃他的馍馍的呢。那一天，勇在树林呢去，把馍馍搁到一个大树根呢，他上哩树高头，看是啥来吃馍馍呢。

腾哩不大的工夫，勇看的笑上来哩两个憨咚咚儿的碎金石儿娃娃。他们两个说说笑笑的，把口袋儿解开，取出来哩蒸馍馍吃脱哩。勇把气闭住不敢动弹，把这两个碎金石儿娃娃看的奇怪的，一个是儿娃子，一个是丫头儿。勇只想打树上一下跳下来把这两个娃娃逮住呢，可是设虑往下没跳。

两个金石儿娃娃，把馍馍吃完，手拉手儿走哩。

勇把这个事情给他的老娘说哩。娘母子说是，那两个金石儿娃娃是人花儿。见哩人，人花儿光爱笑。人花儿笑的胳搂[②]人呢，把人能胳搂死。他来先把人的两个手逮住不撂开。因此这个上，我要带人花儿给胳膊上要带两个竹子筒筒子呢。但是人花儿笑的扑上来，人把两个手支给，他一逮住，人把竹子筒筒子退的抹掉，人花儿把竹子筒筒子

①夹窝：夹子。

②胳搂：挠痒痒。

逮住不跑。因此这个上，人能把人花儿逮住。

“人花儿是药料，谁遇呢，”娘母子给儿子说哩，“言定要逮住呢。”

勇设虑哩两个竹子筒筒子拿上走哩树林呢。把馍馍搁到树根呢，他上哩树看的呢。看呢吵来哩两个人花儿。正吃馍馍的时候儿，勇一个丈子打树上跳下来哩。公人花儿一下笑的跑上来，把勇的胳膊逮住哩，母人花儿把勇胳搂脱哩。把勇胳搂的笑的，笑的把胳膊上的竹子筒筒儿退的抹掉哩。他的手腾出来，把母人花儿打头上一锤就打倒哩，把公的一脚踢死哩。

勇一下得哩两个人花儿。拿回来卖给药铺呢哩。勇就打那个上发哩大财哩。

药铺呢拿人花儿配哩药，把上千的人们和各样的疮口病式都看好哩。

一切的人们都知道哩，勇得哩人花儿，光不是他发哩财哩，还给多少的人们把永总忘不掉的恩情干下哩。

白牛说出话哩

那候儿有一个老汉唻，他完前呢给两个儿子吩咐哩："我无常哩，你们弟兄但合一心干营生，那就你们能过好光阴呢。"

老汉无常哩之后，弟兄两个的光阴没照住那么遇下。老大把老子存攒下的业产没给兄弟给，他一下都搂到手呢哩。

老二问哥哥的是啥也没要，他给老大帮忙的把挣哩光阴哩。老大把银钱攒下，说哩连他的秉性一样的婆娘。他们两口儿把老二当住长工伙计的使唤开哩。兄弟光知道受苦，只说老大是他的哥哥，不能亏他。

老子无常哩没过上一七，老大叫兄弟住到一个烂房房呢，不管吃喝，光叫给他做活呢。老二起早睡晚的，给老大做活的呢，回来还要给自己做吃喝呢。他没有工夫把房子拾掇，把自己的衣裳洗一下。他的背衫子脏的都看不来哩，他穿的哥哥给下的一个棉主腰子[1]，烂成琐碎儿哩，就像铁叉戳哩。

那一天，老二活做罢，回来进哩房房儿一看吵，他张下哩，一个白真净的姑娘依上来哩。到门跟前，姑娘把老二打手拉上叫坐到炕上哩。老二看的房呢打折的干净的，炕上放的是碎桌桌儿，高头搁的两个喝茶的盅子。看吵，姑娘把吃喝端的放到桌子上，把茶倒上，让的叫老二喝茶呢。

老二把姑娘问哩谁的女子，打哪呢来哩。姑娘说是，她的娘老子叫贼寇打死哩，她没叫贼娃子看见，偷的跑出来哩。姑娘说的，说的一下伤心的哭脱哩。

老二把姑娘劝哩，叫带她住下呢。姑娘一下高兴哩，说的他给老二帮忙的叫过好光阴呢。

老二的家呢有哩姑娘的是谁都没知道，可是有人看的他的衣裳囫囵哩还也干净哩。

一回，老大的婆娘进哩老二的房房呢去，她一下跷蹊的张下哩。房呢打折的干净的，使用的是啥东西都搁到位份上的呢，一切都整齐的，就像是老二娶哩个好亲近媳妇儿。老二儿的嫂嫂儿思量的把兄弟断出去还倒栽来比从前好哩。她跷蹊上回来把老二的事情给男人说哩。叫老大把兄弟查看的些儿呢。

---

①主腰子：外形与背心相似。

天天一早起，老二起来给老大做活去呢。他这呢一走，姑娘一时三刻把家呢一打折，她就变成母狐子，翻过墙跑上走哩。

看吵，打哩锤哩，老大套哩几对牛犁铧叫伙计们犁地去呢。一对犁铧上套哩个白牛。老二吆上犁地的呢。一切的牛里头只有白牛的力量大还又乖放，套上做活太遮风的很。老二太爱白牛的很，它受辛苦，起五更经由，给牛说话，就像带人喧荒的呢。

那一阵儿，老二把地犁完，把白牛拴到棚底下叫缓的呢。他给牛抱草去哩，就那个时候儿，姑娘把吃喝放到桌子上，扒到窗子上看老二去哩，把白牛看见哩。跑出去到牛棚底下变成狐子给白牛说的："老二到你上有恩情的人，你要给他帮一下呢，叫他过上一辈子的好光阴。我再给老二儿帮不了哩，我走山呢的时候儿到哩。这一去就再不来哩，把老二的事情我交代给你。"

"你叫我咋么价帮忙呢，"牛说的，"我可有个啥本事呢。"

"但你做开活哩，"狐子说的，"你把犁铧上的一件子啥做坏，叫老二问老大要新的去，老二但进哩老大的房呢，把哥哥带嫂子过的光阴知道哩，他就明白一下儿呢。"

临走呢狐子说是："老二的光阴往后去好呢。老大的光阴谋事下呢，可是要你，白牛的帮凑呢。"话说罢，狐子的一爬一扎跑的不见哩。

那一阵儿。老二把白牛放开在绿草滩上吃草的呢，他在草上躺的缓的呢，牛到跟前说的："老二，我看哩你不停的做活的呢，吃的馍是你哥的剩饭。你在老大的房呢看一下去，他都有啥呢，你哥带你嫂子都吃的咋么个吃的。"

"我没有一个啥事情，"老二说的，"咋么价我进我哥的房呢去呢?"

"没事情哩我找一个事，"牛说的，"你就能在老大家去哩。"

白牛吃饱哩，老二把犁铧套上可犁地呢。犁到正吃饭的时候儿，牛猛猛的往前一扑，夹板坏哩，成下两截子哩。看吵，白牛说是："老二，这候儿你把这个坏夹板拿上在老大家去。你问老大要新夹板去。"

老二把坏掉的夹板拿到手呢看哩，对住牛张张儿的望下哩。他先没进去，思谋哩一阵儿，把夹板夹到胳涝洼呢头低上走哩。到门跟前老二喊哩两声，老大说是"进来"，他把门一下开的大大的呲下哩。老二一看吵，婆娘汉子正吃晌午饭的呢。嫂嫂一看，小叔子站到地下往桌子上看的呢，她把男人拿胳肘子捣给哩一下，叫老大把兄弟断出去呢。老大没意思的把兄弟往出断，没得法儿哩把老二让的叫坐下哩。

老二把房呢好奇妙摆设看见张下哩。他的心呢说是这么的富裕摆设他满说是实打实见呢嘛，睡梦的呢他都没见过。把嫂嫂端的来的饭慢慢儿吃的，他不舒心的尽管的把头抬起看的呢。老二把桌子上吃喝都尝的吃哩，他思想这么的好香吃喝古今儿上听过，可没吃过。打这个上老二才明白哩，老大过的是富足过余的光阴。

这个的之后，老二看的但凡便宜的时候儿，把白牛放开叫吃草去呢，他就打老大家走哩。去把饭一吃，把哥哥的房呢扒乎的一看，老二开犁地呢。就这么价，老二去哩几回哩，嫂嫂看的气不愤，她给男人说的，老二有哩坏心哩，不好好儿做活哩。

“有心叫老二做活的工夫，”嫂嫂说的，“咱们雇一个伙计。给老二分个些儿粮食，把他断出去叫单另干营生去。”

“我也看的老二有哩单另的心哩，”老大说的，“他想带咱们分家呢。”

后晌活做罢，老大把兄弟叫的来说的：“我看的你有哩分家的心哩，可是张不开口给我说。我思量哩把你的心亘伤哩，你想分家呢，我给你分给。老二，你要思量到呢，你还没媳妇儿，你咋么价过光阴呢。”

“你想把我往出分，有你的呢，”老二说的，“我不要，你给我说媳妇儿。”

“但是那个哩，你挑拣上一个牛，”老大说的，“给你分十兜糜子，十兜谷子。你拿麦子的路数没有，我不给你给。”

“我要白牛呢，”老二说的，“给我分下的粮食，先叫在你的仓呢有的。到开春子哩给种子留够斗糜子，再下剩下的我卖哩给庄稼上使用呢。”

老大看的兄弟好说话，高兴的说是：“你把粮食寄到我跟前好，你拾掇后儿要的使用，我给你能给给。”

老二把白牛拉过去，拴到他的房门头呢哩。再下剩下的九个牛，把绳子拽断，也跑的去带白牛站到一搭呢哩。看吵，圈呢的羊们也站不住哩，跑出来到老二的房门前头都叫唤的，就像是谁吼呢。后晌上哩架的鸡，也没心在架上蹲哩，一个跟一个飞上来，窝到老二的房上哩。老大出来看见他的牛羊带鸡们都到哩老二跟前哩，他一下失哩急，拿哩一个棒打去哩。打羊群呢出来哩一个大羝羖羊，说出人话哩：“你亘打我们哩，我们不是你的。”

老大一下跷蹊下哩，对住羝羖看哩半会才问哩：“那么，你们都是谁的？”

“我们是老二的，”羊回答的，“我们都是他苦挣下的。”

老大听见这么的不服气他的话，捞起棒把羝羖打脱哩。羝羖一跑，牛、羊、鸡一起都乱跑脱哩。一时三刻跑的一个都不见哩，光剩下白牛一个哩。

老大把白牛害狠的，把棒扎起来打去哩，叫牛把他一个悬的挑死。老大病下哩，给老二害气，都不叫兄弟进房呢看他去。嫂嫂的气不愤，她谋想下给老二使坏心呢。

第二年的开春子，老二有心劲的把白牛套上给自己犁地去哩。白牛给老二攒哩劲，顶住两个牛做哩活哩。他把地比他的哥哥犁完的早些儿，想在老大跟前取寄下的粮食种子去呢。老大的婆娘把老二给他们寄下的粮食，留下的一兜种子，把再下剩下的一切卖掉哩。她把留下的种子在锅呢炒哩个半生子搁下哩。

老二取粮食去哩，粮食没有哩，光有一兜糜子呢，嫂子出来把小叔子骂的说是，老二没羞，把粮食自己卖掉，问他们这候儿要粮食来哩。老二在嫂子上把哥哥的坏好问哩，再是啥话没说，把种子拿上走哩。

老二把粮食种到地呢，第三天的那一阵儿，老大的伙计把种子才给地呢扬上哩。老二只说是，他的粮食比哥哥的糜子出来的早几天呢。停哩几天吵，老大的粮食出来哩，他的地呢没有是啥粮食的苗苗儿。看吵，下哩一场春雨。老大的地呢糜子一下都出来哩，地面绿的好看的，就像是绿缎子。老二在他的地呢趴的都看过来哩，他没见出来一个儿糜子的苗苗儿。老二颇烦的，头低上回去，到白牛跟前坐下，伤心落泪的哭脱哩。白牛把老二的头拿鼻子闻的，闻的一舌头把帽子舔的打头上跌下去哩。老二对住白牛看下说是："咱们两个儿白出哩力量，受哩苦哩，种下的粮食一苗儿都没出来。"

老二话还没说罢呢，牛说出人话哩："老二你叵忧愁哩，咱们的地呢有一苗儿糜子呢，叵害颇烦往成呢务落去。"老二跟上牛在地呢去，把一苗苗子糜子看见，一下高兴的说是也够他哩。

这一苗儿糜子叫老二务落的，一下长成就像是一棵毛柳树哩。老二的嫂子把这一墩子糜子看见跷蹊下哩。她思量的叵叫老二得这个糜子的收成，黑哩去拿镰刀割下来喂哩他们的奶牛哩。

第二天赶早。老二给他的糜子浇水去哩。一看吵，连一棵子毛柳树一样的糜子没有哩。老二的心呢一下疼的，就像是谁把他的心戳哩一刀子，手捂住心口子哭脱哩。

走哩山呢的狐子掐的算呢啥，老二可遇哩白灾[1]哩，赶紧下山来哩。老二听的头高头吼哩一下，他一看飞的来哩一个黑雕，落到地下吵，成哩个老婆儿哩。

①白灾：麻烦事、灾难。

“你哭的咋哩?”老婆儿问的,“为啥事情,你咋这么伤心下哩?”

“我的一苗子糜子长的连一棵毛柳树一样,叫谁偷掉哩。几年那就没有吃喝哩,穿戴哩。”

“背不咋,”老婆儿说的,“你饿不下,也紧不下去。你回去缝三拃长、三拃宽的一个口袋儿,明儿早起到这嗒儿来。”

老二回来拿自己的旧衫子缭哩一个四方口袋儿,第二天赶早跑到地呢去等下哩。看吵,起哩黄风哩,风刮的老二的眼睛都睁不开哩。风一下猛住哩,他睁开眼睛一看吵,老婆儿在他的面前站的呢。

“你要听我的话呢,”老婆儿说的,“我给你说啥,你要做啥呢。”

老二满诚满意的说是他听老婆儿的话呢。

老婆儿把自己的柱棍子给给,叫老二骑上把眼睛闭住呢。几时老婆儿说叫睁开,那候儿他才要把眼睛睁开呢。老二眼睛一闭,他的耳朵呢听的风直吼呢。停哩不大的工夫,老二觉么的他的脚挨哩地哩。看吵,老婆儿说的叫老二把眼睛睁开呢。睁开眼睛一看吵,一个大石渣子滩,石头的孔孔呢都是金豆儿,明的放光呢。

“老二,你快快的把金豆儿拾,”老婆儿说的,“把口袋儿拾满就对哩。”

老二就赶紧拾,拾哩多半口袋儿,他给老婆儿说的对哩,就这些儿金豆儿也够他使唤呢。老婆儿一看半口袋儿,说的叫老二把口袋儿往满呢拾呢,走的时候儿到哩,她自己说呢。老二可拾哩些儿,口袋儿还深没满呢,他说是对哩要走呢。老婆儿看给哩下没言传,可叫老二骑的柱拐子上登哩空,一时时儿到来哩。

这呢回来,把一口袋儿金豆儿撇到地下,跑上去把白牛的脖子抱住说的:“这候儿咱们两个儿就不受重蛮苦哩。”白牛低头点哩两下说是:“这候儿你要说媳妇儿呢。”

“哪嗒儿有随我的好姑娘呢,”老二说的,“到如今他没见过。”

“你不能作难,”牛说的,“随你的好姑娘咱们的乡庄呢有呢。给人家们做泥水活的民人,有一个人没见过的俊美女子呢。他把女子看顾的还比自己好,望想给一个好人呢,可是到如今没上来好主儿。”

“但是那个哩我请媒人,”老二说的,“叫给我说那个女子去。”

民人把媒人的话一听跷蹊下哩,他思想的吸不起鼻子[①]的老二还说他的女

①吸不起鼻子:形容一无所有、没本事的。

子来哩。明推辞的不想给，就说是他落么一个女儿，往出不给，招女婿呢。老二听见叫他招女婿呢还高兴哩，就赶紧答应下哩，就打招女婿上把婚配喜事过哩。

老二的媳妇儿光也不是长的俊，她的好脾气，没有怪秉性，她把男人当事，会过光阴。他们两个儿成下同心合意的两口儿哩。

老大带婆娘把老二的光阴看的跷蹊的。他们不舒心的说是，老二咋么价把钱挣下说哩媳妇儿，过开面成箱的、油成缸的光阴哩。老大的婆娘在老二家去一看，老二的光阴还比他们的光阴好的多。

就打那一天过来，老大的婆娘天天在老二家去开哩。她在老二的媳妇子上把一切的实话巧道，都偷问上装的心呢哩。那一阵儿，她带男人商量哩，他们也就像是老二拾一回金豆儿去呢。

老大的婆娘锅呢炒哩一兜糜子，叫男人种到地呢哩。他们婆娘汉子黑明盼望的叫出来一苗儿糜子呢。停哩几天一看吵，实打实儿地呢长哩一个儿糜子。两口儿高兴的就务劳脱哩。他们的那一块儿糜子长的也连树一样哩。后晌黑哩，老大的婆娘一顿镰刀割下来喂哩奶牛哩。

第二天，老大的婆娘叫男人在糜子地呢伤心的哭去哩。看吵，起哩黄风哩，跟风来哩一个老婆儿问的老大哭的咋哩。老大把他的“难性”学说哩。老婆儿就叫缝三拃长、三拃宽的一个口袋儿呢。

老大回来一说，婆娘给男人缝哩三尺宽、三尺长的一个口袋。她给老大说的叫把金豆儿给口袋呢拾满拿回来呢。

第二天，老婆儿把老大拿到有金豆儿的那呢去哩。老大看见金子一下及时的拾脱哩。老婆儿喊的说是对哩走呢，老大还要拾呢。看吵，日头出来的呢。老婆儿叫老大走呢，他不走，要把口袋往满呢拾呢。老婆儿看的日头可价出来晒开哩，她飞上走哩。老大把金豆儿给口袋呢拾满背上走脱哩。越走，越重，越热。热头把老大晒得走不动哩，他把一半子金豆儿倒掉，剩哩半口袋，背上走的呢。走的，走的热头上的高哩，晒得症候大哩，把老大晒晕哩。紧头到晌午，热头把老大晒焦哩。黑哩来哩一群狼，把老大吃的连骨头都没剩。

老大的婆娘在家呢等的男人高低不回来都烧得哩。看吵，来哩一个要的吃的。老大的婆娘叫算哩一卦说是：“你的男人心狠的一面儿上，叫热头晒死哩。”

老大的婆娘没指望哩，她害怕饿死，给老二的家呢当哩丫鬟哩。

老虎带贼娃子害怕锅儿漏呢

早前有两个老两口儿唻。他们细详的攒下哩些儿银钱，只害怕使唤完哩。老汉儿带老婆儿光害怕把存饷使唤掉，没有买口粮的钱哩。老婆儿给老汉儿说的他们没有单另的金文[①]哩，但零散八四的把存下的一点儿钱，取得使唤去，也没有奇怪。把话听哩老汉儿说是，他们的存饷是死钱，怕的是另遇的使唤，好比是汪下的一坑坑儿死水，怕的是瓢舀。老汉儿带老婆儿一商议，把存攒下的钱，买哩一个乳牛娃儿。他们谋想下的牛娃儿长大哩，有哩奶子哩，连喝带卖，下下的牛娃儿还是挣下的。老人们肯都说：但是乳牛下乳牛，三年五条牛。

老两口儿把牛娃儿经由的好，牛娃儿一天比一天长的大哩。他们两个儿高兴的说是，这候儿就不害怕短吃短喝哩。

老汉儿带老婆儿只有一个做饭的碎锅锅儿呢。这个锅锅儿是那候儿老婆儿的舅舅给他添箱上端给的。老婆儿把添箱锅锅儿稀罕的泛常叫的是锅儿，当住舅舅的一样儿的看守的呢。老婆儿把她的锅儿给是谁都不借给，她肯给借锅锅儿的人们说："这是我舅的一样儿，给人借不得。"

那一阵儿，老婆儿看的锅儿底子上烟煤子厚哩，她把烟煤子刮掉一看吵，锅儿的底底子薄薄儿的下哩。老婆儿把锅儿看哩，拿手摸的揣哩，她忧愁下哩。她思想的，但是锅儿漏开哩咋做呢，这么的添箱一样儿锅儿拿上金银买不下，拿上宝贝换不下。老婆儿就只害怕她的锅儿漏。

后晌黑哩，老婆儿在锅儿呢烧哩一点儿开水，给老汉儿沏哩一个叶子茶。老汉儿喝茶的呢，老婆儿说的呢："我的添箱锅儿薄的很哩，我害怕我的锅儿漏呢。"

老汉儿听哩话说是："哎吆，你把锅儿再亘使用哩，我买一个新锅锅儿使唤。"

"你买下的新锅儿，"老婆儿说的，"没有我的旧锅儿光堂的好。因此这个上，我光害怕锅儿漏"。

老汉儿看的老婆儿说的伤心的，他也说是："我还比你害怕锅儿漏。"老两口儿正说到这个落巴尾儿的话上哩，来哩一个偷牛娃儿的贼娃子，扒到天窗上

①金文：金钱。

听见哩“我光害怕锅儿漏”“我还比你害怕锅儿漏”。

就那个时候儿，吃牛娃子来的老虎在门跟前，把老汉儿带老婆儿说害怕锅儿漏的话也听见哩。贼把老汉儿带老婆儿说害怕“锅儿漏”不敢下来哩。老虎在地下听见“锅儿漏”趴到房檐子底下不敢动弹哩。贼娃子带老虎思量的真害怕锅儿漏的呢，两个狼猫在墙沟上一咬仗，把贼娃子带老虎吓哩，他们当是“锅儿漏”来的呢。老虎将么儿撑开要跑呢，贼娃子害哩怕，打房上跑脱往下一跳。当当儿跳到老虎的脊背呢，骑上哩。贼娃子还当是他骑到锅儿漏上哩，老虎自说是锅儿漏把它骑上哩，一下猛惊哩，没知道祸事跑脱哩。

跑来跑的去，老虎把贼娃子打树林呢拖上进去哩。老虎跑的把贼娃子的腿在树上都碰烂哩。可倒好，贼娃子把一个树身子抱住，他神到树上哩。老虎跌哩个仰板子，拾起来可就跑脱哩。贼娃子赶紧就往树高头上。上到高头他才放心把跑掉的“锅儿漏”一看吵，才是一个大老虎。贼娃子思量的这就不是“锅儿漏”也罢，这是老虎也是老道野牲，他没敢下来，在树上等的几时大亮呢。

贼娃子神下到老虎上踩好哩，老虎轻巧的越性跑的快哩。跑的，跑的到一个河沿子跟前，老虎站下将么儿喝一点儿水呢，来哩一个猴到跟前哩。老虎把头抬起看呢吵，猴来哩。

“大哥，你咋哩?”猴问老虎的呢，“你跑的出哩这一身水，浑身都叫啥刮烂哩。”

“哼，你就叵问，”老虎说的，“我打食去哩没打上都是小事，一个‘锅儿漏’得到把我打哪呢知道哩，一下跑的来，骑到我的背子呢，两个手把我的脖子拘住，悬的把我拘死哩。我亏倒快，我跑的把‘锅儿漏’在树上碰的，碰的把他才打我的身上跌下去哩。

猴听的就不舒心的，心呢思量的，它这一趟没听见过比老虎还老道的野牲。

“‘锅儿漏’咋么个啥?”猴问的，“它像啥东西？我但把它一见就知道哩。”

“得到‘锅儿漏’咋么个，”老虎说的，“得到像啥东西，我没看明白，把我吓的心都打嘴呢憋出来得哩。”

“咱们两个儿看走，”猴说的，“咋么个‘锅儿漏’，我能把它认得。”

猴把这个话说哩，老虎害怕的不敢去。猴说是，它把“锅儿漏”不害怕，硬劝的叫老虎去呢。

“那不是‘锅儿漏’，”猴说的，“那个但怕是人。”

“但是人哩还好，”老虎说的，“你上去把它拉下来我吃呢。”

“但是‘锅儿漏’哩么，”猴说的，“我给你挤眼睛，咱们赶紧跑。”

说来想去的，老虎答应哩，老虎把猴领上在树林呢找“锅儿漏”去哩。走到跟前得哩猴思量的，但是实打实是“锅儿漏”，它咋可跑脱呢。

“老虎哥，”猴说的，“但是‘锅儿漏’哩，你两个纵子[①]能跑到几里地路上，我剩下咋走呢。因此这个上，你把我绑到你的尾巴上，你跑开哩把我也拉上能跑掉。”

老虎听得也是好话，就把猴的尾巴子绑到它的尾巴上哩。它们两个儿慢慢儿到哩那个树根呢一看吵，贼娃子还在树上坐的呢。猴把贼娃子看见就一下知道哩，说的这是人，不是“锅儿漏”。猴抬起头往树上看的呢，树上的贼娃子把老虎带猴看见，害怕的一下尿淌脱哩。尿尿淌下来淌到猴的眼睛呢哩，它就挤眼睛。老虎一看，猴挤眼睛的呢，还当是叫它跑呢。老虎一下把猴拉上跑脱哩。紧头打一个干河坝呢跑过去。河坝呢的石头把猴碰的牙槽都挫掉哩，牙呲的就像是笑的呢。跑到河沿子上老虎乏哩，站下往后头一看吵，猴牙呲的躺的呢。“哼，把我悬的跑死，”老虎说的，“你还高兴的笑的呢。”

老虎吼哩，一顿就把猴吃上，它跑到深山呢伸冤去哩。

贼娃子吓死到树上，跌下来叫狼、虫、虎、豹来都吃掉哩。

把这么的事情，老汉儿带老婆儿还都不知道，把牛娃子叫贼也没偷的去，叫老虎也没吃掉。

①纵子：蹦子。

狗　狼

从前有两个弟兄唻。老大的名字叫个金宝，他把书念成，净哇乱的念的是飞禽带走兽。他一年四季不出门，在家呢连念带写的把知识习学深沉哩。

老二的名字叫个银宝，习学的打哩围，把挣哩光阴呢哩。他泛常在树林呢山呢打围去的呢。把打围的事情习学的，他成下箭箭不当空的人哩。

金宝肯给兄弟说，念书是好事情，把世界的是啥都能知道。

银宝肯给哥哥的说，打围是好营干，把世界上有啥活物儿都能见。

弟兄两个儿一个说的一个的营干好，一家不听一家的话。就这么，他们一个肯劝一个。

一回，老大说的劝老二去哩，兄弟给哥哥的害哩气哩，两个弟兄嚷哩一仗，他们一家把一家没嚷过。

那一阵儿，银宝在树林呢打围去哩。跑哩一天他没打下是啥野牲，可价后晌哩。老二将么儿往回走呢，西傍个上来哩一个儿大黑云，风刮上一时时儿到哩树林高头，大白雨下脱哩，炸雷响脱哩，震的就像地动弹的呢。恶风暴雨下的一下天气也冷哩。银宝的浑身冷开哩，他就到一个大树底下盼望的叫天气晴开呢。猛个子起哩恶风，把老二抱的那个树，连根刮起来，在树林高头悬的转的呢。把箭箭不放空的、打围的人转晕哩，老二打空呢跌下来，跌倒没见过的一个窝儿上哩。雨住哩，天气晴开哩，银宝，就像是睡哩一觉惊醒来的人，坐下哩。他听的啥声气也没有，看的也不见一个飞禽，也没有一个野牲。树林呢鸦么儿动静的，光听的老远呢河呢的水吼的响声。

银宝坐的把他哥哥说下的话思量起来哩。心呢说是：“我哥哥劝我，不叫打围，他才有好心呢。”

刮恶风、下暴雨的那个时候儿，金宝在家呢看的念书的呢。他把一个书打开，书里头一张纸上画下的雀儿，看的一念吵，写的说是，那个雀儿叫个狗狼。

狗狼叫唤开哩，不像雀儿叫唤，就像是狼、马、狗叫唤的呢。狗狼下下的蛋不圆不掉，蛋是四方子。蛋里头不是清子包的黄子，黄子包的清子。狗狼的窝窝子在树上呢，拿灵芝草垫下的。

金宝看哩，念哩，他思量的这个雀儿是怪物。它的窝窝子还是大药料，思想的过来过去的走脱哩。

就那个时候儿，银宝打哩围回来，到哩门跟前，他乏的成下就像是一滩泥哩。把墙扶住，掀开门进哩房呢，赶紧就躺到炕上哩。

哥哥就问的："你在哪呢去哩，打哪呢来？"

兄弟乏的没心说话，也没言传。

他哥可问哩一遍。

银宝说的："你像是不知道嘛，我在哪呢去哩？"

"我知道呢，"金宝说的，"你打围去哩，可是不知道刮恶风、下暴雨的时候儿你在哪嗒儿唻？你打围去哩，天气变哩，我就不放心咂哩。"

金宝还想劝说兄弟呢，他看的老二的脸色不对，没言传。银宝睡哩觉哩。醒来，他没起来，就听哥哥念书的呢。

第二天赶早，日头照的红烫烫的，清风刮的气色晴朗的好天气，把老二打围的心可带起哩。他把弓、箭带矛子拿上可走哩树林呢哩。将进哩树林，打他的眼面前跑过去哩一个老虎。银宝就是打围的好汉子也罢，把老虎看见，他害哩怕哩，赶紧趴下，把矛子带分辨哩。可倒好，老虎把他也没看见，也没闻见。老虎跑过去工夫大的很哩，银宝还在地下趴的呢，他觉么的，就像是各树洞子底下都有老虎呢。

日头高哩，天气也热哩，银宝走乏，坐到树根呢缓下哩。他听的不远的窝儿上，就像是狗咬的呢嘛，狼嚎的呢，高低听不明白。银宝听的这是个怪声，这么一趟他还没听过这么的声呢。听的，听的，他起来跟仵声音找脱哩。走哩半截儿一听吵，声气就像打天上来的呢。头抬起一看吵，一个树上蹲的他没见过的个花雀儿，叫唤的就连狗娃儿咬的一样。银宝慢慢儿往雀儿跟前走脱哩。雀儿看见人飞到单另的树高头哩。他可往跟前走呢吵，雀儿可飞到早前蹲下的树上哩。银宝再没往前走，他藏到草窝呢偷的看的呢。雀儿打树上飞下来，落到一个毛杨子树枝子上哩。银宝往前一走吵，雀儿听见人的脚步的响声，飞起来落到树高头哩。银宝把树央子掰的合开看呢吵，有窝呢，窝窝子里头两个四方子蛋。把一个蛋打烂看里头呢，他跷蹊下哩，这个蛋的黄子才包的是清子，不像再单另的雀儿们的蛋。

银宝不舒心的把一个四方子蛋拿上揣到怀窝呢，他把弓拉开射雀儿呢，雀儿飞的不见哩。

дунган гўжир щүанйи

（东干文版）

СЎЙИЧЫНДИ ГО ГУАН ДЫЙ ЗУӘ

НЭХУР ю йигы шу кӯди жынлэ, та щин Сў,минзы җёгы Судан. Йүан- вэ, тади җонгуйди, ги та нан- хади ёзыхо җёдисы Сўданган. Тасы йи зы бу шыди жын, ба җонсуан бу җыдо, ги жынҗя шу кӯчи дусыгы нанщинди. Сўдан ба ю җышы жынди гуонйин җыдо, та мущёнха ба эрзы җё- гы Сўйичын сундо фуфонни җё дў фучини. Сўдан ги жынму ди ту щя хуа, ба зынхади чян ду ги хуашон, эрзы цэ җинли фуфонли. Йинцы гун- ён эрзы нянфу, та зынхади чян ги таму ефу лёнгәршон бу гу мэ чыхэ, Лозы җё эрзы вон бони чыни, та зыҗи нэли вә, чынха гўдў җяҗярли, бинха мә гуә лён-сан тян ву- чонли.

Сўйичын чынха ву нёнлозыди вавали, мә жын ба та гун-ёнди дў фули. Сўйичын ба нян фу мә шә- дый пе,та ву чыди, дуан хәди, ю чўр нян,ву чўр занди нян фудини.

Йинян би йинян фу нан нянли, дўзы чыбубо мәю җин- шын зу фуфонни чи. Сўйичын канди сычин будый чынли, та ба фу нян хуэйлэ, хўлун йишон туәди сынҗянха, ба ло- зыди ланбудин позы чуаншон ёди чы чили. Сўйичын дан зу до гэшон е мә жын вын, дозэлэ жын ба та бәгуәлэ, сон гуәчи ду фәсы ба лў донгуали. Кэ җин,зуә пуди,чи луәзы, ня мади жынму ги ёдичыди щүәсын гишон йигы чяң, ба та җёдисы зобуха чыхәди егувазы. Гэшон ёди ба дўзы чы бубо, Сўйичын зэ гэҗя щёхў ёди чыкэли. Җяхурҗя кын ду шәсаи ган мәмә, шыни-гуни зэ йиҗязы чи, чышон щер шын фан. Е ю бу шәсанди җяхурни, хан юди гомынлурҗя сыса бу шәсан дусы щёсы, ю йиха ваму ба шынгу фонкэ, шуди җё нёли тали.

Җеже Сўйичын дали, та лян зўхуә дэ нянли фули.

Йихуэй, Сўйичын ба тади быйбый лян баба сылёнчелэ- ли. Быйбый җёгы Сўдацэ зэ санни ги Майүанвэ кангў суи- бый фулиндини. Сўйичын җидый, та суйди сыхур быйбый ди лэли йихуэй. Сўдацэ ба йинян зынхади шынгун чян хуашон, ги та мэли йишын йишон җё чуаншонли. Быйбый кә щён кан та лэни, кәсы Мажонгуйди бу фонкә.

Бабади җёги Сўхуон зэ йигы да чынпушон дондигы гуан. Та кәди юфон, хан ю зўди да мэмэ. Сўйичын е җи- дый җыгы баба, та хын лэли җи хуэй, кәсы сыса- е мә на- лёгуә, е мә гй та мегуә. Йихуэй, Сўхуон лэса канди җыәр- зыди җүәшон мәю чуанди, та мэгили йифон махэ пеха, зу- ли зэ мә лэгуә.

Сўйичын ба тади баба дэ быйбый сылёнли, та щён фонли җяди сыхур кан йиха чини. Ган фон җя, Сўйичын занханли щер чян, та йиче ду җёфишон доли Сўхуон ба- бади чыншонли. Та дуандуанди зоди бабади җяни чили. Шыншын җянли җыәрзы мә җошы, дафади яхуан чўчи фәсы: «Җонгуйди мэ зэ, ни җытар бэ занли, зуди йүан- йүанди». Сўйичын фәсы: «Вә бу зу, вә дын вәди бабани», Та зу ба Сўхуон баба йичыр дынлигы хушон хи, дын- ди дўзы вәди щищирдили. Канса бабади зуәди батэҗё хуэйлэли. Сўйичын канди җё лэли, та чи падо җёди туни ханди:.«Баба, баба!».

Тэ җёди е мә тин Сўйичын ханди са, да тади шыншон ташон гуәчили. Тэ җёди ба Сўйичын та тынли ханди «Эё вәди ё-я, эё вәдиё-я», җинту пачелэса, та баба кәҗя җинчили. Сўйичын зу зэ мыншон ханди, зуә йигы баба, ю йигы баба. Канса, яхуан чўлэ фәсы, лое хуэйлэ хуанхали, ю са сычин минтян җё до ямынни чини. Сўйичы йитин щинии бу нанжан, йүәщин ханди җынху дали. Сўхуон тинҗян зущёнсы сый ба та хандисы баба, чўчи каннису ба җыәрзы мә жындый, канди хуонгар

ласуди йигы щё щүәсын. Бабади лян җыэрзы җын фәхуадини, шыншын чӯлэ ба Сӯйичынди ёншы йикан, ги нанжын фәди жё ба җыэрзы дуандёни.

– Ба җыгы цохуазы гәдо жяни—пәнён фәди,—ба ни- ди гуанмин ду зощинли.

Сӯхуон тинди пәнён фәди бу цуә, ба җымуди җыәрзы ёха та зӯ сани, баба зу фәсы:

«Вә жынбудый ни, хаба ни ба мын жынцуәли, вә бусы ниди баба. Гунди йүанйүанди!»

Сӯйичын дуйчӯ баба җонжорди канхали. Пәнён ба нанжын бэгуә, ганжин ба мын гуанчӯли. Сӯйичын кан- ди бу вон җин фон, щён ё йидяр мәмәни ханли жи шын, литу сый е мә ги шынчи. Зэ мыншон занди хынли банхуэй, хушон хили, та падо чёдунни фихали.

Ди эртян йизочи, Сӯйичын да чёдунни чӯлэ жочӯ сан- ни зутуәли. Йилӯ ёди чышон, доли быйбыйди мыншонли. Сӯдацэ быйди цэхуә хуэйлэ, йижян Сӯйичын зу жындый- ли, тади җыэрзы долэли. Лохан ба цэхуә педо диха, йиха ба җыэрзы бочӯ кӯди шонщин луә луйди. Дама почӯлэ йиканса, җыэрзы лэли, гощинди да шу лашон жондо фон-нили. Сӯдацэ йитян лён хуәйжя быйди мэкэ цэхуәли, дама сын фор-быйжиди зӯли чыхә, фусыли җыэрзыли.

Сӯйичын җытар ба бин хуан хо, быйбыйди шугәли йи- дяр чян ги та нашон, кә йүан нян фучили. Җёнжюди нянли эрнян фу, тади гун чынли, шушыди шон жин фуко- чини. Лян данлинди щүәсын йитун. Сӯйичын бидигы фу- щёнщёр вон жинчынни зуди кочили. Җинту та бущин зу- ди чи, жынжяму кәжя ба щинмин шондо минданшонли, ду лондини.

Кочон йикэ, кошыгуанму щян жёдисы йишон чуан гуон-ди, фә хуа ю жиншынди щүәсынму. Ба җымуди щүәсын- му жёдичи зысы ще йигы суй вынжон зу жӯнчын гуан- ли. Ба йичеди ду кован, шукур цэ коли Сӯйичынли. Ко- шыгуан ба Сӯйичын да тушон канлигы жүә дини, я цыди йи щё, зущёнсы лон ги ёнгозы цы ядини, бизыни хынли йиха цэ вынтуәли. Ги Сӯйичын гили щезы дин нанди вын- ти хан жё ще йигы да вынжонни. Сўйичын сылёнди, та нэ вә, шудунди, ба фу нянхали, шули дуәшо нанщин доли жинчыннили. Жытар хан гидисы нан хуэйди вынти.Йинцы та ба чян мә ги кошыгуан хуаги, Сўйичын мә жүхў кошыгуан фәсы: «жышы на чян мэбулё, мэхади жышы будый хо». Кошыгуан йитин, бизыни далигы чўнзы фәсы: «Жы- шы начян мэбулё! Дуйли ба, ги хуэйда ще вынжон!»

Суйичын ги йичеди вынтишон ба хуэйда гиги, та кә щели йигы да вынжон. Кошыгуан ба хуэйда тинли, ба вынжон нянли, зэ е мәю гишонди вынтили, е мәю фәди сыса хуали. Кошыгуан дэ тади бонбан шонлёнли мәдый фарли ба Сўйичын жунчынли ту мин жуонйүанли. Хуон- шон ба Сўйичынди жышы нэли, ба Сўйичын цэпэли да- гуан, щегилигы гунвын зыби, гили лёнгы бин суншон зули.

Сўйичын доли сын-ёнли тади бындифоншон жуонбан- лигы цохуазы. Та ба мянму на йүәфи щи хуон, хуәвәни чуэли йи куәр жўхади вәгуа, щян золи Сўхуон бабали. Баба канди жыэрзы чынха цохуазыли лянмян хан хуон- ди зущёнсы дыйли бинли. Жы йи хуэй, та ба Сўйичын тынчонли, жё зандо жянили. Сўйичын фиха ги вузышон ба вәгуа мәшон, ги шыншын фәсы тади дўзы тынди дунха-ли. Шыншын канжян вузышон хуоннонннонди, мә дындый- чў нанжын хуэйлэ, ба Сўйичын мади дуандёли. Сўхуон баба хуэйлэ, ба пэнёнди хуа тинли фәсы ба жыэрзы гуан- дёли хо, жё ганжин ба Сўйичын дунхади вузы шодёни.

Да бабажя дуан чўлэ, Сўйичын зули тади быйбый гынчянли. Дама йижян Сўйичын ганжин жондо жяни жин-юди чыли, хэли, нандунли жё фиди хуанхали. Сўда- цэ быйди цэхуэ хуэйлэса, лопэзы ги та фәсы жыэр- зы дыйли бин хуан лэли. Лохан йи тин зули чыншонли. Ба цэхуэ мә чын чян, быйбый мэли лёнгы жывазы хуэйлэли. Жинту быйбый да гэшон лэ, Сўйичын ба жўхадн вәгуа ги зыжиди кўзышон, вузышон ду мә хуон фиха, бу челэ хан дамадини.Дама канжян Сўйичын дундахали,ганжин дажәдё, мә ги лохан нянчуан жё жыэрзы кә йүан фихали. Быйбый манмар лэ, ба фиди жыэрзы канди, щин суанли тон нянлуйдини. Сўйичын нянжин зинлигы фынфыр, ба быйбыйди шонщин луә луй канжян, та мә- шынчў йи гўлў фанчелэ ба быйбый бочў, е щинни нангуәди кўтуәли. Дама зэ лузы гынни шыдуәди ги Сўйичын жў живазыдини, канжян нэ ефу лёнгәр луә луйдини, та е шонли щин тонкэ нянлуй.

Ди эртян ганзо, Сўйичын челэ зыжи ба фи тиди лэ щи- ли лян,мә йүн дама жон, та гәжя зуәдо коншонли.Быйбый лян дама ба жыэрзы канди жонхали. Таму сылёнди Сўйи-чын бин хэди мянму хуончын нэгы ёншыли, жы за йиха холи. Жытар Сўйичын ги быйбый дэ дама фәли шы хуали:

– Минтян вә жин чынлэни, – Сўйичын фәди, – да суй- ди гуанжынму ду жейин вәни. Лобый, ни е лэ!

– Эё, вәди ва-я, – быйбый фәди, – вә мәю сыса, за- мужя жейин нини?

– Вә бу ё ниди сыса—Сўйичын фәди—ни гуон на йи хўлў чүан фи, нэ зусы ниди хо лищин.

Хуа фәба, Сўйичыи лин зуни хан ги быйбый диннинди фәсы, жё та ё йин йихани.

Сўхуон баба тинжян тамуди чынпуни лэ да гуанни, кәсы та мә жыдосы Сўйичын. Сўхуон зэли жигы лё ён, зўди хэцэ хуа щи, дахали щезы хо щён жю ба жейин ду шәлүхали. Та ги лэди гуан лүдонхали йи панзы жин йин хуәди лищин. Сўхуонди линжиншон данлинди суй-гуанму, йүанвэ, кэ жин, зуәпуди зэ хан жў голу да сади, да мынлуржяму е ду шәлүха жейин лэди да гуанни.

Сўйичын жәхуэйчи хуанли йишын гуан йи, линли шы чян дуә бинма, жуди тади гуанхо, сан ё ди дунди лэдини.

Сўхуон баба линди гуанжынму, туни дуанди лищин-йиншон чили. Гуанжынмуди хуту зу нын гын жи шы чян чуан лан йишонди минжынму. Таму литу хан ю ту мэ мо- зы, жүә мэ хэди, жиндўзы цан лыйбади пинчүн жынни. Шу ни ду нади чон пян да люди ,щехади жуонзы, вонщён ди ги лэди жыгы гуан дичини.

Сўйичын жинли чынпу ба бинма задо жёчонни, та дэ бындиди да гуан зэ хан данлинди суйгуанжын йүли мян- ли. Сўйичын зуәди жўәзы гынчян, гуанжынму ги та налэ- ди лищин бэли йи да тан. Җуэзышон гэди Сўхуон налэди йи панзы җин-йин хуэ. Сўйичын ба җыще лищин кан ду мэ кан. Та гуон ба минжынму дихади җуонзы ду шудо йидани, җуэзышон луэли нэму худи йи тазы. Жынму ду за хили, дынли тин лэди да гуан фэ са хуани. Сўйичын бу фэ хуа, зущёнсы та дын сыйдини.

Җытар бабади ба җыэрзы жындыйли, кэсы мэ гаи нян чуан, ба чихо йиканса, җыэрзы зуэли дўцагуанли. Сў- хуонди щинни кэҗя хуонлуанкэли, та ба Сўйичын нэхур- да җяни дуандёди сычин сылёнчелэли.

Дўцагуан дэ гуанжынму е бу щүанхуон, та гуон лёнгы нянҗин вон сан пэпэзышон динди кандини. Лойүанни канди сан пэпэршон йигы жын, җягуэзышон чеди йигы са дунщи лэдини. Сўйичын канҗян нэгы жын долэли, ханли йи шын, «тын лў!» Жынму йиканса цэ лэлигы лохан җязышон чеди йигы. фихўлў. Шы чян бинму йиха ду хали ма, занли лён бан. Сўйичын йиха гощинди щёшон йинди лохан чи, ба фихўлў фоншур җёшон, таму эрви йитун доли җуэзы гынчянли. йичеди гуанму, да җунди минжынму ду канди цыхали, таму сыщёнди җы дыйдо лэли йигы са да жынма. Канса, Сўйичын жонди җё быйбый зуэха, та ба хўлў җучелэ ги җунжынму фэсы: «Җы- гы хўлўни җуонди гуон гу вэ хэди хо щён дунщи». Җыни хуа фэба, тади зуй дуйдо хўлўди кукуршон хэли йичизы ба фихўлў гэдо җуэзышонли.

Сўдацэ ба Сўхуон жындыйли, дищүн лёнгы йигы ба йигы вонли йиха, кэсы мэган фэ хуа. Сўйичын ба быйбый лян бабади ёншы на нянҗин сади кангили йиха, фэ-ди җё баба вон чян чя җи буни! Сўхуон вончян чяли җи- бу додый җуэзы гынчянли. Сўйичын җуонди жынбудый зыҗиди баба, вынтуэли. Сўхуон канди җыэрзы зы вын тадини, та тинди хуади йисы бу хо, ганҗин фэди тасы Сўйичынди баба. Сўйичын хуэйдади фэди шыҗешон та мэю баба, гуон ю йигы быйбыйни, җёгы Сўдацэ. Сўйичын ги бабади ба зуй җёнхали, фэсы виса Сўхуон ги та нан- пэли бабали. Ханли йи шын лэли сыгы бин, ба Сўхуон лёдо дали сышыгы мабон, да чонзыни дуанчўчили. Гуан- жын канди хэли па вон ху тункэли, минжын дуйчў Сў- хуон канди ду халади щёдини. Канса да жын хуэхуэзыни чўлэли җигы чуан ланбудин йишонди жын ги Сўйичын ту диди чончор долигы ще.

Җытар Сўйичын фэли дансы сый ю йүан, җё ба җуонзы дидо ямынни, та бан гуансыни. Ба хуа фэли, та дэ Сўдацэ зуэдо җёшон зули быйбыйҗяли.

Сўхуон нэли сышы бон, по хуэйчи, ги пэнён лян фэ дэ кўди, фэсы лэди нэгы дўцагуан цэсы тади җыэрзы.

Пэнён-ханзы хули хуэйли, виса таму нэхур ба Сўйи- чын мэ дон жын.

Ди эртян, Суйчын зуэдо вын гуансыди вифоншон, ба Сўхуон да гуан вишон чүли, та ба Сўдацэ фончын гуанли. Сўйичын мэю йи йүэди литу, та вынли хын дуэди гуан- сы.

Сўйичын зэ тади быйбыйди җўди нэтар щюгэли йи- гы лўфон җўхали. Зусы та җўдо саннили еба, жынму бу щян йүан-дёди лў ду зоди чини.

Сўйичын ги тади луфон мыншон щели җи хор сывын:

«Чүн зэ донгэ, ву жын вын,

Фу зэ шынсан, ю йүан чин.

Вэ хансы нэгы Сўйичын,

Хуанли йишон, мэ хуан жын».

ЛЁНГЫ ДИЩҮНДИ ХУЭЙДА

Зочянди гуонйиншон, йигы да чынпуни жҗугуә йигы Мацун сыфулэ. Та ю лёнгы нүзылэ, дади жҗёгы Жҗин- хуар, щёди жҗёгы Йинхуар. Жҗы лён- гы нүзы ба дадади тэ щёчундихын, ба ловужынму е тэжҗудихын, хан ба щёди щиханди тыннэ. Сыфу ба нүзыму жҗуа да бушонсуан, жҗёди ба фу жҗё нян хали. Жҗинту ба фу нянчын, лёнгы нүзы чынха ю жҗышыди жҗүнмый гӯнёнли. Жынжын ду щён дафа мыйжын фәчи- ни, кәсы Жҗинхуар дэ Йинхуар ёдисы лян таму йиёнди ю жҗышыди, ю жҗяншыди, жҗыдо жынли дэдоди щё- хуәрни.

Минчин фәни, жҗымуди жынму шышон чүәшо. Мый- жынму фә Мацунни, та ёди нүщү тяншон мәю, диха чүә- шоди жын. Хындуәди фуханмуди эрзыму е ду мәган дафа мыйжын, йинцысы тамуди жҗышы лян жынли-дэдо мәю Мацунди нүзымуди шынчын.

Зу жҗыгы Мацун жҗӯди дифоншон ю лёнгы щёхуарлэ. Тамусы чүнжынди эрзы, дади минзы жҗёгы Сунчын, щёди- сы Суннын. Сунчын дӯха фуди, Суннынсы шын мә мә нянха, кәсы щүәхади шуйи го, жҗинжҗянхади дуә ба са дунщи йи- кан та зу нын дунмиибый ба хуэйда гигини.

Жҗыгы лёнгы дищүн ба Мацунди нүзыди вонщён тин- жҗянли. Щүнди ги гәгәди фәди: «Хаба заму лёнгы нын ба Жҗинхуар дэ Йихуар чүшон». Таму лёнгы шонйили ги Мацунжҗя ба мыйжын дафадичили. Мацун жҗыдосы тади нүзыму ги жҗы лёнгы дищүнму щихуан, зу ба тёжҗян гә- шон гили хуали. Мыйжын ба Мацун гәхади тёжҗян ги Сунчын дэ Суннын фәги, дищүн лёнгы дайинхали.

Динхади нэйижыр, мыйжын ба Сунчын дэ Суннын линшон чили.

Мацун щян ба Сунчын вынди канли. Та ба Сунчын линдо лоба гынчян зу вынли:

– Виса ңэ зэ фи литу момор бу шыдё, зэмусы виса жҗё- хуанкэли шын дадихын?

– Ңəди момор зэ фи литу бу шысы, ңəмошон ю йицыр юни, шын дасы ңəди бəзы чон, сонхўнянзы да. – Сунчын хуэйдади.

Мацун щихуан, кə ба Сунчын линшон долн йүанзы- нили.

– Виса җыгы гуəзыди бонгəзы хундини, бонгəзы лю- дини? – Мацун вынли.

Сунчын ба гуəзы канли йиха хуэйдади:

– Гуəзыди бонгəзы хундисы зэ ёнмярни, жəту сэдилэ люди нэ йимяр зэ йинвани сэ бу шонди сычин.

Сунчынди хуэйда Мацун да йинли.

Мацун ба Сунчын линдо тади да нүзы зуəдн фоннили кэ вындини:

– Виса вəди нүзы ю бый, щифа, ниму ю хи, хан ю цунщер?

Сунчын ба гўнён гуалн йинян, Җинхуарди җүнмый ба Сунчын канди нэди, җин щён кан, ба нүзы дэ канди хуэй- дади:

– Ниди нүзы ляпир быйди щифасы йинян сыҗи зэ шонфонни зуəдилэ, вəди мянму цудихисы зэ ёнпəни сэдилэ.

Мацун е щихуан, зу ги мыйжын фəди Сунчын хуэйда- ди ду дуйдини, та йүанйи җё җехун.

Ба Сунчын коҗыван, Мацун ба Суннын кə вынтуəли.

– Виса ңəди шын да, та зыҗи суй?

– Ңəди шын дасы тади җунзы зусы нэмугы — Сун- нын хуэйдали. Мацун кэ җешон вынди: — ни гəгə фəди- сы ңəди шын да йинцы тади бəзы чон.

Суннын бу йүанйи, фəди җымуди хуэйда ю йиха е мэ- дуйди. Лəгуазы чүан мəю бəзы, шын хан би ңəди да, йин- цысы та зусы нэмугы җунзы.

Мацун сылёнли йихар, мə нянчуан, ба Суннын линдо йүанзынили. Мацун ба гуəзы җё Суннын канли, гидисы вынти. Суннын ба гуəзы зыйли йигы, нёли йи зуй, чонли йихар хуэйдади:

– Җыгы гуəзыди җунзы зусы җымугы, бонгəзы хун- ди, бонгəзы люди.

Мацун фәди:—Ни гә хуэйдадисы сэхали хундини, жә-ту сэбу шонди бонгәзы людини.

– Җымуди хуэйда ю йиха мә дуйди, – Суннын фәли, хуншо зэ ди литу җондйни, жәту сэбушон, та кә виса би сэхади нэ бонгәзы гуәзы хун, йинцысы тади җунзы зусы нэмугы хун җунзы.

Мацун ба Суннын канли йиха е мә нянчуан, кә линшон җинли Йинхуар зуәди фоннили.

– Виса вәди нүзы ю бый, ю щифа, – Мацун вынди— ниму за бусы нэмугы?

Суннын ба йинхуар на нянгәлор сади канли йихар, ба та нэди дуйчў йинхуар канди дэ щёди ги Мацун хуэйда- ни.

– Ниди нүзы быйди щифа, тасы нүҗунзы, йинцысы җыгышон нүжынди лян ган нанжынди е бый, е щифа. Суннын хуэйдали дуйчў нүзы хан зун кандини.

Мацун ги Суннын фәди ни гә фәдисы лянпир быйсы йиндилә, бу җян жәтуди сычин.

Суннын ги җымуҗяди хуэйдашон бу йүанйи, фәди җы- муҗяди хуэйда е мә дуйди: – Соҗяҗя сыдуәхур зэ йинчурни, за мәю быйди, та хан би гуә ди хи. Йинцысы тади җунзысы хиди, та зусы нэмугы хи җунзы.

Ба Сунныңди хуэйда Мацун тинли, та щихуан зэмусы йүанйи җё Йинхуар дэ Суннын җехунни.

Мацун ги лёнгы нүзы ба хун пый щи сы йитян гуәдёли. Гуәли сыди зыху, нүщүму ги вэфуди фәли таму бу зу, таму зусы Мацунди эрзыму, Таму вугы жын гуәли вын- мин гуонйинли.

ЦУМЫЙ БУ ЖАНДИ ЙҮАНВЭ

Йигы да щёнжуонни ю йигы йүанвэлэ, жунди лёншы дуә, ю мәфырди сынлинни зэмусы ги та кўди хошоди чонгун хуәжи, кәсы тасы йигы сусугуй.

Дан ги хуэжиму зўкэфанли, та зыжи ба ми, мян лёнди гидини. Ю йиха дан гиди шоли, фан зу бу гу чыли, йүан- вэ ба зўфанди жын лян фә дэ ма. Йүанвэ ба зыжиди пэ- нён е жәгеди вучонли жигы.

Шукур, йүанвә чүлигы нянчин пәнён. Та ба жы йигы пәнён би зочянди пәнёнму кә щинэ йидяр. Йүанвэ зусы щинэ пәнён еба, кәсы дэ пәнён шынхани бу щүанхуон. Та йинян сыжи мущён йинчянди сычинни. Зуәха хәди чыкэ- ли, йүанвэ е бу нянчуан, ю йиха зу хан мынгәзы тёчелэ быйдашур зэ диха гуәлэ, гуәчиди зучили. Зудини тади зуйни гўнунди фәдини, сысый е тинбулэ. Зу нэгы сыхур пәнён ба нанжын дан вын жи шын, та йи шын ду бу чў. Ю йиха жын фәхуадини зу вондёли, вын пәнён- ни та фәли сали. Тади пәнён канди йүанвэ сыдуәхур юпудини, зущёнсы сый ба та жәгәдини, мәлиму зущён та йүли са сыли. Пәнён мә жянгуә йүанвэ щё йихар, дэ та гого-щинщинди фәшон жи жү хуа.

Йүанвэди пәнён щён ламәни,фәди щёди жәнони, йин- цы жыгышон та ба нанжын е вынгуә: — «Виса ни йинян санбый люшы тян, цунмый бу жанди, ни жин сыму сади ни, ниди са бу гума, дуан бян сама?»

Йүанвэ ги пәнён бу нянчуан, ба пәнён канги йиха, кэ зу сымучили. Ю йиха бу нянчуон хан дусы щё сы, будуй- ли до маги йидунни.

Пәнён зэ жяни кунди щинхуонди, чибучир зу ба ли- жүди ваму лингуәлэ жё зэ тади гынчян фани. Та лян ва- му щүанхуонни, юйиха йүанвэ мынбутанфан зу хуэйлэли. Ваму канжян та, зыма-ланханди зу ду подёли. Йүанвэ дан канжян ваму зэ жяни, зу ба пәнён маги йидунни:

– Нисы ваватур, ба ваму ду жодилэ, ба фонзы дун зонли.

– Вә дажәни, – пәнён манмар хуэйда йихар.

Зу жымужя пәнён мә фарли дэ йүанвэ йитян туй йитян гуәмәли

щинбукуанди гуонйинли.

Нэйитян кэчунзы, жэту ба димян җошон хунди хокан- ди, йичеди готян фушон хуар ду кэди цуанди, чёчёрму җёхуанди вуэр тинди, йичеди хуэвэр ду гощиндини, кэсы йүанвэди пэнён зэ фонни щинхуонди зў хуэдини, пэфан- дини.

Җын щинхуонди та зуэдиниса, мынгэзы йүанзыниди чонгун хуэҗи йиха чонтуэли. Хуэҗи чонди нэгы хотин, та- ди йиншын зущён быйлир җёхуандини. Чонгунди чүзы чонди ба йүанвэди пэнён пэфан, зущёнсы йигур чинфын гуадёли, та җүэмуди йиха чинчёди нын- фи, нын бян вугяынцыр, зэ нагы хуар йүанзыни җёхуан йиҗынзыни.

Йүанвэди нүжын мэ жынчў, да чуонзышон ба чон чү- зыди хуэҗи канли. Щёмищищирди шонян чонгун чүзы чоншон, ба мажүанниди мафын вон чў гондини. Йүанвэди пэнён канди чонгунди гэбыйшон жуҗянзы ду чили гэда- ли. Тади ю җинди шу ба тёщян дэди кэвуди. Тещян мин- ди фон гуонни, зущёнсы җолянди җинзы, хуэҗиди чон чүзыди йиншын зущёнсы ба йичеди йүанзы на чунтян- ди җүнмый пугэли. Йүанзыниди дунщи, зущён гыншон чонгун е чондини, йүанзыни йиха хунхуэди куан дахали.

Җытар ба хуэ зўван, чонгун ба тади мин тещян чешон, чүзы чонди да данлинчур зули. Хуэҗин бу җянли еба, тади линшын чүзы кэ нын тинҗян, зущёнсы йүанчурди быйлир җёхуандини.

Йүанвэди нүжын ба чонгунди чүзы типди сылёнкэли. Та ги зыҗи гиди вынти: «Виса чонгун хуэҗи гощин, та гощинди ю мэ йинчян, зущён йүан вэ ма, ю хын дуэди цэбыйни? Чончун са ду мэю, та гуон зынди ба дўзы чы бу боди йидяр гунчян, кэсы та би йүанвэ гощин. Җы есы гуэ сычин».

Чонгун чон чүзыди сыхур, йүанвэ зэ дамыйзыди чон- шонни мыйцошон зуэди, мыйтузы сонди кан хуэҗимуди- ни. Хуэҗиму, йинви зощин җонгуйди йимяр, ба чүзы чонкэли. Хуэҗиму чонди йүэ гощин, җонгуйди йүэ пэфан, та җүэмуди щинни җиди ба ма чишон похуэйлэли.

Җинли фонни ги пэнён са хуа мэ фэ, кан тади ёншычи дыйдо сыму садини. Зуэ е зуэбучў, зан е занбучў, зэ диха гуэлэ, гуэчи зудини. Тади пэнён канди чичонди, щинни сылёнди: «Җы засы җымугы жын?!» Зу нэгы сыхур, чон- гун ба чүзы чоншон кэ со мажүандини, та хуанлуэди зу- щёнсы шыжешон мэю би та ю йүнчиди жын.

– Виса ни сыдуэхур цудини? – Тади пэнён вындини. – Виса заму жяни сыжи кунди щинхуонди? Ни кан, замуди чонгун тасы шукўди жын, та мэю сыса, чын йинтянжя ни жё зў хуэдини, хан гощинди чондини. Нисы йүанвэ, ни хан жин цуни. Ни ба вэ е дэлүди бу хуанлуэ, зущёнсы ецо чичўди хуар. Хуа фэба, пэнён йиха фоншу ба чуонзы сонкэ лян фэ дэ зыди жё нанжын кан чонгунни. — Ни кан, нэгы жын дуэ хуанлуэ, дуэ гощин, е бу вон фэсы та зэ шышон лэли. Ни виса кэ бусы нэмугы жын?

Жонгуйди дуйчў чонгун вонли йихар, нингуэлэ ба пэ- нён кангили йиха, мянму сонди сымули бан хуэй, кэ я цы- ди зущёнсы лон, щёли йиха фэди:

– Ходихын вэ канди чонгун шыдашыр гощин. Вэ ги чонгун зў йигы сычинни, та зу бу гощинди чонли.

– Ни зў йигы сани – пэнён жешон вынли.

– Вэ ги ни зыху фэ, – нанжын хуэйдали.

Хушон хуэ зў ван, чонгун хуэжи зули тади фонни фиди хуанчили. Жонгуйди мэ жё пэнён жыдо ба щёнзыниди йүанбо начўлэли йигы, мэдо йүанзыди йидуй фын ли- тули.

Ди эртян, чонгун челэ кэ доли йүанзыни хуэ зўди, ба гощин чўзы кэ чонтуэли.

Ба чонгунди чүзы пэнён тинжян ги нанжын фэди: Ни тинжянли мэю? Кэ чондини, хан лян сучон йиён.

Йүанвэ ба пэнён канди я цышон щёли йиха, пэнён мэ ю зыжи е щёли йиха.

– Ни щёкэли цэ хокандихын, – нанжын фэди, – ни щёди зали?

– Вэ щёди ни фэсы жиргы чонгун бу чон, нэсыма за чондини.

Ни бэ монли – йүанвэ хуэйдили, – тын йихар, та зу бу чонли.

Йүанвэ жё чонгун ба мэ йүанбоди нэ йи дуй мафын гондёни. Чонгун ба фын гондини, жонгуйди зэ фонни ги чуонзы люшын кандини.

Хуэйжи лян зў хуэ дэ чон, тади фон гуонди тещян гыншон чүзыди йиншьн, лүнди хуанди вон фын литу ли- зуандини. Лүнхуанди мин тещян йиха задо фын литу щёнли йиха. Хуәҗи ба тещян вон че йинаса, минмирди йигы са дунщй. Чонгун щищён канниса минмирди йигы йүанбо .Та мә гуан сысый кан, ба йанбо чуәдо хуэвэни кә чонди зў хуәдини. Хуә зудини, чүзы чондини, кәсы чон- гунди шын җеже щёхали. Чонди, чонди чынха банйинзы шынли, тынли йисыр та бу чонли. Чонгун сылёнди: «җы ебудо сыйди йүанбо, за доли фын литули. Ба йүанбо вон нани цонни на та мә сани». Сылёнли йиҗынзы чонгун кә чонтуәли. Чонди, чонди мынмынди бу чонли, хуә кә мәтын зўдини.

Ба хуә зў ван, та сылёнди зудый ба йүанбо мәдо ма- цони. На тещян ба мацо литу вали йигы кынкыр, ба йүан- бо мэдо литу та хуэйчили. Җонгуйди туди канха, хуәҗи зули, та чи ба йүанбо вашон на хуэйлэли.

– Ни тинҗян замуди чонгун чонлима? – Йүанвэ вын пәнённи.

– Мәю,—пәнён хуэйдали, – зўли йигы саму, чонгун чонли йихар зэ мә чон.

– Вә ги ни фәни, ни щян тын йиха.

Ди эртян чонгун йизор челэ щян чи ба мацони канли, та мэхади йүанбо мәюли. Та щян цухали, хуту сылёнли: «Җы хаба вә зўлигы фимын, мэлимусы йүанвэ мэха зыян вәди йүанбо. Вә мәю йүанбо ган ю йүанбоди чён, йинцы йүанбо ба вә зўди йиванщи мә фиха хо жё».

Чонгун сылёнди та е бу ё йүанбо, кә ба хуә зўди чон-туәли.

Йүанвэди нүжын тинди чонгун кә чонди зў хуәдини, та зу вынли нанжынли.

– Ни кә зўлигы са? Чонгун чондини лян сўчон йиён.

Ни кан, – нанжын фәди, – вә ги чонгун фындуй ли- ту гәлигы йүанбо, та даҗә фынни канҗян нашонли. Ба йүанбо нашон чонгун сылёнтуәли, бу җыдо ба йүанбо зў сади. Та җин ги йүанбо сылёнди золи сыхуанди лўфўли, ба чон чүзыди чүан вондёли. Чонгун ги йүанбо е мә сы- мушон йигы зўсади лў, ба йүанбо мэхали. Ди эртян вә ба йүанбо туди кә йүан нахуэйлэли. Чонгун зэ йүанбошон мәю зывонли, та е бу сылёнли, ба чон чүзы жичелэли җы- хур кә чонтуәли. Ни щёнсы бу җыдома — йүанвә ги пәнён фәди — вәди йүанбо ю жи щёнзыни, вә ё ги мый йигы йүанбо зо йигы гәди дифонни, ё сылён ба йүанбо сыхуан- ди зынчянди лӱфушонни. Дан сылён бу хо, зын бу ха чян- ди сычин, хан ба зыбын йүанбо шыйидёни. Вәди ди дуә, вә ё ги мый йи му ди сыщёнди ба са хо лёншы җуншонни. Вә ё дый хо шучынни, ё ба хуәҗиму җоканни. Вә хан сы- лён зӱ мэмэди сычинни, – ду ё вәди щин цодони. Вә йи- нян сыҗи сылёнди зынчян сычин. Йинцы җыгышон вә җин цудини. мәю щёди щинжин, мәю чонди гунфу, е дэ ни будый фәди фащё.

Пәнён ба йүанвә хуа тинли, та фәсы нанжын е фәди дуйдини. Дуйди еба, җяни кун, жынди щин бу куанҗан, җы кәсы са ю чянханди гуонйин. Йүанвә ба пәнёнди хуа тинли фәди хуа бу цуә.

– Җё вә сылёнчи, жын зэ шышон йинви хо гощин гуонйин цэ ё зынчянни:—пәнён фәди, – жын ю чян еба, бу гощин, щин бу куан, кэ ёхагы йин чянди зӱ сани. Ю цэбый җё жын юцуди гунту, бу дэ мә чян, җё жын щин куан.

Йүанвә ги пәнён е мә зошон хуэйда, йинцы җыгышон та мәган нянчуан. Йинви җё пәнёнди щин куан гощин, йүанвә мәфарди дэ пэнён фәди щёкэли, ю йиха е чонни. Минчин фәни, пәнён е җыдони, йүанвә мэдый фарли ба зыҗи нин зынди, нин гӱди фәди щёкэли.

Зу җымуҗя йүанвә ги пәнён куан щин гуәли йи нянлэ тянчи, та җүәмуди до зыҗишон е хо, та е шын бу сымуди юцули. Җыхур йүанвә җүәмуди та, зущёнсы дунтян вули җәди чунйи, до кэчур кә хуәлэли. Йүанвә сылёнди: «Вәди цэбый е гу вә сыхуанни, вэ ю мә эрнү хан зынха нэмущё йинчянди зӱ сани, бусы ги понжын зындинима. Та ба җуонзы, дишы, тугӱ ду мэли, ба хуәҗиму ду суандё, гуон ги җяни люлигы чон чүзыди хуәҗи җё даҗә йүанзы ги та бигы зумани.

Йинян би йинян, йүанвә лодилэли. Та җеҗе бугуан ливэди са сыли, ю пәнёнди гандини. Йүанвә щян чы дин зуәди дыйли бин, та вучонли. Тади шонян пәнён җяли чонгунли. Йичеди цэбый доли чонгун нанжынди шунили. ба ливэди сычин та җыҗошонли. Таму гуәли щинкуан го- щинди гуонйинли, зущёнсы таму бянчын вугынцыр хуа-йүанни чон чүзыдини.

ЙИНЩИНДИ САНГЫ ДИЩҮН

Дыйдо җисы йүхади сычин, жын- му мәдый җиха, зыху ду дончў гў- җирди фәкэли.

Фәдисы йигы лохан ю сангы эр- зылэ. Ефуму вулоди мэ цэфу зан- хали щезы чяи. Лохан канди тади суйфу тэ дащинхынли, та ги сангы эрзы йиха ба щифурму чүгили. Җыгыди зыху лохан бу зў хуәли, шынханни е е бу чў мынли.

Сангы эрзы зусы ду юли пэнёнли еба, кәсы таму җя мэ фын, хан зэ йидани гуәли пиннан вусыди гуонйинли.

Нэйиҗыр, лохан чўлэ ба тянчи канли йиха, зущёнсы лидый чюли. Та до эрзыму зў хуәди нэтар чи фәди: «Е ганҗин шыдуә цэжёни». Да эрзы тинҗян чёчихали: «Тян- чи хан жәдиниму, зу кәҗя ли чюнима?» Лохан быйдашур зандо гынзышон, нади тонторди фәлигы кулюр: «Ганзо лили чю, хушон лён сусу».

Лохан мә фә цуә, зу нэ йитянди хушон гуали йи җын- зы щи фын, йиха тянчи лёнхали. Ганзо жынму җүәмуди лынсусуди. Мәгуәшон йи чини, фу езыму хуоншон лэли, чүниди фи җанли быйчили, лоха йүәщин бу чў мынли.

Канса, кэ гуали йичон щи фын, щялищёр лин йү, Ганзочи диха луәли йицынзы бый фон, хуон фуезы вон ха луәкэли. Лохан зэ фонни вон вэту канли йиҗынзы, та жүәмуди щинни бу хошуди. Та зу ганҗин ба эрзыму дэ тамуди щифур ду җёдилэ, ба җяшәди сычин йитуәли.

Шукур, лохан ги эрзыму зафуди фэсы, та вучонли зыху, җё таму йиче тин тади ди сангы эрщифур Цуйхуади дё- җы сычинни.

Эрзыму ду щихуан, таму йинчынди зунхў лозы фын- фухади хуани. Лохан ба җяшэди сычин йитуэба, фэсы тади вучон зущёнсы доли, та хуэй лоҗя чини. Гуэбужан, мэ гуэшон сан тян лохан вучонли. Эрзыму ба лозы го тэ, шын мэди сунли.

Йихуэй дищүнму вынли Цуйхуали: «Ни җё вэму зў сани, ган са йинсынни?»

Ги җымуди вынтишон Цуйхуа фэлигы кулюр:

Йи жын му сы будо,

Даҗя шон йи мэ цуэ.

Динщүнму ба кулюр тинли ду фэсы Цуйхуа хуэйдади хо, таму йиха щихуанди зущёнсы юли лилёнли. Таму сыщёнди: «Лозы мэ йитуэ цуэ, Цуйхуа долэ щянлён». Та дан ю җяншы, заму ю хосы.»

Нэйижыр чунтянди зочи, Цуйхуа чўли мын канди чинцо шонлэ димян чынли йипян люли. Чун фынфыр ба хуарди цуан ви гуадилэ чён бизыди щён. Ямир дун җинди зочи гуон тинҗянди вугунцырди йигы лин шын шызэ хо- тин. Цуйхуа салуэди зэ зыҗан чинщюди җунҗян занди- ниса, та йиха канди чёчихали. Гэмын туниди йигы суй тў лёнлёр тэ чигуэ. Җуви җонди люцоцор, лёнлёрди готу хуонхунзы тўшон мэю сыса цомё. Зочиди тэён җоди лён- лёршонди тў җүнди зущёнсы хуонҗинзы. Цуйхуа сылён- ди, тади ю цэжыни лозы кын фэлэ. Чигуэ тў лёнлёр литу чибучир зу ба җылён дунщи вачўлэни.

Цуйхуа ба дищүнму җёдилэ, та на зыту зыди фэсы— Җыгы тў лёнлёр тэ чигуэ, ниму сангы дищүнму ба та вади тэ җинлэ. Дищүнму чўщер лилён бу па са, вэ дэ ниму шонлён йиха.

– «Даҗя шонлён ба сычин ганбуцуэ», да гэгэ фэди, – ба хуон тў вади тэ җинлэ, йүанни е ю чур ба фон гэ.

Замуди йүанзыни җинсы сазы дэ шыту,—ди эргы фэди, — ба тў лёнлёр тэ җинлэсы хо хуон тў.

– Хуон тў туэчын тукэ гэдисы хо фон, – ди сангы дищүн фэди, –

хуә чын щини манхади хо гуон чён.

Ба хуа фәли, сангы дищүн, зущёнсы йигы жын, щин хә йиди, ба тў лёнлёр вади вон жин тэтуәли. Цуйхуади лёнгы сосо ги йижҗзы жынму жуа гуә, лё зоди зў чыхә. Цэфын, лёбу, щи йишон ду-сы тамуди хуә. Таму ду мон- луанли бонгы дуә йүә, гэмыншонди тў лёнлёр мәюли, Йүанзыни тэхали йи да дуй хуон тў. Канса, жинлэли йигы быйхур лохан фәди:

«Жонгуйди, жё вә зэ жыгы тў дуй гынчян фи йиван- щи!»

Дищүнму ду чёчиди, виса быйхур лохан ё зэ тў дуй гынчян фини? Таму ба жыгы сычин ги Цуйхуа фәли. Цуйхуа ба быйхур лохан кангили йиха, сыщёнди жыгы быйхур хаба канчўлэ хуон тў литу чўлэ ю да жылёнди дунщини. Та зу ги лохан хуэйдади: «Вәму ю жын зэ тў дуй гынчян фини, бу ё ни лобыйзы цощин». Быйхур ба Цуйхуа дэ воншон чўчи зудёли. Лохан жыни йи чў мын, да гэгә гыншон чўчиса, гэдони мәю йигы сысый. Та жин- лэ ги лёнгы щүнди фәли, таму дищүнму ду сылёнди цы- хали.

Цуйхуа канди дищүнму сылёнхали фәсы: «Ниму ба тў тэ фали, фиди хуанчи!»

Дищүнму ду фихали, Цуйхуа йигәр зуәдо чуонзы тынни вон йүанзыниди тў дуйшон кандини. Хи йинйин- зы халэли,щёнжуонниди гуму ду луан нёдини. Тынли йисысыр гуму бу нёли, тинбужян сысади шынчили. Доли сангыннили, щяеди бонзы, «дон, дон» кошон гуәчили. Цуйхуа хан зуәди вон вэту кандини, та жүәмуди сынзади ба нанжын ханчелэ жё зуәдо тади гынчянли.

Цуйхуа вон тў дуйзышон йиканса , ба та хали йитё, ги нанжын фәди: «ни куә кан, нэ дусы са дунщин, хэпа-лаладиь». Нанжын е хэли пали, таму лёнгәр, йигы ги йигы жон данзы кандини. Тў дуйди дайүанни поди жигы гуә- вәму. Цуйхуа лян нанжын йүә кан, йүә сынзади хэпа, таму дынди жисы жё е жинни. Цуйхуа ба ложынму фәхади хуа сылёнчелэ фәди: «Жын дан дыйкэ цэбыйли, щян ё жян данщүан сынза сычинни.»

Нанжын ги пәнён жон данзыди фәсы: «Вә бу хэпа сыса, жи йи жё, жыгы гуэвәму зу мәюни».

Тў дуйди җувини гуэвәму бу җянли, җиму е җёкәли. гуму кэ ду луан нёкәли. Цуйхуа канди гуэвәму мәюли, кә чўлэди хуон муҗи, линди щезы хуон җивар, зэ тў- дуйди туанйүанни подини. Цуйхуа җимили ба зыжиди җүэшонди йи җызы хэ тидо шуни, җё нажын гыншон та чўчили. Җинту Цуйхуа до тў дуй гынчян, хуон муҗи ба җиварму линшон поди тў дуй нэбонгыли. Цуйхуа дунха дындини, хуон җи туни зудини, хуту гынди җивазыму җуаншон гуәлэли. До гынчян Цуйхуади шу җан кэли. Нанжын зэ хуту ханди «куэ да»! Цуйхуа занлигы җин да муҗиди тушон йи хэдизы зу ба хуон җи дадоли. Хуон му- җи пахали йичеди хуон җиварму лэ, зуандо даҗиди дихали.

Нанжын до гынчян ба хуон муҗи мәдый бан дунтан. Цуйхуа ба шу цыдо муҗиди бонзы диха лачўлэли йигы җунхынхынди җивар, йи канса цэсы җинзы.

Дищүнму тинҗян Цуйхуа дэ нажын фә хуади шын- чи, таму е ду челэли. До тў дуй гынчян ду канди цыхали. Дищүнму ду дуйчў Цуйхуа вонхали, дынди кан ги таму фә сани. Цуйхуа фәсы җё дищүнму ба хуон муҗи на җин фонни чини. Дищүн сангы ба хуон җи мә нуә дунтан. Канса Цуйхуади лёнгы сосо е лэли. Таму дищүнму лян щянхуму люгы жын щищир ба муҗи набудо фонзы- нили. Ба да җин муҗи тэдё, тади диха саншы эргы жин җивар.

Цуйхуа фәли, җыхур җё быйхур лохан зэ тўдуй гын- чяи филэ. Җён хуа фәба, быйхур җилэли. Лохан ба тўдуй йи кан, са хуа мә фә, нингуә шынзы зутуәли. Да гәгә канҗян ханди җё лохан занхали.

– Лобизы, җир хили, ни зэ тў дуй гынчян филэ, – Цуйхуа фәди, – вәму ду щихуан.

Быйхур ба Цуйхуа соли йинян фәсы: «Җыхур мә фитули, йинцы ниму ба тў дуй луйҗунди җылён дыйшон- ли. Тў дуй чынха фанчон жынму сыйүнди дегзы тўли. На җыгы тў ниму гэ фонзычи».

Цуйхуа вынли: «Ни за җыдыйдо вәму дыйли җылён дунщили?»

Быйхур лохан хуэйдали: «Вә да сангы дищүнмуди гансышон

жыдоли. Ту йилэ, таму ба лозы фынфухади хуа зунхули. Ди эрлэ, дищүн сангы мə кан Цуйхуасы щё щи- фузы, мə нихy тади дёжы сычин. Ди санлэ, таму сангы шыщин, шыйиди, йигы мə ниху ду зули хуəли.

Жы сан зун сычин либиди жё хуон тў бянчын жинзы- ли. Ниму жыха, дансы сангы жын хэ йищин, хуон тў нын бянчын жин.

Цуйхуа вынди: «Вəмусы люгы жынму, кə захуэй чын- ха сангы жынли?»

– Ни ба йигы сычин мə суанжышон, – лохан фəди, – сангы дищүн, сангы пəнён, суан фурчи нимусы люгы жын. Дансы пəнён ханзы йищин, тамусы йигы жын. Йинцы жыгышон вə ба ниму люгы жын жёдисы сангы жын.

Жынжынму ду ё жыхани:

Сан жын хə йи щин,

Хуон тў бянчын жин.

Цуйхуа минбыйли жыгы быйхурсы чигуэжын, мущёнди жондо фонни щүан хуоннни, йи да мə нян, лохан бу жянли, хуа шынхали.

Зу да нэхур ба жыгы хуа чуанфəди жыхур, чынли минжынмуди кулюрли.

ЛЁНГУОН ТУЗЫ

Нэхурди гуонйиншон, йигы да щёнжуонни ю шыгы тўзылэ. Ба жюгы тўзы жынму ду жёди Гуэвә, ба шынхади йигыму жёдисы Лёнгуон тўзы.

Лёнгуон йищин щён чынхагы ючянханни, кәсы годи мущёнбуха зын чянди лўфу. Та химин сыщёнди зў са йинсын, дэ сый да жёр нын ба чян зынха. Сылёнлэ, сы- лёнчи Лёнгуон ба тамуди щёнжуонни йигы щин Ланди йүанвэ сылёнчелэли Лёнгуон тинди жыгы Ланйүанвэ ю чян гуэйүли, йинчян ба та набади химин фибужуә, Лан чынха жонжон- бэбэди жынли, фә шозы, бусы шозы, фә гуазы, бусы гуазы. Йинцы жыгышон жынму ба Лан ду бу жё йүанвэ, жёдисы Лангуазы. Минжын ба Лан жё гуазы е мә жё цуә.

Лён датинди, жын ду фәди Лангуазы нэдисы хо чёчи чимёр, та кын зоди мэ бобый, кәсы чичибур жё хўщүан- молёди жын ба Лан дон гуазыди зу хунли. Ба йүанвэди бинщин датинди жы минбый, Лён жуонбанлигы да мэмэ- жын зэ Лан гынчян чили. Та гуали щер йүанвэди быйми, мэли жигы лё ён. Лён ба ми ги жюгы тўзы мэгили, ба ён ги мэжуди суан гили. Зу жымужя Лён зэ Лан гынчян чили жи хуэй, таму йижя ба йижя жыншыли. Лангуазы ба Лёнгуон нафучын хо да мэмжынли, ба хуә мэги бу ё щүан чян. Лён ба хуә мэли будуан йигы чян, та ги йүанвэ сунди жяни чини. Таму лёнгәр йижя бу ниху йижяли, йигы зэ йигыди жяни лэкэли.

Нэйитян, Лён ги пәнён фәли, тадо жәнили, кәсы мущёнхади сычин хан мәю йүни. Вә ё жё сычин чынцуан хан ё пәнён ги бонцуни. Пәнён зу фәли. Лён жё та зў са ду нынчын, ё замугы бонцу ду нын гишон.

Ди эртян Лён ги Лан фәсы, та ю хан жи ёнзы бобыйни щён ги хо жынму мэгини.

– Вə щёнсы бусы хо жынма, – Лан фəди – ни зу ги вə мэгчи.

– Йинцы нисы хо жын – Лён фəди – вə цэ ги ни ба вəди шыдин хуа фəли.

– Миргы вə кан ниди дунщи чини, – йүанвэ фəди – ни хуэйчи ги вə гəбянйи.

Тӯзы хуэйлэ ги понён фəди: «Миргы Лангуазы лэни, ган шонву, дуанди сыхур, жё ба гуə шо хун, ба гуə дихади хуə туйдё, шəлү тиндонни. Йүанвэ лэ зуəха, ги шо хун- ди гуəни до йи хулур фи. Фи җыни йи гун, ба ца чишон ги Лангуанзы дошонлэ».

Лён зу җымужя дэ пəнён лади фə холи, миргы жё йин Ланйүанвэни.

Ди эртянди җын дуан вусы, Лангуазы чиди хи зума до- ли тӯзыди мыншонли. Лён җиган ба йүанвэ жондо кон- шон ги пəнён фəди: «Ба ца дуаншонлэ»! «Лангуазы фəсы та бу хə ца, зу нэгы курни, Лёнди пəнён ги шо хунди бян- йи гуəни доли йидяр фи.» «Цылон» щёнли йиха, чи моди нэму го, ба ца чишон кəжя дуандо йүанвэди мянчянли.

Лангуазы ба ца йи кан, ба гуə йи кан, дуйчӯ тӯзы вон- ди җонхали. Канса фəди: «Җыгы гуə диха мə хуəму, фи замужя гунли?»

– Җысы вəди бобый гуə, – тӯзы фəди, – лузыни бу жя хуə, фи зыҗи гунни.

– Ни ба җыгы мə бу мəса?, —Лангуазы вынди,—дан мəли, мə ги вəчи.

– Понжын ги вə ги дуəшо чян еба бу мə, вə ги ни, йүанвэ мə гини?!

Ни ё дуəшо чянни, – Лангуазы вынди, – жё вə ба җыгы бобый мə хуэйчи.

Тӯзы мян дэ щёчи, щин щихуанди фəди:

– Нисы зыҗиди жын, вə бу нын вын ни ё дуəди чян, гишон вугы җинчян нэ зу җин гули.

Лангуазы гощинди зу гили вугы җин чян, ба гуə җуон- до кудэни, туəди машон на хуэйчили. Лёнгуон ги пəнён фəди зу ё җымужя ба йүанвэди йинчян хунни.

Лангуазы ба гуə на хуэйчи ги лопəзы хэ нынщинди фə- ди: «Лопəзы жы йиха до нишон ходихынли. Ни ги лўзыни бу жя хуә, гуәниди фи гунни». Та фәли гуәди ю дуәшо хо- ни, жё лопәзы ги гуәни доги йи хўлу фини. Ба фи дошон тинди гуә е мә щён, канди е бу мо чи, та дуйчў лопәзы вонхали, лопәзы дуйчў лохан вонхали. Лопәзы ба гуә на шу йи чуэса, гуә бинди лян шыту йиён, та зу фәсы жё тў- зы ба йүанвэ хунли. Гуәниди чи мә шонлэ, Лангуазыди чи шонлэли, зэ лопәзы гынчян ба тўзы матуәли. Лангуазы зэ фонни мади фә са, жё Лёнгуон зэ тади чуонзы вэту ду тинха похуэйчили.

Лёнгуон хуэйчи ги пәлён фәди, миргы Лангуазы дэ та но бон лэни, пәнён йиха юцухали. Тўзы фәсы бә юцу, тади ту йиди сымухали, ги пәнён фәди жётуәли: «Миргы, дан кан Лангуазы до дый мыншонли, вә ба щүнзы бон нашон хўланди дэ ни ма жон,да чуй.Лангуазы жян заму да чуй- дини, та зу ба хунли тади сычин вондё, чүанди ла замуни. Заму бә тин тади чүанфә, вә на бонди датур хуланди ба ни фын тушон да йиха,ни хуланди дедо жуонди сыдё.Лан- гаузы дан ма вә, виса ба ни дасыли, вә фә мәю тади щён- ган. Тын йисыр, вә на бонди щёгыр ба ни бәди йи сон, ни чынгы лан-ё, йигы жонзы тёчелэ.

Пәнён хэпа ба та жё нанжын дади жоли хуә, зэбә да сыли, ги Лёнгуон фәсы дакәли ё хохор фондищерни. Зу жымужя таму лёнгәр фәди лүдонхали.

Зыбужан, ди эртянди ганзо, Лангуазы линди лёнгы чонгун хуэжи лэли. Доли мыншон зу жонди матуәли. Тў- зы дэ пәнён ганжин хуланди макэ жонли. Тўзыди шын жонди хан би Лангуазыди шынчи да. Лангуазы зэ мын- шон зуй жонди тинхали. Та тинди Лёнгуон дэ пәнён жон- ди жынху тэ дадихынли гуазы жинли йүанзыли. Лангуазы канди тўзы йишы—эрканди щён да пәнённи, та йиха поди ла жончили. Лёнгуон канди Лангуазы вон тади гынчян лэдини, та ба пәнёнди тушон дали йи щүнзы бон. Пәнён йиха дедо, нянжин йи фан, туй е будунтанли.

– Вә го ни чини— Лангуазы фәди, – ни виса ба нү- жын дасыли.

– Мәю ни, йүанвэди щёнган – тўзы фәди – жысы вәмуди жяву

сычин. Вә ба пәнён дасыли, ю вә зыжи дон- ни.

Лангуазы ба Лёнгуон йиха матуәли. Тўзы бян гәбый, мащюзыди, шуни нади бон дунха тиндини.

Лёнгуон канди Лангуазы ба та мади хынли фәди: «Йүанвә, ни бә ю хэпали, вә ба пәнён да сыли, вә ба та хан нын жю хуә».

Хуа хан мә фәбани, тўзы йигы мын жонзы тёче- лэли. До пәнён гынчян ба шуниди бон дёлигы гуэр, на бонди щётур ба пәнён жыму йи бә, нэму йи бә, ханли йи- шын: «челэ!». Пәнён чынлигы лан-ё, йи гўлў фанчелэли. Лангуазы канди жонхали, та жүәмуди зущёнсы Лёнгуон ю фани, хуэйжәсы тўзыди бонсы бобый.

– Ни ю фанима, – Лангуазы вынди, – долэсы ниди бонсы бобый?

– Хын, вә наниди фани, – тўзы хуэйдади – вәди бонсы бобый.

– Жысы са бобый бон? – Лангуазы вынди, – ба жы- муди бон жё сани?

– Ба жымуди бобый бон, – тўзы фәди, – жё дасы, бә хуәди Лан-ён бонни.

Лангуазы йи сыщён, жыгы хо дунщи ё мэшонни, йүан- вәди жяни зу ёди жымуди бонни.

Ни ба жыгы «Лан-ён бон» мэги вә чи, – Лангуазы фәди, – жымуди бобый гэсы ё до йүанвәди шунини.

– Мэли мэги ни, – тўзы фәди, – зыёсы бә жё до пон-жынди шунили. Вә вын ни йүанвә бу ё дуәди чян, гишон шыгы жинчян. Гуазы ба бои мэшон ,ги тўзы долигы ще, нашон зули. Щүаи зудини, та щүан ба бон кандини доли жянили.

Жыни йижин мын, йүанвә ги лопәзы кәжя куажёнтуә- ли, фәсы та мэлигы хо сыйүнди дунщи. Лопәзы хан донсы са хо дунщидини, до гынчян йиканса, цэсы йигы жюжюр- ди щүнзы бон.

– Лохан , ни хаба кә жоли тўзыди хуәли, — лопәзы фәди, — ни мэ чянни сыдонди канли мэю са?

– Вә зэ нэтар канли, — чихынхынди лохан ги лопәзы фәди,—ни

дан бущинли, заму жытар зэ сыдон йиха. Вә ба ни да сы хан нын жю хуә, ни йидяр тындун бу шу.

– Ни зэ вәшон бә сыдонли, – лопәзы дэ фәди, нин гуә шынзы зутуәли.

Лангуазы канди лопәзы бу щён жё зэ ташон сыдон «Лан-ён бон»,лохан ба бон ти зэ шуни няндичи да лопәзы- ди тушон лүнли йи бон. Лоханди бон дади лопәзыди нян- жинни хуә щинзы луан ённи, тади щинни йиха бу хо шу- ди, та бу жыдо сысали дедо тонхали.

Лангуазы бян гэбый ма щюзыди, шуни нади «Лан-ён бон» зуәха хуандини, та фәдини: «Лопәзы -ни бә монли, жё вә хуан йиха, ба ни зэ вон хуәни бә!»

Канса, Лангуазы челэли, ба шуниди бон долигы гуэр дяндозы нашон, ба лопәзы жыму йи бә, нэму йи бә, ханли йи шын: «Жыхур челэ!» Лопәзы бу дунтан. Та кэ ханли лён шын, лопәзы ханбу челэ, сысырди зэ диха тондини. Лангуазы канди чи шон лэли, ханди ба лопәзы матуәли, фәсы виса лопәзы бу челэ жуонди сыдёли.

Лангуазы кэ на «Лан-ён бон» ба лопәзы бәди ду фан-лигы гуәр. Шукур, лохан ба лопәзыди гушон йиканса, туфа литу дусы ще, на шу ба жүә йи чуэса, жүә кәжя ду бин- дёли. Да жыгышон Лангуазы цэ минбыйли, та ба лопә- зы шыдашы да сыли. Лангуазы хули хуэйли, ба лопәзы бочў кўдини, кўди фә чўлэди хуасы ма тўзыдини. Лангуа- зы фәсы тўзы дэ та фа щё ебамусы, зу жымужя фа щё- нима, ба чян хундичи сы щё, ба жын хан жё дасыли.

Лангуазы сылёнли тўзы бусы тади щёнхо, цэсы чу- жын. Дан ба тўзы бу чўжыдё, тади йибыйзыди хэхуә.

Лёнгуон тинжян Лангуазы на та мэгиди щүнзы бон ба зыжиди лопәзы дасыли, тўзы хэли пали. Та ба тади хун гуон минлёнди ту диха сылёнли жи хуэй, замужя зэ ба Лангуазы хун йихани. Шукур, тўзы сылёнди тёлигы жон- зы, та ба пәнён ханди лэли. Лёнгуон ги пәнён фәди жинган жынщер бозы. Ба бозыму ийгы, ийгы ду жё гуадо йинтор фуфурди җыҗыршонни. Дан Лангуазы лэли, җё пэнён ба та жонди зуэха, ба йинтор фуфуршонди бозы җюди дэзыни ги йүанвэ дуангини.

Лангуазы туни чиди зума, тади хуту гынли сыгы хуэ- җи лэли. Лёнгуон канҗян йүанвэ лэли, та ганҗин цонха- ли. Пэнён ба йүанвэ жонди җё зуэхани, Лангуазы йиха матуэли. Та зу ба йинтор фуфуршонди бозы вонха җюли ги дэзыни гэдини. Лангуазы мэ кан тўзыди пэнён зў сади- зэ гэдосычўр зокэ тўзыли. Ба тўзы зоди да фонни җё хуэ- җиму лачўлэ, шын кун ба доди цудо машон туэшон зули. Тўзыди пэнён щин суан, луэ луйди зэ мыншон ца нянлуйдини.

Лангуазы җё хуэйҗиму ба тўзы жуондо нюпидэни, гуа- до хэянзышонди ийгы гўфушон хуэйлэли. Йүанвэ ба та дасыди лопозы го тэ, шын мэди сунли. Та шэлүди хушон чи, ба тўзы ги пидэ нонги ийдун жуйзы, педо фи литу же хэниди чихуму чычи.

Ба Лёнгуон гуадо гўфушон бу дади гунфу, тўзы зэ пи- дэ литу тинди матизы щёндини. Та да пидэди кўлурни йи- канса, лэлигы чимади жын чёчиди занха вонди кан фу- шонди пидэдини. Тўзы йиха зу ба чимади жындыйли. Чи-мадисы йигы да мэмэжын, тади йигы нянҗин хадини, җи быйни хан ющер быйгуэрни. Та зу лян ханли лён шын: «Вончян лэ, вончян лэ». Чимади доли гынчян, тўзы фэтуэ- ди: «Вэсы хазылэ, зэ җыгы чыха линзыцоди мыйлў пидэ литу зуанли бу дади гунфу, вэди нянҗин кэҗя холи».

Мэмэжын тинҗян зуандо пидэни нянҗин нын хо, та ги тўзы фэди: «Ниди нянҗин холиму хан зуандо литу зў са- ни. Вэ ба ни фончўлэ, җё вэ зуан йисысыр бу хома?»«Ни җинту ба пидэди кўкўзы гэкэ—тўзы фəди—вəди быйгуəр нэ е зу мəюли, вə чынха дуанжын жынли.

Мэмэжын тинжян ба быйгуəр е нын жы хо, йүə щихуан- ли. Ганжин ба пидэди кукузы гэкэли. Мэмэжын зуандо пидэнили. Лёнгуон ба мэмэжынди ма чишон, машон туə- ди хожычянди хуə, та мэган танман потуəли.

Тўзы жыни ба ма дади жё потуə, Лангуазы линди жынму лэдини. Доли гўфу гынчян на жуйзы ба пидэ нонтуəли, куни мади тўзы. Мэмэжын минбыйли, зэ пи дэ литу лян кў дэ ханли фəсы та бусы тўзы, гэшонди мэ- мэжын. Лангуазы тинжян фəсы: «Ни тў хэхуə зэ пидэни

хан щён хун вəнима?» Хынхынди нонли йи жўйзы, ба пидэ лёдо хэни фəди: «Жыхур ни хэхуə зə фи литу хун дату йүчи».

Лёнгуон ба мэмэжынди хуə зэ йигы да чынпуни мэли. Мэхади йинчян, та мэли жишы ёнзы бошы, жəхуэй до жянили.

Пəнён йижян нанжын жинлэли, хади йүн гуəчи дедо- ли. Тўзы ганжин ба фи сашон ба пəнён жюгуəлэли. Пə- нён минбыйли фəсы: «Ни сыдёлиму за кə хуэйлэли?»

Лёнгуон ги пəнён фəли тади дуəшо нынщин лян щуан- кун хуа, ба бошы нашон кə зули Лангуазы гынчян чили.

Тўзы йижин мын, кə ба йүанвэ хади щүанди йүн гуə- чи. Жё тўзы ба йүанвэ хади жонжондихали, йүəщин гуа- дёли сылёнбулэ са сыли.

Лёнгуон ба налэди бошы гəдо Лангуазыди мянчян фə туəли. Лангуазы ба тўзы да тушон канли жүəди. Та зу сылёнди ба тўзы на жуйзы мə нонсы, фи литу мə янсы зу бу фəли, та хан до налэли щезы бошы.

Лангуазы ба цунчянди сычин ду вондёли, та зу вынли тўзыли:

– Ни замужя ба жыще бошы зочўлэли, ги вə е фə йиха.

– Ни ба вə нонли йидун жуйзы лёдо хэни, – тўзы фə ди, филитуди чихуму вынжян жынще ду лэли. Таму ба пидэ ладо хэниди йигы ёдуннили. Чихуму ба пидэ нёди чы лан, вə вончў йичў ба таму хади ду подёли. Вə йи канса ёдунни мə фурди бошы. Вə жян суйщерди, нали жи ёр, хуэйлэ җё ни, йүанвэ канйиха.

– Ни за мэю дуэ нащезы са, – Лангуазы фэди—цэ налэли җы җи ёнзы.

Лёнгуон йиха мэпэди фэтуэли:

– Нэгы ёдунниди бошы, дан начўлэ, нын мэ йигы да гуйтўди чян.

– Ни цэ ганбулё сычинди жын, – йүанвэ фэди, – дансы вэма йичеди бошы нын налэ.

Ни дан щён чили е нынчын, – тўзы фэди, – вэ ба ни җуондо пидэни, щеви на җуйзы нон йи лёнха педо хэни, ни нын ба бошы зоҗуэ.

Лангуазыди щин чичелэли, та ё чини, кэ җё тўзы фэли йибян замуҗя ба бошы ду нын зоҗүэ.

Лёнгуон ба Лангуазы җуондо пидэни, ба кукузы зади бонди җинҗинди гуадо гўфушонли. Лангуазы доли пидэ- ни кэ бу щён чили, фэсы на җуйзы нонкэли тындихын. Тўзы е мэ тин Лангуазыди хуа, нонгили йидун җуйзы, пе- до хэни фэди: «Йичеди бошы дусы ниди!»

Лёнгоун җехуэйлэ ба Лангуазыди дифон җушон, чуан- ди йүанвэди йишон, зэ хонзыни гуэлэ, гуэчи ня зумади- ни. Зэди йүанвэ канҗян Лёнгуон щинни хэпади, зуйни мади фэсы:

Шыгы тўзы, җюгы гуэ,
Дюха йигы хансы хэ.

СЫЙДИ МИНЙҮН

Шонвоннян ю йигы жынлэ минзы жёгы Пынвудир. Тасы ву нёнлозыди жын, ю чычур мә занчур,ю занчур,мә чычур. Жымуди гуонйин Пынвудир гуә янфан, та ги жынжя шули кўли. Жытар Пынвудир зў хуә лян щезы жынму жёнли щёнхо ли. Таму йигы цуху йигы «фи бон йү, йү бон фиди» Пын- вудир чүлигы пәнён, та юли жяшәли. Пәнён хуэй зў юго, Пынвудир бу ги жынжя шу кўли, таму пәнён—ханзы зади мәкә юголи. Лён йүан кур гуәли хун дўзыди гуон- йинли.

Нэйижыр, пәнён сын-ёнли йигы эрзы жёгы Пынцун- щир. Да юли вава, пәнён ги нанжын зўбучын юголи. Пын- вудир зўли йи куэр ди, жунди мәкә цәфули. Таму гуәкә бу- шужинди гуонйинли.

Пынцунщир жёшон сан суйли, пәнён кә сынёнли йигы нүзы, ба минзы нанлигы Пынжинляр. Нүзы жёшон йи суй- ли Пынвудир нәхур бу вуло цәфули, та дә щёнхому да хуә жунли жуонжяли. Жинту Пынжинляр до сы-ву суйшон, Пынвудир зыжи юли да жуонжяли. Та чынха «цошон фан мади, фоншон ку вади»—«чы са бу щён, чуан са бу гуонди жынли».

Пынцунщир хан би та лозы жанди фуфын да. Та йи тянжя чы бо, чуан гуон, гуон жыдосы зә да гәдони ня зу- ма лонни. Жынжын канжян ду фәсы Пынцунщир ю йүнчи, та зә щёнфу зылини. Пынцурщир тинжян, фанчон ба жы гы хуа зә зуйшон дёди фәдини! «Вәсы ю йүанчиди». Пынвудир ба пәнён дә нүзы зўхади чыхә жянжян кан- бушонли. Та дакә пәнёнли, макә нүзыли, шукур гўлигы чўзы ги таму зў чыхәдини.

Йихуэй чўзы зўли йи щи хо чыхə, дуандо җуəмяршон- ли, Пынвудир щищён щийиди канли йибян, ги ваму фəди: «Ниму ду куэ чы, җы йи җуəзы чыхə, дусы да вəди йүнчи- шон лəди». Пəнён тинли мə янчуан, щинни сыщёнди нэхур тади нанжын за мə җымугы йүнчи. Җытар Панцунщир ба зуй җешон фəди: «Җы дусы вəди йүнчи». Лозыди йиха чишонлэли ба эрзы магили йидун. Пынцунщир канди сы- чин бу дуй, зу ги лозы ганҗин жынлигы цуə.

Пəнён канди чи бу фын, зу ги нанжын фəди: «Цун- щир фəлиди хуаму, ни ба ва магили йихуэтон. Тади йүн- чили, тади йүнчилиму нэкə пасани, җысыгы са сычин- ма?»

«Йүнчисы йигы да сычин, – Пынвудир фəди, – вə дан мə йүнчи, ниму хан нын чы щён, чуан гуонма? Ниму зэ бə зо моли, ниму зэ вəди минйүн литуни».

Пəнён тинли зэ мə ган җён, щинни сыщёнди жыннэ йиха җё тэ гонди сычин лёличи.

Канса, Пынҗинляр цылигы зуй, кə ба тэ гонди сычин тучелэли.

– Җё вə канчи, – нүзы дуйчў дадади фəди, – ни е мə йүнчи, – та ба ту кə нин гуэлэ ги гəгəди фəди, – ни е мəю йүнчи. Ниму ду мəю минйүн.

Пынҗинляр ба хуа хан мə фə ванни, Пынвудир ба нүзыди хуа да дуан вынди: «Җё ни фəму сыйди мин- йүн?»

«Дан җё вə фəчи, дусы вəди минйүн—нүзы хуэйда-ди».—Фулишон щедисы нанжынмуди минйүнсы дў йиди. тади минйүн ги та зыҗи. Нүжынмуди минйүн бусы ги та дў йиди, тади минйүнсы манҗяхўди. Та җё йиче җя- җунди жынму зэ щёнфу зылини».

Пынвудир ба нүзы тинли, тади чи да линхуəни вончў мони. Пəнён канди нанжын хэли чили, мянмушон йүн-ян ду җуанли сыйли, ганҗин ба Пынҗинляр лашон зули.

Лозы йиха матуэли, та дуанди җё нүзы зуни. Пынву- дир фəсы: «Мəю нили, вə хан гуə би җыгы фуҗүди гуон- йинни. Ба ни чўҗяги ёдичыди, вə зу кан ниди мийүнни...»

Пэнён жын манйүан нанжын, чүанфә нүзыдини, мын- шон лэлигы цохуазы ё фанни.

– Җонгуйди – цохуазы фәди, – ги вә шәсан щер фан!

Пынвудир йикан лэлигы цохуазы, йигы җонзы тёче жинли фонни, ба нүзы да шушон лади чўлэ, ги цохуазы фәди:

– Вә ги ни бу шәсан ми, бу шәсан мян, дан ги ни шәсан вәди нүзыни.

Цохуазы тинҗян җымуди хуа, ганҗин фон пәщигэр гуйщядо диха фәсы: «Җонгуйди вә мәю чыхә, чуандэ, замуҗя ба ниди нүзы ёнхуәни?»

Пынҗинляр йиканса цохуазысы йигы нянчин жын, хан җонди дуанҗын, мянйүн е бый. Та йи сыщён җяли, җя җыгы ёдичыди, ба лозыди хуа зунхули. Пынҗинляр фәсы, та щихуан җя цохуазы бу хэпа жын чүн, йинцысы «Да чёнди бан, фан шон хани». Пынҗинляр ба шын- шонди йишон ду мә хуан, та чуанди йигы банщинзы хун- чу санзы зу гыншон ёдичыди зутуәли.

Мама канди щинни гуәбучи, нянлуй ян щинди, пожин фонни начўлэли йигы йүанбо, дуандичи нин сыйдо нүзы- ди хуэвәнили. Пынҗинляр ги цохуазы фәсы, та бу зу да- лў, ба та линшон шыли щё лў, да фулинни җинчили.

Нүзы зули, Пынвудир ту диха сылёнчили, тади щинни ю хэчи, кә ю тынгў нүзы. Та хули хуэйли, щинни фәсы җы есы читушон йимын зыщин ба җыгы сычин ганхали, җё жынму тинҗян щёхуа. Пэнён лян кў дэ ба нанжын бойүанди ма. Та җё эрзы чишон ма ба нүзы дуаншон туәхуэйлэни. Нанжын тинҗянли, кәсы е мә фә сы са хуа. Пынцунщир дэ хуәжи чили лён пима дуанчили е мәю ба Пынҗинляр зоди хуэйлэ. Эрзы ги нёнлозы фәди, та мыймый лян цохуазы дыйдо да нани зули, зущёнсы шон- ли тянлима, зуанли дили, мәю йинщёнли.

Пынвудир фә пэнён дэ эрзыни: «Ниму фон щин, Пынҗинляр фәсы та ю минйүнди жын. Йинцы җыгышон вә җё та чуон зыҗиди минйүнчили. Юли минли нын йү мян, кәсы зэ натар йүни, замуҗя нын йү мян нэгы сычин сысый бужидо».

Пынжинляр гыншон ёдичыди зудини, та буҗыдо вон нани чидини. Канса, цохуазы вынди: «Вә вын ни җи җү хуа, бә хэ чили, ги вә фә йиха. Ни, гӯнёнди минзы җёгы са, җёшон дуә дади суйфули?

Пынҗинляр йиха щюшыфали, нан кэ куди фәсы: – Вәди минзы җёгы Пынҗинляр, вә җинян җёшон шычили.

– Ни бә хэчили, – Пынҗинляр вынди, – ниди щинмин җёгы са, җяни ю са жынни, ни ю дуә дади суйфули?

– Вә щин Пын, минзы җёгы Пынҗүбо, җинян вә пин эршыли, вә мәю сысыйди жын, җӯди фонзысы ёдун.

– Эё, дансы нэгы, ни лян вә лозы дусы йи щинму, – Пынҗинляр чёчиди фәсы,—ни хаба лян вәму җан чин дэ гӯдини.

Таму лёнгәр фәди лашон зудини, йиҗя ба йиҗя вын җыдоли. Канса, доли ёдун гынчян Пынҗүбо жонди җё гӯнён зуәха, та чӯчи ги йичеди гиби линшәди ёдичыдиму фәли, та чү щифурни, чёди җё чини.

Ю мали пәнёнму зӯ йи дун фанлигы гӯнфу, лошоди нан-нүму цохуазы, йичеди вава, дащё ду чи лэли. Таму ду нади җю дунщи, лан йишон зэмусы гәшыгӯёнди чыхә ги Пынҗүбо гунщилэли. Пынҗинляр зэ ёдунни лян жигы пәнёнму, нүзыму зуәди тинҗян вэту танчон зуәлуәдини. Ваму ду хапҗёди вацоцоди, хунхәди зущёнсы гуә щисы- дини.

Ба Пынжинляр дабанчын щинщифур җё зуәхали. Ба Пынҗүбо дабанчын щиннүщү лёнгы цохуазы сунҗин ёдунли.

Пынҗүбо дэ Пынҗинляр тунли чуон җүәмуди лыйба вәни йигы са дунщи ба та дянди. Ба шу цыхачи йи чуэса нинбонбонди йигы дунщи, лачӯлэ зу да чуонзы кӯлунни печӯчили.

Ди эртян ганзо Пынҗинляр ба җан җече йи канса, чёчихали, та няхади йүанбо мәюли. Вынниса Пынҗүбо фәсы, зуэрхили та ба җандихади йигы шыту да чуонзыни педо хәбанили. Пынҗинляр фәди нэсы йүанбо, җинган җё нүщү шычили. Пынҗүбо канчили мәю йүанбо, йихә- бади шыту, куншу хуэйлэли. Пынҗинляр ба нүщү лин- шон канчили, шытуди кункурни дусы йүанбо. Таму ба йүанбо шыди на лёжин вон хуэй жуантуэли. Йисы-санки ба ёдун жё йүанбо тян манли. Пынжинляр сыщёнди жё нүщү на жыгы йүанбому ган йигы са сычинни.

Нэйижыр, Пынжинляр жинту челэса, Пынжүбо бу жянли, тади нүщү дэ йичеди цохуазы дали хэшын чўчи кә ёчили. Канса, хушон Пынжүбо кудэрни быйди йидяр ёхади чыхэ хуэйлэли. Пынжинляр канди ю шыще, ю кә жуәчи, та ба минжынди кугәр сыщёнчелэ фәди: «Жын ёди чы гуә сан нян, ба хуоншонди лунви гиги та ду бу зуә». Жы цэсы шыдашыди хуа. Пынжинляр ба нүщү фәди чүан- ли, жё та мэ мушы, жуанту, вакуә щюгэ дифонни.

Пынжүбо мэ булэ щюгэ ди фонди цэлё юцухали. Йин- цы жыгышон Пынжинляр ба та линшон мэди цэлё, гўди жёнжынму, жянгунди жынму ба йичеди цохуазыму чүан- фәдилэ, ду бонмонди щүгэтуэли. Мә ту йигы йүә, ба лу- фон щюжычелэ бу шон суан, хан гэхали жишы да цонфон дэ пындому. Ба дифон щюгэче, Пынжинляр ги мый йигы бонли монди ёдичыди гили йигы йүанбо. Цохуазыму ду гощинди ба Пынжүбо чынхуди жёдисы цохуазывон, ба Пынжинляр чынхудисы цохуазынён.

Канса, ди эрнянди лёншы ду чынди хо. Пынжинляр жё нанжын мэди шу лёншыни. Лёншы види мәю жын ё, ду налэ ги Пынжүбо жянжянди мэгили. Жё лёншы ба йи-чеди да цонфонму, пындому ду до манли, Пынжүбо юцу- хали, та ба пәнён манйүанди, виса мэли лёншы, чычи чы бу ван, мэчи мэ будё. Пынжинляр фәсы: «Лёншы мәю дуэйүди, та ю чур сыйүнни».

Зу да лёншы чынли нэ йи нян гуэлэ, тамуди нэгы ди фоншон тян ханли жынжынди сан нян, сан нян мэ йүфи йиха чили нянхуонли, дужя вонче фиди жонтуэли, ба да жунди жынму вәхали. Жынму жын зэ винанди жекуршон, Пынжинляр ёнли мин ба шәсан фанди гуәму дачели. Лэ ли йибан бый наннүди цохуазы зўкэ чыдили. Нэ вәди жын йигы чуан йигы, зошон ду чы шәфанлэли. Чы шәфанди жынму йүэлэ, йүә дуэли. Лэди, лэди таму нэгы дифон- шонди йиче нэ вәди жынму ду лэкэли.

Йихуэй шәсан фанди сыхур, Пынжүбо лян пәнёнди зэ луфоншон зуәди хә щёнцадини. Пынжинляр канди чы шә фан жынмуди хуйиршон зандигы лохан зущёнсы тади лозы. Та щищён йиканса, лоханди гынчян хансы йигы ло пәр защён тади лонён. Пынжинляр канди, канди йигы жонзы тёчелэ бадо чуонзышон ба зыжиди чин нёнлозы жындыйли. Тади нянжин динди кандисы лохан дэ лопәзы, шу бый гуәчи ба Пынжүбо лагуэлэ жё канли, нанжын фә сы данпа зусыди.

Пынжинляр канди лозыди шуни надигы хўлўпёзы, нёнмузы тидигы гуангуар, та зу щинни наншуди ханли йи шын: «Жинтян ба шәфан дагы дяндор, да хуйиршон санди ги!».

Чы шәфанди жынму хәлынди йиха, туни занди жын- му вон хуйиршон покэли. Ба нэчир занха лин шәфанди банзы жёлуанли: Ба Пынжинлярди нёнлозы жёдо жын хуәхуәзыни канбужяли. Та канди сычин будуй, кэ ханли йишын: «Кэ йүан гә зандо гәди вифыншон!» Жынму кэ ду жочў дитүди йүан ёр занха ба фан ёди гитуәли.

Жынму щүан чы, ду щүан зудини. Пынжинляр дэ нанжын лёнгәр канди, лохан чыван ба лопәзы линшон зу ни, Пынжүбо ханди: «Эй, ниму лёнгәр щян зан йиха!»

Лохан дэ лопәзы йиха зандин дуйчў луфоншон зуй жонха дэдәрди вонхали. Канса, тамуди гынчян лэли йигы цохуазы фәди: «Жонгуйди жё ниму шон луфон чини!» Лохан лян лопәзы йигы ба йигы вонгили йиха, гыншон цо- хуазы зули. Йиче зў чыхәди цохуазыму ду бянгәбый ма щюзыди жын дажә гуәтудини, йиха канди цыхали.

Пынжинляр момонди ба та дон нүзыди сыхур чуанха- ди хун санзы чуаншон, ги готу ба щин санзы тошонли. Та дэ нанжын йипинчир зуәди дынхали. Лохан дэ лопәзы жыни йи жин фонмын, таму ги жонгуйди фон пәщир гуй- щя дили.

Пынжинляр ханди фәсы: «Ниму зуәха, ту тэче, тин вә- ди хуа! Ни лохан гуй щин, зэ найи щянди фәгуаншонни, ю эрнү мәю, жытар лэли жи хуэй?»

Лохан зуй җоншон, ба хуа тинли фэсы: «Вә щин Пын, минзы жёгы Вудир, гуй Чинфи щянни фәгуан. Жысы вә- ди лопәр. Вә зыю йигы эр жёгы Цунщир. Жытар лэ- лисансы хуэй,йи хуэй лэса фан ги вәму лёнгәр мәдый гу».

– Ни зыю йигы эрзы, мәю нүзыма? – Пынжинляр вынди жё шыдашы ги та фәни.

– Вә е мәю нүзы – лохан хуэйдади, – эрзы да вә гынчян е зули йи-эр нянли.

– Ниму лёнгәр ба вә жындый, жынбудый? – Нүзы вын нёнлозыдини.

Лохан дэ лопәзы ту тэче, ба бәзы чынди нэму чон кан- ли йиха фәди: «Җонгуйди, вә ба ни мәжянгуә, е жынбу- дый».

Пынжинляр йиха занче фәди: «Ниму лёнгәр шыдашы ба вә жынбудыйма, хан долосы жуонди ба вә бужыдо?»

Лопәзы канди щён тади нүзы бу ган нянчуан, ба лохан манмар доли йи гәжузы. Лохан ба нянжин на шу жугили лёнха кэ щищён канли, фәсы та жынбудый, щинни сы- щёнди жы хабасы тади нүзы.

Канса, Пынжинляр йиха ба тади санзы туәдё, дихади жю хун санзы чўлэли. Лолэзы жындыйли бу ган нян- чуан, йиха луәли луйли. Лохан ба Пынжинляр дон нүзыди сыхур чуанхади хунчу санзы канжян, тади щинни зущён-сы делигы шыту. Та ю хэ щю, кә ю бә щин, ляншон чи хун, фа хуонди, йиха челэ вон нүзы гынчян зутуәли.

Пынжинляр шу заче, фәсы жё лохан зуәхани, кә вын- ли лозы жындый та жынбудый. Пынвудирди нянлўй ду- дур вонха гунди дэтуәли. Та щюди бу ган кан Пынжин- ляр, ту диха фәсы: «Җонгуйди, вә ба ни щян мәжындый, вә цуәли. Нисы вәди нүзы, минзы жёгы Җинляр» Жытар таму сангы, йижя ба йижя бочў, ту дуй ту кўли йижынзы.

– Ада, жыхур ни фә, – нүзы вынди, – сыйди минйүн?

– Ниди минйүн, – лозыди ляншон йи хун эр быйди хуэйдали, – ни ба фу шыдашы дўди шынчын. Вә мә нян гуә фу, сыса будун. Ни гәди нодэ да, ба фу мә дўха, дали гуонли, жыгы нянжиншон ба та вәсыли.

Вə жыхур цэ жыдоли, ён эр е дый жини, ён нүр е дый жини, нүзы ю минйүн би эрзы чёнди дуə.

Жинляр ба лозыди жынцуəди хуа тинли фəсы: «Да вə фəхади хуашон лэли». «Да чёнди бан, шонха фанни». Вə ба ниди хуа зунхули, мə хэпа гыншон цохуазы зули Жы- бужё нэгы цохуазыма, ба Пынжүбо жязышон пили йиба, ги нёнлозы фəли:

«Ложынму мə фə цуə,
Зын чи бу ён жя,
Ен жя бə зын чи»

ЧҮН ВУЧЫН ЗУӘЛИ ХУОНШОНЛИ

Зочянди гуонйиншон Чынлён щёнжуонни, җўгуә йигы щин Быйди жын, җёгы Быйхэ. Тасыгы фуханлэ, ган жынму фә: «мый-ми чын цонди, луә-ма чын чүнди». Жынжын ба та ду җёдисы Бый йүанвэ.

Бый йүанвэ зыю йигы нүзылэ, минзы җёгы Щёнляр. Та кын лян яхуан зэ лийүанди луфоншон хуан. Луфонди сыгы тежүәршон фанчон гуади сыгы дынлу. Щёнляр хи- мин ба лу дихади сыса ду нын канҗян. Жынжын ду тин- гуә, фәсы Щёнлярсы йигы мыймо ву биди гўнён, кәсы сысый ба та мә җянгуә, бужыдо тади шыдашыдн җүнмый.

Зу нэгы Бый йүанвэ җўди щёнжуонни ю йигы гуафу лопәзылэ. Та луәму ю йигы эрзылэ, минзы җёгы Вучын. Эрзы по дун, по щиди, ги жынҗя зўди тянтянзы хуә. Та зынхади гунчян җён гу ёнхуә нёнмузы. Зусы җымугы гуонйин еба, Вучын тинҗян Щёнлярди җүнмый, та щён шыдашыр җян йихани. Вучын ба та щён җян йүанвэди нүзыди йисы ги нёнмузы йифәса, лонён ги эрзы хуэйдади фәсы: Хи йин, хуон йин ю дуәшо ду мәдый ба Бый йүанвэди нүзы җян, ба ни йигы «ёлман» хан нын ба Бый гўнён җянма?»

Вучын ба мамади хуа тинли, йиха ги лонён щёди фә-сы: «Канбучеди муҗён -гэ луфонни».

Ди эртян, Вучын ганзо йизор зу челэ, ба ланбудин йи- шон чуаншон,ги нёнму зы мә фә са хуа,та зули Бый йүан- вэҗяли. Җинли вэйүан Вучын зу ба йүанвэ җянли. Та ба йүанвэ щянхуэйди вынхули, ю вынху, ди ту щя хуадң ёли хуәли.

Бый йүанвэ йиканса, Вучын хо щянхуэй, тимян щё- хуар, канли тади җонщёнчи зў хуә ю лилён, җүә шу хан җянма. Йүанвэ ба Вучын каншонли, зу гўха җё ги тадң җяни даҗә йүанзы, би зума, дан фи лян за цэ.

Зу нэ йитян, Вучын ба зума бишон, ладо фонмын гын- чян, ба

йүанвэ цандо машонли. Быйхэ зэ гэдони дан някэ зумали, йүан-йүанди жынму зу ба та җыдоли, җысы Бый йүанвэ ня зумадини. Йүанвэ жыни йиха ма, Вучын йиха йинди, чи ба йүанвэ да машон цанхалэли. Та ба зума ла- шон зэ гэмын туни гуәлэ, гуәчиди лю мадини, канса, щя- кэ щүәли. Йүанвэ канди щүә лэли, җё Вучын ба зума фанхачини, мир ганзо лэ, ба фоншонди щүә гондёни.

Вучын гощинди лян дян дэ пошон хуэйчили. Хуан- хуанди вон җин йи по, та ба вончў зуди лонен, щүанди пындоли. Вучын ганҗин ба нёнмузы на фонбошу дэчўли, мамади мәдый дедо. Вучын -ги нёнмузы фәсы бужё җуәчн, йинцысы та зэ Бый йүан-вэҗя ба хуә зўшонли.

Лонён е гощинли, эрзы кў йи тян, зын эршыгы чян е гу таму лёнгәрли, кәсы та зафули бу җё Вучын да җўйи кан йүанвэди нүзы.

Вучын кәҗя ба җўйи даха, җё лонён ги та ба позы лёди бу бянйини, мир ганзо чуаншон зў хуәчини. Эрзы фихали, нёнмузы щүан бу позы, щүан сылён Вучынди минйүндини. Тади щинни фәсы дыйдо эрзы чынха йи- быйзыди чүнжыннима, хан долэ ю йүнчи да жыгы чүн наншон чўчини.

Вучын мә йүн лонён хан та, ганзо йизор кәҗя челэ ба позы мыншы, гуон ги диҗинди гуәгуар люли йидяр ган-ди. Җинту лонён хан та хә ца, Вучын кәҗя доли йүан- вэди җянили.

Вучын ба мущян лян сочў на зэ шуни, ги җонгуйди фәли та гон щүәчини. Йүанвэ тинди гощинли, сыщёнди Вучынсы чинҗин хуәҗи зу гили кухуан җё шон фончини.

Вучын шончи, зу щян ба луфон гынчян фоншонди щүә гонтуәли. Гон щүәдини, тади нянҗин зэ лўфонди чуонзышон лёсодини. Щёнляр зэ луфонди чуонзы литу жода гили йиха, Вучын кәҗя сожянли. Та дэ дян янбон- борди ба позыди диҗин дянҗуә, ту диха гон щүәдини. Бый гўнён кэ зэ чуонзы гынни чү сани вон вэту йивонса, щёхуәрди йишон җинзы җўәди мо янярдини. Щёнляр мә сыщён зэ са беди сычин, донсы позыди диҗин җуәли щёхуәр бужыдодини, та йимын зыщин, хэпа ба жын шоха, ба фоншанзы чуонзы кәкэ, ту цычўлэ, ханди фәсы: «Щёхуәр ниди йишон җинзы җуәдини!» Вучын бу гуан тади йишон җинзы, та ту тэди, лёнгы нянҗин дуйчў Щёнляр кандини.

Бый гүнён йиха ба Вучын ги та сыхади жянчё жыдоли, җинмонди ба чуоншанзы гуанчў зу гуәли. Дуәгуә Вучын, йүанвэди нүзы чёчиди сылёнхали. Та сылёнди, щё хуә- җиди жыгы кан тади җүйи, сый жёгидима, хан долэсы зыҗи мущёнхади. Бый гүнён сылёнди, сылёнди мә жын- чў, эрхуэй ба чуонзы кэкэ, банҗе шынсы пачўлэ ба щё хуәҗи вынли. Вучын жынйиди ги гүнён фәсы, сысый ду мә ги та чў җүйи, жысы зыжиди җицэ. Лёнгәр дэ лахуа- ди, йигы ба йигы каншонли. Вучын ба Бый гүнён җянли, ту йи мян, та йиха щинэли, зущёнсы мифур җянли хуар- ли. Щёнляр ба хуэҗи кан жыншы, та ба Вучын е кан- шонли, мыймо щёхуар, зущёнсы хуар җянли мифурли.

Вучын подо чуонзы гынни ги Бый гүнён фәсы, та да- фа мыйжынни. Щёнляр фәсы, та чинйүан, жё Вучын мир- гыди хушон до чуонзы гынчян лэни.

Йиванщи Вучын мәдый фижуә, та фаншын бу динди, лонён бужыдо са сычин. Ди эртян, Вучын зў хуәдини, та жүәмуди тянчи долэсы чондихын, зущёнсы са ба тэён фанчўли. Дындо тэён няли щисан, Вучын мәжё сысый жыдо, йигы җонзы тёдо фоншон, доли луфонди чуонзы гыннили. Канса, чуоншанзы кэли, да чуонзыни цычўлэ- лигы бый шу, лёхалэли йигы йүанбо, Бый гүнён фәди жё Вучын ба мыйжын куэщер дафади лэни.

Ба йүанбо нашон, Вучын зу вон жяни по. Вучын чи- пар-мапади подо жяни, ба лонён хали йитё, хан донсы тадй эрзы йүли са сыли. Та гощинди ги лонёнмузы фәсы ю хо сыни, ё җинмонди чин мыйжын фә Бый йүанвэди нүзыни. Вучынди хуа ба нёнмузы жә шыщёли, фәсы эрзы ги та чуон ланзыни. Вучын канди нёнмузы годи бу щинфу та ,ба йүанбо точўлэ гиги фәсы: «Жысыма, Бый гүнён ги вә гиди йүанбо, жё чин мыйжынни!» Лонён канҗян йүан- бо чёчихали, мәдый фар чинли мыйжынли. Лонён чинли җигы ю лян мянди ложынму, кәсы ду бу ган ги Вучын гуан мый чи, фәсы йүанвэ ба таму дуандёни. Шукур, йи- гы лохан ги дайинхали. Бый йүанвэ ба Вучын дафалэди лохан жондо фонни, ба ца дошон щүанли хуонли. Йүан- вэ тинжян тади щё хуэжи дафалэди мыйжын, йиха лян ду хунли, фэсы лохан мэ гуан мыйлэ, зощин та лэли. Быйхэ ба хуэжи хан жинлэ, жё ба мыйжын на шынзы кунбонли педо жёнини. Лохан е мэ данщү хэпа, мян дэ щёчи фэсы, йүанвэ гэсы минбый жынлэ, жиргы за кэ хўдўхали, Жынжын ду жыдо, жынли дэ дошон юди сычин «Йижя ён нүр, бый жя вын, цохуазы мыншон лэ до йи гун».

Ба жыгы минжынди кулюр тинли, Быйхэ мэ нянчуан, та до лижянзы чи, дэ пэнён шонлёнли. Жын шонлёнди сыхур яхуан жинлэ фэсы: «Ба вэ Быйже дафади лэли, жё ги ниму тун щин, фэсы ба та ги щё хуэжи чинйүан». Тин- жян нүзыди чинйүан ба нёнлозы йиха чиди жанкэли. Зусы жымужя жуэ чи еба, кэсы ги мыйжын ба жўчў, занчўди хуа ё гигини. Ги дуан жүэ хуачи будый чын, нён- лозы дали жуйи фэсы на да цэли нын кончў.

Бый йүанвэ ги мыйжын фэсы, нёнлозы щихуан, кэсы Вучынсы тамуди хуэжи, ба ёхади цэли сунбуче. Мыйжын зу вынли ёди дусы са дунщи. Быйхэ фэсы: «Йүнчелэ е бу дуэ, цэсы сан-сы ёр дунщи: «Жиндур йи ду, йиндур йиду, сан гыр ежынди хун туфа, йи куэ ёминжў зэ бу ё сы са».

Лохап ба ёхади цэли йитин минбыйли, щинни сылён- ди йүанвэ на да цэли кондини. Та зу фэсы: «Ходихын, цэли ёди сы ёр дунщиму, фэ щифузыди жын данпасы юни!»

Тинжян мыйжынди да хуа, ба Быйхэ ю чи, кэ ю чёчи. Лохан ба йүанвэди щихуан, ёхади цэли ги Вучынди нён- музы фэгили. Лонён тинжян жымуди цэли, хади туфа ду дуан захали. Та зу ба эрзы лян бойүан дэ ма, фэсы Ву- чын зощин лонёндини.

Вучын дюди лёнлёрди, хан щёдини, кан тади нэгы ёншычи, зущёнсы та ю сун цэлиди нынгуни. Вучын ба нёнмузыди жягуэршон пыйли йиба, фэсы ю дуэ дади сы- чин та донни, бу жё юцу пэфан.

Ди эртян, Вучын жуонлигы сыса бужыдо, зу лян су- чон йиён, ги йүанвэ зў хуэчили. Жонгуйди ба щё хуэжи жуонлигы мэ канжян. До хушон хили, Вучын ба Щёнляр щён жян йихани, кэсы та жанбудо луфон гынчян. Бый гунён цэдуэха щё хуэжи лэни, та дафади яхуан ба Вучын зэ ху хуайүанни зожуэли. Вучын жё яхуан ба йүанвэ вын та ёхади цэли ги Бый гўнён фэгини. Яхуан жэхуэйчи ги Быйже йи фэ, Щёнляр сылёнди жымуди цэли чў гуэсы хуоншон, зэ сы сый ду сунбуче. Та ба фу дакэ нянли, ла- гуэлэ йүан суанпан дади суанли йиванщи. Суанлэ бу цуэ, Быйже жё яхуан ян мый, та тиче би щеди: «Вэё ни ба цэли сун, ё дый ни чў йи хуэй мын, йүан зу, го фи ба дун- щи щин. Лўшон жын дан ба ни вын, ги хо хуэйда, зу фэ зо шынщян пэ фимын. Лён ду жин-йин зэ гўмёни щин,сан гыр хун туфа зэ фушон ца,жи дан дади еминжў зэ йү куни щю. Ни зуди лў дуэ, дифон йүан, гуэли дунхэ ни йү шын- щян. Вэ ги ни сун шыгы йүанбо, сангы гу ни лүшон жё, дюха чигы ёнхуэ лонён гуэ чинсычи е бу шо. Вэ панвон йи лў ни ды йпиннан, на жин, дый бо, жуан хуэйхуан».

Хушон, Вучын хуэ зў ба, зэ ги та зыдинхади вэршон чиса яхуан лэли, Вучын жели Щёнлярди шыгы йүанбо, щеахди йи жар зы. Яхуан ба дунщи ги Вучын жёдэги фэлигы «хочиди» нин гуэ шынзы пошон зули.

Вучьин хуэйчи йи фэса, лонён ю гощин, ю хэпа. Та чүанфэди бу жё эрзы шон лўчи, данпа йүан хуэйбулэ. Вучын фэсы, та щинэ Щёнляр бусы жя сычин, хуэ-сы еба, дый чў йихуэй мынчи.

Вучын щинни фа жиди дэ нёнмузы е мэ ла дуэди хуа быйжязы быйшон чили шынли. Та йи зан лян йи зан, ба лёи зан дончў йи занди зудини. Гуэли йи йүэ кэсы йи йүэ, зулэ зучиди, Вучын зули баннян доли йигы хэзы гынчян- ли. Канса, хэзы гынчян йигы да гўмё. Вучын зу ги чили. Да мёни чўлэлигы хэшон вынли та нани лэди жын, зу на- ни чини? Вучын фэсы, та да Чынлён дифоншон лэ, зу шынщян гынчян пэ фимын, суан гуа чини.

– Дансы нэгыли, – хэшон фэди, – вэ зэ нишон дэ йи- гы вынти жё шынщян суан йиха. Виса жыму хуади мё, литу бу лэ шо зы кэ туди жын?

– Вə яндин ги ни вынди лэни, – Вучын фəди.

– Нэ зу ходихын,—хэшон фəди, – вə зу зэ җытар дын нини.

Чўли мё, Вучын кə зутуəли. Та зудо гуəбыйшон щүан- ди консы. Куйда хо, та занлигы жин чўли гуəбый, доли йигы да щёнжуоннили. Вучын зудо йи җязыди да гэ- мыншон тади туй лабудун, та зуəхали. Да гэмынни чўлэли йигы жынсы Лийүанвэ, Ба Вучын да тур канлигы җүə дир цэ вынли:

– Нисы зў сади жын, – йүанвэ фəди, – зу нани чини?

– Вəсы шон лўди, – Вучын хуэйдади, – зу шынщян гынчян суан гуа чини.

Йүанвэ тинҗян, җысы зу шынщян гынчян чиди, ган- җин жондо фонни ба чыхə дуаншон лэ дэчынли.

Ди эртян ганзо, йүанвэ ба Вучын линдо готян йүанзы- нили. Доли йигы фу гынчян, йүанвэ на зыту зыди ги Ву- чын фəдисы:

– Ни җё шынщян суан йи гуа, виса вəди җыгы йүəфу бу кэ хуə җе зор, зущёнсы тади гыи диха җя хуəдини, еер ду шо ганли.

Вучын манчы-манйинди, фəсы та яндин ба хуэйда җыди лэни. Йүанвэ фəсы җəхуэй гуəлэкэли, йидин җё йүан до тади җянини.

Да җытар чи шын зутуə, Вучын щён да җени, да щё лўшон зудичи җинли фулинли. Фулинни мили лў, ба та щүанди җё лохў, бозы чышон. Кəдо хо, Вучын җянма йи- ха шонли фу, ба зыҗиди мин җюхали. Җыни чўли фулин йиканса, та доли җён гынчянли. Фи ба Вучынди лў дон- чўли, та юцуди зуəдо җён яншон сылёнхали. Та җын да җуйидиниса, да җён литу цычўлэли йигы йүди ту, дачини ю йигы тун да. Җянли җыму дади йү ту, ба Вучын хали йи тё кəсы та мə по, җонҗорди канхали. Канса, йү ту фə- чў жын хуали: «Щёхуар, ни зу нани чини?»—Вынли, дын хуэйдадини.

Вучын канди йү ту ги та фə хуадини, доли гынчян гили хуэйдали. Хан зусы нэгы хуа, зо шынщян чини, та фишон гуəбучи.

Дансы нэгыли, йү ту фəди: – Ни ба вəди йигы вынти е җё шынщян ба хуэйда гиги Виса, чяннянди цойү бу бэ зыли, шыншонди җяцы ду ганди лэдини?»

Йү ту фәли, зуй йи җон, зущёнсы ёдунди мын, кәсы литу лёнлёрди. Вучын сылёнди дан йү ту ба та яндо дӯ- зыни, тади Щёнлярди сычин ладоли. Тади я нёчӯ, нянжин йиби да йү зуйни зуаншон җинли. Йү ба Вучын хындо зуйни зэ филиту фули бонгы йүә, цэ доли җён нэ бонгыли. Вучын җуәмуди та фили йи җё,гуәли җёнли. Йү ту фәсы зу зэ нэтар дын Вучынни.

Вончян зули сан—сы ли лӯ, та доли савәнили. Сазы ба та нанди, шынзы зы ёни, туй бу вончян щин. Хэпа тэён голи, ба та сэзы. Вучын ба чыли нэди җин заншон зудини.

Вучынди дӯзы вәли, тади быйе ганли. Мәю лилёнли та зуәхали. Вон сыжу бахани йикан, җичӯр ю сыжынди гӯдӯни. Вучынди шыншон зущёнсы җёли йи гонзы лын-фи, та чӯли йишын лын хан щинни фәсы, җы та зу ла- доли.

Канса, дыйдо да нани лэли йигы лолорди чон бый туфа лохан, зущён та да тяншон дехалэ, зандо Вучынди мянчянли. Вучын ганҗин челэ ба лохан вынхули җонди җё зуәхали.

– Ни, щёхуар зу нани чини? – Быйхур лохан вынди- ни, – за доли җыгы мә жын-янди дифоншонли.

– Вә зо шынщян чини: – Вучын фәди, – җё суан гуа пә йиха фимынни.

– Эё, вәди ва-я, – Быйхур лохан фәди, – ни ба лӯ зу цали, шынщян ни зобуҗуә, вә чүан ни җәхуэйчи. Ни зэ вончян чи хан ю хуә танни, сы сый ду гуәбучи.

– Вә сы, хуә еба, – Вучын фәди, – зыдый ё вон чян зуни.

– Ни щёхуарди щинҗин дадихын. – Быйхур лохан фәди, – ни щян ги вә ба ниди вынти фә йиха, вә ба ни линдо шынщян гынчянни.

Җытар Вучын цэ фәтуәли:

– Ту йилэ, виса хэзы гынчянди хуа мёни жын ду бу шо зы, кә ту чи.

Лохан фәсы: «Нэгы мёди щибый гуәзыди чён гынчян ю лён ду жин-йинни, ба шынму шочўли, шын мәю шын- чили. Дан ба нэгы жин-йин гиги гуәлўди чүнжын, шынму йиха зу юли шынчили, мё фа щин сыни.»

– Ди эрлэ – Вучын вынди, – виса Лийүанвэди йүәфу бу кэ хуа же зо, зущён хуә ко, ян щүнли.

– Нэгы йүәфушон шончигуә ежын, ба сан гыр туфа дедо фушонли. – Лохан фәди, – хун туфа ба фу шоди ган- дини. Дансы ба нэгы туфа гиги гуәлўди чүнжын, йүәфу йиха зу кэ хуа же зорни.

– Ди санлэ, – Вучын кэ вынди, – виса чяннянди йү бу бэ зы, зущёнсы тади кэлонни ю хуэни.

– Нэгы йү бу бэзыли, тади сонхўни щюха бобыйли – еминжў. Ёжинжў ба сынхади йүзы шоди ду хуадёли. Дансы ба нэгы еминжў жё шонлўди чүнжын надичи, чяннянди йү зу бэкэ зыли, та хан вон дани фажонни.

Вучын тинли, ту диха сылёнли йиха, зэ е мәю вынди хуали, тади сычин йүанфанли, ги быйхур лохан долигы ще, фәсы та зэ мәю вынтили. Лохан фәсы нэзу ходихын, да хуэвәни точўлэли лёнгы мизор, та зыжи чыли йигы, ба йигы гиги Вучын жё чышонли. Вучын йи да мэ нянса, быйхур лохан бужянли. Вучын йиха жүәмуди шыншон сынзазади, ганжин тё челэ зутуәли. Йүә зу, та йүә ю жин, йисы—санки кәжя доли жён яншонли.

Вучын жыни йи до, нэгы да йү ту да фи литу цычўлэли кэжя вындини: «Ги вәди вынтишон гили замугы хуэйда?»

– Ни щян ба вә дў гуә фи, – Вучын фәди, – вә зэ ги ни фә.

Гуәли жён, Вучын зу ба лохан фәхади хуа, та ги йү ту гили хуэйдали. Йү ту йиха гощинли, фәсы: «Ни зусы шонлўди, вә щихуан гиги ни, ни надичи!» Йүди зуй йиха жонкэли. Вучын пашон жинчи зу ба еминжў канжянли- та фонбошу ба еминжў дэчў йиха жуйхалэли. Ба йү жуй тынли, хули йиха, жынди жённиди фи чили йи фон дуә годи лон, йү ту бу жянли.

Вучын ба еминжў чуәдо хуэйни, гощинди зутуәли. Мэжүәчи

зудо Лийүанвэди гэмыншонли. Җинли йүанзы, йүанвэ кәҗя йиншон лэли. Вынлигы хахо, йүанвэ ба Вучын жондо фонни, ба ца дошон щүан хуондини. Йүан- вэди ту йи җү хуа зу вынли ги тади вынтишон шынщян гили хуэйдали мәю. Вучын зу ба тинха быйхур лоханди хуа ги йүанвэ фәгили. Йүанвэ щёди фәсы: «Ёдисы йүәфу кэ хуа, җе зо, ни зусы гуәлўди жын. Вә йүанйи, ни шон фу канчи». Вучын шонли фу, щищён щи йиди, канди ба сан гыр ежын хун туфа ду зоҗуәли. Вучын ги йүаңвэ долигы ще, вон чян зули җи бу, канса йүанвэ хандини: «Кижын занха, ни кан вәди йүәфу!» Вучын нингуә ту йи- канса, йүәфуди еерму нуншанди, фушон кэли хуарли. Йүанвэ кэ ги Вучын долигы ще, фәди: «Ниди йинжиншон вәди йүәфу хуәли».

Да Лийүанвэди җяни чўлэ, Вучын җүәмуди зущёнсы та зули бу дади гунфу доли хэзы гынчянли. Лойүанни та зу канди хәшон зэ гўмёди чянту зуәди дындини. До гын- чян йигы ба йигы вынхули, щүан вон җин җиндини хәшон жынбучў зу вынли:

«Шынщян ги вәди вынтишон гили хуэйдали мәюса?» Вучын җешон фәди: «Гили, гили». Хәшон гощинди ган- җин ба ца дошон җонди җё Вучын хәни. Хәшон зуй җон- ха тин Вучын ги та фә шынщян гихади хуэйдадини. Тин- ба, хәшон фәсы «Вә зэ шылэ бу ё җин-йин, вә ёдисы мё- ни лэ жын шо зы, кә ту йичон хун. Ни зусы гуәлўди жын, ни ба лён ду җин-йин вадичи». Вучын җытар юцухали, җы лён ду җин-йин за дый на дунни?

Хәшон ги Вучын бонди ба йи ду җин, йи ду йин вачў- лэ йиканса, йи ду җиндур цэ нын лан йи пын. Вучын йи сылён, та зоди дунщи ду цуанфанли, ги хәшон долигы ще вон хуэй зутуәли. Хәшон дуйчў зу лўди Вучын нянгәди панвон йилў җё дый пиннан.

Вон хуэй зудини, Вучын җеҗе җяли җинли, йи зан лян йи зан, щё заншон да гуә зан. Та зу лў куэди, зущён- сы йи гў фын, мә җыдо факун доли сын-ёнли тади щён- җуон гынчянли. Вучын тянли җүәбу зы вончян зудини, та канди зўщёнсы щёнжуон чижәди йишон лэдини.

Доли мыншонса, лонён тиди фи вон җяни зудини, канҗян эрзы хуэйлэли йиха лёнгы фи гонзы да шуни дэ- хачи фи е додёли.

Җыни йиҗин фон, Вучын ги нёнмузыди мянчян ба сы ёнзы дунщи точўлэ бэхали. Лонён гощинзали ги эрзы фә- сы:

– «Җысы вә зў фимындинима, хан долэсы шыдашы- ди сычинса?»

Ди эртян, зу ба мыйжын кә чинди лэли. Мыйжын кан- җян Вучын ба йүанвэ ёхади цэли шыдашы налэли, йиха гощинди фәсы: «Вә мә вон зэ Быйхэди туни фә да хуа. Вә ги йүанвэ фәчини, җё та җинтян зу җе цэли».

Йүанвэ тинҗян җё шу цэлини, та дуйчў мыйжын дэ-дэрди канхали, хан донсы мыйжын фә хўхуадини. Канса, Быйхэ ду мә ган чё ки, ба цэли җехали. Та мәдый фар- ди ба гуә хун пый щисыди жызы динхали.

Сунли цэлиди нэ йитян хушон, йүанвэ ба луфон гын- чян щянди ду җё хуэйчили. Вучын доли луфон гынчянса та чёчихали, йигы жын ду мәюди, каиса яхуан щёшон лэли. Та ги Вучын фәсы, Быйҗе вындини, дансы гуә хун сыди йинчян бу гули, минтянди хушон җё чүлэни. Вучын фәсы тади чян юни.

Йүанвэ чўҗя нүзыни, ба щёнжуонни жынму йиче ман чёли. Ючянханму ду бу сўщинди, Быйй йүанвэ за ба нэму җүнмыйди нүзы гиги тади щё хуәҗили? Быйхэдали сангы цэ пын йинцы же йин гуан жынму дэ ючянханму. Йинви минщяди жынму дали чигы суйбярди хуапын. Вучынди мыншон е дали җигы хуапын дэ цэпын. Гуә сыди нэ йи- тян, Вучын лян пыйлон зэ туни зудини, хуту гынди эршы- гы ня бэмади. Пыйфон лян тянщён, чә дэ жынму, пый хун гуа люди, зугили җигы хон кузы чон. Йилў жын дон, шын лонди таму ду вын щиннүщүму ёли щи чянли. Йин- цы җыгышон җинту до җяни кәҗя хушонли. Зущён Ву- чын җымуди чү щифур нэгы Чынлён дифоншон хан мэ йүгуэни.

Йүанвэ хэпа нүзы шу чүн, та ги нүщү гили җи му ди, йи дуй ню дэ лито. Вучын йитянҗя ли дини, йиха зу щён кан щифузыни, та җингуанни ё хуэйлэни. Похуэйлэ ба Щёнляр йикан, та кә ё зэ дини ли дичини... Зу җымуҗя ба ди ли бу ван. Вучын ба щифузы җёдо дини чили, та щүан ли дидини, щүан ба Щёнляр кандини. Зу гуәчи, та канди щифузы шындо нэ йи бонгыли, ба ню дашон ган- җин зу вон щифузыди гынчян по. До гынчян ба щифузы кан йиха, та кэ лишон гуәли.

Зу җымуҗя, җи тян ба ди хан мә лиха. Щёнляр канди будый чынли, нанжын дэ та йисысыр либукэ. Та җочў җинзы ба зыҗи хуали лён пяр йинщён. Ги җы йи бонгы ди тушон зэлигы гун, гуалигы йинщён, ги ди туди нэ йи бонгы, зэлигы гун, гуалигы йинщён, җё тади нан-жын ба ди лишон гуәлэ, ба щифузыди йинщён йикан, ба ню дашон зу гуәчи, ба йинщён йикан. Канса, лэли йи гўзы ломо хуон фын. Фын ба Щёнлярди йинщён гуашон да Дунбонгә зудёли, луәдо җинлуәбодяншонли Хуоншон җяnли йинщён гили җин фынфу, җё ба йинщён- шон хуахади нүжын зоди лэни.

Йиха фачўчили вубый бинма вон Щифонни зутуәли. Щүан зу, щүан вын, щүан зо, ба быйщинму зощиншон доли Чынлёнди дифоншонли. Җинли щёнжуон зу щин доли Бый йүанвэди мыншонли. Йүанвэ йиҗян бинма долэли, та хан донсы ги хуоншон ба еминҗў мә җинги фанли зуйли, донвәр зу хасыли. Канса, бинмаму кэ доли Вучынҗяли. Гуанжынму җинчи ба Щёнляр җочў йинщён йиканса, зусы нэгы мыймо нүжын. Җытар ба хуоншонди җин фынфу ги лонён йи нян, зу ё ба эрзыди щифур на- шон зуни. Лонён дэ эрзы кўтуәли.

Щёнляр канди та бу чи, будый чын, зу ба лонён чүанди фәсы хан ю хо сыни. Та ба Вучын җёдо лиҗянни лали йисыр тунщин хуа. Щёнляр фәсы: «Вә зули, ни бә юцу. Ни ё на гәёнди фичин момозы фын йигы хуа пинони, каншон лёнгы чинму бонбонзы, дади чон, ба лянхуарлуә ё щүәхуэйни. Ба хуа пино чуаншон, ба чүзы чоншон, йи лў ёди чышон, йибый тян зыли, ни ё до җинлуәбодян гынчянни. Вә канҗян, ба ни җё цэжын чинҗин җинлуәбодянни. Ни җяnли вәли җуонгы жынбудый, вә фә са, ни ё зўсани. Дансы җыму- җя ни нын ганшон, заму эржын хансы йиданиди фучи».

Вучын манчы, майинди, фәсы та нын ган чўлэ. Хуа фәба, таму

йигы ба йигы щинэди бочў тынчонли. Щён- ляр зуэдо батэжёшон жүнбинму тэшон зули. Жёди туни жэзы ма поди ги хуоншон бо щин чили. Щёнжуонниди лошо, дащё, йичеди жынму, чўлэ ду сунли мыймо ву биди Быйщёнлярли.

Щёнляр зули, лонён бужўди кўдини. Вучын бужыдо факун на гунжян, дангунзы шыди дали гэёрди чёрли. Та йиванщижя да бонбонзы чонли лянхуалуэли.

Бинма ба Щёнляр тэшон хан жын зэ лўшон зудини хуоншон дыйли жэзы мади щинли. Быйщёнляр доли жинчыннили, хуоншон ба жүнбинму фа чўчи, бэди ву йиндуй жейинли. Хуоншон гощинди зуэ ду зуэбучўли. Ба жин фынфу ги хачи жё ба Щёнляр дабанчын нённёнди чўанзони.

Ба Щёнляр жонди ки фонни, йиха лэли йибый дуэ нян- чин жүнмий нүжын. Таму ба Щёнляр вичў канди фэди- ни: «Жы кэ ю дуэму мыймоса?! Та есы лян заму йиёнди йигы жүнмый нүжынму! Хуоншон ба заму налэди сыхур, заму е ду нянчин жүнмыйлэ. Жыхур заму дебучў жыгы нүжынли!» Шы жигы нүжын ба Щёнляр дабантуэли. Дабанчўлэ та йүэщин жүнмийхали. Хуоншон зуэдо лун- вишонли, тади йиханиди лохў, йиханиди сызы, хуту зан- ди дэ текуй, чуан тежя йишонди лёнгы че мёзыди жын. Вынву да чынму фын чонни, зуэ-ю, ман дуй мян занли лёп бап. Тамуди туни занди да гўгўзы, чуй лаба, суэназыди жынму.

Лёнгы нүжын зэ Щёнлярди лёнхани ба та линшон, хуту гынли сышыгы нянчин, жүнмый нүжынму, зутуэли. Щёнляр жыни жинли да дянди мын, гўгўзы, лаба, суэ- назы, мимизы йнче ду дади, чуйди фатуэли. Щёнляр да зан банди жунжян зушончи, та доли лунви гынчянли. Хуоншон челэ жонди жё Щёнляр зуэдо та гынчянли.

Щёнляр дэ хуоншон йибинчир зуэхали, вынву да чынму мынмынди тунли ху, доли чён гынчян ду зуэдо ван йизышонли. Да дянтинди жунжян кунхали, гын- шон Щёнляр лэди нэ сынгы нүжын жытар йиха ду чонди, тёди фатуэли. Канса, тамуди жунжян чўлэли йи- гы нүжын, чуанди бэбэрди йисан, бэди зущёнсы вынзыди бонбор, лян тёпэ дэ ёбэди фали йижынзы. Нүжынму ду зули, кэ лэли эршыгы вужёнму. Таму йигы дэ йигы били йижынзы вушы чўчили. Жыгыди зыху, йичеди вынву да чын кә занли лён бан, ги хуоншон дили ту, гунли щи ду зули. Шукур, лохў дэ сызы челэ гыншон дэ текуй чуан тежя йишонди жынму зули. Жын хунхуә гощинди сыхур Щёнляр мянйүншон мә щянчўлэ йидяр щёмусысыр. Канса, лэли лёнгы нүжын ба Быйгўнён линшон, хуту хуоншон гыншон да ху мынни чўчи, сунжин жятин фон, нэ лёнгы нүжын бужянли.

Хуоншон канди Щёнляр цумый бужанди, та зу вынли:

– «Виса ни фа юцуни?»

Щёнляр хуэйдади: «Вә ю шонщин сыни, за жё вә го- щинни. Ниди бинма мынмынди до мыншон ба вәди лозы хасыли».

Хуоншон тинли хуа гибушон хуэйда, та мә жўйили.

Канса, хуоншон фәди: «Хасыли ниди лозы вә ба цуә йин, вә пый минжя ю хуон жин, ни ё щихуон дэ вә ба чуон щин».

Щёнляр хуэйдади: «Вә ги ни щя хуа, ни бә хэ чи, вә ги сылиди лозы дэ щё, ба йибый тянди сў ё жи».

Хуоншон йитинса гўнён жё дын йибый тянни, та сы- лёнди жы есы щё сычин, нүжын зэ тади шунини, дынли, дыншон йибый тян. Йинцы жыгышон хуоншон сыса хуа мә фә, тёчелэ чўчили. Та цэпэдилэли йигы нүжын, мыймо гынбушон Щёнляр еба, кә е жүнмый.

Щёнляр шонщинди луә луйдини, жин лэди нүжын кан- ди е шонли щин кўтуәли. Щёнляр мә жынчў вынли: «Ни зэ жытар щёнфудини, кўди хан ё сани?»

Нэгы нүжын хуэйдади: «Жин гэло, йин гэло, бу дэ зы- жиди чүн гәло».

Та ба жыгы кулюр тинжян йиха минбыйли, жы есы лян та йиенди нүжын жё хуоншон нин гўди налэли. Щён- ляр йи вынса, минзы жёгы Линщёр, тасы Вонгунзы щүә- сынди щифур. Ба Линщёр нашон зуди сыхур, Вонгунзы мали гуажын ба та е надо жинчынни лэ, нядо йүнили. Линщёр дэ хуоншон тун чуонди сыхур йүли йи мян, зу да нэхур та зэ мә жян хуоншон, жы кәжя йиняндыйли.

Щёнляр ба зыжиди чүвон ги Линщёр щүәфәгили. Та- му йигы ба йигы жыдо хо, жебэли лёнйи зымыйли. Лин- щёр да йисуй, Щёнляр ба та чынхунчын жежели. Линщёр ги мыймый сункэ щинли, Щёнляр ба хуоншон, зэщён, йичеди вынву да чынди сычин та ду жыдоли.

Хуоншон тянтян ба Щёнляр жёдо гынчян, та ги фә гэ щинхуонди шыще хуани, кәсы Быйгӯнён зун бу гощин. Хуоншон ба Щёнляр йүә кан, йүә нэ, бу жыдо зӯ сади, йи- бый тянди сӯ до ташон зущёнсы йибый нян. Хэпа Щёнляр юцу, пәфан, хуоншон ба гӯнён линшон лон хуайүан, жё кан тади кӯфон, ба гэёнди бобый куажёнди, бёфәди ду жё жыдоли. Зусы жыму лон еба, Быйгӯнён зун бу гощин, хуа ду бу фә.

Нэ йитян Щёнляр ги хуоншон фәди, та щён ба йү- ниди фанжынму жянйихани. Хуоншон зу ба та линшон, ху-ту вугуан, вужёнму ду гыншон жинли йүжянли, Щёнляр жянли фанжынму литу ю дэ жүәлё шужуди, бәзыни дэ жяди, шон хуонгуаванди, мулунни чүанди зэ хан ю дэ гәшы гӯёнди щинчынмуди фанжынни.

Да йүни чӯлэ, Щёнляр вын хуоншон ги фанжынму ёли шәтёли. Хуоншон да йүни фон шәли сан чян дуә жын. Шәтё литу е ю Линщёрди нанжынни.

Щёнляр щён ба тади нанжын лэди сыхур вон мин- быйни суан йихани, ги хуоншон фәсы та дюха шу жи тянди сӯли. Хуоншон йиха гощинди ба щянсын чиндилэ, щищён щи йиди суанди фәсы, дюха ву тянли, Щёнляр сыщёнди, тади нанжын лэдыйли, йиха гощинди мянмушон дэли щёчили. Хуоншон йиха гощинди зӯ санни ду бу жыдоли.

Та йихуэй ба Быйгӯнён гыншон зэ жинлуәбодянни жуандини, йижынжыр кәжя доли лушонли. Гӯнён вон ди- ха йивон ги да шын щёли. Хуоншон чёчиди зу вынли:

– «Ни щёди канжян сали?»

– «Ни кан, Быйгӯнён фәди, – нэгы цохуазы шыщё бу шыщё?

Хуоншон йикан шыдашыди йигы цохуазы, чуанди чёрмоди пинозы,

бонбонзы дашон чонди лянхуарлуә. Та зу вынли Быйгўнёнли: «Ни дан канди нэгы цохуазы шы- щёли, җё та җинлэ».

Щёнляр гощинди дэ щёди фәсы: «Ни дан щён җё вә гощинди щё, ба нэгы цохуазы җё җинлэ!»

Хуоншон зу ганҗин ба Щёнляр линшон хачи, җинмон- ди пәли лёнгы цэжын, чўчи ба цохуазы җё җинлэли.

– Җё цохуазы гуон ги заму эржын чонди фа, Щён- ляр фәди, – ба мынму гуанчў, вэту җё вуҗёнму зан бан.

– Нэ зу ходихын, – хуоншон фәди, – вә җё ба мын гуанли, жынму е фонхали.

Хуоншон зуәдо лунвишон, ба Быйгўнён җё дэ та йи- бинчир зуәхали. Канса, цохуазы җинлэ ги хуоншон кәли ту, зуәли йи тади нянҗин ба Щёнляр сади щүәви канли йихар чонтуәли. Щёнляр ба ту гәдо хуоншонди җязышон канди щёдини, ги цохуанзы җилигы нянҗин. Хуоншон гощинди хуншын ду мудёли, зущёнсы та чыли майүәли.

Цохуазы йүә фа, йүә ю җин. Щёнляр канди ,канди йи- ха да шын щётуәли. Хуоншон бужыдо са сычин, та е щё- туәли. Та вынли гўнёнли: «Ни за гощинди җымужя щёди- ни? Ни йүн зэ вәди гынчян мә щёгуә му». Щёнляр хуэй- дади: «Вә щёдисы ни дан ба цохуазыди пинозы чуаншон, чон йихар, хаба хан шыщё». Хуоншон гощинди йиха челэ фәсы: «Нэзу ходихын, зыёсы ни гощин». Та фә цохуазыни ги та ба пинозы җё туәгини. Цохуазы фәсы, та кэ чуан са- ни. Хуоншон ба лунпо дэ мозы йиче ду туәли магили. Канса, Щёнляр фәди, та йигәр канчи бу шыщё. Хуоншон ба цохуазы дафади чи, җё дэ Щёнляр зуә йисысырни. Вучын дэ тади щифузы зуәдо йиданили, хуоншон сыса бу- җыдо, җуонбанди цохуанзы зэ диха тёди хулуанди чон- дини.

Җён чонли лён-сан җү, Щёнляр кәҗя щётуәли, на гәҗузы ба нанжын догили йиха хан дэ щёди фәсы:«Э-я,вә хәпани, ба цохуазы бонлё, тўйчў Вумын садёчи!» Канса, Вучын җуонбанди хуоншон, да шын йи ханса, җин лэли лёнгы вуҗён, ба җуонбан цохуазыди хуоншон йиха бондёли. Та ханди фәсы: «Вәсы хуоншон, ба вә йиха лёкэ...» Вуҗёнму ба та вончў дэ лади фәсы: «Ни зў сади хуоншон, хуоншон мә зэ лунвишон зуәдинима». Хуоншон хан җыгы е бу тин, хан нэгы е бу тин, ба та ладо Вумын вэту йи до садёли. Канса ги җуонбан хуоншонди Вучын бошонлэли фәсы: «Ба цохуазы садо Вумын вэтули, лэли щезы егуму дынди чыдёли».

Щёнляр ба Вучын линшон вон хумын гынчян зудини, Линщёр пошонлэ фәсы куэ гыншон та по. Таму сангәр йи- ха подичи доли фанчон хуоншон зуәди нэгы фоннили. Җы- тар ба хуоншонди данлинди йишон чуаншон, гили фынфу фәсы, Быйгўнён ба щянсын шу гули, ги лозы ба сў е җи- ванли.

Вынву да чынму, вуҗёнму, йичеди да гуанму, чынщён- му лэ, ду ги «хуоншон» надилэди лищин хуәли щили, «Хуоншон» ги таму йиче ду гили дашон холи, йин чян бу суан хан юди го гуан дый зуәли.

Вучын донли хуоншонли, Щёнляр ба зэщёнди щинни чили ниху йиди канлэ, ги нанжын фәли. Таму эржын йи шонйи, ба зэщён нядёли, ба Вонгунзы зодилэ җё ги та дон- ли зэщёнли. Линщер дэ нанжын е доли йиданили.

Хуоншонди чони, лунвишон дохуанли хуоншонли, сый ду мә җыдо, хуоншон җё чүн Вучын зуәшонли.

Да Вучын ги лонён фәхади кулюр хуэйдашон сычин йүли:

Канбучўлэди муҗён,

Гэ луфонни.

ТЁЧЎ-ҖИН

Чян нян гӯдэди сыхур ю йигы лоханлэ. Та лян тади лопэзы лёнгэр пиннан ву сы гуэ гуонйиндилэ.

Дыйдо җисы; лопэр ба йигы ло- тёчў мэ шэдый вон лузыни җя, та гэдо лигуй быйху вондё, зэ мэ сыйүн. Няндэ дуэ- дихынли ,нэгы тёчў да жынди шу дэхади ханчизы- шон чынли җинли. Чынли тёчў—җин, хили чўлэ зу бян- чын жынли шыфан чыхэни. Лохан кын вын лопэзы виса шынхади чыхэ, ди эртян чычи зу мэ видоли. Лопэзы ба лохан бойүанди фэсы, та виса бу нэ чы шын фан.

Тёчў-җин хили чўлэ шыфан еба, кэсы та ба лохан лян лопэзы мэю шонцунгуэ. Йинцы җыгышон таму лён кур мэ җүэжуэ, җяни юли җинчиди таму хан фон щин жў- дини. Тёчў-җин йитян би йитян нынщинли, хили чўлэ ба лопэзыди зон йишон чуаншон, та чечў йишонди ханчизы фэкэ хуа, тёчў-җин чуан йишонди дабанкэли. Лопэрди җяни мэю цади янзы—фын, мэю дэди хуар, тёчў-җин мущёнха зэ хўлонзы гынчян мэни.

Йихуэй, гэдони гуэлэли йигы хўлонзы, шуни нади линдонзы «динлин, донлон» щёншон доли лопэрди мын- шонли. Тёчў-җин тинҗян хўлонзыди линдонзы бянчын жүнмый гўнён чўчи ханди: «Хулоргэ, хулоргэ ба данзы дандо җытарлэ!»

Хўлонзы нингуэ ту каниса, йигы щитёр ханзы жүн- мый гўнён хан тадини. Тёчў-җин гўнён мэли йидуй жүхуар, йи хэхэр фын дэли йи жор янзы. Ба хуар дэдо тади хи туфашон, гўнён дэ щёди фэсы, та хуэйчи чү чян- чини. Гўнён җинчи гунфу дадихынли, бужян чўлэ, хулон- зыди щинни җикэли. Та ба линдонзы зэ мыншон ёди зу хан. Хўлонзы канди гўнён бу чўлэли, та ба гэ- мын дади хантуэли. Хўлонзы ханди нэгы шынчи, лин- донзы ёди нэгы щёншын ба фонни шешон фи жёди лопэр жиндун чўлэли. Лопэр ба хўлонзы ман- йүанли.

– Вэ ю бу мэ ниди хуэ, – ю мэ гэ ниди чянди, ни зў сани?, – Лопэр вынли хулонзыли.

– Дыйдо ниди нүзыма, дыйдосы ниди суннүрма, чўлэ мэли лёнгы хуар, янзы дэ фын, – хўлонзы фэди, – жинчи чү чянчили, зэ мэ чўлэ. Вэ ханди ё чянни.

Лопэр тинжян жымуди хуа, йиха шыли жили. Та сы- щёнди хўлонзы жыдо тади жяни мэ эрнү зотади фэдини.

– Ни зэ бэ хў фэли, – лопэр фэди, – поди вэди мын- шон ё чян лэли. Ни нани лэди, нани чи.

Хўлонзы тинди лопэрди хуа бу хо, йиха лян фэ дэ жонди вын лопэр ёхагы чянни.

– Да ниди жяни чўлэди гўнён, мэли вэди хуэли, – хўлонзы фэди, – ни ё ги вэ ба хуэ чян пый гини.

Лопэр дэ хўлонзы жон жондини, гиби-линшэди жын- му лян тин дэ канди ду щёдини. Лопэр ба кан тади жын- му бахуагили йиха, жүэмуди сычин бу дуй, хухуди ба мын банди «понди» йиха жинчили.

Хўлонзы, зущёнсы зэ мэ жў жынди мыншон, та бый ханди мали йижынзы, сысый мэ да шынчи. Хўлонзы вон- чян зули жи шы бу, та ги жын хэщүэди фэсы, лопэр- ди нүзы замужя ба тади хуэ мэли, мэ ги чян, жинчили. Хўлонзы ба жымуди хуа йифэ, жынму ду йиха чи щё- туэли. Таму дэ щёди ги хўлонзы фэсы, лопэр мэю эрнү, нани лэди гўнён мэ хуэни.

Хўлонзы бу минбый, жысы йигы са сычин, та зу чи- чонди ба линдонзы ёшон зули.

Лопэр зун донсы, хўлонзы зощин тасы мэ эрнүди жындини. Та ба йүхади жыгэ сычин ги лохан мэ фэ, гэ- до щиннили.

Хўлонзы зэ данлинди гэдони жуанди мэли бонгы йүэ- ди хуэли, кэ зудо лопэрди мыншонли. Хўлонзыди линдон- зы йищёнса, да лопэрди мынни зу нэгы жүнмый гўнён кэ чўлэди. Хўлонзы жянли, гўнён канди җонхали. Канса, гўнён ханди жё до мыншон чини. Хўлонзы ба гўнён да тушон канлигы җүәдини, мә фә сыса хуа. Гўнён тёҗянли йигы гэту, щеви щёгили йихар фәсы:«Хўлоргә вә ги ни чү чян чи».

Хўлонзы мә гўдый фә хуа, гўнён кәҗя җинчили. Хў- лонзы зэ мыншон кә дынхали. Гунфу дали, та дынбучўли, ба мын дади ханкәли. Лопәр тинди мынвэ хандини, чўчи йиканса, хансы нэгы хўлонзы.

– Ниди нүзы кэ мэли вәди хуәли, – хўлонзы фәди, – җинчи чү чян чили буҗян чўлэли. Ни ба зотуни мэли хуәди чян дэ җиргыди гэту чян гиги.

Лопәр чёчихали, та ба хўлонзы кан гили йиха, ту диха сыщёнли, мә нянчуан ги хўлонзы ба чян гигили.

– Ни зэ вәмуди гэдони бә лэли, – лопәр фәли чихын- хынди нингуә шынзы җинчили.

Лопәр сыщёнди, ба җыгы чигуэ сычин ё ги лохан фә йихани. Җы бусы хўлонзы зощин тадини, данпа чўли гуэ сыли.

Лохан ба хуа тинли, сылёнли банхуэй, ги лопәзы фәсы: «Җыгы бусы хо сычин, замуди җяни юли җин- чили».

Лопәр фәсы: «замуди җяни са нын чын җин, зэ натар зочини?»

– Ё зэ гэдо сычўр канни, – лохан фәди, – йинцы җы- гышон ба дунщи йиче ду ё начўчини.

Таму лёнгәр зу ба дунщи ду җуан чўлэ, канди мәю зущёнсы чынли җинди дунщи. Зуәди хуанли йихар, лохан дунчў лигуй канли фәсы: «Данпа лигуй быйху ю са дун- щин чынли җинли». Лохан лян лопәр ба лигуй зынсы— бахуәди щеви нуәли йиха, ба быйху нын канҗянли. Йи- җян гәлозыни лиди ло тёчўшон шанди хуа гэту, готу цади лёнгы хуар, ба таму хади цыхали. Канса, лохан подичи ба хуәгу налэ дали йиха, ло тёчў дедо дунтандини. Йи- дун хуәгу дади ба тёчў лачўлэ, «зылу, зылу» зущёнсы лочў жёхуанли лёнха.

Лопәр подичи ба йүәя футу налэ, дидо лоханди шу- ни ба ло тёчў йидун дуә чын жежерли. Дуәли ту йи футу тёчў-җин ханли йишын, зущёнсы суй вавади шынчи.

Лохан фәди: «Чўгуә ба җинчи на хуә шо, зэ данлинди сыса дунщи чўҗыбулё».

Донйүан жяли йи да дуйзы хуә, ба дуәхади ло тёчў җежезы вон хуәшон педи шотуәли. Хуә җуәтуә ба тёчў— җин шоди йиха жёхуантуәли. Канса, хуә литу йигы щи шын кўдини, зущёнсы гўнёнди шынчи го жодини. Шон щинди нэгы кў, нанщинди нэгы го жо, ба лохан лян лопәр тинди зыщён луәлуй.

Хуә хан мә җуә ванни, тёчў—җинди нәҗон шынчи кәжя тинбуҗянли. Хуә җуәхачили ба тёчў шочыи хуэйли.

Лохан ба йичеди хуэй ланшон, садо ху йүаннили. Ди эрнянди кэчўр сали тёчў—җинди хуэй нэтар, чўлэли щезы голён.

Лохан дэ лопәр хуәли йитон, мә җингуә гэхади ло жю дунщи нын чын җин.

Да тёчў—җиншон таму цэ җыдоли, дансы жыи зонли, ба ливэ бу дажә ганҗинли, жяни чў җинчини.

Лопәзы фәди: җы йиха заму цэ җыдоли: «Вәё җыдо, җингуә йизо».

ЖЫНСЫН-ҖИН

Шонвон нян ю йнгы жынлэ, минзы җёгы Цунйүн. Та гуон, луәму шуди йигы суй нүр, минзы җёгы Цунжир.

Цунйүн ги Быйпонзы йүанвэ шу йитян кӯ, цэ зынди йи ванвар голён, хуэйжҗәсы йүмый. Цунжир ба та лозы на хуэйлэди жы йидяр цӯлёншы на шумәзы мәчын мян, зӯчын мәмә, таму лёнгәр чыбубо, чыгы бандӯзы.

Зусы жыму чыбубоди гуонйин еба, кәсы Цунйүн дэ нүр мәю җүәжуә, таму замужя йитяи туй гуон- йиндини. Таму лёнгәр гуон жыдосы йижя щинэ йижя, йигы тынчон йигыни. Лозы дан хушон йихуэйлэ, нүр йиха чи, да шу лашон, фәфә-щёщёди зуәха, лёнгар лян чы дэ хәди.

Йүанвэ ба хуәжиди гуонйин канди бу сӯщинхали, та зу вынли Цунйүнли:

– Цунйүн, ни за лян вә йиёнди бу ю цу, – Быйпонзы фәди, – ни е тянтян мыр гуә гуонйиндини?

– Эй, Быйҗонгуйди,—Цунйүн гили хуэйдали, – вәё ни бә ю цу, щинни ё футан, хә фи чы голён мян.

Йүанвэ сылёнди ,тади голён мян дуәди лян са йиён, кә бу чыди, бу җё щинни футанди зӯ сани.

Быйпонзы җё тади яхуан на сӯю хуә голён мян, луә- ли йигы гуәкуй, та чыли бангәзы, хәли йи да ван лёнфи, зуәдо лёнпын диха дыйли бинли.

Йинви кан бин, йүанвэ ба йичеди дэфу чинди чёдилэ- ли, кәсы мәю йигы дэфу ба Быйпонзыди бин канходи. Шукур, ба йигы да дэфу да сынчын дифоншон лян чё дэ чинди на батэҗё тэдилэли. Сынчынди дэфу холи мый, фәли:

– Вә ё канни Быйҗонгуйди бин, ё дый жынсын җин.

Йүанвэ ба хуа тинли фәсы, жысы вуйүнди хуа, нэмуди йүәлё да

нани зодилэни. Быйпонзы чи шонлэ ба дэфу ма- ди дуандёли.

Дэфу зули. Йүанвэ ба Цунйүн жёдилэ махади бу- шонсуан, хан дагили йидун. Быйпонзы мади фәсы, виса Цунйүн ги та сыли хуэ щин, жё чыли голён мянди мәмәли.

Цунйүн гили хуэйда фәсы, та мәю цуә. Быйжонгуйди зыжи цуәли, йинцы йүанвэ мә жё на фи хуә голён мян, на сўю хуәди луәли гуәкуйли.

Быйпонзы канди сычин будуй, зусы ба Цунйүн дасы еба, тади бин бу нын хо. Йүанвэ сылёнли банхуэй фәсы, жё Цунйүн ги та зо жынсынжин чини. Дансы лён-сангы йүә литу зодилэ, та ги Цунйүн ба зыжиди нүзы чўжяги, хан ба тади цэбый дапый йи банзыни. Дансы ба жынсын жин зобудыйлэ, йүанвэди бин будый хо, хуэйжәсы ву- чондё гуанжя жё Цунйүн ги Быйжонгуйди ди минчини.

Цунйүн хуэйлэ тади суй нүр поди йиншон чили. Ло- зыди ба та да шушон линди зудини, кәсы бу щён сўчои, зущёнсы цумый бужанди, Нүзы щёмущищирди жонди жё лозы хә цани, кәсы та лозы ба голёнмянди мәмә вон- гили йихар, ба нүрди тушон лүли йиба фәди:

– Ни чы, ни хә вәди ва-я, адади дўзы бодини.

– Ни зэ натар чыли, – нүр вынди, – чўгуә жяни, сый нын ги ни, ги йикуэр мәмә?

Дадади ба жуәзышон кә кангилиха мә ги нүзы ги хуэйда, ба ту диха сылёнчили.

Нүр бусўщинди кә вынли:

– Ада, ни зали, цумын бужанди?

Лозыди бу нянчуан, гуон лёнгы нянжинни нянлуй хуар жуанни.

Нүзы ба дадади жыгы нэжон канжян е тонкэ нян- луйли.

Ди эртян, дада кә ги Быйпонзы зў хуэ чили. Цунжир гынчян лэли йигы суй ятур. Таму лёнгәр фали йижынзы гүнёр, Цунжир вынли нэгы ятурди минзы жёгы са. Ятур фәсы, тади минзы жёгы Бончўр.

Фаванли, Бончўр лин зуни ги Цунжир фәли:

– Ни ги ниди лозы фә, бә жё та цули, вә нын ба та- ди нанщин сычин гэдё. – Ни заму нын ги вәди лозы ба нанщин сычин гэдё, –

Цунжир вынли.

– Вә ба ни лозыди щимин дажюха бушонсуан, хан жё фугуй йибыйзыни. – Бончўр гили хуэйдали.

– Ни лян вә йиёнди суй ятур, кә ю са бынсыни – Цунжир бусўщинди вынли.

– Жё ни лозы дэ йүанеэ ба зо жынсын – жинди зыби щели, зэ щянгуан гынчян ба я хуашон, ба йин ташон, на- хуэйлэ.

Бончўр фәли, далигы жуаншын зули.

Хушон Цунйүн хуэйлэ, Цунжир гощинди подо лозы гынчян зу ба Бончўр лэлиди сычин фәгили.

Цунйүн ба хуа тинли, мынгэзы тади ляншонди цучи йиха мэюли. Та гощинди ба нүр чячелэ бошон жинли фоннили.

– Цунжир, замуди йүнчи лэли, – лозы фәли.

– Насы йүнчи – нүр вынди, – вә за канбужян?

– Лян ни фалиди нэгы Бончўр ятур зусы замуди йүн- чи,– лозы фәди.

Цунйүн дэ нүр гощинли йиванщи, лёнгәр мә жүәчи зуә лёнли. Цунйүн ду мә гўдый хә ца, подо йүанвә гынчян ще зыбыйчили. Зу нэгы сыхур, Бончўр кә лян Цунжир фалэли. Цунйүн ги нүр фәхадини бу жё та хэпа, дансы Бончўр лэ фали, зукэли жё ги Бончўр сансаршон ба

чуанбянйиди хун щянди җын гудар гуашонни.

Цунйүн җинту хуэйлэса, йи кан, да фонни йи гынзы хун щян лашон чўчили. Та җын кандиниса, нүр е гын- шон щян чўлэдини. Таму лёнгэр гыншон щян чиса, доли йигы фуфур гынчян йиканса, йигы цоди еершон гуади җын-щян.

Цунйүн җыдодини жынсын—җин ги та фимын дини фэхади. Бу җё вон чў ба, бу җё вончў ва. Җёмусы хан сан шын Бончўрни.

Цунйүн ханли: «Бончўр, Бончўр, Бончўр!» Жынсын —җин йиха да ди литу бечўлэли, җинту нахуэйлэ кэҗя хили.

Бан—ени жынсын—җин бянчын ятур дэ Цунйүн ла- ли мэ, ба җуйи җёгили.

Ди эртян, Цунйүн ба жынсын—җин нашон зэ йүан- вэжя чили. Быйпонзы ба щили жынсын—җинди фи, җыни хэшон зу кэҗя хощерли.

Йүанвэ ба жынсын—җин суэдо гуйни, зу ги Цунйүн ба зыҗиди нүзы гиги дапыйли йибанзы цэ бый.

Йүанвэ холи, щён на жынсын-җин зынчянни кэсы жынсын-җин мэюли. Та ба Цунйүн җёдилэ кэ җё ги та зо жынсын—җин чини. Цунйүн мэ дайин, йинцы зыбый- шон мэю фэсы, җё та эрхуэй зо жынсын—җинди хуа.

Да йүанвэди гуйни жынсын—җин чўчи зэ мэ җё сы- сый җянмян. Фэдисы, хын дуэди ючянхан хуади җинчян дэ йинчян, дафали шон чянди жын, җё зо жынсын—җини кэсы до вуҗин хан мэ зожуэ.

ДИЖӮ-ҖИН

Зыжан чинщю хоканди, тон Быйфи хәни чуанни дыйдо җисы җўгуә йигы дижӯ, минзы җёгы Дӯ- щю. Хӯжяму ги Дӯщю зэ данлин мә наншон минзы, ба та җёлигы дижӯ- җин. Ба җыгы ёзыхо ги Дӯщю мә нанцуә. Минжын ку- люршон фәди: «Дансы минжын фә са, зу ю сани».

Хӯжяму канди Дӯщю ба хуәҗиму япыйди тэ дэдӯди- хын, та зущёнсы чынли җинди жын йиён, щён ба хуэвәр йиха хуә чышонни. Минжын дазо ба дижӯди шыён кан- чӯлэли, дансы тянчи йинха, диха хикэли, щён залуй, Дӯ- щю хэпади зу цондо шын җёнили. Цун җыгышон дуәди жын чӯли йижян цэдуәди дижӯсы чынли җинди.

Йинви зыян Дӯщю, долэ тасы жынма, хансы җин, да хӯжяму литу чӯлэли йигы чүнжын ёзыхо җёгы Хасымон. Хӯжяму тиншон тади хуа шәлүли йищи фан, ба Дӯщю лян чё дэ чинди лэли. Ба дижӯ жондо шонгонзы, хӯжяму ду лян тэжү дэ чынхуди, жонли ю жонди җё Дӯщю чы- ни, хәни. Хасымон ба шәлү банйиди хӯдӯ җю, додо җю- пыйзыни фон-шур дуаншон ги дижӯли. Ги данлинди пый- киму додисы шожю. Дижӯ җыдо тади сычинни бу ган хә җю, җингуанни туйцыди фәсы тади шынти бу гончён хә- бучын җю. Хасымонди сачи да, дижӯ бу ган вон, Хасы- мон лян жон дэ гӯди җё Дӯщю ба йи пыйзы җю хәшонли.

Җыни ба җю хәшон, дижӯ кәҗя зуйли, бянчын чин- лонли, дуйчӯ хӯҗяму я цыди, хынди щён нёни. Хасымон хан ли йи шын «Да чинлон!». Чӯлэли йихуә жын нади ца- ба, тещян, футу ду луан датуәли. Дади чинлон донбучӯ- ли чынкэ ё потуәли. Йинцы бәҗё жын канҗян, чинлон йиха бянчын йигы суй хуәвәрли.

Җыхур, хӯҗяму дэ дижӯ—җин нан җынҗанли, кәсы тамуди данзы җындини, щинни ду мәю сунҗин. Хасымон ги хӯҗяму фәди та җүәмуди, зущёнсы ги таму да йүан- чӯр лэ бонцудини.

Хасымон мә фә цуә. Ба хўжяму дэ дижў-жин жын- жанди сычин жё Сыхэди Ло лунвон жыдоли. Та дафали йитё лун, жё ги хўжяму бон монлэни. Да щибонгы шон- лэли йи куэр хи йүн, фын чўйшон зутуәли. Дижў-жин кәжя жимили, та щинди зокэ цонди вәрли. Жыдосы лун ганжин хуәвә, бу нэ зон дунщи дэ зон жын. Дижў-жин подичи зуандо йигы йүәпәзыди йи дуй йишон литули.

Хўжяму ба дижў-жин зобужуәли. Хасымон куәмуди жинчи зуандо линжү йүәпәзыди фоннили. Та жё хўжяму ба фонзы чүанди видёли. Хасымон ба йичеди жили—гәр- лорни ду зоди кан гуәлэли, гуон ба зон йишон литу мә кан, та ба дижў-жин мә зожуә.

Хўжяму ба фонзы видёди сыхур, йүәпәзы хэли пали, та хан донсы дижў-Дўщю дафади жынму дэ товын гә- хади жонни. Донсы ги Дўщю ба жон мә ги хуан, хаба жё хўжяму ци фонзылэли.

Зу нэгы сыхур, шон лэди хи йүн кәжя доли щёнжуон готули лан тяншон занхали. Дижў-жин кә чынха йигы хи жўжў шәлүхали, дансы луй жуалэ, та вон яндунни щён пони. Канса, мынгәзы луй хутуәли, щякэ да бый йү- ли, кәсы йигы хўжя ду мә подё, таму тин Хасымон фәса- ни. Хасымон ханди жё хўжяму хохор ги лун бон монни, люшын канди бә жё дижў-жин подёли.

Луй щёнди, щёнди, «гэза» щёнли йиха, җынди димян ду дунтанни. Быййү йүэщин щяди дали, зущёнсы да гонзыни вон ха дони, дян шанли йиха, луй да фонни җинчили, чынха зущёнсы йигы химоварли.

Дижў-җин канди тадн сычин бу хо, е чынли химовар йиёнди дунщи, муди вон йүэпэзыди хуэвэни зуанни. Кэ- сы, та мэ гўдый зуан, җё луй дуаншон зэ йүэпэзыди җуви потуэли.

Дижў-җин зывонли зон йүэпэзыди бонцули, кэсы зы- вон кунли, йинцы йүэпэзы щили чўан ганҗиндини. Цун җыгышон, луй е нын зэ нүжын гынчян чи, дэ җинчи җынҗан. Нүжын канди, зущёнсы лёнгы суй хидандар зэ тади дайүанни подини. Та годи канбу минбый, долэ лён- гы са дунщи җуанди тади ту ду йүнни. Нүжын сылёнди ба җы лёнгы поди хи йин-йинзы дади дуандё. Тади шу йиза, на гэбыйшонди йин җуэзы дачили, туниди хи йинзы пошон гуэли, дадо ди эргышонли. «Гэза» щёнли йиха, җынди фонзы дунтанни, йигы да хун дан, зущёнсы ня щисанди тён, да чуонзыни бёшон чўчили. До гэдони тон- хали чынли җи хонкузы чонди, йифон годи йи тё лун.

Тон лунди гэдони, жынму ду шу манли. Луан хххххх[1] хан- җёди фэди лун нэҗонди, ви хўшан жын дэ дижў-жин хххххх җынҗанчили золи нанли. Хўҗяму ги лун пыйли хххххх лунди тушон дала йи пизы хун чузы. Мэ тыншо хххххх сангы сышынни, данлинди щёнжуоншон дэ чынпу хххх жынму е ду лэли. Йиче суй дади жын ду да хэни даиди лэди фи ги лунди шыншон пэди сатуэли. Зусы нэмужя са фи еба, лунди жэчи җыди жын будый до гынчян чи.

Йинцы зунхў, тэнэ лун йисы-санкиди факэ бащир, чонкэ щили. Җытар зущёнсы гуэ са шэхуэйдини. Жынму йүэ лэ, йүэ дуэ, щёнжуонни шухали ю җи шы чян жын, таму ду кан да хуэвэ лун лэли.

Җи тонди лўшон лэди жёнжун щён на дижў-җинди жин-йинни ги цонфон мыншон бя фынпини, Хасымон хан ли йи шын:«Лёншы дэ җин-йинсы минжынмуди!»Хўҗяму йиха, ба дижў-җинди лёншы дэ жин-йин

---

[1] “xxxxxx” 表示原文残缺。

чыли луан фан, наванли. Гуанжынму кангили йиха, таму ба җунжынму зўбулё са, җәхуэй зули, минжынму йигы ду мә зу шын- хали. Таму щён кан лунни, җыму дади хуәвә замуҗя нын челэ дын кун.

Шукур лун ба зэчы шули, золи чи тянди нан, ту тэ- чэли. Ди чи тянди җын дуан вусы, тэён җын хунди сыхур, йисысыр тянчи йинхали. Жын ду куәму лэли, фәдисы лун зуни. Канса, дян шанли йиха, дянди гуонлён җоди жын ду зынбукэ нян, ба лун канбуҗянли. Зу нэгы кунзыни готуди залуй йищён, диха тонди лун кәҗя буҗянли. Лун кә чынха луй, зущёнсы хи йинзы җинли фон, ба дижў- җин дуантуәли. Кә йүанхуэй до нүжынди дайүанни лёнгы хи йинзы поди җуантуәли. Нүжын щён ги бонцу йихани, кә хэпа до зэ дадо луншон, зу мә ган дунтан. Та канди хуту поди хи йинзы ба туниди хи йинзы дуаншонли, зу- щёнсы лёнгы сын те дан, йигы дэ йигы пыншонли. Залуй йищён, дян шанли йиха, чўлэли йигы сынзазади шынчи, лёнгы хи йинзы мәюли.

Тынли йисыр, да тяншонди хи йүн литу шанчўлэли йи хуә дан, дехалэ бандо диха, дижў-җин чынха хуэйли. Фын ба җинчиди хуэй гуашон да Сыхэни.

ШАЛАГУРГӘ

Дыйдосы найигы нядэшон, Йү- хади сычин. Йигы лохан ю сан- гы да нүзыни. Лёнгы да нүзы җон- щён бу хокан, кәсы Даҗе зу лў фын- лю, Эрҗе фә хуа чёмё линтан. Таму лёнгәр нэ щиноди дабан зыҗи, падисы даҗә йүанзы зў җяҗунди хуә.

Санҗе быйҗин җүнмый, кәсы фәкә хуали шәту тў- шер. Та нэ даҗә, зў ливэди хуә, па дабан выҗи. Лёнгы җеҗе ба Санҗе бу җё минзы, сыҗи хандисы Тўшәр. Ло- хан ба тади логәда иүзы е бу җё минзы, фанчон хандисы Лоҗер.

Йихуэй, Даҗе дэ Эрҗе щён хәщер тян цани, таму ги лозыди фәли җё чын тончини, кәсы лохан мә чынчи. Таму кә сыйүнди Тўшәр ги дадади фәги җё чын щер тон чини. Лохан ба тонди җячян йивынса, тэ гуйдихын. Лёнгы да нүзы канди лозы куншу җинлэли, таму зу ги Тўшәр зо- лигы цуә, матуәли. Лохан ба лёнгы нүзы чүанли, та фә- сы миргы дуә нащер чян, чын тон чини. Даҗе ба хуа җе- шон фәсы, дан ё зэ гэшон чын тоннима, гибизы Шалагур лиижү ю мэди фынмини. Лохан канди ца дохали, та мә вуәчў зэ Шалагурҗя чын фынми чили. До мыншон йикан- са, Шалагур хан мә хуэйлэни. Лохан җахуэй лэ җёи зуәха хәли йи лён ку кўца, лёнгы да нүзы кә ба Лоҗер матуә- ли. Лохан йигы җонзы тёче, мә зоха данлинди йигы са те дунщи, ба тади җынту дихади җин футур йин бабар нашонли. Тёгуә чён, та ба Шалагурди фомын чётуәли.

Шалагурди хабазы гувар тинҗян подилэ «зонзон- вонвон» нётуәли. Лохан на футур феди хахў гувар чили, футур да шуни фэчўчили, Хабазы гувар ба футур чедо мындонили. Зу нэгы җекурни, Шалагур хуэйлэ кә мын- дини. Лохан хәпа Шалагур ба та канҗян, мә гўдый шы футур чи потуәли. Тади хуту хабазы гувар «зонзон—вон- вон» нёди гыншон, та фангуә чён хуэйлэли. Ба җин футур йин бабар шыҗили, лохан занбучўди зуәбудо, җүә дан, пый шуди. Сангы нүзы ба лозы канди җонҗонди цыхали.

Хабазы гувар нёди сыхур, Шалагур кә гәмынни да мынфынни, ба лохан сожянли, кәсы та мә чўшын ханҗё. Шалагур җыни йиҗин гәмын, зу ба минцонцонди җин футур канжян, нахуэйчи суәдо гуйнили. Шалагур цә- мулэли, җысы дунщисы гибизы лоханди. Та тинҗян гуә, жын ду фәсы, тади незуанки линҗү ю җин футурни, кәсы зун мә җянгуә. Шалагур гощинди сыщёнли: «Җы йиха вә цэ ба җин футур шыдашы җянли». Та җуонлигы сыса бужыдо, дынди кан лохан ё тади дунщи лэ бу лэ.

Лохан щюди бу чў мын, химин сылён тади җин фу- турдини. Нүзыму канди лозы юцудихын, таму ду щён вынди шонлён йихани. Даҗе вынчили, дадади мә ги шынчи, ту ду мә тэ. Әрҗе кә фә хуачили, лозыди ту тэче гуон ба та канли йиха. е мә нянчуан. Санҗе поди лозы гынчян, шәту тўшон вынди фәтуәли. Та ба нүзыди тушон лүли йиба фәди: «Вә мәю лянмян җян Шалагур чи. Ни- му зымый сангы литу чўлэ йигы чи. Ба Шалагур чынху гәгә, ги та диту щя хуа, ба замуди җин футур ёди хуэй- лэ»

Сангы зымый йидани шонлёнли, да нүзы фәсы, та нын ба җин футур ёди хуэйлэ. Даҗе щян щиноди да- баншон, цэ манмар чили. До гәмыншон та хандини:

«Шалагургә, Шалагургә! Вәмуди җин футур йин ба- бар, дедо нимуди ху хуайүаннили. Нимуди хабазы гувар нёди «зонзон», е бу ги, «вонвон» е бу ги Шалагургә, ба вәмуди җин футур йин бабар ги вәму чүги».

Зу җымуҗя Даҗе чоншыр ечиди, ханли җи бян. Ша- лагур тинҗян мынвә хандини, та ги чуонзы кандисы ло- ханди да нүзы, е мә чўчи, е мә ги да йин.

Даҗе хуэйлэ, Эрҗе дабаншон кә ханчили. Та е чон- шыр ечиди ханди: «Шалагургә! Ба вәмуди җин футур йин бабар ги вәму. Нимуди хабазы гувар «зонзон», е бу ги «вонвон» е бу ги». Шалагур йиканса, лоханди ди эргы нүзы, та шындо фонни е мә ги да шынчи. Эрҗе ба

Ша- лагургә е мә хандый чўлэ. Санҗе ба лян ду мә гўдый щи, подичи кә зэ мыншон хантуәли. Та е зущёнсы лёнгы җеҗе ханли кәсы шәту тўдини, ба хуа фә бу җын. Шалагур тинҗян мынвэ хандини, годи ба хуа тинбуминбый. Та бадо чуонзышон йиканса, лоханди логәда нүр, Лоҗер быйй муёр хўди нэгы зон, зущёнсы суй ятур. Шалагур ба тўшәр йүә кан, йүә шыщё, йүә кан, йүә нэ кан. Лян кан дэ тинди, Шалагур мә шынчў, дали шын пошон чўчили.

Шалагур са хуа мә фә, щян ба Тўшәр да ту канлигы җүәди фәди: «Хуэйчи ги ни лозы фә, дансы ниму зымый сангы литу, найигы ги вә дон щифур, вә ба җин футур, йин бабар йүанхуэй гиги нимуни».

Лоҗер хуэйлэ йифәса, лохан кэ юцухали, сангы нү- зы ту ду диди сылёнхали. Канса, лохан вын тади сангы нүзыни, найигы ю щин ги Шалагур до шифурчини?

– Вә нын җя йигы тё цун, мә суанди, – Даҗе фәди, – бу җя та Шалагур гуафу.

– Вә нын җя йигы быйй цә, шы фынди—Эрҗе фәди, – бу җя Шалагур гуафу мә фынмиди.

Лохан ба лёнгы да нүзыди хуа тинли, мә нянчуан, та дуйчў Лоҗәр канди дынхали, тин логәда фә сани. Лоҗәр канди лозы дын тади хуадини, фәди: «Вә бу җя тё цун, мә суанди, е бу җя быйй цә шы фынди, дан җядисы Ша- лагур mә фынмиди». Лохан тинҗян Лоҗер щихуан җя Шалагурни йиха гощинли, кәсы лёнгы җеҗе бу йүан- йи. Таму лёнгәр ба Тўшәр чуанщүанди фәсы: «Ба ни Тў- шәр нынщинди, дан ё җяхагы Шалагурни. Вәму ба нян- җин щи лён, кан ниди шыщерни».

Лоҗер ги җеҗему хуэйдади фәсы: «Ниму щён кан вәди шыщерни, зэ бәю кан нян хунли».

Ди эртян, лохан ба Вонмама чиндилэ, җё ги Шалагур тун щин чили. Шалагур тинҗян Тўшәр йүанйи җя та, йиха гощинли, чешур зу ба Вонмама чинди җё донли мыйжынли. Вонмама мәю чў лилён ба чинсы йүанчын холи. Шалагур ба лоханди җин футур йин бабар дэ йи- чеди цэли сунгили. Лохан җянли тади җин футур дэ хо цэли гощинди фәсы,

Шалагурсы щянлён жын, логәда нүзы ю йүнчи. Лёнгы да нүзы канди, Шалагур ги Тўшәр сунди хо цэли, таму бу йүанйили ду фәди Лоҗер бусы чуан хо йишонди жын.

Мә гуәшон бонгы йүә, лохан ги Лоҗер гуә щисыни. Шучинди ба Лоҗер чёмё дабаншон, на хун данзы шанчўли. Чүчинди лэ вынни: «Щинщифур бян йили мәю? Шучинди хуэйдади: «Бянйили!»

Җё Даҗе лэ, ги Лоҗәр же данзыни ,та бу җё, фәсы Тўшәр җя Шалагурни мәю тади щёнган. Ба Эрҗе җёди- лэ, җё же данзыни, е бу җе, фәсы җүанмозы Тўшәр җя гуафуни мәю тади сычин.Чўгуә җы лёнгы җеҗе,Лоҗер зэ е мәю чинжынли. Йинцы җыгышон Вонмама ба хун данзы җечелэли. Йичеди кижынму канди ду ги җонхали, та- му ба Тўшәр ду жынбудыйли. Юди жынму фәди, хаба бусы Тўшәр, дыйдо нани лэди щяннү, кәсы Лоҗәр җын җүнмыйди чынха зущён щяннүли: Хиди нэгы туфа, быйди нэгы муер, лёндор хи люер мимо, фынтуантуарди ляндор, зущёнсы тохуар, мозанзади йидур бадан нянҗин, дуан лынгарди бизы, хундюдюрди суй зуй, зущён хун мано, йизуйди луәмый яр боди щедяр хунди шәтуҗяр, вудуанди шынзыр, йифор чёмё җүәди җянҗяр лучўли чүнзы. Лэди кижынму ба щинщифур канли, ду фәсы: «Шалагур ю йүнчи, йүлигы хо җүнмый щифур».

Шалагур ба Тўшәр чү хуэйчи, тади җяшәни йиха җынчили. Шалагур ба Тўшәр җёди Лолор бу җё зў җун хуә. Хуә зўгуанди Тўшәр ю сы ,мә ганди зуәбучў. Та ба ли—вэ ду даҗәди ганжин, фонниди бэшы ду цади йицы- лор мин. Тўшәрсы шон конди цэфын, ха конди чўзы. Шалагурди кун фонзы чынха ки лэ, жын чиди хунхуә җяшәли.

Лоханди җяни шынхади лёнгы да нүзы, таму чён ту шон нанди канкэ Шалагурҗяли. Таму канлэ, канчиди мә жынчў, нади лищин гуәлэ ба мыймыйди жынли. Ба мын- хў ла хуә, лёнгы җеҗе фанчон лэкэли. Даҗе ба Тўшәр- ди гуонйин кан нянхунли. Та хули хуэйли щинни сылёнди гэлэ нэхур җя Шалагурса, тади йүнчи җё Тўшәр дуәди- чили.

Нэйижыр, Шалагур лэли кили. Даҗе ги Тўшәр бон- ди дэ кичили. Та хуэйлэ сылёнди щинни чили хи йисыли. Даҗе е дэ сысый мәю шонлён, зэ йигы нүхўлонзы гынчян щүәли щер ще фа, ба Тўшәр чужыдё, та щён җя Шала- гурни.

Йихуэй, Даже ба Тўшәр җёшон зэ хәяншон лончили. Тўшәр гощинди зу ги Шалагур фәли. Нанжын гили ку- хуан фәсы, җё зощер хуэйлэни. Та ю сычинни, хуэйлэди цы җяни мә жын. Ба хуа фә ба, Шалагур чишон ма зули, Даже ба Тўшәр линшон доли хәяншон лонли йисыр, таму зуәдо фи гынчян хуанхали. Дажеди хищин йиха фанли, та фәсы: «Заму фишон җо йинйинзылэ!»

Тўшәр вончян гынди кан фини, Даже йиха ба мыймый сондо хәни, нянли щер ще фа, Тўшәр луәли дили. Даже сылёнди, тади сычин чынли, гощинди вон Шалагурҗя зудини. Да нүзы мә хуэйлэ, лозы хан донсы лизанди мыймыйҗяли. Зу нэгы сыхур, Тўшәр бянчын хуа чё- чёр луәдо йигы фушон җёхуанкэли.

Хушонли, Шалагур чиди ма вон хуэй зудини, до нэгы янсы Тўшәрди хәни йин мани. Ма хә фидини, Шалагур тинди йигы чёчёрди шынчи фәди: «Шонфини, ма хә фи, да ма зуй». Та ту тэчэлэ йиканса, фушон йигы хуа чёчёр җёхуандини. Шалагур ба ма җё нинлигы гуәр, ма хә фи- дини. Чёчёр кә җёхуанди: «Хафини ма хә фи, да ма туй».

Шалагур ба чёчёр канди чёчихали, та зу ги чёчёр фәсы: Чёчёр, чёчёр, ни гуэфонли, фидо вәди мояршонлэ» Чёчёр йичын бонбор, хуади, җүнди, фидилэ луәдо мояр- шонли. Шалагур канди чёчёр ги та чижәдихын кә фәсы: «чёчёр, чёчёр, ни гуэфонли, фидо вәди щётурни!» чёчёр йи- ха фи халэ, зуандо щюзы литули. Чёчёр да щютурни чўлэ, кә фидо Шалагурди хуэвәнили, зущёнсы суй җивар, лын- ли зуандо ложиди бонзы дихали, чёчёр фили фонщин җёли. Шалагур җүәмуди тади хуәвэни жәхуәди, зущён та чуәлигы жынвар.

До җяни, Шалагур ба чёчёр җё дундо путоҗяшон, җинли фонни канниса хи дундунди, зущён мәю жын. Та зу ханли лён шын: «Лолор, Лолор! Ни зэ нанини?»

Дажё чуанди мыймыйди йишон, җуонбанди Тўшәр зэ фонни дали шынли: «Вә зэ чуоншонни». Шалагур сы- щёнди, тянтян дан та йихуэйлэ, Лолор зу йинди чўлэли, җиргы за мə чўлэ.

– Лолор, ни за мə дян дын, – Шалагур вынди, – хи- дундунди зэ фонни зў садини?

– Дын дянди золи вынчўн ду фи җинлэли, – гили хуэйдали—заму финиму ёха лёнди зў сани.

Шалагур ба шынчи мə тинлэ, та фали, шонли чуон, зэ дуə мə фə хуа, ту до җынтушон кəжя фиҗуəли. Даҗе тинжян Шалагур фиҗуəли, зу ганҗин нянли йиҗынзы фачи, җё Шалагур щинфу тасы Тўшəр. До лёнса, Шала- гур канди, дэ та тун чуон фили җёди бу щён тади Лолор. Щищён йиканса, лян е хи, җүə е да, җонщён бу хокан. Кəсы нянхади фачи ба Шалагур начўли, йинцы җыгышон шынсани та хан мə минбый.

– Ниди муер за хихали, – Шалагур вынди, – ни ганли сали?

Зэ хəяншон җəту сэ хили, – Даҗе хуэйдади.

– Кə виса ниди җүə е дахали, – Шалагур вынди.

– Хəяншон лонди гунфу дали, – Даҗе хуэйдади—зу гуəлэ, зу гуəчи ба җүə по җунли.

Даҗе жя җуон мыймый, ба гуəзоди туйи бу җыдо, та ги Шалагур ба чыхə йиха зўбушонлэ. Шалагур конли хə- ли йи хўлўпёзы лёнфи, ба нянхади фачи ги цанли, та цэ минбыйли, җыбусы тади Лолор.

– Ни җеҗе на? – Шалагур вынди.

– Зуəр хушон хуэйчили, – Даҗе хуэйдали.

– Дансы нэгыли, ниди мыймый, Лолор зули нани- ли? – Шалагур вынди, – ни ги вə фəйиха?

Даҗе мə нянчуан, ба чыди ганҗин дуандо җуəзышон та кə нянли щезы фачи, җё Шалагур чыдини. Йинцы җыгышон зусы Шалагур җыдоли җысы Даҗе еба, та зэ мə щифанди вын. Зу ди эртян ганзо Шалагур җыдоли дэ та тун чуон фили җёди бусы щифур цэсы Даҗе. Та ба Даҗе җыдо холи, кəсы мə нянчуан, зу дон зыҗи- ди щифур гуə гуонйиндини, ба Лолор жянжян вондёкэли.

Даҗе җыдосы Шалагур налэди чёчёрсы Тўшəр бян- хади, чүандо лунлурни та бу ги чыди, бу ги хəди җё вон- сыни вəдини. Чёчёр е бу жёхуан, хэпа Даже ба та дасы, дын Шалагур лэли жёхуанни.

Йинхуэй ганзо, Шалагур зэ жяни ги чёчёр ба шы, фи гиги жё чыли хэли. Канса, Даже ба туфа цанкэ футуди- ни. Чёчёр канди Шалагур зэ та гынчянни, мэ хэпа жё- хуантуэли.

– Сый на вэди муфу фу, – чёчёр мади, – фу гуту, сый на вэди бизы гуа, гуа гуту...

Даже хэпа Шалагур минбый, кэ нянли щезы фачи. Шалагурди эрдуэни, зущёнсы фын хуни, та мэ дало чё- чёр жёхуанди фэди са.

Шалагур ба ма лашон жыни йи чў гэмын, Даже, зу- щёнсы ёзы пудичи, йиба ба лунлурниди чёчёр дэчў, не- сы, нянли щер фачи сыйдо жуэхунди лузынили. Хуа чё- чёр жыни йижян хуэ, чынха суй хун дудурли.

Зу нэгы сыхур, Шалагуржя лэлигы жян хуэди хўлон- зы лопэр фэди: «Вэди жяни мэ хуэли, жё вэ зэ ниди лу- зыни жян лён-сан гэдар хуэзыр!»

– Жянчи! – Даже гили кўхуанли.

Лопер жян хуэни, йиканса хуэ литу ийгы хун дудур, та зу с жяншонли. Лопэр на шу йи чуэ, хун дудур бу шо шу, та сылёнди жы хабасы бобый, ганжин нахуэйчи гэ- до щёнзынили.

Зу да нэ йитян лопэрди жяни жин чўкэ гуэ сычинли.

Лопэр зочи ба фонзы гўбузый даже, та зу жуан хў- лонзычили, жинту хуэйлэ фонзы дажэ ганжинли, ба чы- хэ зўбянйи фондо жуэзышонли. Жыгы сычин, ба лопэр чёчихали, та бужыдо сый зўдини. Зу жымужя жи хуэй. Нэйижыр, лопэр чўчи цонхали. Тынли йисыр, бадо мын- фынзыни канниса, та канди йиха цыхали. Дыйдо да на- ни лэди йигы жүнмый щифур зэ фонни зў хуэдини. Ло- пэр ба мын йиха сонкэ жинчи, нэгы щифур бянчын хун- дудурли. Лопэр йиха минбыйли, жысы йигы нянчин щи- фур жё фачи начўли. Лопэр зу жинган ба тади фачи нян- туэли. Нянли йижынзыса, хун дудур йиха тёли йигы жон- зы, чынха жүнмый щифурли. Лопэр ба щифур вынтуэли. Вынлэ, вынчи та жыдоли, жы цэсы Тўшэр, Шалагурди Лолор.

Мә гуәшон бангы йүә, ги би линшәди жынму ду җыдоли, хўлонзы лопәржя ю йигы җүнмый щифурни. Ба җыгы хуа чуанлэ, чуанчиди җё Шалагур тинжянли. Та хўланди зэ хўлонзыҗя мэ щер хуә чили ба нэгы щи- фир канҗян йиха зу җыдоли. Җянли Лолор тади шын шон зущён җёли йи гонзы лёнфи, кәсы са хуа мә ган фә, Шалагур хуэйлэ сыщёнди, та щён ба Лолор йүан чү хуэй- лэни. Шалагур ги Даҗе мә нянчуан, ги хўлонзы лопәр ба мыйжын дафадичили.

Лопәр җыдо җысы Тўшәр, мә ган туйцы, ги Шалагур- ди мыйжын ба хуа гигили. Тўшәр фәсы җё Шалагур ба хун җан да лопәрди мыншон пудо Шалагурҗя, та да җаншон зушон хуэйчини.

Зу җымуҗя Шалагур ба Тўшәр вон хуэй чүли ди эр бян. Нян фади хўлонзы лопәр хэпа Тўшәр зэ җо хуә, та ба Даҗеди фачи шудёли.

Даҗе йикан ги Тўшәр сыйүнбулё бынсыли, та хәли жын-ян носыли. Эрҗе тинҗян Даҗеди җымуди луәҗүә, зэ җяни җё нучи ба та җонсыли.

Тўшәр йүәщин нянчинди җүнмыйли, Шалагур йүә- щин ба та щинэли. Таму чынли җүәшу либукэди, тун щин хәйиди лён йүан курли.

Минжынмуди кулюршон фәди:

Жынжын ду ба хо щин щён,

Лон щин, гу фи бу җючон.

ЧҮН ЛИВОН ЙҮ ЛУНВОН НҮ

Нэхур йигы да шёнжуонни ю лён- гы жынлэ, тамуди минзы ду жёди- сы Ливон.

Йигы Ливон жунди да жуонжя, кэди юфон дэ мәфон. Тасы йүанвэ жуонжяшон кўди жи шы чонгун-хуэжи.

Та ба чонгун— хуэжи гиди задихын, йитян до хи чи- ди ма цакан хуәжиди.

Ди эргы Ливонсы нэгы йүанвэди жяниди чонгун- хуэжи.

Та чуанди йишын ланбудин йишон, жүәшон йифон махэ, зэ йигы тў фонфорни пуди мыйцо жўдини. Ливон чонгун ганзо йизор челэ, бутынди зў йитян хуә, жисы дищя хиди канбужян сали, цэ зу тади лан фонфорни фи жёчини. Зусы че зо, ванди зўдисы дин жунди зон хуә, йүанвэ хан фәсы Ливон чонгун зўбудун хуә, жё- дисы Лилан, ба чыхә е ги бугу. Лилан йинян сыжи нэ вәдини. Дансы Лилан чонгун йи ё чыхә, йүанвэ зу матуә- ли фәсы ланганшу хан чыди дуәдихын, ю йиха зу чи шонлэ куәги йидун тунсы мабянзы, нядо кун жёнини.

Лилан чонгун зусы ба хуә зўди дуә хо еба,-жонгуйди ба та жёди Лилан. Жыгы ёнзыхо чўлимирли. Жыи ду ба Лиланди жын минзы вондёли.

Йихуэй, хушон хили, Лилан ба хуә зўван, фади вон хуэй зудини, тади дўзы вәли. Лилан мәдый фар, вәдўзы фидо тў фонфор дихади мыйцошонли. Фиха дўзы вәди фибужүә, Лилан сымуди, сымуди пәфанхали, ба жымуди гуонйин гуә сани, гуәдо жисы чини. Та сымуди ба йүан- вәди хуә пеха, чўчи щинди зо данлинди хуәчини.

Лилан сымуди нани зо йүнчи чини? Та тинхади жын ду фәсы, шынщян жыдо жынди йүнчини. Лилан мущён- ли та зэ шынсанни зо шыщян чини.

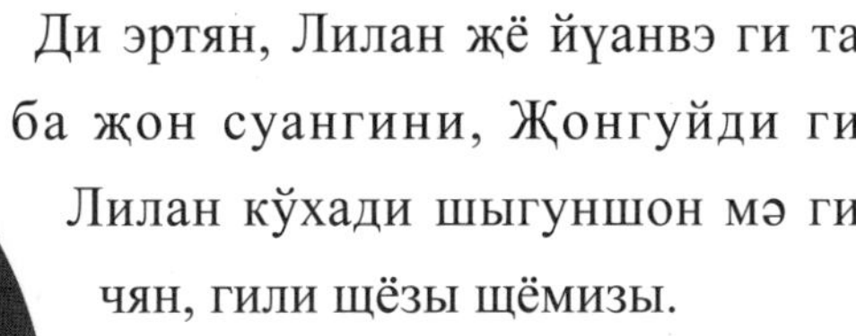

Ди эртян, Лилан җё йүанвэ ги та ба җон суангини, Җонгуйди ги Лилан кўхади шыгуншон мә ги чян, гили щёзы щёмизы.

Лилан ба щёмизы цоли нашон шонли лўли. Зули җи тян доли шынсанни ба шынщян зобуҗуә. Шынщян җыдоди Лилансы хо лошыжын, чыли куй, зывонди лэ җё шынщян ги йигы бонцуни. Йинцы җыгышон «Ба дуә шынщян» литуди йигы дин нынчынди хуәли чянсуйди шынщян, чўлэ щянли шын, йинди Лилан лэли.

Лилан зу фа зуәхали, ту диха мянчян занди йигы шынщян зоҗүәни, ту йитэса, тади мянчян занди йигы быйхур лохан, тади хўзы быйди зущёнсы мянхуа.

Лилан канҗян лохан шыли йиҗин, йигы җонзы тёче- лэ ,ганҗин вынхули, чин җонди җё зуәхали. Лохан чон чўли йику чи, ту тэче ба Лиланди мянмушон канди вын- ли:

– Вын щёхуар, бә шон чи, ни зэ җыгы шынсанни зў са лэли?

Ги ло ее вә щёжып хуэй, бә пәфан тин вәди сў хуа, – Лилан на чинжәди хуа фәдини, – шы сычин вә манхунбулё ло е. Вә зэ җытар щинди зо шынщян лэли.

– Чүан щёхуар җуанхуэй, жын ба шынщян йибый- зы ду зобуҗуә. Дансы жын нын ба шынщян зоҗуә, ду зочили, – лохан ба хуа фәли, ту диха сылён садини.

– Хо вәди ло еени, вә зывонди до җытар лэ зо шын щянни, – Лилан лали кўшыр фәдини, – ба шынщян зо- буҗуә җё вә сынима, хуәни?

– Щёхуар, тин вәди ю донвуди ян, – лохан фәди – ба вәди җыгы җўгур нашон чи, нын ба шынщян зо җуә.

Лилан ба лоханди җўгур фоншур жешон, да долигы ще, вон ху

тунли җи бу, нингуә шын зутуәли .Зули бан- җер, Лилан нинхуэй ту канниса, быйхур лохан мәюли, та зу чёчиди, сылёншон зә санни зудини.

Лилан чўли санку, доли зущён йинян канбутуди фи- тан гынчянли. Вончян зучи мә лўли. Лилан фали, зу пу- тади йиха зуәдо сылёнтуәли. Та сылёндини, на жўгур зә йигы хун шытушон щянмый ву ганди коди дадини. Ли- лан на жўгур шытушон дади нәгы щёншын вудо Дунхә- ни лолунвонди эрдуәнили.

Лунвон җё йигы лун, җуонбанчын жын, да фи ли- ту шанчўлә до Дунхә яншон канләли, сый да лунвонди мындини.

Лилан тинди фишон щёнгили йиха, ту йи тәса Дунхә яншон зандигы гуәгуәрди жын. Лилан җёнмыр фанчелә пони, нәгы жын ханли йи шын:

– Эй, щёхуар, бә хәпа вәли. Вә вын ни, ни ё сани?

Лилан тинҗян вынди та ё сани, цә мә по, тинли хуа-ли. Хуа тин ба, Лилан гили хуәйдали:

– Вә бу ё сыса дунщи, гуон ё щер йүнчини.

Лун тёлигы җонзы, йигы йүр де бё, да фи литу хали. Хачи зу ганжин ги лунвон бошончи фәсы: Дунхәди лун- вон мыншон ләли йигы цумый буҗанди, хә пәфанди жын, вын лувон ё щер йүнчини.

Лувон йитин, зущёнсы далигы гур, чынха жын- вон ди җў йиёнди, зуәха фәди:

– Ги вә ба нәгы жын җё җинлә!

Лун кә җуонбанчын җүнмый жын, да хәни чўлә доли Лилан гынчян ё хади, ту дили, йиха зущёнсы чин жын ләли:

– Зу, вәмуди ловон чин ни, җё до тади Дунхәди ди- щя чини. Лилан е мә хәпа ха фи литу чи, йинцы та хәди чўлә зә йүнчиди жын. Лиланди нянҗин йи би, да фи литу чўләди нәгы жын, йиха чынли лунли, ту зущёнсы тун йи- ён да, ба та щидо куни, хыншон хали фили. Лилан җинту минбый, та кәҗя до лувонди хуа йүшы тәшонли.

Ләли йигы мыймо ву биди гўнён, ба Лилан линшон доли на җынжў щёнхади йүшы мын гынчянли. Мын ман- мар кәли, Лилан куәмуди йигы мыншан зу ю җи бый чян җин җун. Та суйчў гўнён җинчи, доли лунвон вын гуансыди да тинзы литу, шынха йигәрли. Шонгонзы зуә- ди лувон, тади лёнхани занди гунзунсы багы бохў вонди гуэвә.

Лилан җянли лунвон ганҗин фон пәщигәр гуйхали, ту диха нянҗин биди бу ган кан лунвон. Лилан тинди, зу- щёнсы залуйди шынчи хули йиха, вын тадини:

– Нисы сый, ни ё сани?

Лувонди шынчи ба Лилан хади зуйни ху дакэ банзыли.

Та налигы хынҗын цэ фәли.

– Вәсы чүн Ливон, вә щён ги зыҗи зо щер йүнчини.

– Ходихын, – лувон фәди–ни зэ җынвон ди җўди гуйни мәю йүшон йүнчи, җинтян ни доли вәму гуйни зо йүнчи лэли. Вә кан нисы кўханму литуди йигы хо кўҗя- зы, йинцы җыгышон ни зэ җытар ба йүнчи нын дыйшон.

– Вә щихуан ги Дунхэ фищяди лувон зы цэ, чў лилён.

Лилан ги лунвон ба хуә зўшонли. йинви зыян Лилан, лунвон җё ги та гиди гэшыгўёнди хуә. Ги та чыхә гиди дуә, тади хуә зўди хо, мә җүәчи йинян тянчи гуәли.

Йихуэй, Лилан җын ба хуә зў хунди сыхур, зочян җё- ли тади лун лэ фәсы:

– Зу, ни ги вәму ба хуә зўванли, вәмуди лунвон җё нидини! Ни тин вәди хуа, дансы лунвон ги ни дуанкэ са- ли, ни бә ё, гуон ба лунвонди юбонгы хуапиншонди йигы цымыйхуар ёшон.

Лилан ба лунди хуа тинди җонхали. Та сылёнди ви са бу ё җинзы дэ бошыни, кә ёхагы хуарди зў сачини. Лилан кә йи сылён нэгы лун до ташон ю хо щин, ю йиди лун, ё тин тади хуани.

Лилан җыни йи җин тинзыни, та зу ба лунвонди ю бонгы хуапинниди цымыйхуар канҗянли. Зущён нэмуди хуар та хан мэ җянгуә, дыйдо за нэму җүнди хо кан. Та ба хуар щинэди нянпир бушан канди, фон пәщиркэ гуйдо дихали.

Лунвон шу йиҗон ги Лилан зыди фәсы, йинянди шын- гун хуәшон

та ё са дунщини, җыгы да тинзыни гәди җин-йин, гәшыгўёрди бошы—йиче ду җё кан гуәлэли. Лунвон ги Лилан зы җыгы, та е бу ё, зы нэгы, та е бу ё. Шукур лунвон вынди фәсы наму ё сани?

– Вә сыса дунщи ду бу ё, вә гуон ёди йүнчи, – Лилан фәди, – дансы лувон бу щянчи вәли, вә ё хуапиншон цади нэгы цымыйхуарни.

Лунвон тинли Лиланди хуа, мыйцуан сонха сылёнли банхуэй, җё ба нённён җёди лэни. Таму эрви йи шонлён, Лунвон фәсы е нынчын. Зу ба хуар да хуапинни чучўлэ гиги Лиланли. Ба хуар җедо шуни, җён ги лунвон доли- гы ще, мынгэзы залуй йи щён, зущёнсы чили тэфын ба Лилан да Дунхэ дищя чуйчўлэ, доли хэ яншонли. Шуни нади хуар, та хын занлигы гунфу, сымуди зўсани бу җы- до. Шукур, Лилан ба шуниди хуар канди вынли йиха, вон хуэй зутуәли. Зудини, хухуэйдини, ви са та мә на бошы, җычян дунщи, кә ба хуар ёшонли. Суйжан зусы цымый хуар җүн еба, до чүнжыншон мэю лихуэй, йинцы канли хуар дўзы будый бо. Лилан сылёнди пәфанхали. Йинцы- сы хуэйчи хан ё ги йүанвэ шу кўчини.

Зули җи ли лў, Лилан йиканса шуниди хуар няннян- зыли, хуар банбанзы ванварди, зущёнсы гун фи лүли, Лилан канди хуар е бу җүнли, та зу ба зыҗи манйүанли, фәсы жын чүнли лян җяншы ду мәюли, чи шонлэ ба цы- мыйхуар педо лўшонли. Вончян зули җи бу, нинхуэй ту канниса, хур кэ йүанхуэй чынха щинщүан цымыйхуар- ли. Зу җымуҗя Лилан ба хуар зэ лўшон пели җи бян, эр- җәхуэй ба хуар кә шыли җи бян. Шукур, Лилан сымуди, жыгы хуар хаба есы йигы бобый, ю дон вуди нахуэйчи.

Шынщян чяди йи суанса, Лилан шуни нади хуар җўди та гихади җўгўр вон хуэй зудини. Шынщян җуон- банлигы хәшон йинди Лилан чили. Лилан җянли хәшон гощинди, та юлихуәбанли. Хәшон фәсы, тади туй кунди, та ёли җўгур щён җўшонни. Лилан щихуанди ба җўгур гигили. Таму лёнгәр фәди, лашон зудини, Лилан мә җүәлэ фа додый щёнжуоннили, кәсы та мә җыдо мынгәзы хә- шон буҗянли.

Лилан җинли сын-ёнли тади щёнжуонни, та цумый бу-җанди доли зыҗиди лан тў фонфор гынчянли. Лилан йиканса, тади фонфор йүәщин ланди тадыйли. Та нин- гуәлэ канди йүанвәди луфон йүәщин щюгэди хоканли. Тэён жоди луфоншон кухади щин люли ва жо жынди нянжинни. Лилан пэфанди жинли фонфор, ба няндёди цы- мыйхуар цадо чён фынни, та зуэди сылёнди фижүэли.

Ди эртян, Лилан дўзы вэди бужыдо зў сани, та кэ щён ги йүанвэ зў хуэни, зэ гэмыншон занди дын йүанвэ жи- сы чишон зума чўлэни. Лилан быйжынжыр занли йитян, тади дўзы вэди донбучўли, ханли йишын жонгуйди.

Лийүанвэ тинжян йиканса, Лилан лэли, ганжин ба шынгу фонкэ шуди жё нёни. Гу до гынчян ба Лилан вын- ли йиха, ту диха жэхуэй зули. Лилан пэфанди сылён- шон, зудини, манйүан зыжиди чүнминдини. Та сымуди зэ натар зудый чы йидяр са, жёнжюдо минтян зэ кан.

Дўзы вэди, щинни нангуэди. Лилан йи кэ мын, вын- ди йи гўзы фанди цуан видо. Канжян жуэзышонди жю ван хуащи, та чёчиди жонхали. Лилан хан донсы та зў фимындини, до жуэзы гынчян зу чытуэли. Чы боли, Ли- лан цэ жыдосы жындашыди жющи, канниса тади фон- форни е дажэди жинди, коншон пуди щезы щинщүан жин мыйцо. Та зу чешур фихали. Фимындини та мын- жянди лувонжя линли тади нэгы мыймо ву биди гўнён, жинщинлэ йиканса кэжя да лёнли.

Лилан ба фонмыр гуанли, зули понди щёнжуонни зо хуэчили. Хушон хуэйлэ, кэсы йи жуэзы щи. Та ба щи щищён щийиди кан гу, бу хуон, бу монди чыли, зуги фи- хали. Лилан сылёнди сый ги та тянтян зў щидини, та му- щёнха бахуади кан йихани.

Ди эртян, Лилан мэ зэ йүанчур чи, та цондо фонмын гынчянди шын цо литули. Тынли йисыр, та да мынфын- зыни кандини чёншонди цымыйхуар халэ чынли гўнёнли. Шу йижон дыйдо да нани лэли лёнгы яхуан. Гўнён зыфэ- ди, йисы—санкиди, лёнгы яхуан зўхали йи жуэзы щи.

Лилан канди цыдо мынвэчянли, мынгэзы зущёнсы сый фэди: «Хан хын сани, куэщер!» Та йиха ба мын сонкэ, жинчи, лёнгы яхуан бу жянли ,гуон шынха гўнёнли. Ли- лан ба гўнён дэчў бу лёкэ, та хэпа йүан жуанчын цы- мыйхуарни.

– Лёкэ, вэсы ниди жын, – гўнён фэди:

– Нэ зу ходихын, – Лилан тинли хуа, ба гүнён лё- кәли.

Таму эрви зуәха щүан чы хэцэ щиди, щүан ла мә- дини. Лилан щян кэ ку вынли гүнён:

—Нэфан тин вәди жи жү хуа, бу йүн шон чи, хуэйда- йиха, – Лилан нэгоди фәди—гүнёнсы сыйди нүзы, гуй мир жёгы са?

– Вәсы Дунхэни лунвонди дисангы нүзы, – гүнён хуэйдади, – вәди щё мир жёгы Гуйхуа.

Дан гүнён бу щянчи вә чүнли,—Лилан ги Гуйхуа фәди—заму эржын жё хун.

Гүнён ба хуа тинба, щюшыфали, кәсы зыдый ё ги хуэйда.

– Лунвон йүанйи ба вә щүгили ни, – Гуйхуа фә- ди, – вә щихуан, заму эржын чын фон.

Цун да нэ йитян, Лилан дэ Гуйхуа чынха лён йүан лён курли. Гуйхуа цэ ба нанжынди жын минзы жыдо жёгы Ливон.

Гуйхуа канди Лилан цумый бужанди, та зу вынли. Лилан фәсы та йигы жын гуәбуче гуонйин, жыхур лён кузы жынли, гуонйин задый гуә чени. Гуйхуа чүанли бу жё Лилан юцу, фәсы нын йүха хо гуонйин.

Таму эржын тунли чуон щёнтяндо е жин сангыли, Лилан фи жуәли. Гуйхуа жуанхуэйли лозыжя, ги лунвон щүәфәли Лиланди чүннанди гуонйинли, та ёли хо фугуй гуонйинли.

Жинту Гуйхуа жехуэйлэ, доли дунфон фа быйди сы- хурли. Лилан фили йида жё, жин щинлэ жүәмуди тади шын диха ванзуәди. Нянжин зынкэ канни, та зэ ван ву- зышонни, фонзы литу е чынха данлиндили: хо чимёр, хэниди чигуә дунщи—йиче ду бэди жынчиди хокан. Ли- лан тинди вэту ню, ён ду жёхуандини, зущёнсы луандун- дунди. Йигы жонзы тёче вон вэчян каннисa, та цэ зэ чи цынзы луфоншонни. Тади ланган дифон чынха, зущёнсы йүанвэди да йүанзыли.

Лилан канди цыдо чуонзы гынчянли, Гуйхуа до гын- чян да жягуәзышон манмар пыйли йиба, ба нанжын жингили йиха.

– Вә бу жё юцу гуонйин, – Гуйхуа фәди, – жыбусы- ма, хо гуонйин лэли.

Жы дусы замудима? – Лилан вынди, – до вәшон жыгы дуәдихын.

Лилан чыли, хәли, хали луфон, ги та кәжя ба зума би бянйи ладо гынчянли. Чишон до гэдони жынму ба Лилан ду жынбудыйли, йигы ду вын йигыдини: «Жысы нани лэди йүанвэ са?» Йижя ги йижя е мә гишон хуэйда.

Гуәли жи тян, юди жынму жыдоли фәди жысы йүан- вэди хуәжи, Лилан фугуйли, та чүлигы щифур хан жүн- мыйдихын.

Гиби—линшәди нүжынму ду туди щён кан Лиланди жүнмый щифур лэли,фи щинжинди нашон лищин хўланди зэ Лиланжя лонмырлэли.

Таму ба Гуйхуа жянли фәсы, шыжешон жыму жүнмыйди нүжын мәюди хуэйжәсы чүәшо. Дуәди нүжынму канли фәсы, Гуйхуади жүн-ён лян жынди жүн бу йиён, тади нянжин е бу щён жынди. Юди лопәзыму цэдуәди фәсы, Лиланди щифурсы, хўлю- жин.

Нүжынму чуанфә Лиланди щифур жүнмый, доли Ливон йүанвэди эрдуәнили. Йүанвэ тинди фәсы Лилан- ди нүжын гуэ жүн, жүнди мыймо ву би.

Ливон щён ба Гуйхуа жянйихани сынфор бый жи- ди, туәли йима дуәзы лищин лэли. Чә хуон да туәди фә- сы, жызы дуәли мәжян дэ тасы йигы щин Лиди жын. Та щёнли йижязыли, налигы бә лищин канлэли.

Лилан канжян зочянди жонгуйди лэли, дэ Гуйхуа шонлёнли ба йүанвэ дон киди жейинли чи, фәсы: «Ю ли, бу да шон мынди ки».

Гуйхуа жыдосы йүанвэ кан та лэли, бавэ хан вон жүнмыйни дабанли. Йүанвэ жянли. Ба гуйхуа йиха щинэди та даке жанли. Лилан канди сычин бу дуй, да- фади жын ба йүанвэ сунхуэйчили. Хуэйчи Ливон ги Гуйхуа хәли щёнсыр, та биндоли.

Йүанвэ чинли хын дуәди дэфу холи мый, фәдисы та хэди щёнсырбин, филили Гуйхуа лэ кан, сыса йүәлё чы- шон ду будый хо.

Йүанвэ чинди жын чи, ба Лилан чёдилэли. Та жё Лилан ба тади нецан, цэбый—гуонйин дэ сангы жүнмый пәнён—ду чи канли.

Ба Лилан на хэцэ щи дэчынли, йүанвэ цэ фәсы, та ба йичеди гуонйин дапыйшон дэ Лилан хуан пәнённи. Ли- лан мә нянчуан, щинни машон по хуэйлэли.

Гуйхуа канди Лилан бу щихуан, җытар та ги ба йичеди шы хуа фәли:

– Лунвонди ганбан ба нүзы чўҗяги жын, җё ги нэ- гы жын санбый люшы тян литу, ба хо гуонйин җыги, йүан җё кә хуэй чини... Вә до ни гынчян щянсы мандый- ли. Йинцы җыгышон, ни ё дэ йүанвэ ще хундан дэ зыби, да пый гуонйин хуан пәнённи.

Лилан тинли пәнёнди хуа, йиха шыли җили, тёлигы җонзы чи, ба Гуйхуа бочў кўтуәли. Гуйхуа ба нанжын чүанфәли, ба щин куанли фәсы, та зуәха йүә хан мә сышы тянни: йүанвэ йиха бу нын до тади гынчян лэ. Җы цэсы дэ йүанвэ хуан пәнёнди сыхур. Ёнхади эрзы дали нян- чўлэ чын җуонйүанни, сысый ду нянбугуә.

Лилан ба йичеди сычин та җы минбыйли, шукур фә- сы мәдый фор, ё ще хундан чини.

Йи-лён тян литу йүанвэ ги Лилан нын дафа җюшы җюгы жын вынлэ, Лилан дайинли мәю. Тинҗян фә- сы Лилан щихуан, йүанвэ фидоди бин жын, йигулў фанче фәди җё куә—куәди ба Лилан чиндилэни.

Ди эртян, йүанвэ нын зуҗуанли та дэ Лилан зэ җёнҗүн ямынни, тунчў сыгы җынҗян, ба хуан пәнёнди хундан зәмусы дапый нецон дэ цэбыйди зыби щёдёли.

Ливон ду мә дынчў ди эртян, зу нэ йитянди хушон җё Лилан дэ эрзы доли тади җянили, та гуә чи, доли Лилан- ди җянили. Ливон канди йүәлён чўлэ җоди ман йүанди лён, та зозор фигуанди кәфи е лэли, җё Гуйхуа пу чуон, нуан бирни.

– Йүанвэ бә шон чи, – Гуйхуа фәди,

– Җёнлэ вәсы ниди, монди зў сани.

– Ходихын, – йүанвэ бу ган фә җунхуа, – цы йиха бу, зади.

Җинту Гуйхуа канди ба йичеди сычин җё зўван, кә- җя бан-енили.

Гуйхуа доли йүанвэ гынчян зуәхали. Ливон гощинди ба Гуйхуади шу дэчў вон чуоншон латуәли.

– Жин-еванщи вә дэ йүанвэ тунбулё чуон, йинцы йүә зуәче хан мә гуә сышы тянни, – Гуйхуа фәди,-йүан- вэ жыннэ йибан—тян.

Ван ли, ву йүнди еванщиди тяншон мин щинщю ман- дини, да щибонгы шонлэли йи куэр хи йүнцэ, фын чуйшон долэли. Залуй йищён, җынди луфон ду дунтандини, дян шанди диха ду лёнли банхуэй. Гуйхуа бу җянли, зущён- сы лӯфон дэ йичеди йүанзы җё тэфын йиха гуадёли. Ли- вон шындо тӯ фонфорни, җё луй җын йүнли, зэ мыйцо- шон пади са ду бу җыдо.

Лилан гуон щинэли йүанвэди ди сангы пэнён, таму эрви тунли чуон е мә тинҗян щён залуй, чи тэфын, мэ- җыдо Гуйхуа җуанхуэйли җя, йүанвэ шындо тӯ фонфор- нили.

Ди эртян Ливонди щёнсыр бин е ги холи, җүәмуди дӯзы вәдини щён чы йидярни, са ду мәюди. Йүанвэ дӯзы вәди ба нэ хур Лилан зэ та гынчян нэха вәди сылён че- лэли. Ба зыҗи манйүанди фәсы та щинли куйли. Мәдый фор подо Лилан гынчян чи, нэгоди ё щер чыхэни. Лилан кангилийиха Ливон кә е нэҗон, ба да пәзы туйги хан гили щезы чян дафашон зули.

Зэ йүанвэ гынчян мә сын–ёнди сан пәзы, җяли Ли- лан ёнлигы нүр. Йинцы җищён лунвонди нүзы, Лилан ба зыҗиди нүр нангили–Гуйхуа минзы.

Лилан дэ йичеди чонгунму суанли җон, ба ди дэ тугӯ- му дасангили. Ги зыҗи шынхади цэбый ба эрзы, нүзы ду гун–ёнди нянчынли. Эрзы чынли җуонйүанли, ги Дун- хэ яншон луйли бан тян годи хуншыта, йинцы җищёң зыҗиди Гуйхуа нёнмузы.

ХИТУЧУН

Нэхурди гуонйиншон ю йигы жынлэ, минзы җёгы Фуди. Та гуэди ги щёнзыни мэю ба са гэшонди, ги гуэни мэю ба са щяшонди, ги шыншон мэю ба са чуаншонди,куни мэю ба са чышонди гуонйиин. Фуди сыщёнди жын- му ба та гуэди гуонйиин канбуҗянли, кэ виса җӯ буҗыдони. Фуди канди сы сый ду бу ба та щитӯ йиха, җӯ е ба та бу цымин йиха, та зыҗи чӯчи щинди зо йүнчи чили.

Йүнчи зэ натарни, замуҗя ба йүнчи нын зожуэ, Фу- ди сылёнли җи ванщи. Фуди тингуэ, ложынму фэди шы- җешон бобый дуэ, кэсы ду зэ шынсанни, җё җинчи дэ ёгуэ ба жын дӯдонди, зобуҗуэди набушон. Чӯгуэ җинчи дэ ёгуэ, лон чун, хӯ, бо, ба жын е нын чыдё.

Фуди ба жыще данщүан, щүанкун сылёнли. Та фэсы ву щин гуэ ву чыхэ, мэ чуандэди гуонйиин, бу па җё лохӯ, бо- зы чыдё, бу па җё җинчи, ёгуэ чанчӯ щдё. Фуди ба лан җю дунщи мэчын чян, мэли щер кулён шонли лӯли.

Җинли санку, Фуди ножуанли, буҗыдо дуннан, щи- быйли. Та җыхур зусы щён җэхуэй зу еба, да санни чӯ- булэли. Фуди дыйдо фанли дуэшо го сан, гуэли дуэшо шын фи, та шули хошоди данщүан, доли йигы санщяни- ли. Йи лӯ Фуди йүҗянли җичин, фубучинди лон, чун, ху, бо, кэсы та мэ быйзади. Җытар, Фуди зуэха сыщёнди, та зули җыще лӯли, мэ йү са сы, данпа нын ба бобый зожуэ.

Фуди ба лилён хуаншон, кэ вончян шыканди зутуэ- ли. Зэ шыщяни чуанди зудиниса, лойүанни канди йигы нэкан ба лӯ дончӯли. Җинту до гынчянса хушон хили. Фуди зынбади шонли нэкан готу йиканса, пинпирди йи- гы шыту тан. Та фали зу тонха мэжүэжүэ дюли дунли. Фуди эрфынни тинди зущёнсы щён луйдини. Җин щинлэ канди тянчи чинчирди, сы натар мэ ю са щёндун. Фуди зуэха тиндиниса, йиха мынгәзы хәлынлынди щёнтуәли, кә зущёнсы щён луйдини, кәсы мә зэ тяншон, зэ ди литу щёндини. Канса, тади нян мянчян да ди литу мочўлэли йитё гун. Хидини канчи гунди йи тур хундини, йитузы хидини. Фуди чёчихали, буган вон гынчян чи, йичыр до дунфон фа бый. Лёнли та до гынчян йиканса, мочўлэди нэгы гун цэсы мингуон-мингуонди бон. Фуди ба бон вон- че йинаса, гәзади йигы щёншын, зущёнсы залуй щёнли йиха, ба та җынди йүнгуәчили. Фуди сыса бужыдо зэ диха тондини, лэли лёнгы гуәвә. Йигы гуәвә фәсы: «Ба җыгы җё чончун— җинди шынчи җын сыли.» Данлинди нэ йигы фәсы: «Дансы җын сыли, ба җыгы Лан-ён бон гәдо тади шущинни, җё та хуә лэчи».

Гуәвәму зули, Фуди хуәлэли, нянҗин зынкә йиканса, бонди хун тур зэ тади шущиннини. Фуди ба бон щищён щийиди канли, хабасы бобый нашон ё зыянни, зэ сашон сыдон йихани».

Җинту да саншон халэ, кәҗя хушон хили, Фуди фа- ли зуәха хуандини. Ту йи диса канди җүә диха нёли җон- ди майичунзы сыхали йи да дуй. Фуди ба сы майи на тади бон вон кэни йи бәса, сыдёди майи ду хуәли луан потуәли. Дюха ийгы җон бонборди да майили дўйчў Фу- ди фәчў жын хуали. Җысы майи вонзы, ги Фуди долигы ще фәсы: «Вәмусы сыдёди майи, ни җё кә ду хуәли. Вәму ба ниди нынчин вонбудё. Ни дансы доли нанчўрли, вә ба йичеди майи линшон ги ни хощин жын хуан нынчин чини».

Фуди ба майи вонзыди хуа тинли фәсы: «Зыёсы ниму ба вәди нынчин бә вондёли, нэ зу ходихын».

Майи вонзы зули, Фуди сылёнди зусы майи суй хуә- вәр еба, таму җыдо жынди нынчинни, ги жын е ю чур сыйүнни. Җытар Фуди минбыйли, та дыйхади бонсы бо- бый. Ба җымуди бобый ложынму фәсы җёди Лан-ён бон хуэйҗәсы Йин-ён бон. Бонди йин тур нэ йихани ба хуәвәр нын дасы, бонди ён тур җы йибонгы ба дасыди хуәвәр нын бә хуә. Йинцы җыгышон ба җыгы бобый җёдисы дасы бә хуәди Йин-ён бон.

Фуди гощинди вон хуэй зутуәли. Та йинсысыр чўли санку, доли пин лӯшон жянлигы сыдёди чицунзы чончун. Фуди кə зэ чончуншон сыдон тади бобыйни. Та ба чон- чун на бонди ён бонгы йи бəса, чицунзы хуəли. Канса, ги Фуди на жын хуа фəди: «Нисы ю хо щичонди жын, вə ба ниди нынчин вонбудё. Ни дансы йүли нан сычин, вə да- җю ни чини».

– Ходихын, – Фуди фəди, – вə щинфу ниди хуани.

Фуди канди чончун җинли цоли, та челэ кə зули хын йи җезы лӯли, доли люцошон зуəхали. Зуəха хуандини, та канҗян йигы мифур сыдо цошонли. Фудиди щинни гуəбучи ба сыдёди мифур е җю хуəли. Мифур фичелэ зэ тади тушон жоли җигы ванзы луəхали фəсы: «Нисы вə- ди ю да нынчинди жын. Вə ба ниди нынчин вонбудё, вə гини бу нынчинчини».

Җысы мифур вонзы, хуа фəба, фишон зули. Тынли бу дади гунфу, вонзы линди лэли җи шы чян мифурму, ба Фуди гыншон йичыр сундо фулин гынчянли.

Фуди җинли фулин канди, хуонлиди фуезы вонха де- кэли, вончян зули йижер лӯ, та пынҗян йигы фугынни папузы фиди йигы жын. До гынчян чиса, цэсыгы сыжын, җибыйшон дыйдо жё са толигы кӯлун. Фуди сылёнди, та ба жын бу вон хуəни җю, ба са вон хуəни җюни. Ба җи- быйшонди кӯлун на нини манди чучў, та ба сыҗын на Йин-ён бон бə хуəли. Сыжын хуəли, челэ йиба да Фурди линхуəни сўчў фəди: «Ни ба вəди ма, машон туəди җы- чян хуə гиги. Ни дансы бу ги, вə ба ни годо гуаншонни».

Фуди тинҗян җымуди хуа шыли йиҗин. Та ги хуəли- ди сыжын фəсы: «Вə мə жян ниди ма лян хуə. Нисы сы- дёди жын, вə ба ни җю хуəли».

Хуəлиди жын тинди фəди тасы сыжынлэ, йүəщин дэ Фуди ноди җынху дали. Фуди чян фə, ван фə, нэгы жын нин гучў ёхагы ма лян хуəни. Канса, ба Фуди лашон ё җянгуан чини.

Зудо лӯшон Фуди ба ложынму фəхади хуа сылёнче- лэ, та йиха минбыйли щинни фəсы: «Шышон ю йихор жынни жёгы Хитучун. Ги

Хитучун ганбудый хо, бə ги щин нынчин. Дансы ни ги Хитучун ганха щезы хо нын- чин, жё юли лянмян дыйли шы, нэгы сыхур та ба ни бу сыйүнли, зу вондёли. Нисы тади нынжын, та зу донкэ чужынли».

Фуди хан ба Хитучун мэю сылён ванни, таму кэжя доли щянгуан ямын гынчянли. Хитучун ба Фуди гоги щянгунли. Та фэсы, Фуди ба тади ма лян хуэ дё- чёнли. Щянгуан ба лёнгэр вынлигы «жюжю башы йи» мэ минбый. Та йикан жысыгы хўдў гуансы, дафадо жин- чынни жё вынчили.

Хуоншон ба жыгы гуансы йитуэги тадизэщён жё вын- ни. Зэщён щян ба Хитучун вынли. Хитучунди щинни жуанзы дуэ, зуй куэ, шэту жян, та ба Фуди фэчын зыйкули, Йин-ён бон е чынха тадили.

Фудиди жыщин, хан мэ зуймазы, ба зыжиди юли фэ- булэ, та до фэди ба гэжын вандо зэщёнди вынти литули. Йичеди вынву да чын канди чуан ланбудин йишонди Фу- ди хан нын ю Йинён бонма, таму е мэ нафу Фудиди хуа.

Зэщён ба Фуди вынчын дёчёнли мэмэжынди зыйку, ядо йүнили. Йүни лынди Фуди зуэбучў, зочи та вон вэту йиканса, быйфон луэли йицын.

Хитучун ба Йин-ён бон гиги хуоншонли, хуоншон ба та жунчынли жин бо жуонйүанли.

Ба Йин-ёнбон гэдо кўфонни, ги мыншон суэли жи ба суэзы, фонхади жи бый цэжынму жё канхали.

Хитучун на щүанкун хуа ба вынву да чынму фэди жё щинфули та, пинди нэйихуэди фубон, хуоншон ба Хиту- чун шындо чынщёншонли. Та мущёнди чү хуоншонди нүзыни.

Фуди зэ йүни са е бу жыдо, Хутучун ги та ду мущён- ди са сычин. Кэдо хо, Фуди шы йидяр зыни, та ги хуон- шон жёнжюди щёлигы жуонзы. Фудиди жуонзышон фэди, дан ба Йин-ён бон ги та ги йихар, та жё хуоншон, йичеди вынву да чын, нын жыдо тади шыдашыди сычин.

Хуоншон дэ зэщён, Хитучун йи шонлён, Хитучун фэ- сы, дан Фуди ба Йин-ён бон зожуэ, та ба са ду нын зў. Йинён-бон ги зыйку гибудый, щян ба та ё зыян йихани. Йинцы зыян, ги Фуди ба йи ду хун гўзы, дэ йи ду бый гўзы хуэдо йидани, надо йүни чили. Гуанжын ги Фуди фэли:: «Хуоншонн жё ни йиванщи литу, ба жы лён ду хун гў- зы дэ бый гўзы фынкэни. Дан до дунфо фа бый чиди сы- хур, ба хунди лян быйди фынкэ, ги ни динхади же ту- ди зуй».

Фуди дуйчў гўзы канхали, мэ жуйиди бу жыдо зў са- ди сычин. Та сылёнди жы дусы Хитучун чўхади жуйи. Фуди жын сылёнди юцундини, да мынфынзыни жижи-ба- бади жинлэли йигы жон боборди да майи.

– Хо вэди нынжынни, – майи фэди, – ни бэ юцу- ли, вэму ги ни бонмонни.

– Ниму гивэ замужя бон монни, – Фуди фэди, – хуоншон жё ба жы йи дуй хун гўзы дэ бый гўзы ган лён фынкэни, Дан фынбукэ, миргы же вэди туни.

– Ни бэ юцу, ни фи жёчи, – майи фэди–вэму ги ни зў хуэни.

Фуди гощинли, фиха сылёнли тади минйүнли, до бан-ени, та сылён фали фижуэли. Ба мынди яйи да мынди кўлуршон канди Фуди мэ жян гўзыди, фили жёли. Тади щинни фэсы жы зу мир ганзо Фуди нэ дони. Яйи канбужян дихади майи чунзы, фынчын лён банзы чеди фын гўзыдини. Йи базы майи чеди хун гўзы, дан- линди йи банзы чеди бый гўзы.

Ганзо йизор, гуанжын ба мын кэкэ йиканжян, лён дуй гўзы, хундисы хунди, быйдисы быйди, таму чёчиха- ли. Жинмонди зу ги хуоншон ба щин богили.

Йичеди вынву да гуан е ду чёчихали, хуоншон зыжи е чёчиди фэсы Фуди ба гихади хуэ зўшонли ё фончўлэни. Вынву да гуан тинди хуоншонди хуа е ду щихуан, жё ба Фуди фондёни. Канса, Хитучун фэсы: «Ванжын ба Фуди вончў фонбудый, тасы фифан жын. Та нын йиванщи ли- ту ба лён ду хун гўзы дэ бый гўзы жянкэди жын, зусы дин лододи зыйку. Дан ба жымуди зыйку фончўлэ хан ю данлинди жынму хуэди лўнима? Ба жымуди фифан жын ё садёни, бэ жё та зэ замуди гуйни чуан сычин».

Хуоншон йитин Хитучун фәдисы хо хуа, кә җё ба Фу- ди няха, тин йи-лён тян дин зуйни. Хуоншон до хан ба Хитучун куаҗёли фәсы тади ю жяншыди чынщён.

Фуди тинжян ба та бу фон, до хан ги дин зуйни, йи- ха шон щинди луәли луйли. Йүә сылён, йүә шон щин, та кӯди жё нянлуй дудур ба зыҗиди йишонди чянҗин ду дэ шыли. Фуди кӯди фәсы, жын мә гундоли, хуоншон е мә гундома, мәбисы жӯ е ги мәю гундолима, хуэйҗәсы та ба бу гундо канбужянма?

Канса, Фуди тинди мын гынчян «шы, — шы — шы» йигы са дунщи щёндундини. Та хан мә тин минбыйни, вон тади гынчян йигы са сӯлюлюди лэдини. Фуди гуон канҗянли лёнгы суйсурди хун дяндяр жодадини. Чон- чӯн ги Фуди йи фә хуаса, та цэ жыдоли, нэсы чицун- зыди лёнгы нянҗир.

– Хо вәди нынжын-я, – чицунзы фәди – ни за жымужя шон щинди кӯдини?

– Вә кӯди шышон мәю гундо, – Фуди фәди, – йин- цы жыгышон вә будый хуәли.

Жы дусы Хитучун хэ нидини, – чицунзы фәди, – Ни бәю пәфанли. Ни нэхур ба вә даҗюли, жыхур вә да- җю нилэли. Ни нын да йүни чӯчи, хан дый хо сычинни.

– Хуоншон ги вә дин зуйниму — Фуди вынди, – ни замуя ба вә даҗюни?

– Вә ба ни нын даҗюха, кәсы ни ё тин вәди хуани, – чончун фәди: —Миргы жын тян шонву, хуоншонди нү- зы зэ гуанйүанзыни лонди сан щин чини. Вә суанжыха ли, та яндин до щён гуйхуа гынчян чини, ба йигы да гуй- хуа на шу дэчӯ вонха җәни. Вә зу чандо нэгы хуар ган- гаршон цонхани. Хуоншонди нүзы йи җә нэгы гуйхуади сыхур, вә ба тади щёмугар щеви дин йихани. Да вә дин- хади шоншон та дый бинни, сы нагы дэфу ду канбухо. Вә ги вә динхади шоншон нын ба йүә гиги. Дансы йиче- ди дэфуму ба хуоншонди нүзы канбухоли, таму ду бу ган лэли, нэгы сыхур ни зу фэсы, ни нын ба хуоншонди нүзы канхо. Замужя канни вə хан ги ни фəни.

Фуди ба чицунзыди хуа тинли щин куанли. Чончун зуншон зули.

Ди эртян, жəту чўлэ ба цошонди лўфи жо ганли, фу- шонди лю еер ду люзанзарди, жоди диха хо лён йин-ён, жынжын ду щён зэ фудиха хуанни. Йиванщи гуанйүан- зыни кэкэди гэшыгуёнди забан хуарму щёнди чўн бизыди цуан. Шон быйзи заерди чёчёрму ду жёхуанди хотин вуэрди. Зу жыму зыжан чинщюди сыхур. Хуонгўнён сан щинлэли. Та чуанди зущён вынзы бонбор бəди нинса дуанди йисан, жёйүнён линдини, лёнбонни зуди пыйбан нүзыму, хуту гынди жи шы дуй яхуанму жинли йүан- зыли.

Да хуайүанни гуэди сыхур, Хуонгўнён ба йигы да гуйхуа канжян занхали. Та фəди: «Жы йи дуо гуйхуа за жыму хоканса!» Ба жыгы хуа тинжян жигы пыйбан нүзыму йиха подо хуар гынчян чили. Хуонгўнён бу жё ду хуар: Канса, та зыжи до гынчян йи жə гуйхуа- са, хуар ганганршон цонхади чицунзы чончун ба тади щёмугар диншонли.

– Эё, вəди шу-я, Хуонгўнён ханли.

– Хуонгўнён, – жёйүнён вынди – ниди шу зали?

Канса, пыйбан нүзыму йиха лэ, ба хуоншонди нүзы ду вичў вынди: «зали, зали?» Хуаршонди моцы ба вəди щёмугар зашон вə хан- ли йишын — хуонгўнён фəли.

Тынли бу дади гунфу, хуоншонди нүзы жүəмуди та бу фонкуэ жəхуэйлэ зу биндоли. Чониди жын дэфу ба Хуонгўнёнди мый холи, ги та гили йифу дин ходи йүə чы- шон мə суанса, бин хан дозэлэ жунли. Хуоншонди йижя- зы жынму ду луанхуонли, бу жыдо зў сани, дэфу мə жу- йили, жёйүнён лян йичеди пыйбан нүзыму лян хэпа дэ юцу. Хушон чицунзы подичи ги Фуди фəсы, та ба хуон- шонди нүзы динхали.

Гуэли лён-сан тян, йичеди минжынму ду тинжянли фəсы хуоншонди нүзы дыйли бинли.

Жын дэфу лян чониди дэфу шонлёнли ю шонлён, за- мужя ба

Хуонгўнён нын кан хо. Таму даҗя пыйли йи- фу шон йүә җё хуоншонди нүзы хэшон е мә суан са. Канса, хуоншон шыли җили, җё ги йичеди чынпуни ба җин фалин гуашонни. Фалиншон щеди фәсы: «Дансы нагы дэфу ба тади нүзы нын кан хо, хуоншон зу ба та җо фумани».

Зочи ба фалин гуачўчи, нан шонву дуан, Җинлуәбо- дян гынчян лэлигы сан чян дуә шонян дэфуму, лён чян дуә җуонбанхади дэфу чуон йүнчи лэли. Чониди җын дэфу чўчи фәли: «Дансы найигы дэфу ги хуоншон- ди нүзы холи мый, җуали йүә, кәсы ба бинжын мә канхо, зу ё ба нэгы дэфуди шушон дади сышы банзыни».

Данзы дади, мущён дый хо йүнчиди шонян дэфуму, җя җуон дэфуди жынму ду ба Хуонгўнёнди бин мә кан дый хо, йиҗя ду нэли сышы банзы. Таму литу дуәди жын му шу ду җундёли, чынха баннянхади, хан ю дыйли бин- ди, вучондёдини.

Хуонгўнёнди бин йүәщин җунли. Зу нэгы сыхур, Фуди ги кан мынди фәли, та нын ба хуоншон нү зы канхо.

Ба Фуди хуа бошончи, хуоншон чёчиха, та сылёнди лэли җи чян дэфу ба Хуонгўнёнди бин ду мә канхо нэли дали, йигы Фуди, фанжын хан нын зўлёгы са. Хуоншон дэ җыи гўннён йи шонлён зэ мәю җуйили, ё ба Фуди фончўлэ җё кан нүзыди бинни.

Хуоншонди цэжынму ба Фуди щиди даҗә җин, чуан щин, җё чы бо, линдилэли. Ба йиче гуанжынму чуандилэ җё капди, Фуди ги Хуонгўнён хо мыйни. Фуди фәсы, та бу йүн җян ву жын канхади хуонхуа гуйнүди мянйүн, хоҗян бинжынди мыйни.

Фуди зуәдо цэлушон, лали йигынзы хун сыщян. Щянди йи тур бондо Хуонгўнёнди зуә шушон, нэ йи тур та надо юшуни хо мыйни. Йиче хуоншон чониди жын канди ду ба чи били. Таму канди, тин Фуди замуҗя җуә мыйдини зэмусы фә сани. Канса, Фуди ба мый хо ван, челэ фәсы та нын ба Хуонгўнёнди бин каи хо. Фуди җё чониди дэфу ги щер йүәцони, та пый йүә чини.

Хуоншон җё ба Фуди җондо җын дэ фуди җяни чили. Фуди сылёнди дыйдо замуҗя чицунзы җё ба Хуонгўнёнди бин нын хони. Хили Фуди йүан зули йүнили, чончун лэли. Ги еершон чицунзы тӯли йи суй гэдор хи ще. Ще готу, кэтӯли щер дӯ, та панлигы панпар фэсы: «Ба җыгы йүэ җӫдэги җын дэфу, та ги готу деги шы дяр фи хуали, ги Хуангӯнӫнди җунлиди щёмуганшон мэ ийдяр. Щяшынха- ди хуадо йи фэфэр фи литу җӫ бинжын хэшон фиха».

Ди эртян, йи зочи хуоншон кэҗя дафади гуанжын җӫ Фуди лэли. Фуди җыни йидо чи, жонди җӫ зуэха зу хэ ца, чы щи дэчынли. Фуди ба йүэ җӫдэги җын дэфу ба сыйүн йүэди фонзы ду фэгили. Җын дэфу зу мэ ган тан- ман, ги Хуонгӯнӫнди зытушон мэли, җӫ хэли нандунди фихали. Хуоншонди нүзы җүэмуди та йиха чинсынди фиҗуэли.

Җӫ гуэ ели Хуонгӯнӫн чинсыдихын, ганзо челэ зуҗуан- кэли та чыкэли е хэкэли. Хуоншон дэ җын гӯнӫннӫн гощин ди ба Фуди вынли тади нүзы хэли са бинли. Фуди хуэйда ди фэсы: «Жынжынди шынтишон ду ю жыншынни. Жын- шын зэ жынди шыншон чуанди зудини. Дансы жыншын до жынди начарти, нэтар җӫ са чуонли, хуэйҗэсы динли, жын зу дый бинни. Хуонгӯнӫн дыйли бинди йисысы дыйдо са дунщи чуондо тади жыншыншонли».

Йинцысы, зыян Фуди нӫннӫн ба Хуонгӯнӫн вынли. Нүзы фэсы, тади зыту дыйдо җӫ са зали, хуэйҗэсы дин- ли. Ба нүзыди хуа тинли, хуоншон җонхали, сылӫнди Фуди цэсы йигы нынчын жынму. Та чӯли фалин ба Фуди- ди зуй йичеди шэдӫ, җӫ дэ җын дэфу ги чониди жынму канбинни.

Нанчӯ зочян гуанчӯчиди фалиншон, хуоншон ӫ ба Фуди җо Фумани. Дэ җын гӯнӫннӫн йи шонлӫн, хуоншон ба нүзы ги Фуди гини.

Хитучун ба җыгы сычин тинҗян ги хуоншон фэсы: «Фуди зочян ву чы, мэ хэди йигы жын, җӫ та хан нын ги хуоншон җо фумама. Ги та ги йигы суй шонхо е нын гуэдый чи». Хуоншон тинли мэ дайин фэсы, та фэчӯчиди йи җү хуа, яндин ӫ чын сыни. Хитучун канди сычин бу- дуй, кэ фэсы ба Хуонгӯнӫн ги Фуди чӯҗяги е нынчын, кэсы хан дый ба та зыян йихани. Ӫ дый зӯ йимыр-йиӫнди йибый батэҗӫни, дабан йимур—йиенди жюшы гўнённи дэ Хуонгўнёнсы жын йибый. Мый йигы батэжёни зуә йигы гўнён. Йибый батэжё вон гуә тэшон гуэ кэли, жё Фуди жянчи. Та жяншон нангы батэжё, нэгы жёшонди гўнён зусы тади.

Хуоншон ба Хитучунди хуа кә тинли, зу нэмужя шәлү- хали. Фуди кә юцухали, та юцуди замужя нын жыдо, на йигы батэжёшон зуәдисы хуоншонди нүзы. Фуди пәфан- ди зуәдо гуанйуанзыни сылёнхали. Та сылёндини, тади нянжинму канди жәту ба кә хуарди готян фуму жошон, мифурму ду гощинди цэ хуардини. Канса, йигы мифур фишонлэ зэ Фудиди тушон фиди жодатуәли. Фуди ту тэче йиканса, мифур фихалэ луәдо тади жязышон вынди: «Фуди, ни пәфанди зали?»

Фуди ба тади нанчон сычин фәли, мифур фишон зули. Тынли будади гунфу фидилэли йигы да мифур, кә луәдо Фудиди жязышон фәди: «Жюли минди Фуди! Вә дыйли щин ,фәсы ни йүли нанчон сычинли. Вә ги ни бо нынчин лэли».

Ди эртян, жәту мо хуахуарди сыхур, мифур фишон лэ жинли Жинлуәбодян луәдо фушонли. Та канди гәди йи- бый йимур йиенди батэжё, йиха чўлэли йибый гўнён, ду дабанди йиен, жытар мифур шыли жи, фидо кунни кан- туәли. Та канди на йигы гўнёнсы хуоншонди нүзы. Гү- нёнму ду йигы, йигы шон батэжёдини. До жюшы жюгы батэжёшонли, йигы гўнён жын гўнённён линдини, жёйү- нён цапшон зудини, хуту шы фон пыйбан нүму суншон- лэ, шонли батэжёли. Мифур йиха минбыйли, жы зусы хуоншонди нүзыму шонли батэжёли.

Ги йибый батяжёшон ду жё гўнён зуәшон, ба Фуди пыйхун гуа люди дабаншон, жё эршы фон шонянму сун- шончи, зуәдо жёчонни дахади цэпын тунили. Гуанжын ги Фуди фәли, дан батэжё, да тади мянчян тэшон гуә- кэли, жё та цэмуни, на йигы батэжёсы Хуонгүнёнди. Дан- сы Фуди цэжуә, шон нэгы батэжё, хуоншон ба та жо фу- мани.

Фуди фәсы, та нын цэжуә, жё ба батэжёму тэшон гуәни. Канса, мифур фишон лэ луәдо Фудиди жязышон фәсы: «Фуди, ни ба щин фон куан, Хуонгүнён зэ ди жюшы жюгы батэжёшонни».

Фуди фәсы: «Дуәще нили, вә зу шон нэгы батэжё- чини»

– Ни канди–мифур фәди, – вә зэ нэгы Хуонгүнёнди жё готу фини. Ни дан канжян вә, фонщин шон нэгы батэжё.

Ду шәлү тиндон, жинлуәбодянди жын мын йиха кэли, батэжё йигы гынди йигы вончў тэшон зули. Йисысыр доли чонни да Фуди гынчян гуәдини, та суанфурдини.Доли жю- шы жюгы батэжёшон, Фуди йи канса мифур фидини. Та йиха подо гынлян чи, зу воншон бади шонни, Хуонгүнён ба тади бый нуннурди шу дэ банжезы гәбый цычўлэ да Фудиди щюзышон дэчў зу вонжин лади дынтуәли.

– Жюли минди нынжын, – Хуонгүнён фәди—ни цэсы йигы хоханзы литуди, йигы хоханзы.

– Хуонгүнён, ни бынлэсы йидуә фынхуон, – Фуди фәди. – вә бу вон шули щезы щүанкун сы.

Хуоншон, вынву дачын–йичеди гуанжынму ду чё- чиди дуйчў Хуонгүнёнди батэжё жонжорди канхали. Хи- тучун да жынмуди хуәхуәрни манмар туншон чўчи подё- ли. Хуоншон гиди фынфу жё йичеди батэжё жәхуэй до жинлубодянчини.

Хуоншонди нүзы жяли Фудили. Хуонгүнён ба нанжын- ди лисы ду вынди жы минбый, та ги жын гўнённён фәги- ли. Жын гўнённён жинган жё хуоншон гили фынфу ба Хитучўн да гуаншон цэдё нядо йүнини. Да кўфонни ба Йин-ён бон начўлэ, ба йичеди вынву да чын, дагуан жё- дилэ, ба бинма чуанче жё Фуди бёфәли хуали. Жытар зу ги Хитучўн динли сы зуйли.

Жё Хитучўн гуйдо жёчонди донжунни, гуйзушу нади пэдо зэ туни фатуәли. Хитучўн ба тади бәзы фон хачи, бу вон чонни чын, фа пэдоди гуйзышу ханди: «Бэзы чын чон»,—ба пэдо зэ кунни җоги йиха. Канса, Фуди нади Йин-ён бон да хуту чи, зэ Хитучўнди тушон дагили йиха. Жынму йиче ду канди чёчихали. Хитучўн чынха йигы сыжынли, җибыйшон на нини хўхади йигы кўлун.

Җытар жынму канди цэ ду щинфули Фуди фәхади хуали.

Фуди фәсы: «Вә хан җё Хитучўн хуәни. Та ба Йин— ён бон долигы дяндор, на ён бонгы җы йихани ба сыжын бә хуәли. Хитучўн челэ ба Фуди лин хуә сўчў ңәди фәсы, Фуди ба тади җяшә тули, ба та щуанди дасыли.

Канса, хуоншон ханли йишын: «Ба Хитучун бончў, туйчў вумын садёчи».

Ба Хитучун садё, вынву дачын хан хэпа зэ хуәлэ. Таму ба сыжын шочын хуэйхуэйзы, җуондо сынте гуан- гуанзыни, ба кукузы ханчў педо җённили. Зэщён фәсы: «Җыхур ни Хитучўн зэ чубулё шыли!» Минжынди кулюр- шон мә фә цуә.

Нын җю чўн йи, дў чончун,

Бу җю йигы сыжын—Хитучўн.

ЖОНЧЁН ЩИН ЧИЖЫР

Цунчян ю йигы зэ хәяншон жўди щин Лиди лоханлэ. Та зыю йигы нүзыни, шызэ жонди жүнмый, мин- зы жёгы Ланщёр.

Ю йитян, Ланщёр ба зон йишон нашон зэ хәяншон щичили. Ланщёр бян гэбый ма щюзы- ди щи йишондини. Тади йишонди бончў дади «дун—дун» жё хә нэбонгы ги йүанвэ хо цоди йигы щёхуар, жёгы Жон- чён тинжянли. Щёхуәр тэче ту йиканса, йигы гўнён ээ хә нэйихани щи йишондини. Та зу мэжынчў, дыйдо заму- жя гуәли хә, доли гўнён гынчянли. Ланщёр ту тэче йи- кан, щинни фәсы жы нани лэди за жыму гончёнди щё- хуәр. Жончён ба гўнён вынхули. Ланщёр ба щёхуәр жонди Жё зуәхали. Йижя вын йижя, таму йигы ба йи- гыди минзы, суйфу ду жыдоли. Лёнгәр щүанлэ, щүанчи до хушонли. Таму мущёнли, дали жуйи замужя до йида- нини.

Жончён хуэйлэ зу жё лонён чинли мыйжын, дафадо Лижя фә Ланщёр чили. Ли лохан тинли мыйжынди хуа сыщёнди, Жончёнсы йүанвэжяди йигы хуәжи ба нүзы гибудый. Та туйцыди ги Жончён мәю щин ба нүзы вончў ги, фәсы Ланщёр хан щёдини.

Зу нэгы Ли лохан жуди дифоншон ю йи жязы щин Вонди йүанвэлэ. Та ю йигы эржялён эрзыни, жёгы Вонлон. Вон йүанвэ датинди Ланщёр гўнёнди жонщён жүнмый, чинди мыйжын ги тади эрзы фәчили. Ланщёр- ди лозы мә гуан нүзыди чинйүанма бучинйүан, та тўли йүанвэди цэбый, зуәли жўр зу ба щихуан хуа гиги мый- жынли. Вонжя зозоди ба сыса ду шәлү бянйидини, ган- жин ба цэли сунли зу ё жинмонди гуә сыни.

Ланщёр сымуди жысы йигы куй сычин. Та ги Жон- чён фәди жё гуә сыди нэ йитян зэ санку нэтар пучён щижёни. Жончён ги гўнён ба хуа щүха фәсы, та яндин пучён чү чин лэди щижёни.

Йүанвэ ба Ли лохан цуйди сунли цэлиди ди эртян кәжя жё гуә сыни, Ланщёр щинни ю шон щинди хуа ку будый кэ, та зу зыдый зунху лозы, мәдый фарли ё шон чү чин лэди щижёни. Вонжя ба чин чүшон, лаба, суә- назыму ду чуйшон, луә дэ гӯ йиче коди дашон, жынму лян чә маму—йиче чәли йичон со зутуәли.

Зудо лӯшон жынму канжян щижё лэдини, зыфәсы литу зуәди гунщиди гӯнён, ду ганжин ба лӯ тынгили. Таму мә жыдо хуажёни цэ зуәдисы шон щин луә луйди Лижяди нүзы.

Жончён датин жуә чү чинди хуажё лэдини, та шон- ли санку гынчянди йигы нэтушон дынхали. Тянчи чинди ван ли ву йүн, чуан сычу—дуан йишонди жынму гощин- ди фәсы щиннүщүди йүнчи да, йүли жыйигы хо хун тян- чи. Жончён канди хуажё додыйли. ба мёзы на фын лү- донха, вон жёзышон пуди дё щифурчини.

Хуажё жыни жинли санку, мынмынди йиха чили хуон фынли. жынму ду гә гӯли гәли. Хи йүн ба лан тян йисы—санки зо нянли. Залуй йи щён,дян шанли йиха, да хи йүншон халәли йигы чян нян щючынлиди йү ёгуә. Йү ёгуәди зуй жонкэ нэму да, хунди зущёнсы да ще пын, пуди хуажёшон, залуй кэ йи щён, йү ёгуә бужянли, щин- щифур е мәюли. Тынли йисыр, тянчи мын чинкэли, Жынму луан ду поди бу жянли, сан куни гуон шынха фандёди чә дэ кун жёзыли.

Жончён ба жыгы сычин канди ю чёчи, ю чигуә, та сыщёншон хуэйлэ ги лонён щүәфәгили. Лонён фәсы Ланщёр жыхур йүанли, ба та жё йү ёгуә нашон зули. Жончёи ё зо Ланщёр чини, лонён бу жё та чи, фәсы йү ё- гуә надичиди гӯнён сысый ду набудилә.

Жончён сыщён челэ Ланщёр ду зуәбудо, тади щин будин чӯли мын зо Ланщёр чили. Жончён бу жыдо жибо, мә жүәжуә жә лын, фан сан, гуә фиди, зули хын дуәди лӯли, та вон нани чини мәю йигы зычӯ—занчӯ. Мә йинщёнди зо Ланщёр ба Жончён зоди сучын йигы гӯдӯ Жяжярли. Та зуәдо лӯбонни сылёнди, сылёнди, шон щин луә луйди кӯтуәли. Йүә кӯ, щинни йүә нан шу, та мынгәзы тинди зущёнсы лэлигы сый. Ту тэче йикан- са, тади мянчян занди йигы быйхур лохан. Жончён шы- ли йижин, йигы жонзы тёче ба лохан вынхули, жонди жё зуәдо тади гынчянли.

– Щёхуәр, ни кӯди зали, – лохан вынди, – ни ю са шон щин

сынима?

– Вə зо вəди щинэди Ланщёр чини, – Җончён хуэй- дади, – до җытарлэ вон нани чини, вə мəю җӱйили.

Быхур лохан ба Җончён вынгу фəсы: «Зыёсы ни ю бынсы зо Ланщёр чи, гыншон вə зу».

Җончён тинҗян быйхурди хуа, йиха юли җиншын тёчелэ фəсы: «Зыёсы лобый ю нынгу ба вə линшон чи, ни зудо натар, вə гындо нэтар».

– Ходихын, – лохан фəди, – дансы нэгы вончян зу.

Лохан линди Җончён зудиниса, кə пынҗянли йигы щёхуəр. Быйхур йивынса, щёхуəр фəди тасы да чянсан- ни лэди, минзы җёгы Вонлон. Лохан вынли Вонлон зу нани чини, та хуэйдади фəсы зо тади щинщифур чини, чү чинди нэ йитян җё хуонфын гуашон зули. Быйхур фəсы җё Вонлон гыншон та чини, нын ба щинщифур зо- җуə. Вонлон ба лохан кангили йиха, ба ту дянли лёнха, та йүанйи гыншон чини.

Таму сангəр зудо йиданили. Җончён сылёнди тасы зо щинэди Ланщёрди жын, Вонлонсы чү Ланщёрди щиннүщү, лохан долэ хансы ги найигы бонмонни.

Җончёнди щинни фəсы, бу па щя щинкў зу лў, бу чёхў сы са ёгуэ, ё до Ланщёр гынчян чини.

Вонлон сылёнди, дыйдо лохан ба таму вон нани линдини. Йүə зу, лў йүə нанли, бу нэ фанди нин зынди гыншон быйхур зудини. Тади щинни фəсы, зо Ланщёр чиди җыгы щинкў, та задый шухалэни.

Лохан ба лёнгы щёхуəрди щинни юса йи, чяди суан- җыли, линдо йигы да җуонзышон чили. Җончён бу щён җытар занха щехуан, җиди ё вончяи зуни, Вонлон ё занха хə ца, чы фанни, хуан йиванщини.

Лохан ба Вонлон кангили йиха, нингуə шынзы до йигы фонзы гынчян, ба мын дади коли җиха. Канса чў- лэли йигы щёмущищирди лопəр ба таму сангəр җон- җинчили. Лопəр ганҗин ги тади нүр фəди, җё ги ки- жынму җинмонди зў фанни. Лопəрди нүзы чўлэ, җинчи зуди зў фандини, Вонлон канҗян йиха щинэли. Та сы- лёнди дан ё зо Ланщёр чинима, җы есы йигы хо җүнмый гўнён, бу чүшонма?

Жончён жүәмуди зў фанди гунфу дадихынли, та щинни жиди зуәбучў, зэ диха гуәлэ гуәчиди зужуанди- ни. Вонлон зэ коншон щещезы тондини, та дуйчў нүзы жин кандини. Лохан ба Жончён жёдо коншон жё зуәха- ли. Лохан дэ лопәр ламэ, щуан хуондини.

– Вә зыю жы йнгы нүрни, – лопәр фәди, – жинян жё- шон шыбали.

– Ниди жыгы нүзы хан мә ги жынма? – Лохан вын- ди, – ни вонщён ги сый гини?

– Вә чинни ба жы лёнгы щёхуәр вын йиха, – лопәр фәди, – таму найигы чинйүан ги вә жо чинни.

Лохан зу щян ба Жончён вынли, та ё лопәрди нүзы бу ё. Жончён ба ту ёди бу дайин. Лохан кэ вын Вон- лонни, та щихуан бу щихуан лян лопәрди нүзы же хун. Вонлон йиха щёди лян дян ту дэ фәди, та тэ йүанйи дэ лопәрди нүзы чын йи фон, наннү лён кузы.

Вонлон шындо лопәржяли. Лохан дэ Жончён чўли мын ги лопәр долигы ще зутуәли. Зули йи жер лў. Жончён нингуә ту вонхў йи канса, таму занхади нэгы жуонзы бу жянли, нэтар чынха йигы гў фынйүанли. Жончён чёчиди жин занха канни, лохан ханди жё зуни. Та сылёнди ба Вонлон за е канбужяли, дусы фынгўдуй, та мәган вын лохан, гыншон вончян зудини.

– Заму хан ё хын зу щезы лўни, – лохан фәди, – вәди жяфон зэ нэгы сан гынчянни.

Жончён йиканса, нэгы сан зу тэ йүандихын, дыйдо жисы нын зудо нэтар чи.

Жончён фәди, – лўшон шын бә щехуанли.

Лохан йитин сылёнди, Жончён ю жынщин зо Лан- щёр чини зу фәсы: «Вә лоли ё манмар зуни». Жончён жиди вон лоханди туни, туни зукэли. Та жүәмуди би лохан зуди куә, линванни хан мәдый зудо туни. Канди нэму йүанди сан, таму лёнгәр йисы—санки доли сан гынчянли. Жончён йиканса, йигы шыту гэхади фонзы. Фонмыншон дёди йигы щющюрди да суәзы. Лохан ба суәзы кэкә, таму жинли фонли. Жончён канди йиче дусы шыту зўхади дунщи. Лохан фәсы, та фали, фидо шыту чуоншон, жё Жончён ги та на шыту гуә шо цани.

– На са шо цани, – Җончён вынди, – мәю җяди цэхуә.

– Ба шыту пын нашон, – лохан фәди, – зэ саншон шы сунзыр гэдар чи.

Җончён зэ җыгы саншон шышон җигы сунзыр гэ- дар, зэ нэгы саншон шыщер сунзыр гәдар, та зу щищир ба шыту пын шыбуманли. Сунзыр гэдар бу җуә, җин мо янни, ба шыту гуәниди йидяр фи годи шобугун. Җончён җили йиха ба зыҗиди махэ туәхалэ җяшон фи гунли. Та ги лохан ба ца чишонли. Лохан зэ шыту чуоншон диндир тонди, канли Җончён замуҗя фили щинкў, ги та ба фи шо гун, чили цали.

Канса, лохан йигўлў фанче, зуәха фәди: «Щинҗин бон мон е нын чын». Та ба Җончён җёдо гынчян, ба зыҗиди йишон туәхалэ җё чуаншонли. Да шыту чён- фынни чучўлэли йиган мёзы гидо шуни, ба шыту щён- зы җекэ, чүчўлэли йифон хэ гиги җё чуаншон фәсы: «Ни щян зэ Дунсанни чи, гуә Хуәянсан, ба дон лўди мынхў чуәсы, ба тади ще хәли, ба хў пизы чуаншон, зэ до хэдо- ни чи, ба йүвон щёмедё. Нэгы сыхур ниди лў зу кэли, зэ вончян зу, нын зудо Ланщёр гынчян чи».

Җончён ги лохан долигы ще, чўли мын зутуәли. Җён вончян зули шы җи бу, та вон ху йиканса, лоханди шы- ту фонзы буҗянли. Фонзыди вифыншон зущёнсы да ди литу шанчўлэли йигы шысан зуйзы.

Җончён сылёнди быйхур лохан хабасы шынцян, ги та бонли монли. Та йиха юли җиншын вончян бу тынди зутуәли.

Та зудо Дунсанни йиканса, җытар ю хуәянсанни, хуәян ду моди бан тян го. Җончён мә хэпа хуәян, та та- шон гуәчи доли лохўди дунку гынчянли. Мынмынди чўлэлигы мынхў пушон лэли, җё Җончён йи мёзы чуә- сыли. Та ба лохўди ще хәли, ба пизы чўахалэ чуаншон зутуәли. Җончён йүә вон чян зу, йүә юли җиншын. Та хан мә зудо да хэ гынчянни, йиха мын чили хуон фын гуа туәли, хи йүн ба чинчирди лан тян зо нянли. Канса, залуй йи щён, дян йи шан, да хэни шанчўлэли йигы йү- ёгуә, ку җонди хунлонлонди чы Җончён лэли.

Җончён канҗян йү ёгуә вонху тунли лён бу, эрхуэй вончян чяли лён бу, та на фынбянди мёзы йиха да йү- ёгуэди бәзы диха чуәҗинчили. Йү ёгуә хули йишын, тади шынчи җынди җённи чили йи фудинзы годи филон, сан- шонди җи фонзы дади шыту вонха гунтуәли. Хэ- лын—дотынди, тян ё ди дунди, хули йиҗынзы, тянчи чинкэли.

Җончён җонҗор канхали, та сылёнди йү ёгуэ ба Ланщёр цондо натарли. Җыни щинди зо мәю, нэни щинди зо е мәю, та зуәдо хэдони сылёнхали. Канса, хэдони шанли йитё дище. Җончён башон йиканса, литу йигы фонзы. Та зу ганҗин хачили. Канди фонзы җинҗирди зущёнсы буйүан, йүә зу, йүә йүандё Җончён зулэ, зучиди доли хэдизынили, Ба мын дакэ җинчи йиканса, йү ёгуэ ба Ланщёр зэ йигы йүшы жўзышон бондини. Җончён пудо гынчян, ба Ланщёр гэкэ, шула щур чўлэли. Лёнгәр зудини ба нэхурди хуа тиче, лади щүаншон, пиннан ву сыди хуэйлэ, чынха наннү йифонди лён йүан курли.

ЛЁН САНБЫЙ ЙҮ ЖЎ ЙИНТЭ

Щянчянди сыже ю йигы щин Жўди йүнвэлэ. Та ю йигы нүзы,минзы жёгы Жў Йинтэ. Йинтэ жёшон шы чибади суйфушон гуон е бусы ба йичеди жынщян лян цафан щүә тунли, та щеди хо жүнмый зы хан нян вынжон хын хо- тин. Чўгуә жыгы Йин гўнён щүәса, зу щён са, жуонбан сый, нэ зу щён сый, жынжын жыдо Йинтэсы йигы ю жян- шыди нынчын гўнён.

Йинтэ щён зэ Хончынни йигы чўли мирди сыфу гын- чян, ба фу вон шычынни нянди ту сычини. Ба жыгы сы- чин нүзы дан йи тифә лозыди бу жё та нянфучи. Цун жыгышон нүзы сыли йижи, та жуонбанчын суан гуади щянсын чўлэ фәсы:

– «Жонгуйди, суан йигуа!» Ходихын, – йүанвэ хан донсы жыншыди щянсындини фәсы, – суанли, суаншон йигуа!

Дакэли гуа йи суан фәсы: «Жонгуйди жяжун ю чў- мынди жын бә дон, дансы донха зу йү буходи сычинни».

Лохан йитин фәсы: «Ходихын, вә бу дон, жё вәди жяжун пиннан вусы».

«Щянсын» зули хын йигы гунфули, йүанвэ ба нүзы жёдилэ фәли: «Жынли дэ дошон мәю гўнён чўмын нян фу чили лўфу. Ни щён нян чини, вә щихуан, йинцы жё жяжун дый пиннан».

Йин гўнён йиха гощинли, та нү жуон нанбан, шәлү- шон зуни. Лозыди щён диннин сан цун тёжянни, нүзы кәжя жыдоли. Та ба лозыди хуа дончў фәсы : «Вә хын минбый, йү фучин щин фон куан, фонбо вусы жуан хуэй- хуан».

Йинтэ, зущёнсы йитё мыйлин щёхуәр, жё Йинщер яхуан суншон жочў Хончынди лўшон зутуәли. Йүанвэ канди нүзы зуди бужянли, жуан гуә шынзы ба нянлуй цали цэ жинчили.

Зу нэ йитян да данлинди дифоншон чўлэли йигы щин Лёнди чүн

щүәсын, җёгы Лён Санбый. Та е лян Җў Йинтэ йиён, зу Хончынди сыфу гынчян чини. Санбый щё- хуәзы зуди куэщер, ба Йин гүнён до Хўчёнҗынди Цочё- тиншон йүҗянли.

Йинтэ җын зуәди ще хуандиниса, канди лэли йигы щёхуәр, до гынчян йиканса, бынсы йигы хо җүнмый щүәсын. Та ганҗин жонди җё зуәхали. Эржын щуанли тун щин йихәди җынҗин хуонли. Таму мян дуй мян щүанди, щүанхуоншон йижя ба йиҗяди щинфа җыдоли, таму йигы ба йигы щинэли. Җытар җе бэли дищүнли. Санбый би Йинтэ дади сан суй, Йинтэ ба та жёчын гә- гәли.

Дищүн лёнгы йигы бу нихў йигы, йигы ба йигы җо- гўшон зутуәли. Санбый ба Йинтэ лашон шон пә, фушон гуә чё, таму гого-щинщинди доли Хончынни ба фу нян- шонли. Йинтэ фанчон ба Лён Санбый чынхуди җёдисы Лёнщүн. Санбый ба Йинтэ щиханди җёдисы Щянди. Таму чынли җүә-шу либукэди дищүнли, эрмый йигы вын йигыди чыхә, жәлын, гочён хахо. Эржын йигы бу ли йигы, таму чынли тун чуон дў фуди щүәсынли.

Данлинди щүәсынму гўли нян зыҗиди фули, мә щян- йү таму эрви дищүн, кәсы тамуди щиҗы сынён ба Йинтэ канчўлэсы нүзы. Сынён ги тамуди сыфу фәли. Щянҗени тади җонфу мә щин, хучонни цэ нафули

чижынди хуали, Йинтэ долэсы жындашыди нүзы, кэсы мэ дадун гӯнён, жё та нянли фули.

Нэйитян, дищүн лёнгы мян дуй мян нян вынжондилэ, гэгэ ба щүнди эрдуэшон захади эрдуэняр канжянли. Сан- бый луйжун йиха чили нищин зу чёчиди вынли Йинтэли:

– Щянди виса ни ю эрдуэнярни?

Йинтэ тинжян жыгы вынти, тади лян йиха хундо эр- цаванили. мянйүн хунди, зущёнсы та хэли чили. Йинтэ ту диха сылёнли, та ё на чё хуа хуэйдади ба Санбый хун йихани, зыбужан тади сычин ланни:

– Ба вэ сын-ёнха канди вэди минйүн бэ, ба вэ дончӯ нүзыди зали эдуэнярли. Лёнщүн, зэ бэ ю хӯ сылёнди вын вэли.

Санбый тинли хуэйда, та гӯли нян вынжонни фэсы: «Щянди бэ хэ чи, вэ зэ бу нын хӯ цэдуэди фэли».

Йинтэ ман хунли Санбыйли, гэгэ ги та жынли цуэли, кэсы тади щинни гуэбучи. Тади щинни сылёнди Санбый зусы йигы хо шыщин шыйиди щёхуэр, зудый лян та чын йибыйзы либукэди чын фондуй. Йинцы ги зыжи сан щин, Йинтэ ба Санбый жёдо йүанзыни дали йижынзы хуан луэ чючю.

Зу нэйитян хушон. Йинтэ жели жяниди йифын фу- щин, жё та жуанхуэйчини. Йинтэ зыдый жэхуэй, кэсы дэ Санбый шышы либукэ, дозэлэ жё та зуэ-ю ви нан, щин бу дин. Йинтэ щён лян Санбый же хун зысыни, кэсы фэбу- чӯлэ. Йинтэ сылёнди таму чын фон же хунди сышон е мэю йигы жын дон мый, жы жынсы «Йинто хо чы, фу нан зэ. щинни ю хуа, ку нан кэ».

Лозыди фущин либиди Йинтэ ву нэхэди дый хуэйчи. Йинтэ го жя хуэйчини, хэ щю, ляншон фа хунди, ги сынён щүэфэли тади щижунди шыйили. Сынён ба Йинтэди хуа йитинса, щёди фэсы, та дазони жыдо Йинтэсы гӯнён: «Ни щён дэ Санбый же хун зысыни, вэ хан нын ги ни банжы чын».

Йинтэ жинган фонщир гуйщя ги сынён доли щe, нэ годи жё ба тади же хун, чыи фонди чинсы йүанчын йнха- ни. Йинцы жё сычин шышу,

Йинтэ ба шанзышонди йүшы жўр гэхалэ, фонфон шур дизэ ги сынён фэсы:

«Йүшы жўр жўндоншон вэди чинйүан, чин сынён җёдоги Лён Санбый!»

Сынён манчын, манйидин, фэди җё Йинтэ хуэйчи дынхани.

Йинтэ җинмонди шушили, лин зуни цэ ги Санбый фэли, та җели фущин, щинни будин, яндин хуэйжя чини зыдый пе фуфон либе Лёнщүн.

Санбый тинҗян, тади җүэ-шу либукэди. Щянди җэ- хуэй зуни, щинни йиха бу хошуди, мян дэ цуйүн, мэ жў- йи дэдэрди сымухали. Санбый канди Йинтэ ба бофу на- шон зуни, та йиха пудилэ йиба дёшон фэсы: «Заму эр- жын щин лянди ганзы, нянли сан нян фу. Җинтян вэ йүн щинди ё сун ни, шон лўни, йи зан лян йи зан. Жў Йинтэ сылёнди, Лён Санбый сун та е хын хо, дэ щүан хуонди нын ба Санбый тифэ щин, Йинтэ бусы щёхуэр, тасы гўнён. Дан Санбый йи минбый тасы нүзы, тади вонщён зу зэ лўшон шышу нын йү.

Лён Санбый сунди Жў Йинтэ чўли Хончын, фэфэ- щёщёди зудини, Йинтэ канҗян да фулинни чўлэди жын быйди йибыйзы цэхуэ:

Лёнщүн—Йинтэ ханли йишын, – ни кан нэгы жын, ги чижыр быйди цэхуэ вон хуэй зудини. Зудый ни ги вэ вон хуэй, зу җымужя бый цэхуэ.

– Вэ зэ мэю ганди, – Санбый хуэйдади, – кэсы җё вэ ги ни бый цэхуэ зў сани.

Йинтэ тинли хуэйда, та ба Санбый мэ тифэ щин, ю шон чи, кэ ю шыщё, вон чян зудини сылёнди зэ ба са зў йигы бифонни. Канса, таму доли йигы да фикын гынчян- ли. Фикынни лёнгы язы. Йинтэ ги Санбый на зыту зыди фэсы : «Лёнщүн, ба йидур язы кан йиха, йигысы гун-я, йигысы му-я. Ни кан, тамусы йи фон, хо бу хо. Заму лён- гы дан йигысы нүзы, зу нын чын йи фон». Санбый ба язы канли йиха, фэди Йинтэ хан би та нынчын, ба гунди дэ муди нын фынщёкэ. «Данхын йижян,—Санбый фэди,—ни кэ бусы нүзы, будый чынди сычин».

Җыгы хуэйда ба Йинтэ жэди шымый дэ щёрди, Сан- бый хан мэ

жүәлэ вон чян зудини. Йинтэ йиканса, люцо- ди жунжян йивэзы хуар кэди жүнди, готу луэди цэхуар- ди мифыр, та ги Санбый зыди фэсы:

Ни кан, зыжан тэ чигуэ,
Мифыр жян хуар щищинэ,
Хуар йү мифыр лубо хуэ,
Хощён Лёнщүнсы мифур,
Вэ зущёнсы хуар.

Ба жыгы хуа фэли, Йинтэ жэли йигы хуар вын Сан быйдини: — Лёнщүн, ни жисы жэ йи дуэ хуарни?

Санбый ба Йинтэ шуниди хуар канли йиха фэсы: «Вэ щинэ хуар, кэ бу нэ жэ хуар, йинцы хуар зэ дини кэди хокан». Ба хуэйда гили цуйди жё Йинтэ вончян зуни.

Йинтэ сылёнди, та ба зыжи ги Санбый билүн йигы хуар, Санбый хан мэю минбыйни. Йинтэ зу чичонди зу- дини, тинди тяннэ жёхуандини. Ту тэче йиканса, фиди йидур нэ. Та сылёнди жы йидур нэсы хо бифон нын ба Санбый тищин.

«Лёнщүн, куэ кан, жы йидур тяннэ шызэсы хокан. Таму чын фон пый дуйди, йитун шон лўдини, зущёнсы заму эржын, ни сун вэдини. Гуннэ сысы хуэй ту кан му- нэдини, мунэ зэ хуту гыншон ба та хан гэгэдини».

Зу нэгы сыхур Санбый зэ туни зудини, сысы ба ту нингуэлэ ба Йинтэ кандини, Йинтэ зэ хуту жүжү ба та ханди Лёнщүн. Зусы жыму миндаминди бифон, Санбый хан мэю минбый. Та ги Йинтэ хуэйдади: Щүнди би вэ чёнди дуэ, гуон бусы ба гун-я, му-я нын фынщёкэ, хан жыдо гуннэ дэ мунэ жёхуанди фэсы са хуа».

Санбыйди хуэйда ба Йинтэ чиди ду щёчўлэли,щинни сылёнди Санбый ба та шышыр нафулисы щёхуэзы. Лён- щүн хўдўди зўщёнсы мындэщин нэ.

Зуди-зуди таму доли дўмўчёр гынчянли. Йинтэди данзы щё бу ган гуэ. Санбый ба та фушон гуэчили. Жы- тар Йинтэ ги Санбый долигы ще фэди: «Лёнщүн ба вэ щиннэ, тынчонди жогў вэ гуэли дўмучё, хощёнсы

Нюлон хуә Жынү».

Санбый ба жыгы бифон тинли, та хэли чи фәсы: «За- му эржын дусы да жонфу, заму нанзы хан литу зыю Ню- лон, мәю Жынү, кә нани лэди Жынүни. Вә щёнсы Жы- нүма? Щянди ни жин хӱ фә, лан янйү бу хотин.

Йинтэ зу сылёнди жы за жыму шышудигы жын, жы- мужяди минлён бифон ба та тибущин, мәдыйфәр, вон- чян зудини, йүжянли лӱбонни йинян чүан. Йинтэ жёли йишын Лёнщүн, ханди жё кан чүанни, Зандо чүан яншон, фишон ба тамуди йинйинзы жошонли.

Лёнщүн, – Йинтэ фәди, – чин фи чүанни жожянди йи нан, йи нүди лёнгы йинйинзы.

Санбый тинжян йи нан, йи нүди хуа, щинни бу хуә- шуди, та зу нонӱди фәсы: «Щянди ни виса ба вә бичын нүжынли! Замусы лёнгы нан щүәсынму, кә зӱсади чүанни йигы йинйинзысы нүжынди. Зэ бәю хӱлуан бифон вәли».

Йинтэ канди Санбый бу йүанйиди мянйүн ду хун- дёли ,та кә лантуә фәсы: «Вә дэ ни фалигы щё, вәди цуә, Лёнщүн бә шон чили».

Санбый ба Йинтэ канли йиха щёли, фәсы та мәю хә- чи. Таму зудо йидо хә гынчянли. Йинтэ жянли фи юцуха- ли. Ющин туә жүә гуәчи тади щёжүәр, та зу мәдый фәрли ги Санбьгй нэгоди фәли: «Лёнщүн, ни ба вә лади шон гуә пә, фушон гуәли чё, жытар ба вә бый гуә жыгы хә!»

Санбый щёли йиха фәди: «Лэ щүнди, вә ба ни бый- шон гуә!»

Быйшон зуди доли хәди жунжянни, Йинтэ канжян филиту таму лёнгәрди йинйинзыли ,жёли йишын Лёнщүн фәди: «Ни кан, фи литу гунхәмар быйди мухәмар зуди- ни».

Санбый канди мә хәмар, та зу фә Йинтэни: «Щүнди мә хуали, сын гӱсырди фә хуани .Нэсы замуди йинйинзы, кә зӱсади гунхәмар, мухәмар». Дэ фә хуади Йинтэ ба жунзы нёлан ги Санбыйди жязышон щели лёнхор зы:

Лён Санбый, вә ги ни фә,
Ни ба щянмый быйгуә хә.

Гуәли хә, Санбыйди тушон да хан вонха тонни. Йин- тэ ганжин ба шанзы ёнкэ ги Санбый шанди фәсы: «Лён- щүн фали, жинту ба щүнди быйгуә хә».

Санбый хуэйдади: «Зущён ни йиёнди щүнди, ю шыгы вә бу фан нан, вон гуә быйни».

Йинтэ жын сылёнди щинни фәсы, Санбый шыдашыр ба та щинэдихын. Та ба хәяншон йигы щёвар дан фиди түнтур канжян чон чўли йикучи. Йин гўнён сылёнди Сан- бый мынди, зущёнсы муту, годи тибущин, та бу минбый Йинтэсы щинэ тади нүзы. Йинтэ фәди:

«Тэгў мутун, ти е тибущин».

Санбый тинжян жыгы хуа ги Йинтэ фәсы: «Ни фонха лў бу зу, бу сыщён заму эржын за шәдый ликэни, жин- сы жыгыли, нэгыли фә бу ванди хуа».

Йинтэ йикан Санбый хули, та зу кэ жын цуә: «Щёди фә хуа, бу лю щин, Лёнщүн бәю ну чисын».

Санбый тинжян Йинтэ жынли цуәли, та мә нянчүан зэ туни-туни зутуәли. Зули йисыр, Санбый нин гуә ту йикан, щүнди лали хули, та зу кә жәхуэйлэ, ба Йинтэ да шу лашон зудо Цочётинни хуанхали. Зуәдини Йинтэ канжянли фушон лёнгы хуа щичё:

– Щичё дуйчў ни дэ вә жёхуандини, – Йинтэ фәди, – вә куәму заму эржынди жунжян ю чинсыни.

– Щёнче щичё жёхуан ю чинсы, – Санбый фәди, – вә цэму ни хуэйжя, фә гўнён чү щифурчини.

Санбыйди хуэйда ба Йинтэ жә щёли, та кә ба Лёнщүн вон минбыйни тифәли йиха: «Вә нын дэ жын пый дуй, кәсы чү щифур чынбулё фон. Вә вын Лёнщүн, ни динха гўнёнли мәю?» Санбый тинжян жыгы хуа, мын ба ту тэче дуйчў Йин- тэ вынди: «Щүнди ни за ба вә жымужя цо щинни? Ни жыдоди минли минбыйди вә мәю чүгуә щифур, ни кә вын- ха вәди са сычин?»

Йинтэди мянйүншон йи хун, шымир дэ щёди-хуэйда- ли: «Вә вын нисы, Лёнщүн дан мә щифурли, вә ги ни дон мыйжын фә щифурни.

– Ни ба сый ги вә фәгини—Санбый вынли, – ни кә жыдо сыйжя ю хо жүнмый гүнённима?

– Вә ги ни ба вәди мыймый, минзы жёгы Жюмый фәгини, – Йинтэ хуэйдади, – та лян вә жонди йимыр йиён. Йинцы вәмусы фонсыр. Жюмый нүзыжя би вә эр- вазы жонди жүнмыйди дуә. Вә кә бу жыдо, ни щинэ та бу щинэ?!

Санбый тинжян же хун зысыди хуа, мянйүншон дэли щёчи, щинни щихуанди хуэдали: «Дан Жюмый лян ни йиёнди мянйүн, вә хан ю бу щинэдинима? Чин ни, Щүнди ба жыгы мый гуанйиха, вә ги ни добуванди ще».

Йинтэ ба Санбый вон шышуни диннинли фәди: «Же хун чын фонсы да сычин, йинцы жыгышон ни яндин ё куэщер лэни».

– Вә йибый тян зылуй нын дочи—Санбый фәди, – вә ги ни ще фущинни.

Жытар, таму йигы ба йигы бочў тыннэдини, Йинтэди шыншон зущёнсы жёли йи гонзы хуажёфи, та йиха муди жанкэли. Эрви ду быйгуэ шынзы цали нянлуйли. Йижя ги йижя фәлигы хочиди, нин гуә шынзы лёнгы да лёнхани зукэли. Тамуди щинни нангуэли, йигы ба йигы, нин гуә ту, мә ган кан, ту дишон зули.

Жў Йинтэ хуэйчи сылёнди, та ба зыжи ги Лён Сан- бый щүгили, хан бу жыдо лозыди ба та щү ги пон жынли. Йинтэ ба тади сычин буган ги лозыди фә, та гэдо щин- ни дали жуанжызы годи мэю йигы жўйи.

Зу Жў Йинтэ жўди дифоншон ю йигы Матэшу да гуанлэ. Та зыю йигы эрзыни минзы жёгы Мавынцэ. Ма- вын гуон е бусы тади жонщён бухо, тасы лозы гуандоха- ди эржялён. Та фәли жи жязыди нүзы, чинсы мәдый чын. Матэ кә тинди Йинтэсы йигы хо мыймо гүнён, ба щянгуан чиндисы мыйжын фәчили.

Йинтэди лозы түли Матэди гуаншы дэ цэбыйли, бу- гуан жынди хахо, та мә тувын нүзыди чинйүан, зу ба хуанци хуа гили. Матэ ги эрзы дин щифурни, ба хуон- шон ги та шонхади фынхуон жинзанзы сунли лищёнли.

Йихуэй, Йинтэ жын зэ гуйфонни ще вынжондини, щянгуан лэ дэ Жў йүанвэ щүан хуондини. Да жытар нү- зы цэ тинжян, фэсы лозы ба та щүги Мавынцэли.

Ба жыгы хуа тиндо эрфынни, Йинтэ йиха цумый бу- жанди, е бу хэли, е бу чыли, та химин сылёнли зыжиди минйүнли. Лозы ба нүзыди бу йүанйи жыдо, кэсы мэ ган вын, Йинтэ зыжя фэчўлэли. Та ба лозы манйүанди фэсы: «Фучин, ни ба вэ дон вавадини».

– Хо вэди Йинтэни, лозы фэди, – ни бу лян Мажя- ди эрзы же хун, дэ сый чынфончини. Вэ ги вэ, мэ тў цэ- бый, ги ни вонщёнли хо гуонйинли. Ни дан бу тин вэди хуа, ни зу бусы щёчўн лозыди нүзы.

– Вэ бу тў фугуй, бу ё гуаншы, Йинтэ хуэйдади, – вэ йүндисы пинфын сы, ёдисы лян вэ йинтун нянха фуди щинэ жын.

Йүанвэ йиха шыли жи ляншонди йүнян ду бу дуйли, та ту диха хў сылёнкэли. Та щинни фэсы, Йинтэ зэ Хончынни нян фуди сыхур, данпа ганха ву лян мянди са- сыли, ба нүзы шынвынди жё ги та шыдашыр фэни.

– Шысы вэ бу щён манхун ни, – Йинтэ фэди, – вэ зэ Хончын ба фу дў, щүэсынди жунжян йүли Лён Сан- бый. Вэму йигы щинэли йигы, вэ зыжи чин ку ба вэ щү- гили та, шанзыди йүшы жўрсы динли чинди хуа.

Лохан йитин жыму ёнди хуа, чиди та хище щинни фанли жиха. Ги Йинтэ фэсы: «Жын чўшылэ до вужин, на югы нүзы ги зыжи ба чин дин. Мажя ю гуан, ю шы, ю цэ, санмый люжын фэ ни лэ. Дэ жымуди жын бу жё хун, ёдисы Санбый мэю сысади жын».

Нүзы дэ лозыди жын жонди жёндиниса, мыйжын кэ лэли, Йинтэ дуэшон зули. Та фучин ба гуэ чин сыди жы- зы линхали.

Йинтэ тинжян жыму бу пынфынди хуа, та луэли луй, кўли зыжиди минйүнли.

Лён Санбый жэхуэй до фуфонни лэ, туэли йишон та ба Йинтэ ги йишоншон щехади зы канжян нянли. Да жы- гышон Санбый цэ жыдоли Жў Йинтэсы нүзы. Тади щин зущёнсы гункэфи лүли. Та жүэмуди фуфон куандали, бан йүан кунхали, до натар ду лынчинчинди, та занбучўди зуәбудо, бужыдо зўсади сычин, Санбый ба фубыр нашон фанди канли йиха ландый нян, юбудыйди та щин- хуон монлуан. Та подичи фоншур ба чуоншар туйкэ вон вэту кандини ,канлэ, вончи е гэбянлё тади щинхуон. Сан- бый йиванщи мә фидый жўә, фан шын гуә лэ, фан шын гуә чи, та сылёнли зу Йинтэ гынчян чини.

Мәдынчў тэён чўлэни, Лён Санбый зэ сыфу гынчян го жячили, фәсы та хуэйчи кан лонён чини. Сынён ги сыфу фәли: «Санбый го жя бу кан лонён чи, та зу Йинтэ гын- чянни». Санбый тинжян жыгы хуа щюшыфали, йихун эр хуонди бужыдо ги сыфу фә сади. Жытар сынён фәсы: «Лён Санбый бә хэ щю, Жў Йинтэ би ни чён, ба шанзы жўр ги зыжи динли чин». Ба шанзыди йүшы жўр ги Сан- бый щұан гиди фәли: «Жы зусы Жў Йинтэ дэ ни же хун чын фонди хуаншу... Ни ё жинмонди чини». Санбый ба йүшы жўр жешон, ги сыфу дэ сынён долигы ще, чўлэ шә- лүди зуни. Щұан шәлүди, Санбый ба Йинтэди мянйүн дэ щинфа сылёнчелэ, та хынбудый йибу чядо Жўжяжуонни. Педи пели, лёди лёли, шонлўди бофу шуче зутуәли.

Зудо лўшон ба Йинтэ фәхади бифон сылёнчелэ, та фәди дусы зыжиди цуә. Бу гуэ Йинтэ ба та биди зущён- сы мутун.

Щинни фа жиди, Санбый ба лён бу лў, дончў йи буди чяшон зудини. Мәту сан лён тян, та кәжя доли Жўйүан- вэди мыншонли. Санбый мә танман щсли йигы миндан дафажинчили. Лён Санбый щеди та яндин ё дэ Йинтэ йү йи мянни. Йүанвэ ляншон дёбугуәчи мәдый форди, та ба Санбый жондо фоннили.

Ги ки ба щёнца дошон, лохан жинли гуйфонни лан- донди бу жё нүзы жян Санбыйди мян. Йинтэ ноди бу да- йин фәсы: «Вә лян Санбый жебэли дищұндини, тун чуон зэ фуфонни нянли сан нян фуди жын. Санбый да жыму йүандёди лўшон лэли, вәсы тади «щұнди» кә замужя нын лынданди бу йү йимянни. Зусы ни, фучин ю ли еба, бу нын да шон мынди ки».

Лозы тинди нүзыди хуа зэ ли, та ги Йинтэ гили жян- мянди кўхан зафуди фәсы: «Ни дэ Санбый нын щұан хуон, кәсы бужўн дэ та фә же хун зысыниди хуа. Ни ё ба чин дэ та туйдёни, йинцы нисы Мажяди жын».

Йинтэ ба лозыди хуа донли фәсы: «Вә ги Санбый за- мужя ба чин туйдёни? Дан туй чин, вә хэ вәди тунщин хәйиди жынни. Вә бу щён хэ Лён Санбый, вә ви та лэ».

– Ни дан дэ Лён Санбый же хун – лозы фәди, – ни мә ви та, ни хэ тани. Нисы щянлён нүзы, кә бужыдома, Матэшу гуон е бусы ю чян, та хансы да гуан, нын ба Лён Санбый шын кун, суә конди надичи щя йүжян. Ба ни хан- сы жё Матэжя йинадичи. Ни кан, нагы хому, нагы ха?

Йинтэ тинжян жымужяди ңәсо хуа, тади данзы щёли, та бочў ту кўтуәли. Кўба, Йинтэ ба цумый мянму гэбян чын хуанщи мянйүн, до китинни дэ Санбый йүли мянли. Жў Йинтэ ба Лён Санбый жёди Лёнщүн вынхули. Сан- бый ба Йинтэ е вынхули, кәсы жё сани бужыдо. Санбый канди Йинтэ ца ян, дян фынди, чуанли йишын гўнёнди йисан, йүәщин жүнмыйли. Санбыйди щинни зущёнсы жанкэли, та дуйчў Йинтэ дэдэрди вонхали.

– Жыхур хандосы вә ба ни жё Щүндинима, – Сан- бый вынди, – жё чынху Щянмыйни?

– Тун чуон дў фуди сыхур, – Йинтэ хуэйдади, – вәсы ниди щүнди щёнчын, вужинсы щянмый щёнчын.

Йинцысы бәжё жянжын тинжян тамуди тунщин хәйи- ди хуа, Йинтэ ба Санбый жондо луфоншон щүан хуончи- ли. Жытар Йинтэ кә вынли Санбыйли: «Лёнщүн, ни хан донсы дэгуәди зэ вә гынчян лэлима, ни дон види лэли?»

Санбый хуэйдади: «Вә дон ви лэли, йинцысы дончян ни ги вә ба ниди Жюмый щүхали. Вә доли ни жяни чю- жи чинсы лэли, Щянмый бә пәфан, ба вәди же хун зысы йүанчынли».

Йинтәди мянйүн жуанли сыйли, тади лян хун дэ щёчи, щин бунанжанди хуэйдади: «Ю хощинчонди Лён- щүн, ни бынвон вәди Жюмый лэли, вә зусы нэгы Жюмый».

Лён Санбый бу жыдосы йүанвэ ба Йинтэ щүгили Ма- тэшуди

эрзыли, та тинди Йинтэ йинчынди зыжисы Жю- мый, мян дэ щёчи щин щинхуади дуйчў Йинтэ вонхали. Санбый щихуаншон жя щихуан вондини, кэсы та канди Йинтэ бу хэ тади щи, до ба ту диха шон щинди луэ луй дини. Йинтэ нянтур далады, та зущёнсы ба жынкэди гуйха на гун кэфи лүли. Лён Санбый йиха чёчихали, та- ди щёмый-щищирди мянйүн, жуан сый, жуанли йүн-ян, мянму да билёнвани хуоншон халэли.

– Хо йигы вэ щинэди Жў Йинтэ, дан нисы ги вэ щү- гиди Жюмый зусы ни зыжи, – Санбый фэди, – жинтян донсы ни, Щянмый гэлэсы гощин ю щихуан. Заму эржын ёдисы хуанулэ щин ю куан, кэ виса ни цумый бу жанди, шонщин луэ луйди са сычин? Вэ долэсы бу минбый, ще- букэ ни щинжунди йи, заму эржынди жунжян йүли са чё- чилима?

Ба хуа хан мэ фэванни, Санбый ба щёнца жунзы вон чян сонгилиха, йигы жонзы тёче дуйчў Йинтэ вонди дын хуэйдадини.

Йинтэ шонщин лян шонщин бу йиён, тади нянлуйшон жяли нянлуй, нянлуйдудур, зущёнсы жынжў, вонха бу жўди дедини. Щю ку, фэ хуа, шышы тэ зуэнан, кэсы бу кэ ку фэ, есы будый чынли. Та нансуанли нын фэ мин, бэ жё вэбе зэ щин.

– Хо йигы вэ щинэди Лён Санбый, Щянмый ю хо щин ги ни фэ мин, ни тинли щинни бэ чыжин. Вэ, Жў Йинтэ манхунбулё ни, заму эржын жунжян чўли шонщин- ди сы, хобисы лэди лынзы хуэ быйү дади ни, хощён цэ хуарди мифур дыпку чи, дади вэ, зущёнсы лубо мифурди хуар луэли ди.

Йинтэ хан ю хуани фэбучўлэли, тади янхузы бянли, фонли бый шын кўшон зули. Санбыйди мянйүн чынха дипили, та жонжорди дуйчў мын канхали.

Йинтэ кўди вончў поди жекуршон, яхуан дуанди щён- ца жинлэли. Та ба жыгы эрви шон щинди нангуэ канжян, тади шыншон сундёли, цапанзы да шуни дехачи да лан жўнзы ба щёнца догили йихуэтон, Лён Санбый жин- ган поди яхуан гынчян вынли: «Йинщёр ни ги вэ фэ ,ви- са Йин гўнён, ни жеже фон шын, да кўди пошон зули?»

Яхуан кўшыр лашон, ба цапанзы наче тидо шуни фэ- ди: «Кэ хын

Җӯ йүанвэ зуә жӯҗон, җё щёҗе щү пый Матэди эрзы җёгы Мавынцэ». Ба хуа фәли яхуан далигы җуаншын пошон зули.

Санбый тинҗян жы ёнди шонщин хуа, та йиха җүә- муди чин тян, да жәтуди тянчи щёнли залуйли, ю хощён йи гонзы лынфи җёдо тади тушонли, та лынди зущён- сы хуэни лубонди йикуэзы бин, Санбыйди хуншын да җан, туй ю вантан, шу фа кун, ю лён няр фа хи, та занбучӯли вантатади зуәдо йидынзышон цыхали.

Йинщёр ги мын сади йикан, Санбыйди шыён бухо, җинмонди чи ба Йин гӯнён җёгили. Йинтэ нинзынди лэ, ба лозы манйүанди ги Санбый фәсы: Лён Санбый, ни ги вә бә шон чи, вә фучин ганхади цуәсы, ба вә щүги Маҗяли. Вә, Җӯ Йинтэ ба юди, мәди ги ни йүлӯ нали би- фон, ба ни мә тифә минбый, вәсы щинэ ниди гӯнён. Лён- щүн, ни цуәли «Йи бу цуәли, бый бу нянбушон».

Санбый тинли Йин гӯнёнди хуа, ба зыҗиди цуә йин- чынли, тади щинни йиха наншукэли. Та йигы җонзы тёче зуни, Йинтэ бужынҗянди, дончӯ фәди жәщин чинфынди хуа жонди жё зуәхани, Санбый бу нянчуан, зысы ё зуни, бу зуә. Йинтэ хуонлуанди бу жыдо зӯ сади, та монмонди доли йи пыйзы җю фоншур йүан ванди ги Санбый вон шуни диди гичили. Санбый дэ жё җюди, чон чӯли йи ку чи фәсы: «Вә, Лён Санбый дан видилэ, мә вонщён ни, Җӯ Йинтэди йи пыйзы җю, кәсы сый жыдо эржынди щи- нэ, йичонди хуанщи, фан җуанчын юцу ю шонщинли. Заму эржын йигы ба йигы щинэди щёнцуанли йичон кун».

Йинтэ канди Санбый шышы кәлян, та чүанфәди бу жё щинни чы җин данпасы быйхуэй жын. Йинтэ фәсы, та щинэли Санбый, йимын зыщин ба зыҗи щүгили, сый лё- щён таму эрвиди же хун зысы жымуҗя донсы фантан- хали. Зусы чинсы жыму йүхали еба, та лян Санбый йи- щин, дӯ йиди жын. Та либукэ Санбый, Санбый либукэ та, тамусы йигы щин.

Санбый тинҗян жымуҗяди лянщин хуа, ги Йинтэ шонйиди жё суй та тупони.

– Җӯ Йинтэ, ни суй вә зу, до бу ву тёчӯ жяйүан, хо- бисы чӯли йӱло, до бу ву ван го сан, гуэ чян фи, данлин диҗе чи нан шын.

Ни ю данлён тун вә зу, заму эржын юҗуан тянбяр, зу хэҗӱэр гунчын до йи фон.

– Хо йигы дан дади Лёнщүн, – Йинтэ фәди, – тян щя юдисы хо дуәди тўди, заму йүан зу, го фи лў вонщён, есы вонжан, Вә йүанйи, җы йишы будый чын фон, нэ йи- шы пый дуйчини.

Санбый тинди Йинтэ бу щён суй та туподи зу, та йи- ха щинни кә чыли җин, мынҗын щинще йи чофан, тўли йи ку ще, дыйли җи чи гунҗинди бинли.

Йинтэ канҗян Санбый тўли ще, тади щинни наншуди, зущёнсы дозы за щин тынди та мын тёлигы җонзы, кәсы куни фәди чүан Санбыйди хуа.

Санбый гобили зуни, ба йүшы жўр точўлэ дэ ги Йин- тэ гиди фәди: «Доннян шанзы жўр ги заму җели чин, ву- җин та есы ву йүн, ни дэ вә лён фын личин, Вә ба ниди йүанвор җейүги ни, сындыйха вә канҗян шон щин».

Йинтэ кә ба Санбый зу чүанфә, җё ба йүшы жўр на- шонни. Та җыдо Санбыйсы җынҗүнзы, ба йүшы жўр йүан сунгили. Шанзы жўр җундонсы җы йишыди, таму йигы ба йигы щинэлиди ю донвуди җынҗян.

Йинтэ фәсы, дан Санбый хуэйчи йү йица эрцуә, җё ба эржынди фын вадо Хўчёнҗынди лўкуршонни. Кунпа вонху щү ба таму эржын щинэ зысы вонҗин, лишон лён- гы шыбизы, кишон лю пый хунди эржынди минщин. Лю- дисы Җў Йинтэ, хундисы Лён Санбый.

Шукур, Йинтэ җёли йишын Лёнщүн фәсы: «Ни хуэйчи жыннэ ю жыннэди ба бин хуан. Ни фон щин, вә бу нын лян понжын чын фон, вә зусы сыхуә, бу нын ги ни бян щин. Вә хуә—сы есы ниди чи, лян ни җы йишылэ мәдый ба фучи пый, яндин вә дэ ни хә фынни чын дуйни».

Йинтэ кўшон ба Санбый сунчў мын, җинган шонли лў- фон, фоншур туйкэли чуоншар, лён няр динди канли та щинэди Лён Санбыйли. Йинтэ канди Санбый зуди шынзы зысы ёни, тади туй бу вончян щин. Йинтэ сылёнди, та ви жынлэ, мə щүдый хэ жын, Санбый дыйли шызэ нан хэди щёнсырбин шышы тэ е кəлян.

Дыйшон щёнсырбин, Лён Санбый шон щин луə луйди, щин хэ тынлэ, чи ю чуан, та фи доли. Хəли җи фу йүə, щинбиншон дозэлэ җяли бинҗынли. Бин йүə җун, щин- ни ю йүə луан, Санбый ги Йинтэ щели йифын фущин. Йинтэ җели фузы шу җан, щин тёди нянли фэсы, Лён Санбый бинҗын йүəщин җўнли, бу чы бу хə, ее фибуҗуə, фан шын будин. Санбый вын Йинтэ читоди ёли җы бинди йүли. Йинтэ лян яхуан, полуанлигы «җюҗю башы йи», ба йүə е мə зоха. Таму тинди хўщүан молё щянсынмуди хуа, фəсы, вэё җё Лён Санбыйди бин хо, ёдисы хэдун хэ- щиди линзыцо. Йинтэ ба җымуди йүəлё минзы щешон, ги фущин литу ба зыҗиди туфа җёли йи гур җуоншон сундичили. Йинтэ сыщёнди линзыцо зобхуади дунщи, кə сы Санбый ба тади туфа канҗян зу лян җянли та йиён, бинжын зу хощёрни.

Тэён ня щисанди сыхур, Санбый ба хуэйщин җешон нянниса, щехади зы ду йинфидёли. Та канлэли, җысы Йинтэ щеди сыхур кўди ба нянлуй дэшонли. Санбый мə- дый минбый Йинтэ ги та щедисы са йүə. Ба туфа зуандо шуни та зущёнсы җянли Җў Йинтэли. Та йиха мынмынди зуəче, ба туфа канди щинни җуəмуди бухошукэли, Санбый дуанкэ чили, Тади зуйфур дунтанли җиха, фəди җинган җё ги Йинтэ бо сон чини. Лён Санбый җүəмуди зущёнсы сый ба тади щин җуйди җюли йиха тындо нозы- шон, ту литу хощён дали йи по, җынди та бу җыдо сали, Лёнҗя суй дади жын ду йиха шонщинди луэли луй кў- туэли. Санбыйди нёнлозы кўди фəсы: «Зыфəсы хиту го тэ, шын мə бый туни, сый җыдо быйди ту донсы вончў сун хи туни».

Хие ванщи, да гуə сан гыннили, Йинтэ хан йиняр мə зани, та мынгəзы тинди мынвэ ю жын шын хандини. Йин- щёр чўчи йи вынса, фəсы Лён Санбый вучонли, бо сон лэли, ба шанзы җўр дизэли яхуанди шунили. Йинтэ дый- ли сонщин ба шанзы җўр назэ шуни фəсы: «Доннян шан- зы җўрсы тунщин хуа, буҗы вуҗин та ба сон боха. Җе- бэ дищүнди сыҗе вəму ю дуə гощин хуанлуə, вуҗин ве- му чынли либе чян нян вандэди шон щинжынли.

Йинтэ мә дынчӯ дунфон лён, та ба бый йишон чуан- шон дэли щёли. Йинтэ чуан щёсан, ё сун сон чини. Ло- зы ландон та, жё туә сонйи, хуан хунсан ё гуә щисыни. Йүанвэ фәди, Йинтэсы Мажяди жын, бу кә вон пон- жынди сончи, нянмузыщя Матэшуди хуажё чү чин лэни. Нүзы ги лозы хуэйдади, дан бу жё сун Санбый чи, та бушон чү чинлэди щижё. Йүанвэ мәдый форли ги Йинтэ гили сун сонди кухуан, кәсы ёжин жё куэкуэди жәхуэй лэ, щищи—хуахуанди ё шон жёни.

Яхуан ба Йинтэ суншон зули, таму эржын кӯли йи лӯ, шонщинди нянлуй цабуган. Жинли Лёнжяди мын, Йинтэ йиха фонли да шын худи кӯкэли. Кӯди до гынчян йикан- са, Санбыйди йигы нянжин бидини, йигы нянжин зынкә- дини. Йинтэ дэ кӯди фәсы: «Кан ни йигы нян билэ, йигы нян кә, мэбисы ву жын ги ни пый ма ба щё дэ, мэбисы ни шэбуха Щёмый Жӯ Йинтэ?»

Йинтэ жили подичи падо Санбыйди конзышон лян жёли лён шын «Лёнщүн, Лёнщүн, ба Санбый та мә жё йин, Йинтэди луйни зущёнсы жян чуанли щин. Сун сон лэди е ду кӯдини, ю жын кӯди ба Йинтэ манйүанди фә- сы та ба жын хэли, дажун мади дон гуонди цэдун Ма- тэшу.

Яхуан канди та щёже кӯ луйтанли, зу ганжин фәчүан- ди жё жәхуэй зуни: «Щёже тэ бәю шонщинли, ниди шынти бу гончён. Куэлэди куәчи, сындыйха йүанвэ да- фади жын жёлэ». Лин зуни Йинтэ жёли йишын: «Лёнщүн, ни щин фон куан, Щёмый мә ни, дӯ жын бу нын шындо шышон». Хан жын кӯди фәдини, йүанвэ хэпа нүзы бу хуэйлэ, ганха йица эрцуә, дафади жын жёлэли. Яхуан ба та щёже цаншон, тамуди хуту гынди жяжын зутуәли. Зу- дини, Йинтэ кӯди фәдини: «Донсы, вә ющин гыншон ни чини, жяжын лэли, йүанвә ба вә жёдини. Ни туни чи, бә жё вә, вә зыжи нын до. Вә дэ ни динхади хуасы йигы фынни мэ, вә жәхуэй, ни гынчян лэди куә».

Йинтэ кӯшон вон хуэй зудини, Лёнжяди мыншон сун сондини, жын ду кӯди луйвонвон. Зу нэгы сыже Ма- жяди мыншон чү чиндини, хунхуәди но жонжон, Җўжяди мыншонмусы чўҗямынди нүзы мә хуэйлэ луан хуонхуон. Нүзы бу җян хуэйлэ, ба лозы лян щю дэ җиди щинще ду фанли. Йинтэ мә нэхэди җәхуэйлэса, чү та лэди хуаҗё кәҗя зэ мыншон дындини. Канса, жынму ханҗёди мон- луанкэли, фәсы җё Йинтэ шон җёни.

Җў йўанвэ чўанфәди җё Йинтэ ба сонйи туәли, хуанчын хун щисыди йишон шон җёни. Нүзы зэ лозышон нэгоди фәсы җё та щехуан йихар, тади щин хан кўдини, мә пиндинни, наниди щинҗин шон җёни.

Йинтэ канди лозы тэ зуәнандихынли фәсы: «Вә ю хуа дуй ни ё фәни, фучин нэфан ё тинни. Вә шын чуан щёйи шон җёни, Хўчёнҗыншон ё җё йидин занни, вә ха хуаҗё җи Лён Санбыйди фынни».

Җў йўанвэ ба нүзы җы җи зун тёҗян манчы майинли. Йўанвэ сылёнди зыёсы ба Җў Йинтэ ги Маҗя дафа туә, до лўшон йүха сасы мәю тади щёнган. Йўанвэ ги тэ җё- ди жынму зафуди ю диннинли, та фәсы, Лён Санбыйди фын гынчян зан йихасы яндинди. Мавынцэ щиннүщү кә- сы бу щихуан, та фәсы Хўчёнҗыншон да гуә зан.

Хуаҗё чўли Җўжяди цун, жын җянли хуаҗё зыдонсы щи сычии, бужыдосы җёни зуәди шонщинди жын. Дын- лу, хуәба дашон хуа җё вончян щиндини, Йинтэ ба Йин- щер вындини дансы зудо Хўчёнҗыншон та фәсы ба хуа- җё ё занхани. Мавынцэ бу җё щиҗё тын, канса чили хи- фын, гуа дели хуәба, гуа мели дын, Мавынцэ канди бу- дыйчын, җинган хали ма зу ба җё дын. Йисы-санки бойү щякэли, щяди диха ю нан, ю хуа. Хуади жынму ба җё тэбучын. Хуаҗё луәли ди, Йинтэ ха җё вон фын гынчян чидини. Йинтэ фәсы: «Вә буҗян Лёнщүн, нын җян тади фын. Вә дэ Лёнщүн мэ тун сынлэ, кәсы лян та җин фын йитун сылэ. Вә надин бу нын дэ Мавын чын фончи, вә Җў Йинтэ динхади щин сы, щин зо вон сылиди жын гын- чян щин».

Мавынце мә фучў нэфын бойү, та дедо пахали, тянчи йиха хинанли, жын ду канди цыхали. Җў Йинтэ кәҗя доли фын гынчянли. Та җын догәди. фәдиниса, залуй йи- щён, дян шанди диха йилён, Лён Санбыйди фынгўдуй «хуади» йиха бекэли, Җў Йинтэ җёли йишын: «Лёнщүн, вә лэли—та йиха тёшон хачи фәди—ни зэ йүн бэ кэ фын- мынли. Заму эржын жыгы нанвынчўр чын фонлэ, бели кузыди фынгудўй хәнянли, тянчи йиха мын чинли, гон е чўлэли. Чин фынфыр гуади лю цоцор жунжянди хуар дунтанди цуан видо чўлэ чун бизыди щён, гәёрди чёчёрму хуанлуәди жёхуандини. Мавынцэ пашон челэ йиканса, фын гынчянди Жў Йинтэ бу жянли. Та нянжин нянвонди да фынгўдуй литу йигы гынди йигы фичўлэли лёнгы хў- тер. Лёнгы хўтёр зэ жытар зыжан чинщюди, шызэ хокан нэгы Хучёнжыншон фидини. Йыгы дуан йигы фади ю хуанлуә ю гощин. Фиди, фиди хутуди хўтер ба туниди хў- тер дуаншон ванчандо йидани чынли йифон, луәдо йи- гы хуаршон бонбор шанди пыйли дуйли.

Мавынцэ канжян щинни фәсы: «Жы есы йигы чёчи сычин, жы бынсы Лён Санбый хуә Жў Йинтэ ба чуон щин. Мавынцэ ба хўтер канди хэхынди нў чисын. Нўчи йиха чынбухали ба тади дўзы жонди бекэли.

Матэ дынди эрзы бужян лэ, линди жүнбин золи Ма- вынцэ. Доли Хўчёнжыншон канжян эрзы ба та хади да машон дехалэ бансыли.

Жүнбинму канди сычин буфыншү ба Матэ туәдо машон жәхуэйлэли.

Ба Лён Санбый нэхур мэчянни Жў Йинтэ сылёнли, кунпа вонху жын ба тамуди щинмин вон жин, жё лили лёнгы шыбизы вандэ ён мин.

Жы зусы Лён Санбый йү Жў Йинтэ, йигы щинэли йигыди шукур луәли йирди гўсыр.

ВИСА ЛОВА ЧЫНХА ХИДИЛИ

Жынжын ду җыдо вуҗинди лова- сы хиди. Лова замуҗя чынха хиди- ли, цунчян ю йигы да видилэ җыдо тади җуанҗызыни. Ба җыгы җуан- җир да види ги жынму фәли, йигы ги йигы чуанфәди чынха гўҗирли.

Вуҗинди хилова, цунчян та бу шын фынхуон, кә би кунчүә чёнщер. Тади шыншон җонди гэшыгўёнди момор, йиба мәю кунчүәди чон еба, кәсы моморди янсый зади- хынлэ.

Йичеди фичин жян лова ду вынхуни, ба та е дон сыдихынлэ. Таму йидани да жердилэ, кәсы ба лова щин- ни ю са йиди буҗыдо.

Фичинму дэ лова йитун фишон лонди мәҗүәчи, ба чунтян гуәли, ба щтян гуәли, доли чюбанзыли. Гуали йичон щифын тянчи лёнхали. Фичинму шынбу щян фиди лонли, таму молуанди вә дунни. Щичё ги фушон ба вәвә- зы дяншон зэ литу вәкэли. Лова ба щичё канҗян щёхуа- ди фәсы, хан мә жян сани кәҗя вунанхали.

Канса, кә гуали йичон щифын, тянчи йиха лынкэли, ба щүә щяхали, чынха дунтянли. Фичинму вәдо вәвәзыни шынбу чўлэли. Лова мәчўр вәчи, та җингуанни фиди шыншон лынкэли. Тянчи лынди ба лова дун монли, та фидичи вон щичёди вәвәзыни вәчили. Лёнгы щичё ба вәвәзы җанчў, ба лова йидун доди мә җё до гынчянчи. Та фидичи дундо ган фуҗызышон сылёнхали. Җын сылён- диниса, лова канҗян да види, ба хуәбазы пехали. Лова канди жын зуди йүанли, фидичи на зуй ба хуәбазы че- шон дянди шо щичёди вәвәзы чини. Фили йижезы лўли, хуәбазышонди ян-янзы ба тади нянҗин янди зынбукэли. Лова кә луәхалэ, ба хуәбазы на җуаҗуазы җуашон фи- челэ вон щичёди вәни пелэли.

Фичинму жянли кунҗунниди хуә, луан ду җёхуанкэ- ли. Щичё

җин щинлэ канди, йигы хуә щинзы кунҗунни жогилиха бу җянли. Нэгы сыхур хуәбазы ба ловади йиба шоди дехачили, шыншонди момор җуәкэли. Хуә ба лова шоди мәдый фидо щичёди вәвәзы гынчян хуәбазы дёли, та зыҗи е банхалэли.

Йигы щичё фичўлэ танвон хуә чили, хуә мәюли, та канди бый щүәшон йигы са хи дунщи дунтандини. Луә- до диха канниса, щичё йиха ба лова мә жындый. Щичё фиче ба данлинди фичинму ду хандилэ җё канни. Таму е ду канбуминбый, җы дыйдосы йигы са дунщи.

Зэ щүәшон лова ба җин хуаншон, зынбади фичелэли. Та фидини да кунҗунни дехалэлищезы шо җёди момо- зы. Щичё гыншон фили банҗер, канди бый щүәшон йигы са суй дунщи. Луәха канниса, цэсы хуә шохади банҗер ловади йиба. Щичё ба җы банҗер йиба чешон чи, җё йи- чеди фичинму канли, таму җыдоли нэгы фидёди хи дун- щисы лова.

Лова фишон чи, луәдо йигы фуди ган яцашон, ба зы- җиди шыншон йикан хули хуэйли. Та сылёнди фәсы зо- гэлэ ги щичё бә сы хуэса, е бу нын чын җымуди шыён. Зу да җымуҗя хуалова чынха хиловали.

МЫЙЛŸ ЧУАН ЛИН

Цунчян ю йигы гўсырлэ. Гўсыр- шон фэди йигы шынсанни лон литу чўлигы кэву да чинлон. Та ба йичеди лонму гўшон та чуанли сан, фулин, зоди чы есынмуни. Лонму ба есын чыди зуту вулуди, зобуха нан шынди дифонли ду ву дуэ- цонли.

Ба есынму жё лонму биди ву нэхэли, Мыйлў канди чинлон гансы тэ кэвули. Та сыщёнли дан ба чинлонди ту бу ланйиха, йичеди есынму ду будый чў шы. Ющин жё вэ сыди гунтў дэ лонму да йижон. Сыдо жоншон, бэю вэ- сыли.

Мыйлў зэ фулинни ба ху зожуэ шонлёнли, та жё ху ба йичеди есынму чуанчелэ зуэ хуэй шонйи сычинни. Ху почўчи фэди, йигы чуан йигы ба чын чян дэванди есынму чуандо шын санванни шонлёнли. Мыйлў фэсы дан дэ чинлонму бу жынжан, йичеди есынму шыжешон будый хуэли.

Есынму тинли Мыйлўди хуали, ду щихуан дэ лонму да жон. Гуон тўзы данзы щёди йимяршон фэсы, та дэ данлинди есынму бу хуэ чўн да жон чи. Есынму ду ба тўзыди данзы щёди жыдо е мэ ё та. Тўзы лозони поди йинанзы чи дуэцонхали.

Йичеди есынму ду йүанйи жё Мыйлў гуа фе, лин таму дэ чинлонму кэ жонни. Мыйлў гуали фэ ба хўзы фонли щянщин гуанли, ба ху ги хўзы пэли бонбанли. Мыйлң ги таму чуанли жёнлин лёнгэр лин бин да жонни.

Ба жүнву зысы шэлү тиндон, Мыйлў гй Лонвон дэли йифын фущин.

Лонму җели щин ду йиха гощинли фәсы, есынму хощёнсы пудынлор, зыщинди сун мин, зыжи лэ җё чы тамуни.

Лонвон фали йилин, йичеди лонму хали сан, худи сан ё, ди дунди. Данзы щёди есынму ду хэпакэли. Мыйлў җонли данзы гили җин фынфу, җё йичеди есинму суй та йихә щинди, мын пуди чи җё дэ лонму җынҗанни.

Мыйлў зозоди җё полўзы ба да җонди дифон канхо җанханли. Йибонгыди сан, йибонгыди да хә, сы са ду гуә- бучи. Хўзы дэ ху ба есынму линдо сан пәпәзы готу мә- фухали. Диха фонхали бу дуәди суй есынму.

Лонвон сылёнди, таму лодо, мәю ба лонму нёгуәди таму зу чили. Лонму доли да җонди дифоншон мә гуанщян сыса, сылёнди лэ йигы есын, чы йигы есын, лэ лёнгы чы лёнгы, лэди дуә чыди дуә. Лонму җын сылёнди- ни йи канҗян санпәпәзы дихади бу дуәди щёр есынму, Лонвон ханли йишын сан ё, ди дунди, җё вон чян пуни.

Хўзы йикан лонму пушон лэдини, ханли йи шын да сан пәпәзышон йиха чўлэли ву бян, ву янди, мә фурди есынму. Таму литу гәщугўёнди есынму ду ю, юди есынму, лон хан мә җянгуәдини, хандосы би таму лододини. Лон- му хан мәю кан минбыйни, да сан пәпәзышон халэди ссыпму, манфәсы нёди танима, пын е ба лонму ду пын- сыли. Лонму канҗян есынму дуәди, зущёнсы хуончўнму, хади потуәли. Хындуәди лонму мәдый потуә, ду җё есын- му лян нё дэ тади чўҗыдёли.

Лонвон канди таму бели е потуәли. Хуту есынму ба та дуаншон лэдини. Лонвон поди, поди мә чўр поли, кан- җян шынцо вон литу зуанчили. Җинли шынцо кәю хали йитё, та канҗян цо литуди тўзыли. Лон җёнмыр тунху пони, тўзы хәлипа фәсы, та дэ есынму мә хуә чүн дэ лон- му да җон. Лон тинҗян җымуди хуа, йиха данзы җынли, нигуә ту лэ, зу ба тўзы чыдёли. Җыгы лон ба тўзыди ван- вә йи җыдо, та ги йичеди лонму чуанфәгили. Лонму йиче ба цонхади тузыму сутынди чытуәли.

Да җытар тўзыму цэ җыдоли, таму ба цуэсы ганхали. Гэлэсы нэхур дэ йичеди есынму хуэдо йидани дэ лонму җынҗанса, е бу нын ба таму җё лонму чыдё. Дан та- му хə йищин, гуон е бусы ба лон нын да бэ, ба лохў, бо- зы е нын хахўчў. Да җыгышон есынму җыхали зэ йидани хуэ чүн ду зукэли.

До вуҗин есынму: еҗүлү, сан-ён, хуонён, лин-ёнму ду зэ йидани, чын чүн да хуэди зукэли. Зусы пынҗян йигы лон еба, таму йигы ги йигы җон данзы нын ба лон хахўчў.

Минжынди кулюр мə фə цуэ:

Йижя бу гу, дажя щён цу.

Ё ШОН ФУДИ БЕГЭ, ӜЁННИ ЛОНЧИДИ ХУ

Зочянди йигы гўсыршон фэсы, җён яншонди ло бегэ хуэли сан бый дуэ нян. Тади җибый ю куан ю да, гуонди зущёнсы җолян җинзы. Бе- гэ зэ җённи фукэ фили. тади шын- шон лян йигы фи зазар ду бу җан. Бегэ фишон фуди хо, та зэ җён литу ду лон гуэлэли, ба фи литуди сычин җы- хади, җинҗянхади дуэ.

Зэ җённи бегэ лон янфанли, та щён зэ фушон лон йи- хачини. До йигы да фу гынчян, та вон шон бани, годи бабушончи. Бегэ җиди зэ фуди дайүар җуандини, та гын- чян лэлигы ху.

Бегэ канди йигы ху лэли, йиха гощинли, та сылёнди җыгы ху нын ба та линдо фушон.

– Хома, ни лэлима, ни чинсынма? – Ху ба бегэ вын- хули.

– Хо, ни хома? – Бегэ ги ху хуэйдади.

– Ни зэ җытар зў садиниса? – Ху вынди.

– Ай. ни вын сани? – Бегэ фэди, – вэ щён зэ фушон лончини. кэсы мэ шондыйчи.

Бегэ зу ба ху линдо җён яншон лончили, на чўнчўнзы, цоцозы дэчынли. Ху зучянни долигы ще, ба бегэ чёха, җё зэ тади җяни лончини.

Ганзо бегэ шушышон зэ ху гынчян лончили. Зы зу бу до, зулэ зучиди бегэ доли фулиннили. Гэнди цо ба бегэ донгуади зубудунли, та фади паха хуандини.

Ху дынди бегэ бу җян лэли, та йинди бегэ чили. Зу- до лўшон ба бегэ җейиншон йидани зутуэли. Бегэ ги ху ба та зуха лўди винан щүэфэли. Ху ги бегэ фэди, та зу җыдо фулин литуди лў до бегэшон винан. Ху ба бегэ щи- щир линбудоли. Бегэ йиканса, худи фонзы зэ йигы да фушонни, та йиха цухали. Та сылёнди задый шончини? Ху канди бегэ цухали, ху дакэ җуйили, замужя җё бегэ шон фучини. Канса, ху йиха тёлигы җонзы, җёхуанли йишын, ба бегэ хали йитё. Шукур ху фәсы, та ба шон фуди лўфу сымухали Бегэ тинҗян фонщинли, ху ба шон фуди фонзы сымухали гощинди җуан мәмәрдини.

Бегэ зу вынни, ху сымулигы са фонзы,

– Вә за шончини? – Бегэ вынли хули.

– Хо шон—ху хуэйдади, – ни ба вәди йиба нёчў, вә ба ни җуйшон дёшончини. Бегэ ба худи йиба нёчў, хуту фэлади, ху вон фушон манмар шонтуәли. Җёнмыр доли фонмыншонли гунху йиншон чўлэли.

– Хома, – гунху ба бегэ вынхули.

Бегэ җёнмыр ги хуэйдани фә «хо» зуй йи җон, ба худи йиба лёкэ, та да фушон банхалэли.

– Эё, вәди бәзы-я, эё, вәди бэзы-я, – бәгэ шынхуан- ди хантуәли.

– Ни кэ вынхуха бегэ зў сани? – Муху ба гунху ман- йүанли йидун, ганҗин да фушон халэли.

Ба ниди натар банли—ху вынди,—вәди щиннэди бегэ.

Бегэ лёнгы җуазы боди бәзы фәди—Ба вәди бәзы вәли, вәди бәзы тындихын.

Ху ганҗин зу ба бегэди бәзы цуәмәли. Бегэ хуанли йихар, ху кэ җё ба тади йиба нёчў шон фуни.

Вон фушон шондини, бегэди бәзы тынди щищирди- ли, җёнмыр доли фонмыншонли гунху кә чўлэли.

– Эё, хо вәди бегэ кия–гунху вынди–ба ниди на- тар банли?

Бегэ нёди ху йиба, бәзы тынди, җёнмыр фә «вәди» зуй йи җон, ба худи йиба лёкэ, кэ да фушон дехалэли. Җы йихуэй, ба бегэди йигы ху җуазы вәли.

– Эё, тынсы вәли, эё тынсы вәли! – Йишын лян ий- шынди бегэ хандини.

Муху кә ба гунху бойүанли йидун, ганжин халэли, Ху ба бегэ вынли, канли цуәмәли кэ гододи жё бегэ шон фу чини. Бегэ щищир бу дайинли. Ху зу ги бегэ гобиди фәсы жы йихуэй, гунху дан вынкэли бу жё бегэ нянчуан.

Бегэ кә ба худи йиба нёчў, вон шон шонтуәли. Шон- ди, шонди доли фонмыншонли гунху кә жейиншон фәсы:

– Эё вәди щиннэди бегэ кия, вәди цуә, ба ни кэ бан- ли. Бегэ зуй жён йижон фә «быйбузади» ба худи йиба лё- кэ, кә дехалэли. Ху кә халэ канли. Ди сан хуэй ба бегэ банди жун. Бегэ шынхуанди фәди та зэ бу шончили. Ху ба бегэ годо зали жё шон фучини. Бегэ зун мә дайин, ги ху долигы ще, кә ба ху чёхали. Ху долигы ще, ги бегэ йин чынди фәсы та яндин чини.

– Ху ни яндин лэ, – бәгэ фәди, – вә зэ жяни дын нини.

– Ходихын, ни бу дын, вә е чини, – ху хуэйдали. Ху ба бегэ сунли банжер , зыгили йигы же лў жё хуэйчили. Тынли лён тян, ху зу зэ бегэ гынчян лончили. Та да йигы фушон, тёдо йигы фушон зутуәли. Ба фулин зу ван, та доли ган таншон лянтё дэ поди доли жён яншонли. Бегэ канжян йиншон лэли.

– Ни ходинима? – Бегэ ба ху вынхули.

– Вә хо, ни хома? – Ху хуэйдали е вынхули. Ху дэ бегэ лали йи жынзы, ху ё зэ жённи лончини. Бегэ жё ху шонли тади жибый, та ба ху туәшон зэ жённи лончили.

Бегэ ба ху туәшон, да жённи хачи, фушон зули. Зудо донжунни, ху канди йиче дусы фи, зущёнсы шыжёшон мәю ган дифон, та сылёнли. Ху сылёнди мәю сади жы- гы фи литу ю са лонтуни? Багә фуди, фуди доли шын фи литули, ху зэ бегэди жибыйшон дунди, та ба бегэ да фушон ту йихуэй банхалэди сычин щёнчелэли. Йүә сы- лён, йүә шыщё, шыщёди та зэ бегэди жибыйшон да жанни.

– Эй ляншу! Ни бә щёли, – бегэ ги ху фәди. – Ни да вәди жибыйшон дехачили. Бегэ фуди, фуди, ху кә ба бегэ ди эр хуэй да фушон банхалэди сылёнчелэли. Ху сылёнди щёди, щёди зэ бегэди җибыйшон җуандини. Бегэ канди ху дехачидыйли кә фәди:

– Ни зэ бэ щёли, ни дехачи янсыни. Ху тинли, мә ган щё.

Филон ба бегэ дади зэ филиту бэдини. Ху зэ бегэди җибыйшон дундини, та кэ сылёнчелэ ди сан хуэй ба бегэ да фушон дехалэди сычинли. Йүә сылён, йүә шыщё, та сылёнди щёди зэ бегэди җибыйшон тёкэли. Бегэ ги ху җёнмур фэсы: «Ни бэ тёли», ху кэҗя да тади җибыйшон хуахачили. Ху бу хуэй фу фиди йимяр, фи ба та янсыли.

До вуҗин бегэ зыҗи ви шон фу нэли банзыди, ба ху замуҗя янсыди сычин ги сый ду мә фәгуә.

ЖЫНХУАР

Нэхур ю йигы жынлэ, минзы җё-гы Йүн. Та йитян зэ фулинни дашон йибыйзы цэхуә мәли гуэ гуонйинди- ни.

Йүн зэ фулин чи, ба чыхэ гэха да цэни. Җинту тади дўзы вәли чыщер мәмәни йиканса, та гэхади мәмә мәюли, Да цэди канди фу гынчян ю тахади зун щён суйвавади җүәпянзыни, та чёчихали. Зу җымуҗя җихуэйли, кэсы Йүн годи канбуҗян сый чы тади мәмәдини. Да цэди ба җяно щяха е мәю дечў. Йүн сымуди дыйдо са дунщи чы тади мәмәдини. Нэ йитян, Йүн зэ фулинни чи, ба мәмә гәдо йигы да фугынни, та шонли фу готу канcы са лэ чы мәмәни.

Тынли будади гунфу, Йүн канди щёшон лэли лёнгы хандундурди суй җиншыр вава. Таму лёнгәр фэфэ-щёщё- ди, ба кудэр гэкэ, чүчўлэли жынмәмә чытуәли. Йүн ба чи бичў буган дунтан, ба җы лёнгы суй җиншыр вава канди чигуэди, йигысы эрвазы йигысы ятур. Йүн зыщён да фушон йиха тёхалэ ба җы лёнгы вава дэчўни, кэсы шә- чў вонха мә тё.

Лёнгы җиншыр вава, ба мәмә чыван, шу ла шур зули.

Йүн ба җыгы сычин ги тади лонён фәли. Нёнмузы фәсы, нэ лёнгы җиншыр вавасы жынхуар. Җянли жын, жынхуар гуон нэ щё. Жынхуар щёди гәлу жынни, ба жын нын гәлусы. Та лэ щян ба жынди лёнгы шу дэчў бу лёкэ. Йинцы җыгышон, вәё дэ жынхуар ги гэбыйшон ё дэ лёнгы җўзы тунтунзыни. Дансы жынхуар щёди пушон лэ, жын ба лёнгы шу зыги, та йи дэчў, жын ба җўзы тун- тунзы тунди мадё, жынхуар ба җўзы тунтунзы дэчў бу по. Йинцы җыгышон, жын нын ба жынхуар дэчў.

«Җынхуарсы йүәлё, сыйүнни,—нёнмузы ги эрзы фә- ли,—яндин ё дэчўни».

Йүн шәлүли лёнгы җўзы тунтунзы нашон зули фулин- ни. Ба мәмә гәдо фугынни, та шонли фу кандини. Канни- са лэли лёнгы жынхуар.

Жын чы мәмәди сыхур Йүн йигы җонзы да фушон тёхалэли. Гун жынхуар йиха щёди пушон лэ, ба Йүнди гәбый дэчўли, Му жынхуар ба Йүн гәлутуәли. Ба Йүн гәлүди щёди, щёди ба гәбыйшонди җўзы тунтур тунди мадёли. Тади шу тынчўлэ, ба му жынхуар да тушон йи чуй зу да доли. Ба гунди йи җүә тисыли.

Йүн йиха дыйли лёнгы жынхуар. Нахуэйлэ мэги йүә- пунили. Йүн зу да нэгышон фали да цэли.

Йүәпуни на жынхуар пыйли йүә, ба шон чянди жын- му хэ гәёнди чуонкуә, биншы ду канхоли.

Йичеди жынму ду җыдоли, Йүн дынли жынхуар, гуон бусы та фали цэли. хан ги дуәшонди жынму ба йүнзун вонбудёди нынчин ганхали.

БЫЙ НЮ ФӘЧЎ ХУАЛИ

Нэхур ю йигы лоханлэ, та ван- чянни ги лёнгы эрзы фынфули: «Вә вучонли, ниму дищүн дан хә йищин ган йинсын, нэ зу ниму нын гуә хо гуонйин».

Лохан вучонли зыху, дищүн лёнгыди гуонйин мә җочў нэму йүха. Лода ба лозы цунзанхади нецан мә ги щүнди ги, та йиха ду лудо шунили.

Лоэр вын гәгәди сыса е мә ё. та ги Лода бомонди ба- зынли гуонйинли. Лода ба йинчян занха, фәли лян тади бинщин йиёнди пәнён. Таму лён кур ба Лоэр дончў чон- гун хуәжиди сыхуанкәли. Щүнди гуон җыдо шу кў, зыфә Лодасы тади гәгә, бу нын куй та.

Лозы вучонли мә гуәшон йи чи, Лода жё щүнди жўдо йигы лан фонфорни, бу гуан чыхә, гуон жё ги та зў хуә- ни. Лоэр че зо, фи ванди, ги Лода зў хуәдини, хуэйлэ хан ё ги зыжи зў чыхәни. Та мәю гунфу ба фонзы шыдуә ба зыжиди йишон щи йиха. Тади бый санзы зонди ду кан- булэли, та чуанди гәгә гихади йигы мян жўёзы ланчын сысуәрли, зущён теца чўәли.

Нэ йитян, Лоэр хуә зўба, хуэйлэ җинли фонфор йи- канса та җонхали, йигы бый җынжинди гўнён йишон лэли. До мын гынчян гўнён ба Лоэр да шу лашон жё зуәдо коншонли. Лоэр канди фонни дажәди ганжинди, коншон фондисы суй жўәжуәр, готу гәди лёнгы хәца ди җунзы. Канса, гўнён ба чыхә дуанди фондо жуәзы- шон, ба ца дошон, жонди жё Лоэр хә цани.

Лоэр ба гўнён вынли сыйди нүзы ,да нани лэли. Гў- нён фәсы, тади нёнлозы жё зыйку дасыли, та мә жё зый- вазы канжян туди почўлэли. Гўнён фәди, фәди йиха шонщинди кўтуәли.

Лоэр ба гўнён чүанли, жё дэ та жўхани. Гўнён йиха гощинли, фәди та ги Лоэр бомонди жё гуә хо гуонйинни.

Лоэрди жяни юли гӳнёнди сысый ду мә жыдо, кәсы ю жын канди тади йишон хӯлунли хан е ганжинли.

Йихуэй, Лодади пәнён жинли Лоэрди фонфорни чи, та йиха чёчиди жонхали. Фонни дажәди ганжинди, сы- йүнди сыса дунщи ду гәдо выфыншондини, йиче ду жын- чиди, зущёнсы Лоэр чүлигы хо чинжин щифур. Лоэрди сосо сылёнди ба щүнди дуанчӯ чи хан дозэлэ би цунчян холи. Та чёчишон хуэйлэ ба Лоэрди сычин ги нанжын фәли. Жё Лода ба щүнди цаканди щерни.

Тянтян йизочи, Лоэр челэ ги Лода зӯ хуәчини. Та жыни йи зу, гӳнён йисы-санки ба жяни йи дажә та зу бянчын мухӯзы, фангуә чён пошон зӯли.

Канса, дали чӯнли, Лода толи жи дуй ню лихуа жё хуәжиму ли ди чини. Йи дуй лихуашон тодигы бый ню Лоэр ёшон ли дидини. Йичеди ню литу зыю бый нюди лилён да хан ю гуэфон, тошон зӯ хуә тэ жәфындихын. Лоэр тэ нэ бый нюдихын, та шу щинкӯ, чи вугын жин-ю, ги ню фә хуа, зущён дэ жын щүанхуондини.

Нэйижыр, Лоэр ба ди ливан, ба бый ню фандо пын диха жё хуандини. Та ги ню бо цочили, зу нэгы сыхур гӳнён ба чыхэ фондо жуәзышон, бадо чуонзышон кан Лоэр чили, ба бый ню канжянли. Почӯчи до нюпын диха бянчын хӯзы ги бый ню фәди: «Лоэр до нишон ю нынчин- ди жын, ни ё ги та бон йихани, жё та гуәшон йибыйзыди хо гуонйин. Вә зэ ги Лоэр бонбулёли, вә зу санниди сыхур доли. Жы йичи зу зэ бу лэли, ба Лоэрди сычин вә жёдә- ги ни».

– Ни жё вә замужя бон монни, – ню фәди, – вә кә ю гы са бынсыни».

– Дан ни зӯкә хуәли, – хӯзы фәди—ни ба лихуа- шонди йижянзы са зӯ хуә, жё Лоэр вын Лода ё щинди чи, Лоэр дан жинли Лодади фонни, ба гәгә дә созы гуәди гуонйин жыдоли, та зу минбый йихарни.

Лин зуни хӯзы фәсы: «Лоэрди гуонйин вонху чи хони Лодади гуонйинмусы хани, кәсы ё ни, бый нюди бонцуни. Хуа фәба хӯзыди йиба йиза поди бу жянли.

Нэйижыр Лоэр ба бый ню фонкэ зэ лю цо таншон чы цодини, та зэ цошон тонди хуандини, ню до гынчян фәди: «Лоэр, вә канди ни бутынди зӯ хуәдини, чыдимусы ни гэ- ди шынфан. Ни зэ Лодади фонни кан йиха чи, та ду ю са- ни, ни гә дэ ни созы ду чыди замугы чыди».

– Вә мәю йигы са сычин, – Лоэр фәди, – замужя вә жин вэ гәди фонничини?

– Мә сычинли вэ зо йигы сы, – ню фәди, – ни зу нын зэ Лодажя чили.

Бый ню чыболи, Лоэр ба лихуа тошон кә ли дини. Ли- до жын чы фанди сыхур, ню мынмынди вончян йипу, жя- бан хуэли, чынха лёнжезыли. Канса, бый ню фәсы: «Лоэр, жыхур ни ба жыгы хуэ жябан нашон зэ Лодажя чи. Ни вын Лода ё щин жябан чи».

Лоэр ба хуэдёди жябан надо шуни канли, дуйчӯ ню жонжорди вонхали. Та щян мәщин чи, сымули йижыр, ба жябан жядо гәловани ту дишон зули, До мын гынчян Лоэр ханли лён шын, Лода фәсы «жинлэ», та ба мын йи- ха кэди дадади жи щили. Лоэр йиканса, пәнён-ханзы жын чы шонву фандини. Сосо йикан, щёфузы зандо диха вон жүәзышон кандини, та ба нанжын на гәжузы догили йиха, жё Лода ба щүнди дуанчӯчини. Лода мә йисыди ба щүнди вончӯ дуан, мәдый фарли ба Лоэр жонди жё зуәхали.

Лоэр ба фонни хо чимер бэшы канжяп жонхали. Та- ди щинни фәсы жымуди фужү бэшы та манфәсы шыда — шы жяннима, фимын дини та ду мә жянгуә. Ба сосо дуан- дилэди фан манмар чыди, та бусущинди жингуанни ба ту тэче кандини. Лоэр ба жуәзышонди чыхэ ду чонди чы- ли, та сыщёнди жымуди хо щён чыхә гӯжиршон тингуә, кэ мә чы гуә. Да жыгышон Лоэр цэ минбыйли Лода гуә- дисы фужӯ гуәйүди гуонйин.

Жыгыди зыху, Лоэр канди дан фан бянйиди сыхур, ба бый ню фонкэ жё чы цо чини, та зу да Лодажя зули, Чи ба фан йи чы, ба гәгәди фонни бахуади йикан, Лоэр кэ ли дини. Зу жымужя, Лоэр чили жи хуэйли, сосо, кан- ди чибуфын, та ги нанжын фәди, Лоэр юли ха щинли, бу хохор зӯ хуәли.

– Ющин жё Лоэр зў хуәди гунту, – сосо фәди – за- му гў йигы хуәжи. Ги Лоэр фынги щёр лёншы, ба та дуан чўчи жё данлин ган йинсын чи.

– Вә е канди Лоэр юли данлинди щинли, – Лода фәди. – та щён дэ заму фын жяни.

Хушон хуә зўба, Лода ба щүнди жёдилэ фәди: «Вә канди ни юли фын жяди щинли, кәсы жонбукэ ку, ги вә фә. Вә сылёнли ба ниди щин бэ шонли, ни щён фын жя- ни, вә ги ни фын ги. Лоэр, ни ё сылён дони, ни хан мә щифур, ни замужя гуә гуонйинни».

– Ни щён ба вә вон чў фын, ю нидини, – Лоэр фәди, – вә бу ё, ни ги вә фә щифур.

– Дансы нэгыли ни тёжяншон йигы ню, – Лода фә- ди, – ги ни фын шы ду мизы, шы ду гўзы. Ни на мыйзы- ди лўфу мэю, вә бу ги ни ги.

– Вә ё бый нюни, – Лоэр фәди, – ги вә фынхади лёншы, щян жё зэ ниди цонни юди. До кәчунзыли ги жун- зы лю гу ду мизы, зэ щяншынхади вә мэли ги жуонжя- шон сыйүнни.

Лода канди щүнди хо фә хуа, гощинди фәсы: «Ни ба лёншы жидо вә гынчян хо, ни сыдуәхур ёди сыйүн, вә ги ни нын гиги».

Лоэр ба бый ню лагуәчи, фандо тади фонмын тунили. Зэ щяшынхади жюгы ню, ба шынзы жуй дуан, е подичи дэ бый ню зандо йиданили. Канса жүанниди ёнму е зан- бучўли, почўлэ до Лоэрди фонмын чянту ду жёхуанди, зущёнсы фи хуни. Хушон шонли жяди жи, е мә щин зэ жя- шон дунли, йигы гынди йигы фишон лэ, вәдо Лоэрди фон- шонли. Лода чўлэ канжян тади ню, ён дэ жиму ду доли Лоэр гынчянли, та йиха шыли жи, налигы бон да чили. Да ёнчүнни чўлэли йигы да жүлүён, фәчў жын хуали: «Ни бә да вәмули, вәму бусы ниди».

Лода йиха чёчихали, дуйчў жүлү канли банхуэй цэ вынли: «Наму, ниму дусы сыйди?»

– Вәмусы Лоэрди, жүлү хуэйдади, – вәму дусы та кўзынхади.

Лода тинжян жымуди буфучи тади хуа, лоче бон ба жүлү датуэли. Жүлү йипо, ню,ён жи йиче ду луан потуэ- ли. Йисы-санки поди йигы ду бу жянли, гуон шынха бый ню йигыли.

Лода ба бый ню хэхынди, ба бон зачелэ дачили, жё ню ба та йигэ щүанди тёсы. Лода бинхали, ги Лоэр хэчи- ди бу жё щүнди жин фонни кан тачи. Сосоди чибуфын, та мущёнха ги Лоэр сы ха щинни.

Ди эрнянди кэчўнзы, Лоэр ю щинжинди ба бый ню тошон ги зыжи ли ди чили. Бый ню ги Лоэр занли жин, динчў лёнгы ню зўли хуэли. Та ба ди би тади гэгэ ливан- ди зощер, щён зэ Лода гынчян чү жихади лёншы жунзы чини. Лодади пэнён ба Лоэр ги таму жихади лёншы, люхали йи ду жунзы,ба зэ щяшынхади йиче мэдёли.Та ба люхади жунзы зэ гуэни цолигы бансынзы гэхали.

Лоэр чү лёншычили, лёншы мэюли, гуон ю йи ду ми- зыни. Созы чўлэ ба щёфузы мади фэсы, Лоэр мэ щю, ба лёншы зыжи мэдё ,вын таму жыхур ё лёншылэли. Лоэр зэ созышон ба гэгэди хахо вынли, зэ сыса хуа мэ фэ, ба жунзы наншон зули.

Лоэр ба лёншы жундо дини, ди сан тянди нэйижыр Лодади хуэжи ба жунзы цэги дини ёншонли. Лоэр зы фэ- сы, тади лёншы би гэгэди мизы чўлэди зо жи тянни. Тын- ли жы тянса,Лодади лёншы чўлэли,тади дини мэю сыса лёншыди мёмёр. Канса, щяли йичон чўнйү, Лодади дини мизы йиха ду чўлэли, димян люди хоканди, зущёнсы лю дуанзы. Лоэр зэ тади дини пади ду кан гуэлэли, та мэ жян чўлэ йигыр мизыди мёмёр. Лоэр пэфанди, ту дишон хуэйчи, до бый ню гынчян зуэха, шонщин луэ луйди кў- туэли. Бый ню ба Лоэрди ту на бизы вынди, вынди йи- шэту ба мозы тянди да тушон дехачили. Лоэр дуйчў бый ню канха фэсы: «Заму лёнгэр бый чўли лилён, шули кўли, жунхади лёншы йи мёр ду мэ чўлэ».

Лоэр хуа хан мэ фэ бани, ню фэчў жын хуали: «Ло- эр ни бэ юцули, замуди дини ю йи мёр мизыни, бэ хэ пэ- фаи вон чынни вулочи». Лоэр гыншон ню зэ дини чи, ба йи мёмёзы мизы канжян йиха гощинди фэсы жыгы е гу тали.

Җы йи мёр мизы җё Лоэр вулоди йиха җончын зу- щёнсы йикуә молю фули. Лоэрди созы ба җы йи дунзы мизы канҗян чёчихали. Та сылёнди бәҗё Лоэр дый җыгы мизыди шучын, хили чи на ляндо гәхалэ вили та- муди нэнюли.

Ди эртян ганзо. Лоэр ги тади мизы җё фичили йикан- са, лян йи куәзы молю фу йиёнди мизы мәюли. Лоэрди щинни йиха тынди. зущёнсы сый ба тади щин чуәли йи дозы, шу вучў щинкузы кўтуәли.

Зули саниди хузы чяди суанниса.Лоэр кә йүли бэзали, ганҗин щя сан лэли. Лоэр тинди ту готу хули йиха, та йикан фиди лэли йигы хидё луәдо дихаса чынлигы ло- пәрли .

– Ни кўди зали? – Лопәр вынди, – ви са сычин, ни за җыму шонщинхали?

– Вәди йи мёзы мизы җонди лян йи куә молю фу йи- ён, җё сый тудёли. Җи нян нэ зу вә мәю чыхәли, чуандэ- ли.

– Быйбуза, – лопәр фәди, – ни вәбуха е җинбуха. Ни хуэйчи фын сан за чон, сан за куанди йигы кудэр, мир зочи до җытарлэ.

Лоэр хуэйлэ на зыҗиди җю санзы лёли йигы сыфон кудэр, ди эртян танзо подо дини чи дынхали. Канса, чили хуон фынли, фын гуади Лоэрди нянҗин ду зынбукэли. Фын йиха мын җўли, та зынкэ нянҗин йи канса, лопәр зэ тади мянчян зандини.

– Ни ё тин вәди хуани, – лопәр фәди, – вә ги ни фә са, ни ё зў сани.

Лоэр манчын манйинди фәсы та тин лопәрди хуани.

Лопәр ба зыҗиди җўгунзы гиги җё Лоэр чишон ба нянҗин бичуни. Җисы лопәр фә җё зынкэ, нэхур та цэ ё ба нянҗин зынкэни. Лоэр нянҗин йиби, тади эрдуәни тинди фын зы хуни. Тынли будади гунфу, Лоэр җүәмуди тади җүә нэли дили. Канса, лопәр фәди җё Лоэр ба нян- җин зынкэни. Зынкэ нянҗин йи канса, йигы да шызазы тан, шытурди кункурни дусы җин дур, минди фон гуонни.

– Лоэр, ни куэкуэди ба җин дур шы, – лопәр фә- ди, – ба кудэр шы ман зу дуйли.

Лоэр зу ганжин шы, шыли дуәбан кудэр, та ги лопәр фәди дуйли, зу жы щер жин дур е гу та сыхуанни. Лопәр йикан бан кудэр, фәди жё Лоэр ба кудэр вон манни шы- ни, зуди сыхур доли, та зыжи фәни. Лоэр кә шыли щер, кудэр хан шын мә манни, та фәсы дуйли ё зуни. Лопәр кангилиха мә нянчуан кә жё Лоэр чиди жўгунзы- шон дынли кун йисысыр долэли.

Жыни хуэйлэ, ба йи кудэр жин дур педо диха, пошон чи ба бый нюди бәзы бочў фәди: «Жыхур заму лёнгәр зу бу шу жун ман кўли. «Быйнюди ту дянли лёнха фәсы: «Жыхур ни ё фә щифурни».

– Натар ю суй вәди хо гўнённи. – Лоэр фәди, – до вужин та мә жянгуә.

– Ни бу нын зуә нан, – ню фәди, – суй ниди хо гў- нён замуди щёнжуонни юни. Ги жынжяму зў нифи хуәди Минлин ю йигы жын мә жянгуәди жүнмый нүзыни. Та ба нүзы кангўди хан би зыжи хо, вонщён ги йигы хо жынни, кэсы до вужин мә шонлэ хо жўр.

Дансы нэгыли вә чин мыйжын, – Лоэр фәди – жё ги вә фә нэгы нүзычи.

Минлин ба мыйжынди хуа йи тин чёчихали, та сы- щёнди щибучи бузыди Лоэр хан фә тади . нүзы лэли. Мин туйцыди бущён ги, зу фәсы та луәму йигы нүр, вончў бу ги, жо нүщүни. Лоэр тинжян жё та жо нү- щүни хан гощинли, зу ганжин даийнхали. Зу да жо нүщүшон ба хун пый щисы гуәли.

Лоэрди щифур гуон е бусы жонди жүн, тади хо пичи, мәю гуэ бинщин, та ба нанжын донсы, хуэй гуә гуонйин. Таму лёнгәр чынха тунщин хэйиди лён курли.

Лода дэ пәнён ба Лоэрди гуонйин канди чёчиди. Таму бусущинди фәсы, Лоэр замужя ба чян зынха фәли щи- фур, гуәкэ мян чын щёнди, ю чын гонди гуонйинли. Ло- дади пәнён зэ Лоэр жя чи йикан, Лоэрди, гуонйин хан би тамуди гуонйин ходи дуә.

Зу да нэйитян гуәлэ, Лодади пәнён тянтян зэ Лоэржя чикэли. Та зэ Лоэрди щифузышон ба йичеди шыхуа, чё- до ду тувыншон җуонди щиннили. Нэйижыр, та дэ нан- жын шонлёнли, таму е зущёнсы Лоэр шы йихуэй җин дур чини.

Лодади пэнён гуэни цоли йи ду мизы җё нанжын җундо динили. Таму пэнён-ханзы хи-мин панвонди җё чўлэ йи мёр мизыни. Тынли җи тян йи канса, шыдашыр дини җонли йи гыр мизы. Лён кур гощинди зу вулотуэ- ли. Тамуди нэ йи куэр мизы җонди е лян фу йиёнли. Ху шон хили, Лодади пэнён йидун ляндо гэхалэ вили нэ- нюли.

Ди эртян, Лодади пэнён җё нанжын зэ мизы дини шонщинди кўчили. Канса, чили фынли, гын фын лэли йигы лопэр вынди Лода кўди зали. Лода ба тади «нан- щин» щүэфэли. Лопэр зу җё фын, сан за чон, сан за куанди йигы кудэрни.

Лода хуэйлэ йи фэ, пэнён ги нанжын фынли сан чы куан, сан чы чонди йигы кудэ. Та ги Лода фэди җё ба җин дур ги кудэни шы ман нахуэйлэни.

Ди эртян, лопэр ба Лода надо ю җин дурди нэни чи- ли. Лода канҗян җинзы йиха җишыди шытуэли. Лопэр ханди фэсы дуйли зуни, Лода хан ё шыни. Канса, жэту чўлэдини. Лопэр җё Лода зуни, та бу зу, ё ба кудэ вон манни шыни. Лопэр канди жэту кэҗя чўлэ сэкэли, та фишон зули. Лода ба җин дур ги кудэни шы ман быйшон зутуэли. Йүэ зу, йүэ жун, йүэ жэ. Жэту ба Лода сэди зубудунли, та ба йибанзы җин дур додё, шынли бан ку- дэ, быйшон зудини. Зуди, зуди жэту шонди голи, сэди җынху дали, ба Лода сэ йүнли. Җинту до шонву дуан, жэту ба Лода сэ җёли. Хили лэли йи чун лон, ба Лода чыди лян гўдў ду мэшын.

Лодади пэнён зэ җяни дынди нанжын годи бу хуэйлэ ду шодыйли. Канса, лэли йигы ёди чыди. Лодади пэнён җё суанли йи гуа фэсы: «Ниди нанжын щин хынди йи мяршон, җё жэту сэсьгли».

Лодади пэнён мэ зывонли, та хэпа вэсы ги Лоэрди җяни донли яхуанли.

ЛОХӮ ДЭ ЗЫЙВАЗЫ ХЭПА ГУӘР ЛУНИ

Зочян ю лёнгы ло лён курлэ. Таму щищёнди занхали щер йинчян, зы хэпа сыхуан ванли. Лохар дэ лопәр гуон хэпа ба цунщён сыхуандё мәю мэ кулёнди чянли. Лопәр ги лохәр фәди таму мәю данлинди җинвынли, дан линсан— басы- ди ба цунхади йидяр чян, чүди сыхуанчи е мәючи куэ. Ба хуа тинли лохәр фәсы, тамуди цунщёнсы сычян, падисы лин чүди сыхуан, хобисы вонхади йи кынкыр сы- фи, падисы пё ё. Лохәр дэ лопәр йи шонлён ба цунзан- хади чян мэли йигы вунювар. Таму мущёнхади нювар җон дали, юли нэзыли, лян хэ, дэ мэ, щяхади нювар хан- сы зынхади. Ложынму кын ду фә: «Дансы вуню щя ву- ню, сан нян ву тё ню».

Ло лён кур ба нювар җин-юди хо, нювар йи тян би йи тян жонди дали. Таму лёнгәр гощинди фәсы, җыхур зу бу хэпа дуан чы, дуан хәли.

Лохәр дэ лопәр зы ю йигы зӯ фанди суй гуәгуәрни. Җыгы гуәгуәрсы нэхур лопәрди җюҗю ги та тянщёншон дуангиди. Лопәр ба тянщён гуәгуәр щиханди фанчон жё- дисы гуәр, дончӯ җюҗюди йинярди каншудини. Лопәр ба тади гуәр ги сысый ду бу жеги, та кын ги же гуәгуәр- ди жынму фә: «Җысы вә җюди йиняр, ги жын жебудый».

Нэйижыр, лопәр канди гуәр дизышон янмыйзы хули, Та ба янмыйзы гуадё йиканса, гуәрди дидизы бәбәрдиха- ли. Лопәр ба гуәр канли, на шу мәди чуэли, та юцухали. Та сыщёнди, дансы гуәр лукэли за зӯни, җымуди тян- щён йиняр гуәр нашон җин-йин мэбуха, нашон бобый хуанбуха. Лопәр зу зы хэпа тади гуәр лу.

Хушон хили,лопәр зэ гуәрни шоли йидяр кэфи, ги лохар чили йигы езыца. Лохәр хэ цадини, лопәр фәдини: «Вәди тянщён гуәр бәдихынли, вә хэпа вәди гуәр луни».

Лохар тинли хуа фәсы: «Эё, ни ба гуәр зэ бә сыйүнли, вә мә йигы щин гуәгуәр сыхуан».

Ни мэхади щин гуәр,—лопәр фәди,—мәю вәди җю гуәр гуонтонди хо. Йинцы җыгышон вә гуон хэпа гуәр лу.

Лохәр канди лопәр фәди шонщинди, та е фәсы: «Вә хан би ни хэпа гуәр лу». Ло лён кур жын фәдо жыгы луәбайирди хуашонли, лэли йигы ту нюварди зыйвазы, бадо тянчуоншон тинжянли: «Вә гуон хэпа гуәр лу», «вә хан би ни хэпа гуәр лу».

Зу нэгы сыхур, чы нювазы лэди лохў зэ мын гынчян ба лохәр дэ лопәр фә хэпа гуәр луди хуа е тинжянли. Зый- ба лохар дэ лопәр фә хэпа «гуәр лу» бу ган халэли. Лохў зэ диха тинжян «гуәр лу» падо фон-янзы диха буган дун- танли. Зыйвазы дэ лохў сылёнди жын хэпа гуәр лудини, лёнгә лонмо зэ чёнгушон йи нё жон, ба зыйвазы дэ лохў хали, таму донсы «гуәр лу» лэдини. Лохў жёнмур чынкэ ё пони, зыйвазы хэли па, да фоншон потуә вонха йитё, дондор тёдо лохўди жибыйни, чишонли. Зыйвазы хан донсы та чидо гуәр лушонли, лохў зыфәсы гуәр лу ба та чишонли, йиха мын жинли, мә жыдо хуә-сы потуәли.

Полэ, подичи лохў ба зыйвазы да фулинни туәшон жинчили. Лохў поди ба зыйвазыди туй зэ фушон ду пын- ланли. Кэдо хо, зыйвазы ба йигы фу шынзы бочў, та шын- до фушонли, лохў дэлигы ёнбанзы, шычелэ кэ зу потуәли. Зыйвазы ганжин зу вон фуготу шон. Шондо готу та цэ фонщин ба подёди «гуәр лу» йиканса, цэсы йигы да лохў. Зыйвазы сылёнди жы зу бусы «гуәр лу» еба, жысы лохў, есы лодо есын, та мә ган халэ, зэ фушон дынди жисы да лённи.

Зыйвазы шынха до лохўшон цэ холи, лохў чинчёди йүәщин поди куәли. Поди, поди до йигы хэянзы гынчян лохў занха жёнмыр хэ йидяр фини, лэли йигы ху до гын- чянли. Лохў ба ту тэче канниса ху лэли.

Дагә, ни зали,—ху вын лохўдини, ни поди чўли жы йишын фи, хуншын ду жё са гуа ланли?

Хын, ни зу бә вын,—лохў фәди,—вә да шы чили мә- дашон дусы щёсы, йигы «гуәр лу» дыйдо ба вә да нани жыдоли йиха поди лэ, чидо вәди быйзыни, лёнгы шу ба вәди бәзы жүчў, щүанди ба вә жүсыли. Вә куйдо куә, вә поди ба «гуәр лу» зэ фушон пынди, пынди ба та цэ да вә- ди шыншон дехачили.

Ху тинди зу бу сущинди, щинни сылёнди, та жы йи- тон мә тинжянгуә би лохў хан лододи есын.

– «Гуәр лу» замугыса? – ху вынди, – та щён са дунщи? Вә дан ба та йижян зу жыдоли.

– Дыйдо «гуэр лу» замугы, – лохў фэди,—дыйдо щён са дунщи, вэ мэ кан минбый, ба вэ хади щин ду да зуй- ни бечўлэдыйли.

– Заму лёнгэр кан зу, – ху фэди, – замугы «гуэр лу». Вэ нын ба та жындый.

Ху ба жыгы хуа фэли, лохў хэпади бу ган чи. Ху фэ- сы, та ба «гуэр лу» бу хэпа, нин чүанди жё лохў чини.

Нэ бусы «гуэр лу»,—ху фэди,—нэгы данпасы жын.

– Дансы жынли хан хо. – лохў фэди, – ни шончи ба та лахалэ вэ чыни.

– Дансы «гуэр лу» лиму, – ху фэди, – вэ ги ни жинян- жин, заму ганжин по.

– Фэлэ, жёнчиди, лохў дайинли, лохў ба ху линшон зэ фулинни зо «гуэр лу» чили. Зудо гынчяндыйли ху сы- лёнди, дансы шыдашысы «гуэр лу», та за кэ потуэни.

– Лохў-гэ, – ху фэди, – дансы «гуэр лули» ни лёнгы зун- зы нын подо жи лиди лўшон, вэ шынха за зўни. Йинцы жыгышон, ни ба вэ бондо ниди йибашон, ни покэли ба вэ е лашон нын подё.

Лохў тинди есы хо хуа ,зу ба худи йибазы бондо тади йибашонли. Таму лёнгэр манмар доли нэгы фугынни йиканса, зыйвазы хан зэ фушон зуэдини. Ху ба зыйвазы канжян зу йиха жыдоли, фэди жысы жын, бусы «гуэр лу». Ху тэче ту вон фушон кандини, фушонди зыйвазы ба ло- хў дэ ху капжян хэпади йиха нё тонтуэли. Нёнё тонхалэ тондо худи нянжинили, та зу жи нянжин. Лохў йикан, ху жи нянжиндини хан донсы жё та пони. Лохў йиха ба ху лашон потуэли. Жинту да йигы ганхэбани по гуэчи, хэбаниди шыту ба ху пынди яца ду цуэдёли, я цыди зущёнсы щёдини. Подо хэянзышон лохў фалн, занха вон хуту йиканса, ху я цыди тондини.

– Хын, ба вэ щүанди посы, – лохў фэди, – ни хан го- щинди щёдини.

Лохў хули, йидун зу ба ху чышон, та подо шынсанни шын йүанчили.

Зыйвазы хасыдо фушон дехалэ жё лон, чўн, хў, бо лэ ду чыдёли.

Ба жымуди сычин, лохар дэ лопэр хан ду бу жыдо, ба нювазы жё зый е мэ тудичи, жё лохў мэ чыдё.

ГУЛОН

Цунчян ю лёнгы дищүнлэ. Ло- дади минзы жёгы Җинбо, та ба фу нянчын, җин валуанди няндисы фичин дэ зушуму. Та йинян сыҗин бу чў мын, зэ җяни лян нян дэ щеди ба җышы щищүә шынчынли.

Лоэрди минзы жёгы Йинбо щищүәди дали ви, базинли гуонйинли. Та фанчон зэ фулинни, санни да ви- чидини. Ба да види сычин щишүәди, та чынха җянҗян бу фон кунди жынли.

Җинбо кын ги щүнди фә, нян фусы хо сычин, ба шы- җеди сыса ду нын җыдо.

Йинбо кын ги гәгәди фә, да висы хо йинган, ба шы- җешон ю са хуәвәр ду нын җян.

Дищүн лёнгәр йигы фәди йигыди йинган хо, йиҗя бу тин йиҗяди хуа. Зу җыму, таму йигы кын чүан йигы.

Йихуэй, Лода фәди чүан Лоэрчили, щүнди ги гәгәди хэли чили, лёнгы дищүн жонли йиҗон, таму йиҗя ба йи- җя мә жонгуә.

Нэйижыр, Йинбо зэ фулинни да ви чили. Поли йитян та мә даха сыса есын, кәҗя хушонли. Лоэр җёнмыр вон хуэй зуни, щибонгы шонлэли йигәдар хи йүн, фын гуа- шон йисысыр доли фулин готу да бый йү щятуәли. За- луй щёнтуәли, җынди зу щён ди дунтандини. Ңәфын, бойү щяди йиха тянчи е лынли. Йинбоди хуншын лынкэ- ли, та җюдо йигы да фу диха панвонди җё тянчи чинкэ- ни. Мынгәзы чили ңәфын, ба Лоэр боди нэгы фу, лян гын гуачелэ зэ фулин готу щүанди җуандини. Ба җянҗян бу фон кунди, да види жын җуан йүнли. Лоэр да кунни де- халэ, дедо мә җянгуәди йигы вәршонли. Йү җўли, тян- чи чинкэли, Йинбо, зущёнсы фили йиҗё җинщинлэди жын, зуәхали. Та тинди са шынчи е мәю, канди е бу җян йигы фичин, е мәю йигы есын. Фулинни ямирдунҗинди, гуон тинди лойүанни хәниди фи худи щёншын.

Йинбо зуәди ба та гәгә фәхади хуа сылёнчелэли. Щинни фәсы: Вә гәгә чүан вә, бу жё да ви, та цэ ю хо- щинни».

Гуа ңәфын, щя бонйүди нэгы сыхур, Җинбо зэ жяни канди нян фудини. Та ба йигы фу дакэ, фулиту йи җон- зышон хухади чёр, канди йинянса щеди фэсы, нэгы чёр жёгы Гулон.

Гулон жёхуанкэли бу щён чёр жёхуан, зущёнсы лонма, гу жёхуандини. Гулон щяхади дан бу йүан бу дё, дансы сыфонзы. Дан литу бусы чинзы боди хуонзы, хуон- зы, боди чинзы. Гулонди вәвәзы зэ фушонни на линзыцо дянхади.

Җинбо канли, нянли, та сылёнди жыгы чёрсы гуәвә тади вәвәзы хансы да йүәлё, сыщёнди гуәлэ, гуәчиди зу- туәли.

Зу нэгы сыхур, йинбо дали ви хуэйлэ, доли мын гын- чян, та фади чынха зущёнсы ийтан нили. Ба чён фучў, щянкэ мын җинли фонни, ганжин зу тондо коншонли.

Гәгә зу вынди: «Ни зэ нани чили, да нани лэ?» Щүнди фади мәщин фә хуа, е мә нянчуан.

Та гә кә вынли йибян.

– Йинбо фәди, ни шёнсы бу жыдома, вә зэ нани чили?

Вә жыдони—Җинбо фәди,—ни да вичили, кәсы бу жыдо гуа ңәфын, щя бойүди сыхур ни зэ натарлэ? Ни да ви чили тянчи бянли, вә зу бу фонщин зали.

Җинбо хан щён чүанфә щүндини, та канди Лоәрди ляншы бу дуй, мә нянчуан. Йинбо фили жёли. Щинлэ, та мә челэ, зу тин гәгә нян фудини.

Ди эртян ганзо, жәту җоди хунтонтонди, чин фын, гуади чисый чинлёнди хо тянчи, ба Лоэр да види щин кэ дэчели. Та ба гун, жян дэ мёзы нашон кә зули фулинни- ли. Жён җинли фулин ,да тади нянмянчян погуәчили йигы лохў. Йинбо зусы да види хоханзы еба, ба лохў канжян, та хэли пали, ганжин паха ба мёзы дэ фынбянли. Кәдо хо, лохў ба та е мә канжян, е мә вынжян. Лохў по гуәчи гунфу дадихынли, Йинбо хан зэ диха падини, та жүәмуди, зущёнсы гә фу дунзы диха ду ю лохўни.

Жәту голи, тянчи е жәли, Йинбо зу фа, зуәдо фу гын- ни хуанхали.

Та тинди бу йүанди вәршон, зущёнсы гу нё- динима, лон ходини, годи тин бу минбый. Йинбо тинди җысыгы гуэ шын, җыму йитон та хан мә тингуә җымуди шынни. Тинди, тинди, та челэ гынчў шынйин зотуәли. Зули банҗер йитинса, шынчи зущён да тяншон лэдини. Ту тэче йиканса, йигы фушон дунди та мә җянгуәдигы хуачер, җёхуанди зулян гувәр нёди йиён. Йинбо манмар вон чёр гынчян зутуәли. Чёр каҗян жын фидо данлинди фу готули. Та кэ вон гынчян зуниса, чёр кә фидо зочян дунхади фушонли. Йинбо зэ мә вончян зу, та цондо цо- вәни туди кандини. Чёр да фушон фихалэ, луәдо йигы моёнзы фу җызышонли. Йинбо вончян йи зуса, чёр тин- җян жынди җүәбуди щёншын, фичелиэ луәдо фу готули. Йинбо ба фу ёнзы бәди хәкэ каннися, ю вәни, вәвәзы литу лёнгы сыфонзы дан. Ба йигы дан да лан кан литу- ни, та чёчихали, җыгы данди хуонзы цэ бодисы чинзы, бущён зэ данлинди чёрмуди дан.

Йинбо бусўщинди ба йигы сыфонзы дан нашон чуэ- до хуәвәни, та ба гун лакэ шы чёрни, чёр фиди бу җянли.